virgo *Feelings*

Leslie Delhaes

virgo

Feelings

Leslie Delhaes

Bibliografische Information der Deutschen Nationalbibliothek:
Die Deutsche Nationalbibliothek verzeichnet diese Publikation in
der Deutschen Nationalbibliografie; detaillierte bibliografische
Daten sind im Internet über http://dnb.dnb.de abrufbar.

Korrektorat: Nicole Leppen
Verwendete Fotos:
© iStock.com/klerik78
© iStock.com/South_agency

Impressum: c/o H. Eßer, Auestr. 87, 52382 Niederzier

Herstellung und Verlag: BoD – Books on Demand, Norderstedt

ISBN: 978-3-7526-0621-8

kapitel 1

»Du willst was?«

Amber schreit mich an.

Gerade habe ich atemlos berichtet, was in der Nacht passiert ist. Wir sitzen im Wohnwagen, draußen scheint die Sonne, zwitschern die Vögel, als wäre nichts geschehen.

»Aber wieso denn den fiesen Adrian? Es ist doch nicht Paul, den sie hinrichten wollen.«

»Ich bin schuld, dass er nicht entkommen ist. Ohne mich wären sogar alle entkommen.«

»Deshalb bist du eine Heldin, Maxine.«

»Ich fühle mich aber nicht wie eine Heldin, ich fühle mich, als hätte ich einen riesigen Fehler begangen. Adrian hat mir sogar das Leben gerettet.« Ich kann nach wie vor nicht an diesen Tag denken, ohne eine Gänsehaut zu bekommen.

»Das ist nicht gesagt. Er war doch kaum verletzt, vermutlich wäre es bei dir auch nicht dramatisch gewesen.«

»Selbst wenn. Er hat mich mit seinem Körper geschützt, ohne vorher zu wissen, was ihm dabei passiert. Ich stehe in seiner Schuld.«

Ambers Gesicht ist ein einziges Fragezeichen. »Du willst dich revanchieren, damit ihr dann quitt seid?«

»Ja.« Ich runzle die Stirn, es ist kompliziert. »Das auch.«

»Das auch?«

Es ist allein Amber, in deren Kreuzverhör ich mich befinde. Meine anderen Freundinnen lauschen uns völlig verstört, seit ich ihnen eröffnet habe, dass Adrian zum Tode verurteilt werden soll.

»Außerdem …« Leider bin ich selbst ganz schön konfus.

»Es gibt ein außerdem?«

»Ja, irgendwie schon. Es gibt ein außerdem, aber ich weiß es doch selbst nicht.«

Überraschend breche ich in Tränen aus.

Die Erinnerung an die schreckliche Nacht kommt ohne Vorwarnung über mich, alles, was geschehen ist. Bisher habe ich mich passabel gehalten. Kein Zusammenbruch im Internat, weder vor den triumphierenden Augen von Dr. Higgs oder vor Adrian, der bei der entsetzlichen Nachricht leichenblass in sich zusammensackte, noch später dann allein in meinem Zimmer.

Ich verstehe es nach wie vor nicht. Es war doch alles perfekt.

Dieses große Projekt, ein paar männliche Sportler zu den Olympischen Sommerspielen zu schicken, war zwar in meinen Augen zuerst völlig absurd – letzten Endes spielen in unserem Land Männer keine Rolle und nur Frauen haben das Sagen – aber doch kurz vor dem Abschluss.

Ich hatte nur noch acht Sportler im Team und beschlossen, alle mitzunehmen, denn sie hatten mich inzwischen sowohl von ihren sportlichen als auch von ihren menschlichen Qualitäten überzeugt. Der Probewettkampf lief ausgezeichnet, der Abend mit unserer Siegesfeier war toll und harmonisch und ich war absolut guter Dinge.

Aber dann erfolgte in der Nacht der Fluchtversuch der Jungs aus dem Internat, in dem sie aufwachsen und in dem wir sowohl Training als auch Auswahlverfahren durchführen. Völlig unnötig und schwachsinnig und nur, weil ich ihnen noch nicht gesagt hatte, dass sie alle mit zu Olympia reisen sollten.

Ein riesiger Fehler, der erste.

Der zweite war, dass ich die Flucht dann in letzter Sekunde vereitelt habe, ausgerechnet ich, und aus diesem Grund Adrian nun morgen vor Gericht als Anführer der Gruppe zum Tode verurteilt wird.

Wegen mir.

Adrian, der sich selbst ohne Zögern über mich warf, um meinen Körper mit seinem zu schützen, als ein Teil der Mauerfassade auf mich stürzte. Adrian, der mich so verwirrt, weil ich so lange Angst vor ihm hatte, vor seiner ungebändigten Wut und seinem Hass mir und der restlichen Welt gegenüber.

Weil ich jetzt merke, dass da mehr in ihm ist. Und mehr zwischen uns.

Und ich auch das nicht verstehe.

Jetzt schluchze ich haltlos in den Armen meiner Freundinnen und endlich lasse ich die Anspannung, die Angst und das Entsetzen der letzten Stunden hinaus.

Ich heule lange.

»Ich helfe dir.« Sophies Stimme ist leise und dringt kaum zu mir durch, nachdem ich mich langsam wieder beruhigt habe, ist aber dennoch überaus entschlossen. »Was auch immer du vorhast, ich bin dabei.«

»Sogar wenn du Ärger bekommst?« Einmal mehr putze ich mir laut die Nase und wische die letzten Tränen weg. Dass ich jemals um Adrian Tränen vergießen würde, hätte ich mir lange Zeit nicht im Traum vorstellen können.

Sophie lacht leise auf. »Ich bin mir sogar sicher, dass es in grässlichem Ärger enden wird. Ich bin trotzdem dabei.«

»Ich auch«, schließt sich Fiona an.

Ausgerechnet meine zwei ängstlichsten Freundinnen haben keine Bedenken, mit mir die Jungs zu retten. Die beiden sind noch nie negativ aufgefallen, haben noch nie eine Strafarbeit kassiert oder auch nur die Hausaufgaben vergessen. Jetzt bieten sie mir ohne Zögern ihre Hilfe an, obwohl klar ist, dass wir uns in irgendeiner Art strafbar machen werden. Wenn wir dabei erwischt werden, ist Ärger beim besten Willen nicht der korrekte Begriff für das, was uns blüht.

»Wir müssen die Videos vernichten«, sage ich müde. »Wie auch immer.«

Was weder ich noch die Sportler wussten, ist, dass ausgerechnet vor der Tür, die Adrian aufgebrochen hatte und an der ich ihn letztendlich überwältigte, eine Kamera installiert war, die sowohl den Fluchtversuch selbst als auch die Vorbereitung ein paar Tage zuvor gefilmt hat. Solange Dr. Higgs diese Videos hat, werden wir das Gericht niemals überzeugen können, dass es keine Flucht, sondern ein harmloses Missverständnis war.

»Ich hasse diese Frau«, murmle ich.

Aus irgendeinem Grund möchte Dr. Higgs, die Internatsleitung, die Reise zu den Olympischen Spielen verhindern. Von Anfang an hat sie mich boykottiert, versucht, mich klein zu halten, mir Informationen vorenthalten und mir in letzter Konsequenz sogar hinterrücks Fallen gestellt. Ich bin mir sicher, dass mein Unfall kein Unfall war, sondern ein Attentat, egal, wie unglaubwürdig sich das anhört. Auch die angebliche Möglichkeit zur Flucht war nur eine Falle, in die die Sportler blind getappt sind.

Emily tätschelt beruhigend meinen Arm und äußert sich nicht. Ich weiß, was sie von all dem hält. Vermutlich ist sie nach wie vor geschockt wegen Paul. Aber an Paul und seine Lippen auf meinen und das Gefühlschaos, in das er mich gestürzt hat, kann ich jetzt nicht auch noch denken.

»Bist du sicher, dass es diese Videos gibt?«, wirft sie endlich ein.

»Ich habe sie mir noch in der Nacht angesehen«, antworte ich.

Wie gesagt, bis eben hatte ich den Schock problemlos weggesteckt. Mein Verstand hatte die Kontrolle übernommen, alles an Gefühlen gnadenlos zur Seite geschoben und sich um die Dinge gekümmert, die am wichtigsten waren. Und das waren in der Tat erst einmal diese verdammten Videos.

Ich habe sie mir von einer Wache zeigen lassen. Dr. Higgs hatte sich – überglücklich über ihre gelungene Intrige und die Reaktion, die ihre Ankündigung bei Adrian hervorgerufen hatte – zurückgezogen, und ich habe möglichst effektiv die letzte Nacht genutzt, die ich offiziell im Internat verbringen durfte und in der die Wachen noch nicht wussten, dass ich keine Befugnisse mehr hatte.

»Es gibt ein Video, in dem nicht zu übersehen ist, wie Adrian die Tür nach draußen aufbricht, und zwar mit einem Draht.« Ich verziehe unwillig das Gesicht, denn ich habe dasselbe an der Bürotür von Dr. Higgs versucht und bin kläglich gescheitert. Und eine Tür, die aus dem Gebäude hinausführt, hat definitiv ein besseres Schloss als eine poplige Innentür. »Das war vor fast zwei Wochen. Und das Video von letzter Nacht. Beide sind so was von eindeutig. Solange Dr. Higgs diese Videos hat, hat sie jeden Beweis, den sie benötigt, um Adrian alle Schuld der Welt in die Schuhe zu schieben.«

»Du klingst, als wollte sie ihm etwas unterstellen, das er gar nicht getan hat«, motzt Amber. »Aber er wollte doch fliehen und hat die anderen mit reingezogen. Wenn ich mir vorstelle, diesem Typen allein zu begegnen, bekomme ich Angstzustände.«

Tja, diesen Effekt hat Adrian leider auf andere Menschen.

»Aber den Tod verdient er doch trotzdem nicht«, wendet Sophie zaghaft ein.

Amber brummt ungehalten, weiterhin unentschieden, wie sie urteilen soll.

»Wie hast du den überhaupt aufgehalten?«, fragt Fiona mich mit staunenden Augen. »Der ist doch zwei Meter groß, irrsinnig stark und schnell wie der Blitz.«

Meine Freundinnen haben Adrian beim Probewettkampf in Aktion gesehen und es stimmt. Er ist so schnell, dass ich ihn im Normalfall nicht hätte einholen können.

»Er ist keine zwei Meter groß. Und die Tür hat geklemmt«, antworte ich.

»Und Max ist eine Kampfsportsau, das darfst du nicht vergessen«, fügt Emily an, meine beste Freundin und engste Vertraute und damit die Einzige, die weiß, dass ich Paul geküsst habe. Und mit dieser Aussage hat sie recht. Ich habe genau das angewendet, was ich seit Jahren trainiere, und da siegt Technik locker über Muskelmasse.

Hätte ich es doch nicht getan.

Ich verfluche mich selbst, ich habe Adrian, ohne nachzudenken, an Dr. Higgs ausgeliefert, die ihn schon hasst, seit er geboren wurde.

»Wir müssen also diese Videos klauen«, sagt Sophie erneut forsch und entschlossen. »Und du weißt, wo sie aufbewahrt werden und wie wir dort hinkommen?«

»Ich weiß, wo sie aufbewahrt werden«, stimme ich ihr zu. »Aber ich komme nicht mehr ins Internat hinein und in diesem Raum sitzt immer ein Wachmann.«

»Dann hat es doch keinen Zweck«, stellt Amber sichtlich erleichtert fest. »Versuchen wir einfach, vor Gericht die Todesstrafe abzuwenden, ich habe eh noch nie gehört, dass so eine drakonische Strafe in unserem Land verhängt wird.«

»Du hast auch noch nie gehört, dass erwachsene, unbehandelte Männer ausgebrochen sind«, wende ich resigniert ein. Denn ich habe kurz mit meiner Mutter gesprochen, die genauso geschockt war wie ich, mir aber nur bestätigen konnte, dass solch ein Urteil in einem Fall wie Adrians ganz sicher gefällt wird. Meine Mutter muss es wissen, sie nimmt schließlich in der Regierung unseres Landes eine hohe Position ein und kennt alle Gesetze in- und auswendig.

Langsam lasse ich den Blick über meine Freundinnen wandern, die mich hin- und hergerissen zwischen Zweifel und Entschlossenheit ansehen.

Und dann schmieden wir einen Plan.

Alle fünf.

Denn letzten Endes lässt es sich keine von ihnen nehmen, mich zu unterstützen, unabhängig davon, wie sie persönlich zu den Sportlern und insbesondere zu Adrian stehen. Emily nicht, die Jungs prinzipiell misstraut, aber immer für irrwitzige Ideen gut ist. Amber nicht, so genial und vorausschauend wie sonst niemand von uns. Sophie nicht, die mir ihre Unterstützung als Erste anbot, weil sie loyal bis zum Abwinken ist, und selbstverständlich auch Fiona nicht, die, begeisterungsfähig wie sie ist, als Einzige überhaupt hinter den Sportlern steht.

kapitel 2

Punkt eins ist allein meine Aufgabe und der einzige Teil, den ich mir bedenkenlos zutraue. An Punkt zwei und drei dagegen mag ich gar nicht denken.

Mit klopfendem Herzen fahre ich mit der Bahn aus der Stadt hinaus, eine ewig lange Strecke, denn das Gefängnis liegt noch weiter außerhalb als das Jungeninternat, in dem ich die letzten Wochen verbracht habe.

Hier war ich nie zuvor. Auch nicht als Kind, aufgrund einer der legendären Emily-Einfälle, denn so verrückt, ins Gefängnis einzubrechen, ist nicht einmal sie.

Einbrechen werde ich jetzt genauso wenig. Ich habe vorher angerufen, mich ordnungsgemäß angekündigt und mich in möglichst seriöse Klamotten geschmissen.

Am Eingang werde ich abgetastet, muss all meine persönlichen Gegenstände dort deponieren und ernte irritierte Nachfragen, weil ich nicht nur einen Insassen besuchen will, sondern gleich acht. Aber niemand versucht, mich daran zu hindern.

Ich starte bei Paul. Er sitzt zusammengesunken auf einer Pritsche und sieht verstört aus. Kein Wunder, die Jungs sind zwar karge und zweckmäßig eingerichtete Räume gewohnt und sogar Gitter vor den Fenstern, aber keine kahlen, verschlossenen Zellen, die außer der harten Liegemöglichkeit nur ein Waschbecken und eine Toilettenschüssel beherbergen. Außerdem waren sie bisher permanent als Gruppe zusammen, nachts, in der Schule, beim Sport. Jetzt sitzen sie in Einzelhaft.

»Maxine«, stürzt er sich regelrecht auf mich. »Was passiert hier mit uns? Keiner sagt mir etwas? Sind wir tatsächlich im Gefängnis?«

Ich habe keine Ahnung, ob wir abgehört und beobachtet werden. Nach meiner Erfahrung mit der Kamera an der Fluchttür bin ich vorsichtig und wäge jedes Wort ab, das ich sage. Es spricht jedoch nichts dagegen, Paul darüber zu informieren, was auf sie zukommt.

Er wird leichenblass.

»Warum das denn? Wir haben doch kein Verbrechen begangen«, sagt er mit tonloser Stimme.

»Das ist Ansichtssache«, erwidere ich neutral. Hier drin werde ich nicht laut meine ehrliche Meinung äußern. »Wurdest du schon verhört?«, frage ich ihn und kann nur darauf hoffen, dass da bislang kein Unglück geschehen ist.

Paul schüttelt den Kopf und sieht noch entsetzter aus.

»Ein Verhör?«, flüstert er. Zugegeben, das Wort hört sich schrecklich an.

Unauffällig rutsche ich näher an ihn und senke den Kopf, damit keine Kamera aufzeichnen kann, wie ich meine Lippen bewege.

»Du darfst nichts sagen. Nicht im Verhör. Nicht während der Verhandlung.« Ich werfe Paul einen fragenden Blick zu. Er sieht nur verwirrt aus. »Ich weiß nicht, ob wir hier abgehört werden. Egal, was sie dir sagen, egal, was passiert, du musst schweigen. Ich habe einen Plan.«

Na ja, auf diese Sache mit dem Plan möchte ich jetzt nicht näher eingehen, er ist nämlich noch sehr, sehr wackelig. Und unausgereift. Und anfällig. Aber das Wichtigste ist erst einmal, dass die Jungs nicht alles zunichtemachen, indem sie laut herausposaunen, dass sie tatsächlich fliehen wollten. So wie ich sie kennengelernt habe, würden sie nämlich genau das tun, Paul allen voran. Seine Ehrlichkeit macht seinen Charme aus, jetzt ist sie kontraproduktiv.

»Plan?«, fragt er nur und runzelt die Stirn.

»Vertrau mir einfach«, beschwöre ich ihn. »Ich versuche, es wiedergutzumachen. Du musst schweigen, egal, was passiert. Kannst du das?«

Er zögert, dann nickt er.

Zwar nicht überzeugend, aber er stimmt zu. Mehr kann ich jetzt nicht erwarten. Das mit dem gegenseitigen Vertrauen haben wir gründlich verbockt.

Mit schwerem Herzen lasse ich ihn in seiner Zelle zurück. Es ist nicht nur die Sorge, dass er in einem Verhör einknickt. Eisern zu schweigen, ist nicht seine Stärke, da kenne ich andere Kandidaten. Es ist vor allem, dass er so verzweifelt und hoffnungslos aussieht. Es zerreißt mir das Herz.

Bei den anderen Jungs läuft es ähnlich.

Niemand von ihnen wurde bisher verhört. Niemand von ihnen hat eine Ahnung, warum sie im Gefängnis sind und was sie hier erwartet. Niemand von ihnen scheint mir zuzutrauen, sie aus diesem Schlamassel wieder rausholen zu können.

Aber sie alle versprechen die Klappe zu halten, egal, was geschieht.

Mit Adrian könnte ich mir im Normalfall so ein Gespräch sparen. Er würde so oder so jeden auflaufen lassen und kein Wort sagen, nicht unter Druck, nicht bei Schmeicheleien oder Versprechungen. Wahrscheinlich noch nicht einmal unter Folter. Leider hat er gestern schon lauthals verkündet, alles wäre seine Schuld, und das darf er auf keinen Fall vor weiteren Personen wiederholen.

Außerdem muss ich ihn sehen. Ich muss wissen, wie es ihm geht. Denn gestern war er nicht mehr ansprechbar, nachdem Dr. Higgs ihm seine grauenvolle Zukunft so schonungslos um die Ohren geschlagen hatte.

Ich mache mir Sorgen.

Dieses Gefühl ruft bei mir selbst fassungsloses Kopfschütteln hervor.

Ich mache mir tatsächlich um den Typen Sorgen, vor dem ich wochenlang panische Angst hatte. Der mir nur Hass entgegenschleuderte. Der das schlimmste, intriganteste Biest in mir herauskitzelte, während ich versuchte, ihn aus dem Team zu drängen.

Aber aktuell sitzt er allein in einer Zelle und muss mit der Aussicht leben, am nächsten Tag zum Tod verurteilt zu werden. Er muss absolute Panik haben.

Denn ich habe sie bei dem Gedanken und ich bin nicht annähernd so hilflos und ausgeliefert, wie er es momentan ist.

Seine Zelle sieht genauso aus, wie die der anderen, die nebeneinander in einem Trakt liegen. Dieses Gefängnis ist groß, obwohl in unserer Gesellschaft kaum Verbrechen begangen werden und es nur wenige Insassen gibt. Aber es ist ein altes Gebäude und früher wurde es in genau diesem Ausmaß benötigt.

Adrian liegt auf der Seite und starrt blicklos vor sich hin. Er rührt sich nicht, auch nicht, als ich zögernd den Raum betrete. Er sieht aus, als wäre er schon tot.

Leise gehe ich vor ihm in die Hocke, genau in seinem Blickfeld, so dass er mich wahrnehmen muss. Trotzdem reagiert er nicht. Das ist meine Schuld. Weil ich mich auf ihn gestürzt habe und die Flucht verhindert habe, liegt er hier und wartet auf den Tod. Jetzt hätte er allen Grund, mich zu hassen. Jetzt hätte ich allen Grund, Angst vor ihm zu haben.

Was einfach nicht mehr der Fall ist.

»Adrian.« Sanft berühre ich ihn an der Schulter und endlich fokussiert sich sein Blick mühsam auf mich.

»Du darfst nicht noch einmal zugeben, dass du fliehen wolltest«, sage ich leise und nehme seine Hand, die leblos neben ihm liegt. Warm ist sie, das einzige Lebenszeichen an ihm.

»Warum?«, murmelt er.

»Ich hole euch hier raus«, antworte ich. »Morgen während der Gerichtsverhandlung. Ich hole euch alle raus.«

Seine Hand liegt groß und schwer in meiner, mit Schwielen, dort wo er den Speer, den Diskus oder die anderen Sportgeräte festhält.

Kurz schließt er die Augen und öffnet sie dann wieder mühsam.

»Ich hatte immer so viel Angst vor der Behandlung, Angst, alles zu verlieren, was mich ausmacht«, sagt er völlig zusammenhangslos, seine Hand liegt nach wie vor reglos in meiner. »Und jetzt wäre ich froh, wenn ich die Behandlung bekäme. Ich habe noch viel mehr Angst davor zu sterben.«

»Du wirst nicht sterben.«

Er hört mich gar nicht.

»Ich dachte immer, ich würde lieber sterben, als behandelt zu werden. Ich habe mich geirrt. Weißt du, wie sie es machen?«

Jetzt umklammere ich seine Hand. So eindringlich wie möglich. Ich habe das Gefühl, dass meine Worte ihn gar nicht erreichen. Vielleicht kann Körperkontakt zu ihm vordringen. Er denkt schon darüber nach, wie er sterben wird. Das Grauen in seiner Stimme ist nicht zu überhören.

»Sie machen es gar nicht, das werde ich verhindern. Adrian, hör mir zu.« Vorsichtig rücke ich noch näher an ihn heran. »Ich habe einen Plan. Du darfst nur nichts mehr sagen. Versprich es.«

Es ist nicht zu erkennen, ob er mich versteht. Er ist schon nicht mehr in diesem Raum, er ist in seiner eigenen Hölle gefangen.

Langsam nickt er.

Wirklich angekommen sind meine Worte nicht. Ich möchte es in seinen Kopf brüllen, einbrennen, damit er es nicht vergisst. Wenn er vor Gericht aussagt, dass er fliehen wollte, dass er alles angezettelt hat, er allein, dann kann ihm kein Plan der Welt mehr helfen.

Daran darf ich gar nicht denken.

Und selbstverständlich weiß ich nicht, wie ein Todesurteil in unserem Land vollstreckt wird. Ich wusste ja noch nicht einmal, dass so eine Strafe verhängt werden kann. Wahrscheinlich gilt auch das nur für Männer.

Dass ausgerechnet Adrian das schwächste Glied in diesem überaus wackeligen Vorhaben wird, hätte ich niemals vermutet. Die anderen Jungs haben immerhin realisiert und verstanden, was ich ihnen sagte und warum.

Hilflos hocke ich vor ihm und frage mich, was ich noch machen kann. Irgendetwas, das ihm Hoffnung macht. Die Aussicht auf seinen nahen Tod hat ihn völlig gelähmt, hat alle Energie aus ihm hinausgesaugt und erst jetzt fällt mir auf, wie viel er davon hatte. Wie stark und unverwundbar er immer wirkte.

Instinktiv lege ich meine freie Hand an seine Wange, zart nur, ganz leicht. Seine Haut ist trocken und rau, dunkle Bartstoppeln schieben sich langsam durch und machen sein Gesicht kratzig und noch abweisender, als es schon ist. Genau das war die erste Berührung zwischen Paul und mir. Das hier ist anders, denn ich schrecke weder vor dem Körperkontakt zurück noch vor meiner eigenen Courage. Im Gegenteil, ich würde gerne weitergehen. Ihm Mut zusprechen, egal wie.

Mit der Berührung dringe ich endlich zu ihm durch. Seine Augen fokussieren sich auf mein Gesicht, sein Blick wird klarer.

»Maxine«, murmelt er leise.

Zum ersten Mal nennt er mich bei meinem Vornamen.

»Hast du mich verstanden?«, flüstere ich eindringlich. »Ich hole dich hier raus, Adrian.«

Diesmal nickt er.

Ich kann mich nicht zurückhalten. Meine Finger fahren durch seine Haare, die inzwischen nicht mehr raspelkurz sind, sondern weit über die Ohren fallen. Dann betrachte ich sein Gesicht. Mir gefällt sein Mund, die Form der Lippen, die leicht geöffnet sind, und mir gefällt sein Blick, der inzwischen wach und aufmerksam ist und so verwundbar und weich, wie ich es bei ihm nie für möglich gehalten hätte.

Bei Paul war es Neugierde, die mich dazu brachte, die Lippen auf seine zu drücken. Jetzt spüre ich etwas anderes, etwas, das mein Herz zerreißt und mich mehr verwirrt, als Paul es je konnte. Es muss Mitleid sein. Mitleid mit diesem unbeugsamen, harten Mann, der mit einem Mal so hilflos ist, so verletzlich, so ganz anders, als ich ihn kenne.

Ja, das muss es sein.

Widerwillig ziehe ich meine Hand zurück und Adrian schließt kurz die Augen.

»Ich muss jetzt los«, sage ich mit mehr Entschlossenheit, als ich empfinde. Denn lieber würde ich hierbleiben und ihm helfen, den restlichen Tag und die kommende Nacht zu überstehen. »Der Plan erfordert noch einiges an Vorbereitung.«

Ich reiße mich nur schweren Herzens von ihm los.

Teil zwei führt mich zum Internat. Da ich uns nicht zutraue, nachts einzusteigen, nicht mit den vergitterten Kellerfenstern, der Alarmanlage und den patrouillierenden Wachleuten, müssen wir tagsüber offiziell hier hin.

Emily trifft mich vor dem Eingang.

»Und?«, fragt sie in leicht aggressivem Ton. »Schaffen sie es? Die Klappe zu halten, meine ich.«

»Ich denke schon. Keine Ahnung, wie sehr sie ihnen zusetzen. Aber im Normalfall schon.«

»Na, wenigstens etwas«, knurrt sie.

Überzeugt von der Aktion ist sie nicht, kein bisschen, aber sie hilft mir. Eindeutig habe ich die besten Freundinnen der Welt, denn das, was ich von ihnen verlange, ist wirklich keine Kleinigkeit. Es kann uns in extrem große Schwierigkeiten bringen, wenn es schiefläuft, und durchaus auch, wenn es nach Plan läuft.

Egal.

Mir sind die Jungs das inzwischen wert und die besten Freundinnen der Welt sind ebenfalls bereit, ihre Ehre zu opfern. Denn diesmal geht es um Leben und Tod.

Für Adrian, den Finsteren.

Unwillig schüttle ich den Kopf über den Namen, den ich ihm insgeheim zu Beginn des Projektes gegeben habe. Oder Teufelchen, wie Fiona ihn nannte.

Davon war heute nichts zu spüren und ich hätte niemals damit gerechnet, dass er mir gegenüber zugibt, Angst zu haben. Vielleicht beschreibt das am besten, wie sehr unser Verhältnis zueinander sich inzwischen gewandelt hat – und auch der Fluchtversuch hat nichts daran geändert.

»Habt ihr denn etwas erreichen können?«, frage ich Emily, während ich enttäuscht die Straße hinauf- und hinabsehe. Die menschenleere Straße.

Emily grinst.

»Lass dich überraschen. Die nächste Bahn kommt in ein paar Minuten.«

Ich hasse es. Hilflos abwarten, ohne eine Ahnung, ob Teil zwei so über die Bühne gehen kann wie geplant. Meine Gedanken wandern wieder zurück zu den Jungs im Gefängnis. Bei Hilflos-Abwarten liegt das nahe.

Und dann fährt endlich die Bahn ein. Heraus kommen Mädchen. Haufenweise Mädchen. Laut schnatternd, kichernd und leicht überdreht. Mir ist absolut schleierhaft, wie meine genialen Freundinnen es geschafft haben, so viele unserer Bekannten und ehemaligen Schulkameradinnen zusammenzutrommeln, aber sie haben es geschafft. Und einen großen Teil der Mädchen habe ich noch nie gesehen. Breit grinsend kommt Amber auf uns zu und wir klatschen uns ab.

»Ich liebe euch«, stammle ich überwältigt. »Ehrlich, ich liebe euch.«

»Wissen wir, Max«, lacht sie. »Warte erst ab, was wir drinnen veranstalten.«

Oh je! Wenn Amber – obwohl sie dem Plan gegenüber

skeptisch ist – so grinst, wird es wohl eine ganz große Nummer. Ich weiß nur, dass sie über die sozialen Medien verdammt gut vernetzt ist und versprochen hat, so viel Chaos zu veranstalten, wie es noch niemand erlebt hat.

Möglich, dass danach kein Stein mehr auf dem anderen steht.

Nach einem letzten entschlossenen Blick auf die Mädchen, die sich einsatzbereit zusammenscharen, marschieren Emily und ich zielstrebig zum Eingang und treten an den Empfangstresen.

»Hallo Agnes«, begrüße ich die Mitarbeiterin, die ich inzwischen gut kenne. »Ich habe leider meinen Schlüssel verloren, wahrscheinlich ist er im Zimmer liegengeblieben. Kann ich kurz einen Blick hineinwerfen?«

»Hallo Maxine, selbstverständlich«, sagt Agnes mit einem freundlichen Lächeln. »Ich muss mir das nur rasch bestätigen lassen.«

Das hatte ich befürchtet. Zeit für Ambers Auftritt.

Agnes greift schon zum Telefon, als die Meute hineinstürmt, allen voran Amber, Sophie und Fiona. Die Halle füllt sich im Nu, so viele Personen waren sicherlich noch nie gleichzeitig hier versammelt, und Agnes lässt erstaunt die Hand sinken.

»Was soll das denn?«, fragt sie.

Amber tritt an den Tresen und ignoriert uns. Schließlich soll niemand auf die Idee kommen, wir hätten damit etwas zu tun.

»Wir sind eine neu gegründete Gruppe zur Unterstützung unserer Sportler in Olympia. Wir nennen uns Pro-Boys-Group. Oder finden Sie Yes-Sport besser?« Agnes sieht regelrecht entsetzt aus, als alle Mädels im Raum lauthals jubeln, aber Amber fährt unbeirrt fort. »Und jetzt sind wir hier, um uns vorzustellen. Außerdem haben wir einige Schlacht- und Anfeuerungsrufe entwickelt und einen Tanz. Das wollen wir vorführen.«

»Aber …«, versucht Agnes einzuwenden, kommt jedoch nicht zu Wort.

»Go Boys Go«, schallt es von allen Seiten und ist höllisch laut.

»Jetzt einen Tanz, Mädels«, brüllt Amber enthusiastisch und Agnes wird immer blasser.

»Agnes«, flehe ich die Mitarbeiterin an. »Ich muss wirklich dringend diesen Schlüssel finden. Meine Mutter bringt mich um, wenn der nicht wieder auftaucht. Wir haben gerade erst ein neues Sicherheitsschloss anbringen lassen und …«

Sie hört mir nicht zu, obwohl ich noch stundenlang weiter lamentieren könnte, betrachtet nur völlig hilflos das Chaos um sich herum und weiß offensichtlich nicht, was sie machen soll.

Dann winkt sie mir ungehalten zu.

»Geh halt schnell rein. Wenn du dich beeilst, muss es niemand erfahren. Ich habe hier gerade echt andere Sorgen.«

Sie drückt den Schalter, der die Tür öffnet, und Emily und ich stürmen hindurch.

»Wo sind die Sportler denn?«, höre ich Amber fragen. »Wir würden es ihnen gerne persönlich vorführen. Vor allem dieser eine, dieser Blonde …«

Erleichtert atme ich auf, als die Tür hinter mir wieder ins Schloss fällt. Wir sind drin. Dann wende ich mich Emily zu.

»Pro-Boys-Group?«, frage ich kopfschüttelnd. »Ist das euer Ernst?«

»Du darfst dreimal raten, wessen Idee das war«, antwortet sie spöttisch.

Ich muss lachen.

»Fiona!«

»Wer sonst.« Dann schiebt sie mich entschlossen vorwärts. »Los jetzt, bevor wir noch erwischt werden.«

So schnell wie möglich laufen wir los und erreichen unbehelligt mein ehemaliges Zimmer. Hier werde ich mich verstecken, während Emily gleich wieder rausgeht und Agnes am

Empfang sagt, dass wir den Schlüssel gefunden haben. In der Nacht werde ich dann zum Wachraum schleichen und in einem unbeobachteten Moment die Aufzeichnungen stehlen.

Die alten Videos sind auf Bändern gespeichert und ich habe noch laut und deutlich die Wache im Ohr, die sich beschwerte, wie altmodisch und vorsintflutlich die Technik doch sei. Mir ist es recht. Die Bänder sind groß und kaum zu übersehen und ich weiß haargenau, wo sie stehen.

Wir haben gerade erst die Tür hinter uns geschlossen, als wir Menschen näher kommen hören.

»Was ist da los?«, vernehme ich Dr. Higgs schrille Stimme.

»Ich weiß es auch nicht.« Die Wache klingt verunsichert und erschrocken. Hier ist im Normalfall gar nichts los. Und jetzt innerhalb weniger Tage ein Wettkampf mit Publikum, ein Fluchtversuch und eine nicht geplante Invasion weiblicher Wesen. Ich kichere ausgelassen, denn es ist extrem erfreulich, der Internatsleitung Unannehmlichkeiten zu bereiten.

»Schicken Sie sämtliche Wachleute zum Eingang. Wir müssen das auf der Stelle unterbinden.«

Ich werfe Emily einen Blick zu. Sie denkt dasselbe wie ich. »Sämtliche Wachleute? Das heißt doch dann alle? Sollen wir es wagen?«

»Ja.«

»Aber bei Tageslicht können wir uns nirgendwo verstecken«, überlege ich laut. »Ich darf hier nicht erwischt werden.«

»In der Nacht ist es übler, wenn sie dich erwischen. Jetzt würde uns schon irgendetwas einfallen. Du bist doch nie auf den Mund gefallen, Max«, spricht Emily mir Mut zu. »Außerdem ist der Wachraum jetzt frei. Nachts nicht.«

Da hat sie recht.

Pläne sind dazu da, bei Bedarf umgeplant zu werden.

Leise öffne ich die Tür und wir machen uns auf den Weg zum Wachraum. Einmal müssen wir uns schnell in ein Zimmer zurückziehen, eines der alten Schlafzimmer, das schon lange wieder leer steht, als eine hektische Wache uns laut und polternd entgegenkommt. Danach sind die Flure wie ausgestorben, obwohl wir fast einmal um das gesamte Gebäude herumlaufen.

Ich kann nur hoffen, dass Amber es schafft, Dr. Higgs und die Wachleute so lange beschäftigt zu halten, denn so war es ursprünglich nicht geplant.

Der Wachraum steht tatsächlich leer. Besser noch, die Wache hat den Raum in großer Hast verlassen und die Tür ist nur angelehnt.

Ich halte die Bänder mit wenigen Griffen in der Hand.

»Diese zwei«, sage ich siegessicher zu Emily, bevor mir ein unangenehmer Gedanke kommt. »Wenn wir die jetzt mitnehmen, weiß Dr. Higgs allerdings sofort Bescheid.«

Ich zögere unversehens.

Sobald ihre Beweise weg sind, wird sie misstrauisch. Und ich weiß, wie schnell und rücksichtslos sie reagiert hat, als ich mir die Akten über die Jungs besorgte. Wenn sie Adrian noch mal richtig in die Mangel nimmt, kann ich nicht garantieren, dass er das schweigend durchsteht. Nicht so, wie er gerade drauf ist.

Es ist sehr veraltete Technik, die ich da in der Hand halte. Herrlich anfällig für Zerstörung.

Ich grinse bei dem Gedanken.

Auf dem Schreibtisch liegt ein Brieföffner und ohne Zögern ramme ich ihn in den freiliegenden, empfindlichen Bereich. Ich schiebe ihn mehrmals hin und her. Das sollte reichen. Das Band ist innen regelrecht zerfetzt, von außen kann man den Schaden jedoch nicht bemerken. Zufrieden lege ich die Aufzeichnungen zurück.

Emily hat währenddessen an der Tür gestanden und den Flur im Auge behalten.

»Wir haben noch immer freie Bahn«, sagt sie leise.

»Dann nichts wie weg hier«, erwidere ich.

Diesmal kommen wir nicht weit.

Wir biegen um die erste Ecke und stehen plötzlich einem Pulk kleiner Jungs gegenüber. Erschrocken lasse ich den Blick über ihre Köpfe hinwegwandern. Ein Betreuer ist jedoch nicht zu sehen. Sie halten Putzsachen in den Händen, einige wischen den Boden, andere sind an den Fenstern beschäftigt.

Ich packe Emily fest an den Arm. Diese Jungs wissen nicht, dass wir hier nichts zu suchen haben.

Ich bedeute ihr, nicht so erschrocken auszusehen.

»Was guckt ihr so? Macht weiter, von allein wird nichts sauber«, fahre ich die Kinder an und gehe entschlossen weiter. Genauso, als gehöre ich hier hin.

Das Getuschel in unserem Rücken stört mich nicht und auch nicht der überraschte Blick, den Emily mir zuwirft.

»Du weißt ja doch, wie man mit Jungs umgeht«, sagt sie dann zufrieden. Ich schnaube nur, gerne mache ich es nämlich nicht auf diese Art.

Endlich erreichen wir die Tür zum Empfangsbereich und klingeln, um uns bemerkbar zu machen.

Die Tür öffnet sich. Auf der Stelle befinden wir uns mitten im Karneval. In der Eingangshalle tobt jetzt richtig der Bär. Neben den lauten Rufen der Mädchenhorde, die sich nicht bremsen lässt und ausgelassen feiert, erschallt aus einer Box dröhnende Stimmungsmusik. Dr. Higgs Stimme, die immer wieder »Stopp« ruft und immer verzweifelter versucht, den Irrsinn zu beenden, geht in dem Höllenlärm hoffnungslos unter. Ihre hektischen Armbewegungen sehen eher so aus, als schließe sie sich dem Tanz an.

Die versammelten Wachmänner fragen sich genauso hilflos, was sie unternehmen können. Sie wissen nämlich schon gar nicht, wo sie hinsehen dürfen. Einige starren auf den Boden, andere panisch zwischen den Tänzerinnen und Dr. Higgs hin und her.

Entgegen meinen Befürchtungen ist es kein Problem, unbeobachtet in die Halle zu schlüpfen. Wir schleichen unauffällig hinaus. Nicht ohne uns breit grinsend an den hüpfenden

Mädchen zu erfreuen, die nach wie vor begeistert Schlachtrufe und Choreografien ausprobieren und sich überhaupt nicht an der immer panischer agierenden Dr. Higgs stören.

»Run faster, boy« passend zu einem lauten Trommelwirbel, ist das Letzte, das ich vernehme, und ich wünschte wirklich, die Sportler könnten das ebenfalls hören.

kapitel 3

Montagmorgen, ich sterbe vor Angst.

Wir sind vorbereitet, so gut es eben geht. Ich finde unseren Plan genial einfach und weiß, dass ich mich auch heute auf meine Freundinnen verlassen kann.

Aber ich weiß nicht, was in der Zwischenzeit mit den Jungs geschehen ist. Denn ich selbst habe kaum geschlafen und wenn, dann bin ich schweißnass aus grässlichen Alpträumen hochgeschreckt. Es kann ihnen nicht besser ergangen sein.

Als ich um zehn Uhr im Gerichtssaal erscheine, bin ich ein nervliches Wrack. Ich trage meine beste Kleidung, einen Hosenanzug, der mich älter wirken lässt, als ich bin. Die wilde Lockenmähne ist zu einem Dutt gesteckt und mit Tonnen von Haarspray so fixiert, dass sich keine vorwitzige Strähne herausringeln kann. Und ich trage mein Pokergesicht, ruhig, gelassen, völlig entspannt. Noch nie war ich so froh wie heute um die Fähigkeit, mir Emotionen nicht anmerken zu lassen.

Mir wird ein Platz ganz vorne zugewiesen, da ich als Zeugin eingeplant bin. Als Zeugin für Dr. Higgs, um den Fluchtversuch und Adrians Schuldeingeständnis zu bestätigen.

Wenn die wüsste.

Wir waren während der Schulzeit einmal in einer Gerichtsverhandlung. Auch da war der Angeklagte ein Mann. Ein alter Mann, der kurz und knapp für schuldig befunden wurde, einen Diebstahl begangen zu haben. Es ging um irgendeine Lappalie und ich erinnere mich nur noch daran, dass ich mich die ganze Zeit fragte, warum er so einen lächerlichen Diebstahl überhaupt begangen hatte. Warum es nötig war, darum so ein Aufheben zu veranstalten, ihn anzuklagen und zu verurteilen, habe ich mich damals nicht gefragt.

Sind Frauen die Beschuldigten, ist das Verfahren komplizierter. Es gibt Geschworene und Verteidiger und es dauert schon allein mehrere Tage, alle Zeugen anzuhören.

Heute ist nur der Vormittag eingeplant, und das, obwohl es um ein Todesurteil geht. Mich schaudert.

Langsam füllt sich der Saal. Ich sehe mich nicht um, bemerke allerdings, dass nach und nach der Geräuschpegel steigt und Plätze um mich herum und hinter mir besetzt werden. Interessant, wie viel Aufmerksamkeit dieser Prozess hervorruft, obwohl er so kurzfristig anberaumt wurde.

Dr. Higgs erscheint, setzt sich auf den Platz für den Hauptankläger und nickt mir kurz und kühl zu. Ich grüße brav zurück. Sie soll noch nicht den Eindruck erhalten, ich stünde nicht auf ihrer Seite.

Schließlich werden die Angeklagten hineingeführt und ein Raunen erhebt sich im Saal. Die Jungs sehen schrecklich aus. Sie sind in eine Einheitskluft aus dem Gefängnis gekleidet, graue T-Shirts und ausgebeulte Hosen, die weder dem Teint noch der Figur schmeicheln und sie sind alle leichenblass vor Angst. Simon stolpert, als er einen verschreckten Blick über die Zuschauer wirft, der Rest ist klug genug, gar nicht erst hochzusehen. Außerdem sind sie an Händen und Füßen gefesselt – wie Schwerverbrecher, wie schon verurteilte Mörder – und bei ihrem Anblick muss jedem klar sein, dass sie schuldig sind. Vor diesem Gericht haben sie keinen Hauch einer Chance. Die Mädchen und ich müssen gleich ein wahres Wunder vollbringen.

Die Richterin in ihrer schwarzen Robe rauscht herein, nimmt Platz und lässt einen desinteressierten Blick über das

Publikum wandern. Dann gibt sie Dr. Higgs grußlos ein Zeichen, zu beginnen. Leider sieht sie aus, als würde sie am liebsten, auf der Stelle und ohne die gesamte Anklage zu hören, das Urteil sprechen und wieder verschwinden.

Mut macht mir das nicht.

Dr. Higgs erhebt sich, wandert vor der Richterin und dem Publikum auf und ab und beginnt einen Monolog:

»...dieses Projekt, welches ich von Beginn an skeptisch gesehen habe, obwohl ja die politische Bedeutung unumstritten ist ...«

Ich bin nicht die Einzige, die nach kurzer Zeit schon nicht mehr zuhört. Das leise Getuschel in meinem Rücken ist nicht anders zu interpretieren.

»...schlussendlich alles verraten, das ganze Vertrauen missbraucht...«

Ich betrachte eine Weile die Richterin, die resigniert auf ihr Pult starrt und sich sicherlich – genau wie ich – weit wegwünscht, aber aus irgendeinem Grund diese Rede nicht unterbindet. Auf ihrem Namensschild steht ›Martin‹. Ungünstigerweise habe ich keine Ahnung, wie man eine Richterin korrekt anspricht.

Mit einem Mal hebt Dr. Higgs die Stimme und ich schrecke auf.

»Und daher fordere ich das Todesurteil für den Anführer der Rebellion, Richterin Martin.«

Wenn ich das nicht schon gewusst hätte, würde ich an dieser Stelle vor Schock in Ohnmacht fallen. Außer Adrian, der keine Regung zeigt, keuchen die Jungs entsetzt auf, denn die Information hatte ich ihnen bei unserem Gespräch wohlweislich vorenthalten.

Immerhin weiß ich jetzt, wie die Vorsitzende dieses Prozesses angesprochen wird.

»Er hat den Verrat schon im von mir persönlich durchgeführten Verhör zugegeben. Bitte holen Sie Adrian nach vorne, damit er das wiederholt. Denn dann begnüge ich mich im Namen des Jungeninternats mit einer Gefängnisstrafe von fünf Jahren und der sofortigen Behandlung für die anderen Kandidaten.«

»Nein.« Das ist Leo, der versucht, sich von seinem Platz zu erheben. Etwas, das die Fesseln nur halb zulassen. »Das können Sie nicht machen. Sie können ihn doch nicht umbringen.«

Verstört lässt er seinen Blick über die Zuschauer schweifen, auf der Suche nach Menschen, die genauso fassungslos sind wie er, auf der verzweifelten Suche nach Unterstützung. Aber die Frauen, die sich atemlos das Schauspiel ansehen, sind eher fasziniert, dass nach der langweiligen Rede endlich etwas Bewegung und Dramatik in die Sache kommt.

Sein Blick landet schließlich bei mir und ich deute ihm an, sich wieder zu setzen. Kann er sich nicht mehr erinnern, was ich ihnen versprochen habe? Es dauert ewig, bis er auf mich reagiert und Platz nimmt. Dann dreht er sich zu Adrian und schüttelt den Kopf. »Mach das nicht.«

Adrian reagiert nicht. Weder auf Leos Bitte noch auf die Ankündigung, er solle seine Aussage wiederholen.

Eine Wache zieht ihn grob vom Stuhl und auf den Zeugenplatz, gut sichtbar für die Richterin, gut sichtbar für die Anklägerin Dr. Higgs, gut sichtbar für das Publikum.

Und gut sichtbar für mich.

Mir bricht der Schweiß aus.

Denn jetzt kommt der entscheidende Moment.

Ich hatte so gehofft, dass uns das erspart bleibt.

Dass Dr. Higgs sich auf meine Aussage verlässt und mich als erste Zeugin aufruft. Adrian unter Druck ist verdammt heikel.

Bisher läuft es nach Plan, Adrian stellt sich tot, starrt wie gehabt vor sich hin, zeigt keine Reaktion, macht keine Anstalten, uns mit nur einem Satz alles zu ruinieren. Aber wie lange hält er das durch?

Jetzt drehe ich mich doch um und suche die Unterstützung

meiner Freundinnen. Sie sitzen nicht weit von mir entfernt und wirken genauso beklommen, wie ich mich fühle.

Dann fällt mein Blick auf meine Mutter. Sie sieht mich an und nickt mir aufmunternd zu. Obwohl sie als Privatperson anwesend ist, hat sie sowohl ihre Politikerinnengarderobe ausgepackt als auch ihr positives, unangreifbares Politikerinnengesicht aufgesetzt. Aber ich kenne sie zu gut. Dahinter sehe ich all ihre Sorge, ihre Trauer und Ratlosigkeit.

Hier finde ich keinen Trost. Mein Blick wandert zurück zu Adrian und ich versuche, ihn mit meinen Gedanken zu hypnotisieren, irgendwie in seinen Kopf zu gelangen und ihn am Reden zu hindern.

Dr. Higgs hat entspannt auf ihrem Stuhl Platz genommen. »Also?«, fordert sie ihn gelangweilt auf. »Adrian, bist du in der Lage, dein Schuldeingeständnis zu wiederholen?«

»Nein, nein, nein«, schreit es lautlos in meinem Kopf und ich muss mich extrem beherrschen, dabei nicht laut zu werden.

Der Saal hält atemlos die Luft an. Die Richterin sieht zum ersten Mal interessiert aus, wahrscheinlich weil sie kurz davor steht, endlich das Urteil fällen zu können. Doch dann vergehen die Sekunden, eine nach der anderen, ohne Reaktion von Adrian und die Anspannung im Raum legt sich langsam wieder.

»Ich wusste es.« Die Internatsleitung lehnt sich jetzt nach vorne und verzieht verächtlich ihre Miene. »Wenn es drauf ankommt, knickst du ein. Kein bisschen Mut, kein Stolz, kein Ehrgefühl.«

Jetzt blickt er hoch. Zum ersten Mal. Nicht zu übersehen ist der Hass in seinen schwarzen Augen, sein angespannter Kiefer, seine vor Wut geballten Fäuste.

Wenn ich Adrian nicht so gut kennen würde, hätte ich Angst vor ihm. Aber inzwischen bin ich in der Lage, hinter all der Aggression seine wahren Gefühle zu sehen, die er so hervorragend versteckt. Dort erkenne ich vor allem Furcht.

Furcht um sein eigenes Leben und genauso Furcht, einen Fehler zu begehen und seine Freunde zu verraten.

Die Leute um mich herum wissen das jedoch nicht, die angespannte, verängstigte Stimmung schwappt bis zu mir. Adrian wirkt wie das personifizierte Verbrechen.

Langsam sieht er zu mir.

Unmerklich schüttle ich den Kopf.

Ich weiß ganz sicher, dass er sein Schuldeingeständnis wiederholen würde, wenn ich ihm nicht gesagt hätte, er dürfe es auf keinen Fall machen. Und auch jetzt bin ich mir nicht sicher, ob er mir soweit vertraut und weiterhin schweigt. Schließlich hat er keinen Grund mehr, mir zu vertrauen. Eigentlich hatte er nie einen Grund dazu. Ich lege einen Finger auf meinen Mund, ganz kurz nur, ganz sanft, an eine deutlichere Geste wage ich mich nicht. Und dann flüstere ich das Wort, das ihn schon einmal bewogen hat, auf mich zu hören:

»Bitte.«

Für alle unhörbar, nur für ihn erkennbar.

Adrian senkt den Blick wieder und starrt erneut auf den Boden.

Und er sagt kein Wort.

Ich habe Tränen der Erleichterung in den Augen, als er von der Wache brutal vom Stuhl gerissen wird und zurück zu seinem Platz stolpert.

»Kein Problem. Ich rufe Miss Maxine Summer in den Zeugenstand«, sagt Dr. Higgs triumphierend.

Die Richterin mischt sich missmutig ein. »Dr. Higgs, wir sind nicht in einem ausländischen Film. Es gibt keinen Zeugenstand und keine Vereidigung und kein sonstiges Brimborium. Miss Summer darf aussagen und dann hoffe ich, schleunigst dieses Verfahren abschließen zu können.«

Sie wirft einen genervten Blick auf ihre Armbanduhr.

Ohne weitere Aufforderung erhebe ich mich von meinem Stuhl, streiche mir noch einmal sorgfältig die Kleidung glatt und gehe dann erhobenen Hauptes auf den Platz, auf dem die

Zeugen vernommen werden. Genau hier wollte ich hin. Genau hier, auch wenn ich nun die peinlichste Aktion meines Lebens starten werde.

»Können Sie die Aussage von Dr. Higgs untermauern, Miss Summer?«, fragt Richterin Martin mich freundlich, wenngleich auch etwas gelangweilt.

»Ich war bei besagtem Verhör anwesend«, bekräftige ich Dr. Higgs Behauptung. Sie lächelt grimmig. Noch lächelt sie.

Jetzt geht es los. Ein letzter Blick auf meine Freundinnen, die mir ein Daumen-hoch-Zeichen geben. »Allerdings habe ich Dr. Higgs schon an diesem Abend berichtet, was wirklich vorgefallen ist.«

Die Richterin wirft mir einen erstaunten Blick zu, sie ist mit einem Mal nicht mehr nur mäßig interessiert. Im Saal herrscht absolute Stille, nur Dr. Higgs schnaubt einmal irritiert auf.

»Mir ist vollkommen unverständlich, weshalb man den Sportlern einen Fluchtversuch unterstellt, da sie nur, wie von mir angeordnet, in der Waschküche des Internats warteten. Ich habe durchaus die Befugnis, meine Kandidaten frei durch das Gebäude zu schicken.«

Alle Blicke ruhen auf mir. Die Jungs starren mich an wie Kaninchen und ich wünschte, sie würden nicht gar so ungläubig gucken.

»In der Waschküche? Meinetwegen. Aber der Hauptangeklagte wurde am Außeneingang festgenommen«, wirft die Richterin ein.

»Ja, auf meine Bitte hin. Er musste mir helfen, die Tür zu öffnen, da diese extrem schwergängig ist.«

Wenigstens das ist keine Lüge, jeder kann überprüfen, wie sehr diese Tür klemmt.

»Er lag auf dem Boden, als die Wache hinzukam. Und sie obendrauf«, sagt Dr. Higgs. Ihre Stimme ist eine Mischung aus Wut, Unglauben und Gereiztheit. Noch nimmt sie mich nicht ernst.

»Ich bin auf ihn drauf gefallen«, sage ich ungerührt und im Publikum erklingt einzelnes Gelächter.

»Dann erklären Sie mir doch bitte, aus welchem Grund Sie diese Tür öffnen wollten und weshalb diese Männer in der Waschküche auf Sie warteten.«

Ich wende mich eins-zu-eins an die Richterin.

Sie ist diejenige, die ich überzeugen muss, alle anderen sind bloß Statisten.

»Das ist mir allerdings etwas unangenehm«, sage ich, gucke so beschämt wie möglich und streiche mir eine Haarsträhne aus der Stirn, eine Haarsträhne, die dort gar nicht sein kann, nicht bei meiner überaus korrekten Frisur. Ich sollte jetzt möglichst verlegen wirken. »Muss ich das wirklich erklären? Reicht es nicht, wenn ich es einfach bestätige?«

»Nein, leider nicht.« Die Richterin bleibt unbarmherzig und wie befürchtet kann ich die Mädels nicht aus der Sache heraushalten.

»Also, wenn es sein muss«, stammle ich ein wenig vor mich hin. »Es ist nämlich so, dass ich die Sportler wirklich faszinierend finde. Sie sind so …« Nach wie vor fixiere ich die Richterin, die mich mit jedem einzelnen Wort konsternierter betrachtet. »Sie sind wirklich …« Ich werfe einen schmachtenden Blick zu ihnen hinüber, bevor ich diesen peinlichen Satz beende. »Sie sehen halt so gut aus, sie sind so durchtrainiert und haben unglaublich attraktive Körper.« Ich hole erneut tief Luft und schaue theatralisch zur Decke, ehe ich fortfahre. »Sehen Sie doch selbst. Und das habe ich meinen Freundinnen erzählt.«

Jetzt wandert mein Blick zum Boden. Es ist ernstlich beschämend, hier in aller Öffentlichkeit von Männerkörpern zu schwärmen, besonders blamabel für mich als moderner, freier Frau. In einem Land wie dem unseren. In dem Männer nur für ihre Arbeitskraft genutzt werden und ansonsten nicht existent sind. So langsam muss ich meine Verlegenheit nicht mehr vortäuschen.

Ich hatte gedacht, es macht mir nichts aus, dieses Theater vorzutäuschen, schließlich weiß ich, was auf dem Spiel steht. Ich wage keinen Blick mehr ins Publikum, welches gespannt und ungläubig schweigt. Meine Mutter muss ebenfalls vor Scham im Boden versinken. Dem Anschein nach hat ihre Erziehung bei mir komplett versagt.

Stattdessen sehe ich vorsichtig zu den Jungs. Sie starren mich an, als hätten sie mich noch nie zuvor gesehen. Völlig perplex. Tobias staunt mich mit offenem Mund an, Simon ist regelrecht geschockt. Und auch Adrians Blick ist anders als sonst. Nicht vollkommen fassungslos wie die anderen, aber beim besten Willen nicht mehr ungerührt und distanziert.

Die Pause erscheint endlos, ehe die Richterin endlich wieder das Wort ergreift.

»Wie haben Ihre Freundinnen reagiert?«

»Sie wollten sie sehen«, murmle ich. »Und das sollte halt an diesem Abend geschehen.«

»Das ist doch alles gelogen«, schreitet Dr. Higgs jetzt ein, die sich inzwischen von ihrem Schreck erholt hat und sich aus ihrer Erstarrung löst. »Das war ein Fluchtversuch, ein lang vorbereiteter Fluchtversuch, und ich habe Beweise dafür.«

Richterin Martin seufzt. Jetzt hat auch sie begriffen, dass das hier keine kurze, schmerzlose Sache wird. »Haben Sie denn Beweise für Ihre Aussage, Miss Summer?«, fragt sie mich resigniert.

»Meine Freundinnen sind hier und können das bezeugen«, antworte ich. Innerlich balle ich die Faust, alles läuft perfekt nach Plan. Und der allerpeinlichste Teil ist durchgestanden und niemand hat mich bisher als Schande für alle Frauen Englands deklariert. Kann natürlich noch kommen.

»Und was sind Ihre Beweisstücke?«

Diese Frage geht an Dr. Higgs, die gehässig lächelt.

»Meine Beweise sind besser als ein Haufen kleiner Schulmädchen. Meine Beweise können nicht lügen.« Sie blickt triumphierend einmal im Saal herum. »Ich habe Videobänder, die klar den Fluchtversuch dokumentieren und auch die Vorbereitung, die dieser da …«, sie zeigt nachdrücklich auf Adrian, »… zwei Wochen vorher getätigt hat. Das ist eindeutig.«

Meine Miene ist wieder das perfekte Pokerface, nur innerlich grinse ich.

»Dann besorgen Sie doch bitte Ihre Beweise und in der Zwischenzeit nehmen wir die Aussagen der jungen Damen zu Protokoll«, entscheidet die Richterin.

Dr. Higgs eilt nach draußen, um zu telefonieren.

Jetzt müssen meine Freundinnen leider in den sauren Apfel beißen. Fiona ist die Erste, die sich erhebt. Sie kommt ohne Zögern nach vorne und ich mache ihr den Platz in der Raummitte frei.

»Sagen Sie doch bitte, wie Sie heißen und was Sie gesehen haben, beziehungsweise wie die Situation Ihrer Meinung nach war«, wird sie aufgefordert.

»Mein Name ist Fiona Baker.« Fiona ist das alles nicht peinlich. Sie steht zwar nicht gerne im Mittelpunkt, aber zuzugeben, dass sie Männer interessant oder niedlich – wie sie es selbst formuliert – findet, da ist sie absolut schmerzfrei. »Wo soll ich beginnen?«

»Es reicht, wenn Sie von dem Abend berichten.«

»Also, tagsüber fand der Wettkampf statt, da haben wir die Sportler ja schon gesehen. Und das war wirklich sensationell.« Fiona lächelt ihr bezauberndes Klein-Mädchen-Lächeln zu den Jungs hinüber und wirft Tobias einen bewundernden Blick zu. »Sie sind so schnell. Und vor allem so stark.«

Tobias muss bemerkt haben, dass er gemeint ist, er wird rot wie eine Tomate.

»Und dann?«, fragt die Richterin ungehalten und stört sich eindeutig an den Blicken, die Fiona zu ihren Angeklagten wirft. Aber das schadet nicht. Fiona muss nicht cool und abgebrüht sein, sie ist perfekt für unsere Geschichte genau so, wie sie ist.

»Max sagte, dass die Sportler mit freiem Oberkörper noch viel besser aussähen und man dann erst ihre Muskeln richtig sehen könne.« Fiona fährt sich durch die Haare und wird jetzt doch ein wenig rot. So sieht sie noch bezaubernder aus, es bringt ihre Haut förmlich zum Leuchten. Tobias ist hin und weg, er frisst sie regelrecht mit seinen Blicken. »Und ich selbst, ich habe ja überhaupt keine Muskeln, ich bin echt unsportlich. Leider.«

Fiona ist umwerfend in ihrer Rolle, wahrscheinlich weil es keine Rolle ist.

»Aber Muskeln finde ich halt trotzdem toll. Ich habe Max angefleht, uns die Jungs einmal vorzustellen. Ich musste das einfach mit eigenen Augen sehen.«

Sie schlägt ihren Blick nieder.

»Dann bestätigen Sie, an diesem Abend vor dem Internat gewesen zu sein? Maxine Summer wollte Sie durch den Kellerzugang ins Gebäude lassen?«

»Ja«, sagt Fiona und das ist die erste faustdicke Lüge. Alles andere, was sie bisher ausgesagt hat, war nur etwas aufgebauscht und umformuliert. Lügen kann Fiona nicht gut. Allerdings fällt es niemandem auf. Sie sieht nur aus, als schäme sie sich für diese alberne Aktion.

»Die Sportler wollten das Internat definitiv nicht verlassen?«, hakt die Richterin nach.

»Nein, das wollten sie nicht«, bekräftigt meine Freundin. »Wieso sollten sie auch.«

Dr. Higgs stürmt wieder zurück in den Saal, die Tür fällt mit einem lauten Knall hinter ihr ins Schloss.

»Die Videobänder werden jeden Moment von meiner Assistentin hergebracht. Sie können sich diesen ganzen Zirkus sparen«, tönt sie so laut, dass es auch bis in die hinterste Ecke gut zu vernehmen ist.

Allerdings herrscht sowieso atemlose Stille.

Wenn wir eines erreicht haben, dann, dass wir die Zuschauer absolut gefesselt haben. Von diesem Prozess wird in den nächsten Jahren noch häufiger berichtet, egal, wie er ausgeht.

»Wir fahren trotzdem fort«, entscheidet die Richterin reserviert. »Ich habe kein Interesse daran, untätig herumzusitzen und Zeit zu verschwenden.« Sie wendet sich an Fiona. »Vielen Dank für Ihre Ehrlichkeit. Es kann nicht leicht sein, so etwas zuzugeben. Sie können jetzt gehen.«

Keine Ahnung, ob sie ihr glaubt. Oder ob das ein versteckter Hinweis war, dass sie sie durchschaut hat.

Amber löst Fiona ab.

Kühl wie immer. Sie lächelt nicht ins Publikum und den Jungs widmet sie keinen Blick.

»Miss?«, wird sie ungeduldig aufgefordert, als sie sich nicht freiwillig äußert.

»Amber Wilson-Smith.« Für die Richterin hat sie auch kein Lächeln. Größer war der Kontrast zwischen ihr und Fiona noch nie als in diesem Augenblick. Und trotzdem sind sie in einem Team.

»Reicht es, wenn ich die Geschichte bestätige, oder muss ich alles noch einmal so wiederholen?«

»Sie hatten also ebenfalls Interesse daran, die Oberkörpermuskulatur der Olympiakandidaten zu betrachten?«, fragt die Richterin skeptisch.

Amber zuckt die Achseln. Leider muss sie schon in ihrem ersten Satz lügen. Denn sie ist möglicherweise beeindruckt von den sportlichen Leistungen des Wettkampfes, mehr ist es jedoch beim besten Willen nicht.

»Ja«, sagt sie auch nur kurz und knapp.

Die Lüge ist ihr nicht anzumerken.

»Das ist doch völliger Humbug. Ich weiß, dass es nicht stimmt«, geht Dr. Higgs dazwischen. »Ersparen Sie sich und uns diese Peinlichkeiten. Meine Beweise sind so eindeutig, da führt kein Weg an dem von mir geforderten Urteil vorbei.«

»Ich kann nur das aussagen, was passiert ist«, erwidert Amber patzig. »Egal, ob es Ihnen gefällt oder nicht.«

»Sie haben sich eine Geschichte ausgedacht, das ist doch offensichtlich.«

»Können Sie mir irgendeinen vernünftigen Grund nennen, aus dem wir uns das hier ausdenken sollten? Es ist peinlich hoch zehn. Aus Spaß würde ich so etwas niemals zugeben.«

Richterin Martin geht wieder dazwischen.

»Sie waren ebenfalls in dieser Nacht am Jungeninternat?«

Amber nickt, diesmal enthusiastischer. »Ja, war ich, zusammen mit Fiona, Sophie und Emily. Max hatte uns dorthin gebeten und wollte uns durch diese Kellertür hineinlassen.«

»Um sich nackte Männer anzusehen?«

Der Richterin sind sowohl Entsetzen als auch Ekel anzumerken.

»Na, nackt sollten sie nicht sein«, antwortet Amber gedehnt. Dann dreht sie sich zu mir. »Oder, Max? Doch nicht ganz nackt.«

Ein hysterisches Lachen bahnt sich langsam den Weg durch meinen Körper und ich kann es nur mit Mühe unterdrücken. Das hier wird von Aussage zu Aussage blamabler und inzwischen frage ich mich, wie ich den Jungs jemals wieder unter die Augen treten soll.

Ich schüttle nur heftig den Kopf, absolut außerstande, laut zu antworten.

Die Richterin lässt ihren Blick langsam über die acht Angeklagten wandern, die selbst nicht mehr wissen, wie ihnen geschieht. Der Plan ist ein wenig aus dem Ruder gelaufen.

Wenn sie jetzt wissen will, ob sie sich ausziehen sollten, dann sterbe ich.

»Wussten Sie das?«, fragt sie tatsächlich in die Runde und ich würde am liebsten unter den Tisch kriechen. »Was Miss Summer da von Ihnen forderte?«

Es wird wirklich immer übler.

Die meisten sind kurz vor einem Herzinfarkt. So im Mittelpunkt zu stehen, ist schon schlimm genug für sie. Dann die furchtbare Konsequenz, wenn der Plan schiefgeht. Und jetzt wird die Befragung auch noch so intim, wie niemand es in der Öffentlichkeit erleben möchte.

Adrian ist es, der schlussendlich aufsteht und sich äußert.

»Ich wusste es.«

Scheinbar hat er seine Todesangst überwunden und ist wieder Herr seiner Sinne. Und der Einzige der Sportler, der in der Lage ist, gnadenlos zu lügen und sich selbst zu demütigen, wenn es nötig ist.

»Und Sie hätten es getan?«, fragt die Richterin ungläubig.

Ein Raunen geht durch das Publikum.

»Ja, ich hätte es getan«, erwidert er ungerührt.

Dr. Higgs verdreht nur die Augen, sie glaubt von unserem Theater kein Wort. Und ich bin heilfroh, als sich endlich die Tür öffnet und Agnes vom Empfang eintritt. Völlig außer Atem und hochrot im Gesicht. Sie trägt eine Tasche und eilt damit zu Dr. Higgs.

Agnes ist der schönste Anblick des Tages. Noch mehr prekäre Fragen hätte ich nämlich nicht überstanden, ohne einen hysterischen Anfall vor versammeltem Publikum zu erleiden.

Dr. Higgs wedelt erfreut mit der Tasche.

»So, jetzt können wir diese Farce beenden. Wo haben Sie ein Abspielgerät?« Siegesgewiss holt sie das erste Band aus der Tasche und entdeckt, dass der Rekorder schon bereitsteht. »Wir beginnen mit dem Fluchtversuch. Unwahrscheinlich, dass Sie die Nacht der Vorbereitung dann auch noch sehen müssen.«

Sie schiebt das Videoband in den Rekorder und startet.

Der Bildschirm bleibt schwarz.

Ungehalten holt Dr. Higgs das Band hinaus und wirft einen Blick darauf. Dann wird sie blass.

Am liebsten würde ich meinen Jubel laut hinausschreien. Aber das darf ich nicht. Auf keinen Fall darf ich zugeben, dass dieses zerstörte Video irgendetwas mit mir zutun hat, denn das wäre ein Schuldeingeständnis. Ich setze meinen unschuldigsten Blick auf.

»Das darf nicht wahr sein.« Hektisch holt sie das zweite Band aus der Tasche.

»Das waren Sie!«, beschuldigt sie mich mit zitternder Stimme.

Ich gucke noch unschuldiger. Noch erstaunter.

»Was war sie?«, mischt sich die Richterin ein, wieder leicht entnervt.

»Das Video«, jammert die Internatsleitung und sieht regelrecht fassungslos aus. »Es ist kaputt. Das Band ist zerschnitten.«

»Sie haben also keinen Beweis?«

»Ich habe …« Dr. Higgs Blick wandelt sich von erschrocken zu wütend, zu überaus wütend.

»Sie hat den Beweis zerstört!«, brüllt sie dann.

Ich zucke demonstrativ ängstlich die Schulter.

»Das ist doch ein Geständnis. Sie hat den Beweis ruiniert, das muss doch als Geständnis reichen.«

Verwundert schüttle ich den Kopf.

»Ich verstehe das nicht, Richterin Martin«, sage ich mit leiser Stimme. »Es ist genau so passiert, wie wir es gesagt haben, und wir haben keinen Grund, einen Beweis zu zerstören, den es gar nicht geben kann. Und ehrlich, welches Motiv haben wir zu lügen? Wir sind hier nicht angeklagt.«

Das ist ein überzeugendes Argument. Finde ich. Findet das Publikum auch, das höre ich an dem zustimmenden Geraune. Findet die Richterin schließlich ebenfalls.

»Dann beende ich hiermit die Anklage gegen diese acht Männer«, beschließt sie entnervt. »Ich weiß vielleicht nicht, was ich glauben soll, aber es existiert kein Beweis für eine Flucht. Es gibt die Aussage einer einzelnen Person gegen fünf andere und damit ist die Anklage nicht mehr relevant.«

Sie fixiert der Reihe nach mich und meine Freundinnen, ihre Miene lässt nichts Gutes erahnen.

»Ich bin allerdings nicht angetan über Ihr absolut unprofessionelles und beschämendes Verhalten.«

Meine Freundinnen senken peinlich berührt die Köpfe, auch Emily und Sophie, die noch nicht einmal ausgesagt haben.

Dann landet ihr Blick wieder auf mir.

»Erheben Sie sich bitte, Miss Summer.«

Mit laut klopfendem Herzen stelle ich mich hin.

»Vor allem Sie sind in diesem Fall eine öffentliche Schande.« Ich wusste, dass mir das blüht. Trotzdem ist es absolut demütigend, diese Moralpredigt nun vor aller Ohren gehalten zu bekommen. »Sie haben nicht nur unschuldige Mädchen zu unmoralischem Verhalten angestiftet, Sie haben auch diese acht Sportler ungebührend behandelt und Dinge verlangt, die ich mir wirklich nicht vorstellen möchte.«

Ich sehe weiter angestrengt zu Boden, ein Blick ins Publikum oder gar auf die Jungs wäre zu viel für meine Selbstbeherrschung. Das Letzte, was ich möchte, ist, vor aller Augen in Tränen auszubrechen.

»Da ich dieses Projekt nicht gefährden möchte, auch Ihrer Mutter zuliebe, nehme ich davon Abstand, Sie deswegen vor Gericht zu bringen. Ich verwarne Sie jedoch offiziell und bei der nächsten kleinsten Verfehlung werde ich keine Nachsicht mehr walten lassen. Allerdings denke ich, dass eine Entschuldigung unumgänglich ist. An die Öffentlichkeit und an die Sportler.«

Damit habe ich nicht gerechnet. Dass wir Ärger bekommen, damit ja. Dass wir getadelt werden, eventuell eine Strafaufgabe kassieren, damit ja. Aber das hier ist wirklich außer Kontrolle geraten. Jetzt denken alle von mir, dass ich von den Jungs verlangt habe, sich vor uns auszuziehen.

Ich weiß nicht, ob mein Pokergesicht noch hält. Ich fürchte nicht. Wenn nicht Adrians Leben auf dem Spiel stände, würde ich lauthals protestieren und das so nicht auf mir sitzen lassen. Aber in diesem Fall muss ich alles akzeptieren, obwohl es in mir drin eiskalt ist und ich vor Scham am liebsten im Boden versinken würde.

Bloß nicht heulen, Maxine.

Ich muss mich entschuldigen. Öffentlich. Jetzt sofort, so wie es aussieht.

Mit schwerem Herzen drehe ich mich zum Publikum um und sehe hoch. Wohl oder übel. Trotzdem bemühe ich mich, nicht ein Gesicht ins Auge zu fassen, sondern die Augen unfokussiert über die Menge wandern zu lassen, so dass ich keine einzelnen Blicke auffangen kann. Vor allem nicht den Blick meiner Mutter.

Nichts hasse ich so sehr, wie mich zu entschuldigen. Egal, ob ich mein Vergehen einsehe oder nicht, eine Entschuldigung habe ich schon immer als die ultimative Demütigung empfunden. Und diese hier ist öffentlich. Mein Gesicht brennt.

Glücklicherweise habe ich die Fähigkeit, auch in den grässlichsten Situationen Worte zu finden, nicht verloren. Eine Rede ist also leicht formuliert, aber kaum aussprechbar.

»Es tut mir leid. Mir ist bewusst, dass mein Verhalten unentschuldbar ist.« Meine Stimme versagt und ich muss mich räuspern. »Ich bin ein schlechtes Vorbild für alle jungen Mädchen dort draußen. Bitte, nehmt mein Verhalten zum Anlass, es besser zu machen.«

Voller Scham lasse ich den Kopf wieder sinken. Keine Ahnung, ob es reicht. Das Blut rauscht mir so laut in den Ohren, dass ich einen Moment lang nichts höre, dann dringt das aufgeregte Geflüster zu mir durch.

Die Richterin macht noch immer ein finsteres Gesicht, nickt mir jedoch zu.

Widerwillig drehe ich mich zu den Jungs.

Das hier ist noch furchtbarer. Die acht wissen, dass ich nicht von ihnen verlangt habe, sich vor mir auszuziehen. Und ich hoffe, sie zweifeln nicht daran, dass ich so etwas niemals machen würde. Trotzdem kann ich meine Hände, die sich vor Anspannung zu Fäusten geballt haben, nur mit purer Willensanstrengung lösen.

Ich weiß beim besten Willen nicht, wie ich sie ansehen soll. Es fühlt sich nämlich plötzlich so an, als wäre es genau so geschehen.

»Ich muss mich auch bei euch entschuldigen«, murmle ich.

»Lauter bitte, Miss Summer«, sagt Richterin Martin gnadenlos.

»Ich muss mich vor allem bei euch entschuldigen«, sage ich jetzt mit erhobener Stimme. Leider zittert sie.

Man kann nicht aufrichtig um Verzeihung bitten, während man zu Boden sieht. Das ist feige und unehrenhaft und ich zwinge meinen Blick mit aller Macht nach oben. Der Einzige, den ich gerade ansehen kann, ist Adrian. Adrian, der selbst schon mehr demütigende und grauenvolle Situationen erlebt hat, als ich mir vorstellen kann. Er begegnet meinem Blick völlig beherrscht und wieder mit der ihm eigenen Stärke. Dann nickt er mir zu, eine winzige Geste, nur für mich sichtbar, aber es reicht, um mir Mut zu machen. Ich halte seinen Blick, sauge seine Kraft und seine Unterstützung in mich auf und spreche weiter.

»Ich habe meine Macht über euch ausgenutzt. Ich habe euch behandelt wie Vieh, von Anfang an. Es tut mir aufrichtig leid.«

Kurz sortiere ich meine Gedanken.

»Es tut mir leid, dass ihr mir eure Körper und euer Können präsentieren musstet, ob ihr das wolltet oder nicht.« Tobias' Oberarme, Jasons Zähne, bei der ersten Begutachtung, beide sind noch im Team.

Plötzlich sprudeln die Worte aus mir heraus. Denn es ist so einiges Wahres an dieser erzwungenen Entschuldigung. Ich habe sie mir zu Beginn regelrecht vorführen lassen, ich habe sie gnadenlos aussortiert, ohne auf ihre Gefühle Rücksicht zu nehmen. Ich habe gar nicht daran gedacht, dass sie Gefühle haben könnten. Angst vor der Behandlung, den Wunsch nach Freiheit, auch wenn es nur die begrenzte Freiheit ist, einmal für kurze Zeit ins Ausland zu kommen. Ich habe Paul ausgenutzt, ihn berührt, als ich es wollte, ihn sogar geküsst, ohne ihn zu fragen, ob er es ebenfalls möchte.

»Es tut mir leid, wie ich mit euch gesprochen habe.« Das geht vor allem an Adrian, dem ich die fiesesten Worte an den Kopf geworfen habe, nur um ihn aus dem Team zu vertreiben.

»Es tut mir leid, dass ich euch Informationen vorenthalten habe, euch herumkommandiert habe und ihr nie eine andere Wahl hattet, als das zu tun, was ich forderte.«

Diese Entschuldigung hat eine Dimension erreicht, die außer mir und den Jungs niemand versteht. Niemand, der nicht dabei war. Denn ich bitte aufrichtig um Verzeihung, nicht für das, was ich angeblich Verwerfliches getan habe, sondern um all das, was ich den Jungs in Wahrheit angetan habe. Ich hoffe, sie verstehen mich.

Adrian tut es. Das sehe ich an seinem Blick, seinen schwarzen Augen, die mich noch immer festhalten.

Leider kann ich nicht verhindern, dass mir nun doch Tränen in die Augen steigen. Verzweifelt blinzle ich sie weg, aber eine einzelne löst sich aus dem Augenwinkel und läuft langsam meine Wange hinunter.

»Nun gut«, unterbricht die Richterin mich. »Morgen früh werden Sie die Sportler im Gefängnis in Empfang nehmen und dann auf der Stelle die Reise nach Hamburg antreten. Ich will erstmal niemanden von Ihnen länger als nötig in diesem Land haben.«

Endlich löse ich den Augenkontakt und wische mir wütend die Träne weg. Es ist überstanden, vorbei.

Eigentlich dachte ich, dass ich im Triumph diesen Saal verlasse, wenn mein Plan aufgeht. Dr. Higgs am Boden zerstört und ich als strahlende Siegerin.

Jetzt ist es anders herum.

Ich habe zwar das Leben der Jungs gerettet, bin aber nur noch ein Häufchen Elend und mein einziger Kampf ist nach wie vor der gegen die Tränen.

Dr. Higgs dagegen wirkt zwar frustriert, während sie noch immer die zerstörten Bänder in den Händen hält, weidet sich aber so dermaßen an meinem Unglück, dass sich schon wieder ein Lächeln in ihr Gesicht schleicht.

kapitel 4

Als Nächstes muss ich nach Hause und dort meiner Mutter unter die Augen treten. Davor habe ich jetzt wirklich Bammel. Ich weiß nicht, was ich von diesem Tag halten soll. Unser Plan ist schließlich aufgegangen. Adrian wird nicht hingerichtet. Die anderen werden nicht behandelt. Die Fahrt zu den Olympischen Sommerspielen wird wie geplant stattfinden. Dagegen ist meine öffentliche Demütigung ein Nichts.

Trotzdem fühle ich mich wie gerädert und kann das Zittern der Hände nicht abstellen, als ich zu Hause die Tür aufschließe. Wenn meine Mutter mir ihre Enttäuschung über mein Verhalten jetzt auch noch unverblümt um die Ohren haut – und das könnte ich ihr nicht verdenken – stehe ich das nicht ohne Heulkrampf durch. Das gerade hat mich schon an die Grenze meiner Kraft gebracht und ohne Adrians Unterstützung hätte ich es nicht mit dem letzten Rest Würde durchgestanden.

Natürlich ist Ma schon da.

Sie wartet in der Küche, ich höre sie mit Schüsseln und Besteck klappern.

Eine Weile drücke ich mich im Flur herum, ehe ich mich so leise wie möglich in die Küche schleiche. Und schleichen habe ich in den letzten Wochen im Internat gelernt, vor allem nachts durch dunkle Flure.

Meine Mutter bemerkt mich nicht. Sie ist damit beschäftigt, Pfannkuchen zu backen und abwechselnd mit geschlagener Sahne und Blaubeeren zu schichten. Ich traue meinen Augen nicht. Meine Mutter backt gerade meine absolute Leibspeise. Ich würde sterben für diese Torte.

Sprachlos stehe ich im Türrahmen und versuche, es zu verstehen.

Der einzig logische Schluss ist, dass sie nicht sauer auf mich ist. Weder wütend, noch enttäuscht, noch entsetzt. Obwohl sie allen Grund dazu hätte.

»Willst du nicht reinkommen?«, fragt sie schließlich, ohne sich umzudrehen. Vielleicht sind meine Anschleichkünste doch nicht so ausgereift, wie ich dachte.

Ich räuspere mich verlegen.

»Was denkst du jetzt von mir?« Ich komme langsam in die Küche, während ich bedrückt auf ihre Antwort warte.

»Nichts anderes, als ich schon immer von dir dachte«, antwortet sie gelassen.

»Und das wäre was?«

In Gedanken gehe ich die möglichen Antworten durch. Eine gute ist nicht dabei.

Sie holt den letzten Pfannkuchen aus der Pfanne und dreht sich endlich zu mir um.

»Ach, mein Schatz, ich bin deine Mutter.«

»Und was soll das heißen?«

»Dass ich dich liebe«, antwortet sie entspannt. »Und dir vertraue. Und dass mir klar ist, dass hinter der Geschichte sehr viel mehr steckt, als die Zuschauer erfahren sollten. Mehr muss ich nicht wissen.« Sie runzelt die Stirn. »Mehr sollte ich nicht wissen, muss das eher heißen.«

In mir rattern die Gedanken. Meine Mutter scheint zu ahnen, dass die Flucht der Jungs tatsächlich so geplant war, wie Dr. Higgs behauptet, und unsere Beichte nur eine vorgetäuschte Rettungsaktion ist. Natürlich darf sie so etwas nicht denken oder auch nur vermuten, nicht als die hochrangige

Politikerin, die sie ist. Denn als solche muss sie immer auf der Seite von Recht und Ordnung stehen.

Ich atme laut aus.

Überaus erleichtert.

Und ich verzichte darauf, ihr zu erklären, was in Wahrheit geschehen ist und aus welchem Grund wir uns vor Gericht absolut lächerlich gemacht haben.

Wir setzen uns an den Tisch und machen uns über die Blaubeertorte her. Sie ist himmlisch. Die Pfannkuchen sind noch warm und die Creme dazwischen verläuft.

Nach und nach fällt die Angst und Anspannung der letzten Tage von mir ab. Mein Körper wird schwer und ich merke, wie wenig Schlaf ich gehabt habe.

»Kann es sein, dass mein Bruder bei den Sportlern ist oder war?«, frage ich unvermittelt in die entspannte Atmosphäre.

Meine Mutter zuckt nicht einmal zusammen, obwohl die Frage aus dem Nichts kommt und sie völlig überrumpelt haben muss. Wir haben noch nie darüber gesprochen, dass sie vor mir einen Sohn zur Welt gebracht und im Internat abgegeben hat. Ich weiß es nur, da öffentlich bekannt ist, dass sie in dieser Hinsicht ihrer Vorbildfunktion nachgekommen ist.

Sie zögert lange mit einer Antwort.

»Ja«, sagt sie schließlich und fährt sich müde über das Gesicht. »Ich vermute es. Oder eher, ich hoffe es.«

»Aber du weißt nicht, wer es ist?«

Sie sieht mit einem Mal so traurig aus.

»Nein, ich weiß nichts über ihn. Das ist nicht erlaubt. Er könnte sogar schon gestorben sein, ohne dass man mich darüber informiert hätte. So sind die Regeln. Frauen sollen nie wieder an die Söhne denken, die sie zur Welt gebracht haben.« Sie blickt mich intensiv an. »Aber das ist nicht möglich. Genauso wenig, wie ich aufhören könnte, dich zu lieben, genauso wenig kann ich dieses Kind aus meinen Gedanken streichen.«

»Du weißt gar nichts über ihn?«, frage ich fassungslos und muss an das Baby denken, das ich zu Beginn meiner Zeit im Internat in den Schlaf gewiegt habe. Dieses überwältigende Geschöpf, das niemals seine Mutter kennenlernen wird und mir zum ersten Mal zeigte, dass auch Jungs menschliche Wesen sind.

»Ich habe gehofft, dass er im Sportteam ist. Du bist so sportlich, ich war es auch, als ich noch die Zeit dazu hatte. Die Chancen stehen also gut.«

»Aber das können wir nicht herausfinden, oder?« Der Gedanke, dass ich ihn eventuell aus dem Team herausgenommen habe und er deswegen die Behandlung über sich ergehen lassen musste, ist unerträglich.

»Nein, es ist streng vertraulich.«

»Dr. Higgs weiß es«, platzt es aus mir heraus.

»Das kann nicht sein«, wehrt meine Mutter ab. »Niemand darf es wissen, auch nicht die Internatsleitung. Die Gefahr, damit die Mütter zu erpressen, ist zu groß.«

»Aber sie hat es mir gegenüber zugegeben«, beharre ich.

»Oder sie hat dich hereingelegt.«

Das glaube ich nicht. Dr. Higgs ist niemand, der sich von Vorschriften aufhalten lässt.

Enttäuscht lege ich den Kopf auf den Tisch. Jetzt habe ich die Akten der Jungs geklaut, vor allem um an diese Information heranzukommen, aber das Einzige, das ich dadurch weiß, ist, wie ihre Blutbilder aussehen, wie ihr Verhalten als Kind sich entwickelt hat und dass Adrian eine Strafakte wie ein Schwerverbrecher hat.

Und ihre Geburtsdaten, die es unwahrscheinlich machen, dass zumindest Adrian mein Bruder ist.

»Er ist aber mehr als ein Jahr älter als ich, oder?«, frage ich zur Sicherheit.

»Ja, sogar mehr als zwei Jahre«, bekräftigt meine Mutter. »Wann er geboren wurde, weiß ich natürlich. Und ich weiß, dass an diesem Tag kein anderer Junge zur Welt kam.«

Sprachlos sehe ich sie an. Das ist es.

Deshalb durfte ich die Geburtsdaten nicht erfahren. Weil keine Frau jemals vergessen kann, an welchem Tag sie ein Kind zur Welt gebracht hat.

Schnell hole ich den Rucksack aus dem Flur, in dem sich nach wie vor die Akten meiner acht verbliebenen Sportler befinden. Die Akten, in denen die Geburtsdaten vermerkt sind.

»Wann?«, frage ich atemlos. Wenn er noch im Team ist, dann ist er dabei.

Meine Mutter nennt ohne Zögern ein Datum, so flüssig, als würde sie das jeden Tag gefragt. Nicht zu übersehen, dass sie ihn nie vergessen hat.

Adrian ist es nicht, aber das war ja schon klar.

Mit fliegenden Fingern blättere ich durch die Mappen. Und dann habe ich ihn. Mit Tränen in den Augen starre ich auf sein Bild, welches vor höchstens einem Jahr aufgenommen wurde. Ich betrachte sein Gesicht, die gerade Nase, die grauen Augen, die vollen Lippen. Vielleicht hat er Ähnlichkeit mit mir, vielleicht auch nicht.

Aber er ist es, mein Bruder.

Dann schiebe ich die Akte zu meiner Mutter, die mich mit blassem, aufgeregtem Gesicht beobachtet.

»Das ist er.«

»Seine Augen sind haargenau wie deine. Die Farbe und sogar die Form«, flüstert meine Mutter. Sie betrachtet hingebungsvoll das Foto von Leo und will gar nicht wissen, woher ich diese Mappen habe.

»Aber große Ähnlichkeit haben wir nicht. Sonst hätte ich ihn vielleicht früher erkannt.«

Er hat weder meine unkontrollierbaren Locken noch meinen breiten Mund. Deutlich hellere Haare und einen dunkleren Teint. Aber es stimmt, auch seine Augen haben die Farbe der aufgewühlten, stürmischen See, kurz bevor das Gewitter hereinbricht.

Seite an Seite verbringen wir die nächste Stunde.

Ich muss ihr alles über Leo erzählen. Den Augenblick, als ich ihn zum ersten Mal gesehen habe, an den ich mich eigentlich gar nicht erinnere, da mir an diesem Tag fünfzig Jungs einer nach dem anderen vorgestellt wurden.

Sie will wissen, wie er redet, wie er ist, einfach alles.

So gut wie möglich versuche ich, ihr Leo zu beschreiben, den Jungen, den ich in der Masse lange kaum wahrgenommen habe und der erst in den letzten Wochen nach und nach mehr Kontakt zu mir hatte.

Denn Leo ist ein toller Kerl, jemand, der immer mehr Profil bekommt, umso besser man ihn kennenlernt. Freundlich, selbstbewusst, fair.

Natürlich ist er auch ein super Sportler, sonst wäre er nicht mehr im Olympiateam.

Ich bin überglücklich, dass ausgerechnet er mein Bruder ist.

kapitel 5

Vor mir befindet sich eine Tür.

Sie ist zwar abgeschlossen, aber ich halte den Schlüssel in der Hand. Das Problem liegt woanders.

Hinter der Tür warten die Sportler auf mich. Ich habe sie seit der Gerichtsverhandlung nicht gesehen. Und ich will sie auch jetzt nicht sehen. Also, eigentlich schon, denn ich habe mich in unserer gemeinsamen Zeit unglaublich an sie gewöhnt und es war schrecklich, in den letzten Tagen nicht bei ihnen zu sein. Aber ihnen nun nach der überaus peinlichen Begegnung im Gerichtssaal unter die Augen zu treten, ist definitiv das, was ich mir lieber ersparen würde.

Schon seit einer Minute stehe ich reglos vor der Tür und überlege, was ich zu ihnen sagen soll. Es ist hoffnungslos.

Schritte nähern sich in meinem Rücken und wenn ich jetzt nicht auf der Stelle diesen Raum betrete, wird es auch hier draußen blamabel für mich.

Ich schließe schnell die Tür auf und husche leise hinein. Leider nicht so unauffällig wie erhofft. Acht Paar Augen richten sich auf mich und ich schlucke. Verlegen bleibe ich an der Tür stehen und frage mich verzagt, wie wir jetzt wieder zu einem normalen Verhältnis kommen sollen.

Länger Zeit, mir Sorgen zu machen, habe ich nicht. Paul stürzt regelrecht auf mich zu und reißt mich in seine Arme.

Er packt mich um die Hüfte und hebt mich hoch, so hoch, dass mein Kopf über seinen hinausragt.

Im ersten Schreck habe ich aufgeschrien und die Hände auf seinen Schultern abgestützt, um den Halt nicht zu verlieren. Die anderen umringen uns und ich schaue halb lachend, halb verlegen auf sie hinab. Zwar war ich noch nie so nah, so mitten zwischen ihnen, so völlig ohne Abstand, aber aus dieser Höhe fühlt es sich anders an. Richtig gut, ich könnte mich daran gewöhnen.

Mitten zwischen ihnen. Nicht länger außerhalb – dank meiner Rolle in diesem Projekt.

Alle Jungs grinsen genauso glücklich zu mir hoch, wie ich zu ihnen hinunter. Bis auf Adrian. Er lehnt mit verschränkten Armen an der Wand und beobachtet das Spektakel. An seiner Miene ist überhaupt nicht zu erkennen, was er denkt. Die schwarzen Augen verstecken seine Gefühle mal wieder perfekt und ich bin in seiner Gegenwart erneut vollkommen verunsichert.

Paul lässt mich langsam hinuntergleiten und ich verliere den Sichtkontakt zu Adrian.

»Das werden wir dir nie vergessen«, sagt Paul mit Tränen in den Augen.

Leo klopft mir unbeholfen auf die Schulter, auch er kämpft mit mehr Gefühlen, als ich erwartet habe. Andrew legt sacht seine Hand auf meinen Oberarm und sagt leise: »Danke.«

»Keiner von uns wird das je vergessen.« Paul neigt sich wieder nah zu mir, er hat von allen Jungs am wenigsten Berührungsängste. »Auch Adrian nicht, obwohl es nicht so scheint, als ob er dir sonderlich dankbar wäre. Versteh das nicht falsch, bitte, er kann es einfach nicht anders.«

Er kann es schon anders, zumindest schriftlich. Und in seiner Zelle mit dem Tod vor Augen, da konnte er sich und seine Gefühle mir gegenüber problemlos erklären. Denn das war der mit Abstand intimste Moment unserer bisherigen Beziehung.

»Wir haben ziemlichen Mist gebaut«, sagt Leo und sieht mir betreten in die Augen – mit einem Blick, der meinem so ähnlich ist. Leo, mein Bruder. Ich darf es ihm nicht sagen, obwohl alles in mir danach schreit. Meine Mutter hat mir unmissverständlich klargemacht, dass ich diesen Fehler auf keinen Fall begehen darf.

Also nicke ich nur und erwidere den Blick. Ich suche meine Mutter in seinen Augen – und mich selbst.

»Irgendwie finden wir alle es nicht richtig, dass du es so übel ausbaden musstest und wir straffrei ausgehen«, fügt Andrew hinzu.

»Ich habe selbst auch so einiges verbockt«, muss ich zugeben. »Ich habe durchaus verdient, was da beim Prozess mit mir geschehen ist.«

Ich will bloß nicht daran erinnert werden, denn mein Gesicht fängt sofort wieder an zu glühen.

»Auf keinen Fall«, widerspricht Tobias mir vehement. »Du hast nichts davon verdient und ich war kurz davor es richtig-zustellen. Aber das konnten wir uns nicht leisten.« Sein Blick fällt auf Adrian.

Vielleicht hätten sie nicht zugelassen, dass ich mich so demütige, um sich selbst zu retten, aber für Adrian stand viel mehr auf dem Spiel.

»Können wir es einfach vergessen?«, flehe ich sie an. »Ich will nie wieder daran denken.«

»Wenn du das möchtest, werden wir nie wieder darüber reden. Zumindest das sind wir dir schuldig«, sagt Leo. »Aber vergessen werden wir es nicht. Egal, wann oder wo, wenn du einen von uns brauchst, dann sind wir da.«

Zustimmendes Gemurmel von allen Seiten und ich muss erneut die Tränen unterdrücken.

Leider habe ich die Tür hinter mir nicht wieder abgeschlossen. Jetzt öffnet sie sich und ich bereue es auf der Stelle. Dr. Higgs steht im Türrahmen und lässt einen ver-kniffenen Blick über uns wandern.

Was will die denn hier?

Eigentlich dachte ich, wir wären ihrem Einflussbereich entkommen.

Sie sagt kein Wort und auch wir begrüßen sie nicht.

Eine Ärztin im weißen Kittel stürmt in die angespannte Stille und hat es eindeutig eilig. Es ist diese Frau, Dr. Parker, die Adrian nach dem Unfall an die Infusion anschließen wollte. Ich weiß, wie gnadenlos sie ist und dass sie auch einen vor Panik schreienden Jungen ohne Gewissensbisse behandelt.

»Ausziehen«, blafft sie die Jungs ohne Begrüßung an.

Ich bin entsetzt, als sie es tatsächlich tun, mit einem Ruck fliegen die Gefängnis-T-Shirts auf den Boden und ich sehe schon wieder überall nur nackte Haut.

»Jetzt kommen wir zu dem Teil, der Miss Summer so überaus gut gefällt. So gut, dass sie sich sogar Zuschauerinnen dazu holt«, kommentiert Dr. Higgs hämisch die nackten Oberkörper und meine Gesichtsfarbe, die zu knallrot wechselt, als ich bemerke, dass Paul beginnt, seine Hose aufzuknöpfen. Schnell wende ich mich ab, drehe den Jungs den Rücken zu und sehe an die Wand.

Einen Kommentar zu Dr. Higgs spare ich mir, da ich nach wie vor nicht zugeben darf, dass alles nur Show war. Vielleicht nicht mal einhundert Prozent Show, denn attraktiv sind sie definitiv. Am liebsten würde ich den Raum verlassen, aber ich werde meine Sportler auf keinen Fall mit diesen Frauen allein lassen.

»Oben rum reicht«, fährt die Ärztin Paul an und ich atme erleichtert auf.

Dann drehe ich mich zurück.

Dr. Parker holt eine Pistole aus ihrem Arztkoffer und ich keuche auf. »Was soll das?«

Endlich habe ich meine Stimme wiedergefunden.

»Ich bringe den Chip an«, erwidert Dr. Parker, füllt ein längliches Objekt in den Lauf und winkt Paul heran.

»Was denn für einen Chip?« Ich weiß nichts von einem Chip, ich weiß noch nicht einmal, was das sein soll.

»Miss Summer«, mischt sich nun Dr. Higgs mit ihrer unerträglich süßlichen und oberlehrerhaften Stimme ein. »Es ist ja wohl offensichtlich, dass man Männer nicht ohne Absicherung ins Ausland reisen lassen kann. Vor allem nicht diese.«

»Wieso nicht?«

»Männer, die sogar schon vor Ort versucht haben, zu fliehen?«

In diese Falle tappe ich nicht.

»Haben sie ja gar nicht. Haben Sie das Ergebnis der Gerichtsverhandlung schon vergessen?«

»Ich habe gar nichts vergessen. Weder ihre kriminellen Machenschaften noch ihren blamablen Auftritt. Und ich werde es auch nicht vergessen. Mag sein, dass sie jetzt triumphieren, aber nach den Olympischen Spielen kommen sie zurück, und zwar alle, und dann sind die Sportler wieder in meiner Obhut«, faucht sie mich an.

Wir werden sehen.

Spöttisch ziehe ich die Augenbrauen nach oben, denn der Wutausbruch war eher amüsant als einschüchternd. Das Ende der Olympischen Spiele liegt in weiter Ferne.

»Ich will nicht, dass sie diesen Chip anbringen«, sage ich zu Dr. Parker. »Das macht man bei Hunden.«

Inzwischen habe ich verstanden, was das ist. Freilaufende Haustiere werden bei uns gechippt, damit man sie wiederfinden kann. Auf dem Chip ist nämlich gespeichert, wem sie gehören.

Es ist unglaublich demütigend für die Sportler, sie so zu markieren.

Dr. Parker klopft ungeduldig mit der vorbereiteten Pistole auf den Tisch.

»Natürlich macht man das bei Tieren«, zischt Dr. Higgs. »Was ist an denen anders. Die würden auch bei der erstbesten Gelegenheit weglaufen.«

Ich spare mir den Hinweis, dass ein glücklicher Hund seinem Besitzer nie weglaufen würde, sondern höchstens verloren geht.

»Es ist absolut ungefährlich«, versucht Dr. Parker, die Stimmung zu beruhigen. »Und nach dem Wettkampf kann der Chip entfernt werden. Sie werden nicht für immer ein GPS-Signal aussenden.«

Dr. Higgs verdreht wütend die Augen. Von dem Signal sollte ich wohl gar nichts erfahren. Mir wird das hier zu bunt, schließlich sind es meine Sportler und es ist mein Projekt.

»Ich verbiete es«, sage ich entschieden.

Dr. Higgs zieht ein offiziell aussehendes Dokument aus ihrer Tasche und hält es mir kühl lächelnd hin. »Das können Sie natürlich machen, aber dann wird niemand von ihnen das Land verlassen.«

Es ist ein richterlicher Beschluss, dass die Jungs einen Peilsender bekommen, bevor sie reisen. Schwarz auf weiß. Ich werde blass vor Wut.

»Bitte lassen Sie uns einen Augenblick allein«, sage ich mühsam beherrscht. »Sie können niemanden dazu zwingen und ich muss einen Moment darüber nachdenken.«

Dr. Parker wirft einen Blick auf ihre Uhr. »Ich gebe ihnen fünf Minuten«, stellt sie ungehalten fest und verlässt mit schnellen Schritten den Raum.

Dr. Higgs folgt.

»Ich kann verstehen, wenn ihr das nicht machen lasst«, sage ich kleinlaut und sehe in die Runde. »Das ist entwürdigend. Leider ist das Dokument echt und ich muss mich fügen.« Ich hole tief Luft. »Es ist eure Entscheidung.«

»Was soll das heißen? Unsere Entscheidung?«, fragt Paul. »Es war noch nie unsere Entscheidung.«

Leo nickt. »Uns hat nie jemand irgendetwas gefragt. Wir machen, was man uns sagt.«

»Diesmal nicht. Diesmal entscheidet ihr, was ihr machen wollt«, beharre ich.

Leider ist auch das keine freie Entscheidung. Entweder die Jungs werden wie Eigentum markiert oder sie reisen nicht zu Olympia und werden behandelt. Wahrscheinlich auf der Stelle. Entmutigt lasse ich den Kopf hängen.

»Ich lasse es machen«, sagt Tobias gefasst. »Ich will um jeden Preis mit zu Olympia. Und ich dachte nie, dass ich überhaupt eine Chance habe. Maxine, ich habe mich noch gar nicht bei dir bedankt.«

»Es gibt keinen Grund, sich zu bedanken, Tobias. Du bist ein herausragender Kugelstoßer, du hast es verdient.«

Wenn er das nur mal kapieren würde.

»Dann lasse ich es ebenfalls machen, es ist auch nicht schlimmer, als andere Dinge, die wir mitmachen mussten«, stimmt Andrew ihm zu.

»Und noch nie hat uns jemand um unsere Meinung gebeten.« Das ist Paul, der mich wieder mit diesem besonderen Blick betrachtet.

Erleichtert atme ich auf. Sie haben sich entschieden, sie akzeptieren diesen entsetzlichen Chip. Wir werden trotz allem nach Hamburg reisen.

Alle?

Adrian hat sich bisher nicht dazu geäußert. Er hat zwar gehorsam sein T-Shirt ausgezogen, dieses graue, verschlissene Einheitsshirt, das die Sportler im Gefängnis bekommen haben und nach wie vor tragen, aber eine Entscheidung, ob er sich wie ein Tier chippen lässt, hat er noch nicht gefällt.

Ich fasse ihn ins Auge. Zum ersten Mal nach der Gerichtsverhandlung haben wir Blickkontakt und auf der Stelle schlägt mein Herz wieder wie verrückt. In Gedanken höre ich meine Stimme, die sich entschuldigt für Dinge, die ich nicht getan habe und vor allem für Dinge, die ich getan habe.

»Und du?«, frage ich ihn leise.

Er ist mit Abstand mein bester Sportler, schon allein deshalb möchte ich ihn unbedingt dabei haben. Aber es gibt auch andere Gründe.

»Es ist wirklich meine Entscheidung?«, vergewissert er sich.

»Ja.«

»Und ich könnte mich weigern?«

»Ja.«

Die Konsequenz muss ich nicht aufzeigen, die steht auch so schon unübersehbar im Raum.

»Dann bin ich einverstanden«, sagt er und ich merke, wie schwer es ihm fällt.

Erleichtert lächle ich ihn an.

Unser Entschluss ist keine Sekunde zu früh gefallen.

Dr. Parker rauscht zurück in den Raum.

»Also? Ja oder nein? Ich habe keine Zeit«, fragt sie kühl.

Ich gebe den Jungs ein Zeichen, selbst zu antworten. Ich will, dass absolut klar ist, dass es ihre Entscheidung ist, ihre eigene freie Entscheidung.

»Ja, Sie dürfen den Chip anbringen«, antwortet Leo mit erhobenem Kopf.

Er tritt nach vorne, um zu beginnen. Mein Bruder.

»Dreh dich um«, wird er grob angewiesen.

Wenn ich beim Arzt eine Spritze bekomme, sehe ich immer weg. Der Anblick, wie die Nadel in die Haut eindringt, ist nichts für meine Nerven. In diesem Fall muss ich leider wissen, wo genau der Chip angebracht wird. Denn da kann er ja nicht bleiben, nicht auf Dauer.

Dr. Parker desinfiziert kurz Leos Haut, setzt dann die Pistole unterhalb des Nackens an und schießt. Leo keucht vor Schmerz auf, kein Wunder, ich habe gesehen, wie groß das Ding ist, das gerade in den Muskel geschossen wurde. Eine deutlich erkennbare Wunde bleibt zurück.

Andrew beißt sich schon vorher auf die Lippen, kann sich einen Schmerzenslaut aber auch nicht verkneifen.

»Scheiße, tut das weh«, jammert Sebastian laut.

Adrian ist natürlich der Einzige, der weder eine Miene verzieht noch einen Ton von sich gibt.

Nachdem alle Jungs markiert sind, verlässt Dr. Parker eilig und grußlos den Raum.

Dr. Higgs will ihr folgen.

»Wo ist die Kleidung der Sportler?«, halte ich sie auf. »Die Gefängnissachen sind eine Zumutung.«

»Im Bus«, antwortet sie. Ich kann nicht erkennen, ob sie enttäuscht ist, dass wir uns nicht länger geweigert haben oder ob es ihr egal ist.

Der Bus wartet zusammen mit Thomas an der Pforte, mein Gepäck, das ich von zu Hause bis hierher geschleppt habe, ebenfalls.

»Begleiten Sie uns?«, frage ich Thomas erfreut.

Er lächelt zurückhaltend, aber freundlich und nickt.

Das ist natürlich mal eine gute Nachricht. Denn Thomas ist mir wirklich sympathisch und nachdem er mich zu Adrians Rettung holte, weiß ich, dass er zumindest nicht ohne eigene Meinung auf Dr. Higgs Seite steht.

»Zwei der Trainer sind auch dabei«, erklärt Thomas dann. »Sie sind aber schon gestern Abend abgereist.«

Wir werden nicht lange unterwegs sein, bis wir die Küste erreichen und dort auf eine Fähre umsteigen.

Die Jungs stürzen sich hinten im Bus auf ihre fertiggepackten Reisetaschen, um endlich die Kleidung zu tauschen, und ich setze mich vorne ans Fenster und sehe angestrengt hinaus, um bloß nicht aus Versehen noch mehr nackte Männerhaut zu erblicken.

Der Busfahrer biegt langsam und gleichmäßig um jede Ecke und ich betrachte die Felder, die sich rund um uns ausbreiten.

Wir sind tatsächlich unterwegs. Endlich.

Leise Schritte nähern sich zögernd. Dann steht Adrian neben mir und blickt zu mir hinunter. Er hat seine Kleidung noch nicht gewechselt. Von hinten erklingen immer wieder Kommentare über die Trainingsanzüge mit dem Wappen unseres Landes, die die Sportler wohl noch gar nicht gesehen haben, und über die Freizeitgarderobe, die großzügiger ist, als sie erwarteten.

»Darf ich?«, fragt Adrian und deutet auf den freien Platz neben mir.

Ich nicke.

Er setzt sich und versucht, einen größtmöglichen Abstand einzuhalten, trotzdem ist nicht mehr viel Raum zwischen uns. Abwartend sehe ich ihn von der Seite an, aber er starrt vor sich auf den Boden und hat einen konzentrierten Gesichtsausdruck.

»Ich …«, sagt er schließlich. »Ich wollte …«

Ich weiß, wie er sich fühlt. Es ist zwar absoluter Redebedarf zwischen uns, gleichzeitig ist es aber auch wirklich schwierig.

Seine Hände reiben unruhig über die Hosenbeine und lenken den Blick auf sie. In der Tat, es sind schöne Hände, schlank und zugleich kraftvoll, groß und geschickt. Und ich weiß, wie sie sich in meinen anfühlen.

Es ist unser altes Problem, Adrians Unfähigkeit, sich mündlich im direkten Gespräch so auszudrücken, wie er es eigentlich möchte.

»Willst du es lieber aufschreiben?«, frage ich irgendwie traurig und grinse ihn ein wenig an. Auch in mir tobt so ein Gefühlschaos, mehr als ich einfach so formulieren könnte.

»Das wäre sehr viel leichter, aber gleichzeitig feige«, antwortet er. Dann seufzt er tief. »Ich versuche gerade, mich zu bedanken. Und mich zu entschuldigen. Aber ich finde keine Worte, die das auch nur annähernd ausdrücken könnten. Alles, was ich sagen kann, ist einfach zu wenig. Zu wenig für das, was du getan hast.«

»Das ist okay so«, erwidere ich. »Ich verstehe dich.«

Jetzt blickt er mich an.

»Vielleicht. Trotzdem darf ich es mir nicht so leicht machen.«

»Ich hatte noch nie den Eindruck, dass du es dir leicht machst.« Jetzt grinse ich wieder, aber fröhlich ist auch das nicht. »Du machst dir nie etwas leicht, im Gegenteil.«

»Ich will es dir sagen. Das, was ich fühle. Ich weiß nur nicht, wie.«

»Dann stell dir vor, du schreibst es auf.«

Er schließt die Augen.

»Das könnte klappen.« Seine Hände zucken, die rechte macht eine Bewegung, als hielte er einen Stift.

»Liebe Maxine«, beginnt er dann und macht eine Pause, bevor er sich gesammelt hat und leise weiterspricht. »Der Augenblick, in dem ich vor Gericht verstanden habe, was du da vorhast, war der schönste und zugleich schrecklichste Moment meines Lebens. Schön, weil noch nie jemand sich selbst für mich in Schwierigkeiten gebracht hat, nur um mir zu helfen, und schrecklich, weil ich nicht wollte, dass du das machst, und ich es nicht verhindern konnte. Ich hatte viel zu viel Angst. Angst verurteilt zu werden und zu sterben. Und deshalb habe ich zugelassen, dass du dich vor aller Augen so blamierst, und dafür schäme ich mich unglaublich.«

»Es war es wert«, unterbreche ich ihn. Er sieht mich erneut an und ich erwidere seinen Blick und versuche, ihn von meiner Aufrichtigkeit zu überzeugen. »Es war alles wert und ich würde es jederzeit wieder so machen.«

»Trotz der Konsequenz?«

»Obwohl jetzt das komplette Land der Meinung ist, Maxine Summer lässt Männer zu ihrem Vergnügen strippen?« Dieses Wort habe ich aus dem Internet. Ich kann mir nicht vorstellen, dass das in anderen Ländern tatsächlich Frauen erfreut. »Das war so nicht geplant, zugegeben. Aber es hat geklappt und das ist das Einzige, das zählt.«

»Es ist eine lächerliche Vorstellung, dass du das von uns verlangt hättest«, sagt er mit einem schwer zu deutenden Blick.

Vielleicht ist es doch nicht ganz so lächerlich. Ich würde

mir definitiv keine Stripshow ansehen, egal, wie ausländische Frauen das handhaben, aber nicht jedes meiner Worte war gelogen.

Trotz unserer momentanen Ehrlichkeit werde ich das allerdings nicht zugeben.

»Es ist ja genauso lächerlich, dass du es machen würdest«, antworte ich und denke an seine lässige Aussage vor Gericht.

Er gibt ein leises Geräusch von sich.

»Ich bin aber noch nicht fertig«, sagt er dann und sieht mir tief in die Augen. Vielleicht nähern wir uns doch so langsam der Chance, richtige Gespräche zu führen. »Wegen dieser Flucht. Ich bin in Panik geraten. Die andern konnten wirklich nichts dafür, es war allein meine Schuld.«

»Es war auch meine Schuld, Adrian, eigentlich vor allem meine Schuld. Ich wusste, wie nervös ihr wegen der Auswahl wart. Und es gab überhaupt keinen Grund, es euch nicht auf der Stelle zu sagen, nachdem ich mich entschieden hatte, euch alle mitzunehmen. Ich kann mir im Nachhinein selbst nicht erklären, warum ich so ein Geheimnis darum gemacht habe.«

Die Gefahr, dass meine Entscheidung Dr. Higgs auf den Plan gerufen hätte, war minimal. Die Jungs hätten es ihr niemals verraten.

Er will mir antworten, aber ich schüttle den Kopf.

»Nein, Adrian, jetzt bin ich dran. Das habe ich ganz allein verbockt, es tut mir leid. Und es wird nicht wieder vorkommen. Ich habe versucht, es euch zu sagen, gestern bei dieser öffentlichen Entschuldigung, etwas versteckt. Aber gerade bei dir muss ich mich noch einmal ganz klar entschuldigen.« Er will mich wieder unterbrechen, ich lasse es erneut nicht zu. »Und Entschuldigungen fallen mir echt nicht leicht, das kannst du mir glauben. Aber ich war von Anfang an gemein zu dir. Ich habe dich bei jeder Gelegenheit beleidigt. Dir unterstellt, du wärst dumm. Es tut mir leid, denn ich weiß, dass es nicht stimmt. Vielleicht kannst du mir irgendwann verzeihen?«

»Es gibt nichts zu verzeihen. Ich war wohl auch nicht gerade liebenswert.«

Ich muss kichern, denn da hat er durchaus recht.

»Nein, das warst du wohl eher nicht.«

Er grinst schwach.

»Liebenswert werde ich wohl auch in Zukunft kaum sein. Das gehört nicht zu meinem Repertoire.«

»Liebenswert ist relativ.« Ich lächle ihn zaghaft an. »Ein wenig umgänglicher würde mir schon reichen. Und ich werde mir in Zukunft ebenfalls Mühe geben.«

Er lächelt tatsächlich zurück, vorsichtig, verhalten, aber es ist ein Lächeln. Das Lächeln verändert sein Gesicht. Nimmt die Härte raus, das Abweisende, Finstere.

»Okay«, sagt er. »Umgänglicher könnte klappen.«

Dann wischt er sich erneut verlegen über die Hose und wirft einen Blick auf die anderen, die inzwischen neue Kleidung tragen, an den Fenstern kleben und sich lauthals auf den Anblick des Meeres freuen.

»Ich ziehe mich mal um.« Mit einem letzten zaghaften Blick geht er weg und lässt mich plötzlich glücklich und euphorisch zurück. Es ist mir mit einem Mal so völlig egal, wie sehr mein Ruf in diesem Land gelitten hat.

kapitel 6

Unsere Ankunft in Hamburg ist ein Spießrutenlauf.

Das hier ist eine unvorstellbar große Veranstaltung mit mehr als zehntausend Sportlern aus über zweihundert Ländern. Hinzu kommen all die Trainer und Betreuer.

Die meisten sind schon angereist. Trotzdem fallen wir auf wie bunte Hunde.

Wären all die zu interessierten Blicke nicht, die auf uns liegen, würde ich es genießen. Sprachen aus allen möglichen Ländern flirren herum, immer wieder verstehe ich einzelne Sätze, bei anderen Sprachen dagegen kann ich noch nicht einmal identifizieren, von welchem Kontinent sie stammen. Menschen mit den unterschiedlichsten Hautfarben laufen durcheinander, die meisten in den Sporttrikots ihres Heimatlandes mit dem Nationalemblem vorne auf der Brust – genau wie wir.

Es ist noch viel besser, als ich es mir ausgemalt hatte.

»Ich dachte eigentlich, die führen ihre Männer an der Leine herum – mit einem Hundehalsband.«

Gerade bereue ich, dass ich so sprachtalentiert bin. Schöner wäre, die Kommentare nicht zu verstehen, so wie die Jungs, die sich zwar überfordert von der Situation fühlen, jedoch nicht gedemütigt.

Aber ich tue es nun mal.

Daher setze ich mein hochnäsigstes Gesicht auf und drehe mich zu den Deutschen, die gerade gnadenlos und lautstark über uns ablästern.

»Man sollte sich im Vorfeld schon genauer informieren, ehe man sich durch dumme Kommentare lächerlich macht«, antworte ich mit meinem wohl akzentuierten Schuldeutsch.

Der Typ, der Leinen und Halsbänder vermisst, sieht mich mit hochgezogenen Augenbrauen an.

»Oh, die kleine Inselmaus spricht deutsch?«

»Die kleine Inselmaus spricht auch fließend Französisch und Spanisch. Um unbemerkt weiter zu lästern, würde ich zum Beispiel Russisch oder Mandarin empfehlen, damit ersparen wir uns beide zusätzliche Peinlichkeiten.«

Dem Lästermaul scheint es überhaupt nicht unangenehm zu sein, dass ich ihn verstehen konnte. Er grinst mich nur an.

»Ich wüsste wirklich gerne, wie ihr sie unter Kontrolle haltet.«

»Wie wirst denn du unter Kontrolle gehalten?« Das interessiert mich zugegebenermaßen genauso.

»Gar nicht. Meine Triebe sind komplett unkontrollierbar.«

Sein freches Grinsen hat sich in etwas anderes verwandelt. Etwas sehr Verwirrendes. Das ich nicht verstehe. Kommentarlos drehe ich mich um und gehe davon. Wie auch immer ich mit den Sitten in diesem Land klarkommen soll, bleibt ein großes Fragezeichen.

»He, warte Inselmaus, ich heiße Lukas«, ruft er hinter mir her.

Ich ignoriere ihn.

Unser Gespräch ist nicht unbemerkt geblieben.

»Himmel, du kannst dich ja wirklich mit den Leuten hier unterhalten«, stößt Andrew atemlos hervor. »Das ist so cool.«

»Allerdings. Was hat er gesagt?« Auch Paul ist beeindruckt. Vom Sinn des Gesprächs wäre er es aber wohl kaum.

»Nichts Spannendes«, murmle ich nur.

»Und du?«, fragt er unverdrossen weiter.

»Ich habe nur aufgezählt, welche Fremdsprachen ich spreche«, antworte ich ausweichend.

»Und welche Sprache hast du gerade gesprochen?«

»Deutsch.«

»Also nichts mit: Hola, como estas?« Andrew würde wohl liebend gerne seine Sprachkenntnisse anwenden. Wäre ich sicher, die Spanier wären netter zu uns, würde ich ihm eine Spanierin dazu auftreiben.

Ich lasse den Blick durch die Halle des Gebäudes schweifen, in dem wir uns befinden, während wir uns zielstrebig in Richtung der Aufzüge bewegen. Sie ist nicht allzu pompös, eher zweckmäßig, aber riesengroß. Ich weiß, dass diese Hochhäuser nur für die Olympischen Spiele gebaut wurden. Es ist keine Kleinigkeit, so viele Menschen an einem Ort unterzubringen, alle in Fußweite zu den Sportstätten.

Außerdem ist die Hölle los.

Entschlossen führe ich uns durch das Gedränge, die Wegbeschreibung zu unseren Zimmern fest in der Hand. Trotzdem kann ich meine Ohren nicht daran hindern, weit aufgesperrt zu bleiben, und mein Gehirn, jedes der mir verständlichen Worte zu übersetzen.

Ich bin wirklich viel zu sprachtalentiert.

»Das müssen die Engländer sein.«

»Komisch, die sehen normal aus. Ohne die Sportanzüge würde man nicht erkennen, dass sie so pervers sind.«

»Die Kleine da ist aber verdammt niedlich. Der könnte ich mal demonstrieren, was ein echter Mann drauf hat.«

»Ich stehe ja eher auf den Blonden mit dem knackigen Arsch. Dem könnte ich auch so einiges demonstrieren.«

Bei diesen Worten bleibt mein Mund offenstehen und ich drehe mich zu dem Sprecher um, obwohl ich mir geschworen hatte, auf keinen Kommentar zu reagieren. Denn die Stimme war eindeutig die eines Mannes, und dieser Mann starrt gerade unverhohlen auf Pauls Hintern, während er anzüglich lacht. Das ist jetzt wirklich zu viel.

Wie auf der Flucht renne ich in Richtung Aufzüge und wende keinen Blick mehr nach rechts oder links. Die Jungs kommen kaum hinterher.

Im Aufzug hämmere ich regelrecht auf die Etagennummer, damit die Türen sich schneller schließen. Auch hier folgen uns diese unverschämten Blicke und ich fühle mich wie auf dem Präsentierteller.

Erst als die Türen geschlossen sind und der Aufzug sich in Bewegung setzt, atme ich auf.

»Was war denn los?«, fragt Paul mich.

»Nichts.«

Das glaubt mir keiner. Ich kann Paul aber nicht darauf hinweisen, dass andere Männer seinen Hintern attraktiv finden. Ich finde es ja schon unaussprechlich peinlich, wenn das mir so geht.

Krampfhaft versuche ich, an etwas anderes zu denken. Ich habe nicht damit gerechnet, dass wir das Gesprächsthema Nummer eins sind. Vielleicht hin und wieder einen erstaunten Blick, ja, damit habe ich gerechnet. Damit wäre ich klargekommen. Aber wenn das die nächsten Wochen so weitergeht, dann komme ich damit eher nicht klar.

Die Sportler verstehen wenigstens kein Wort, die müssen nur die Blicke aushalten.

»Ist dir aufgefallen, wie wir angesehen werden?« Paul lässt sich nicht so leicht abwimmeln, obwohl ich unkommunikativ an die Wand starre.

»Hm.«

»Schade, dass wir nicht mit den Leuten sprechen können«, fährt er unbeirrt fort. Früher wäre es der Fall gewesen, da war Englisch eine Weltsprache, die fast jeder konnte. Inzwischen versteht uns kein Mensch.

Die Aufzugtür öffnet sich und gibt den Blick auf einen menschenleeren Flur frei. Ich atme auf.

»Das ist ein wenig wie Zauberei.« Tobias interessiert sich nicht für unsere Wirkung auf Menschen. Er schlägt Adrian heftig auf die Schulter. »Ist das nicht irre. Man klettert in diesen kleinen Kasten, macht die Tür zu und ein paar Sekunden später sind alle Leute weg.«

Ich werfe ihm einen ungläubigen Blick zu und will ihm erklären, was es mit einem Aufzug auf sich hat.

»Maxine, mir ist schon klar, dass dieser Kasten sich nach oben bewegt hat«, lacht Tobias mich aus. »Aber es ist trotzdem ein wenig unheimlich.«

Aufmerksam untersucht er die Aufzugtür, während wir anderen uns nach den Zimmern umsehen. Ich schüttle den Kopf. Hoffentlich zeigt er seine Begeisterung für alles Neue nicht so offensichtlich, wenn wir nicht mehr unter uns sind. Die Jungs werden in nächster Zeit noch tausend Dinge sehen und erfahren, die sie so nicht kennen.

Unsere Zimmer liegen nebeneinander, und nachdem ich die Türen aufgeschlossen habe, wuseln plötzlich alle aufgeregt durcheinander.

»Wir sind zu zweit in einem Zimmer?« Der pure Unglaube in Andrews Stimme. »Echt nur zu zweit?«

»Wie teilen wir uns auf?«

»Sieh dir die Badezimmer an.«

»Im Ernst, das ist eine Badewanne, oder?« Ich höre eine Tür laut zuschlagen und dann Jasons Stimme aus dem nun verschlossenen Bad. »Ich komme hier nie wieder raus. Ich werde in die Badewanne steigen und für immer drin bleiben.«

Adrian hat seine Tasche auf ein Bett gestellt und sieht aus dem Fenster. Ich geselle mich zu ihm.

»Wir sind im fünfzehnten Stock«, sage ich leise.

Er nickt. In seinem Blick liegt Sehnsucht.

»Das ist verdammt hoch«, sagt er beeindruckt. »So muss sich ein Vogel fühlen.«

Die Aussicht ist ganz nett. Ich bin den Blick über London gewohnt, aus noch schwindelerregender Höhe, aber das hier ist schon in Ordnung. Vor allem wenn man bisher nie höher als in der zweiten Etage war. Das Olympiagelände ist von

Wasser umgeben, ein riesiges Containerschiff liegt in Sichtweite vor Anker und im Hintergrund erstreckt sich die Hamburger Innenstadt.

Paul belegt das andere Bett. Dann nimmt er mich ins Visier.

»Wo schläfst du, Maxine?«

»Ich habe auch eines der Zimmer auf diesem Stock.«

»Eines der Doppelzimmer?«

»Klar, hier sind alle Zimmer gleich. In jeder Etage. Die anderen Kandidaten sind auch nicht besser untergebracht als wir.« Ich habe mich im Vorfeld informiert. Diese Häuser sind gigantisch und gerade rechtzeitig fertig geworden. Wirklich schön sind sie allerdings nicht.

»Auch nicht besser untergebracht? Das ist Luxus pur«, wendet Adrian ein. »Nur zu zweit in einem Zimmer. Ein Badezimmer nur für zwei. Ein richtiges Badezimmer.«

Na ja, kann sein. Wenn man weiße Wände mag, weiße Bettwäsche, weiße Vorhänge. Wenn man es praktisch und karg mag und kein Fan von Dekoration oder Wandbehängen ist. Und wenn man außer einem Nachttisch und einem Kleiderschrank nichts braucht.

»Und wer schläft mit dir in dem Zimmer?« Pauls Augen fixieren jetzt die Tasche, mit der er seinen Platz neben Adrian festgelegt hat. Überlegt er gerade ernsthaft in mein Zimmer zu wechseln?

»Adrian natürlich«, sage ich möglichst lässig.

Die folgende Stille ist buchstäblich, das entsetzte Gesicht von Adrian ist das Schönste, das ich seit unserer Ankunft gesehen habe. In Pauls Blick dagegen liegt Bedauern.

»Das war eine zusätzliche Bedingung.« Gnadenlos spinne ich die Geschichte weiter. »Da Adrian ja noch immer als unser Sorgenkind gilt, muss ich ihn vierundzwanzig Stunden am Tag im Blick haben. Ich fürchte, ich darf dich auch nicht allein ins Badezimmer lassen«, wende ich mich nun direkt an Adrian, der mich anstarrt und vor Schreck kein Wort mehr äußert.

Das macht so viel Spaß.

Ich deute zum Bad. »Möchtest du jetzt sofort duschen? Die Anreise war wirklich lang und wir brauchen alle eine Erfrischung.«

Adrian krächzt. Hatte er nicht noch während der Gerichtsverhandlung ungerührt ausgesagt, er würde sich vor mir ausziehen? Das war wohl eindeutig gelogen. So abgebrüht, wie er vorgibt, ist er nicht.

Paul kann reden, aber dem würde eh nichts die Sprache verschlagen.

»Ist er dann auch im Bad, wenn du duschst?«

»Natürlich. Aber er muss zur Wand gucken.«

Leider kann ich meine ernsthafte Miene nur noch wenige Sekunden halten. Dann pruste ich laut los.

»Ihr glaubt auch alles. Ich habe ein eigenes Zimmer. Und ein eigenes Bad.«

Paul lacht erleichtert mit.

Adrian schließt die Augen und fährt sich dann mit der Hand durchs Gesicht.

»Okay, da habe ich mich gerade wohl echt lächerlich gemacht, oder? Ich habe es dir wirklich geglaubt.«

Ich grinse noch breiter. »Mach dir nichts draus. Auf meine Märchen fallen immer alle rein, ich bin ein Naturtalent.«

Auf dem Flur ist es ruhig geworden, die anderen haben es problemlos geschafft, sich auf die Zimmereinteilung zu einigen. Bei uns war das dagegen früher immer ein Drama. Einundzwanzig Mädchen während der Klassenfahrt so auf die Schlafräume zu verteilen, dass keine sich ausgegrenzt fühlt, war jedes Mal eine logistische Meisterleistung, die schon Wochen vorher die gesamte Unterrichtszeit aufgefressen hat. Jungs scheinen da anders zu sein.

»Ich lasse euch mal ein bisschen Privatsphäre.« Ich winke zum Abschied.

Das freie Zimmer liegt genau neben Paul und Adrians.

Mein Geschmack ist es wirklich nicht. Aber ich gebe zu,

wäre ich so aufgewachsen wie die Jungs, dann würde ich es anders sehen.

Langsam räume ich meine Klamotten in den Schrank. Dann werfe ich ein paar der buntesten Sachen auf das freie Bett, um wenigstens hier für Farbe zu sorgen.

Es soll ja kein Urlaub werden, eher eine Art Geschäftsreise.

Es klopft an meiner Tür.

»Komm rein.« Ich könnte wetten, dass es Paul ist. Kein anderer würde sich in mein Zimmer wagen.

Es ist jedoch Adrian, der im Eingang steht.

Nach wie vor in den Klamotten, in denen wir angereist sind. Er kommt rein und schließt die Tür hinter sich, ohne ein Wort zu sagen. Neugierig sieht er sich in meinem Zimmer um und betrachtet kurz die Kleidung auf dem zweiten Bett.

»Also«, sagt er dann und blickt mich ein wenig verlegen an. »Ich wäre bereit, zu duschen.«

Ehe ich reagieren kann, zieht er schon sein T-Shirt über den Kopf und wirft es auf mein Bett. Er beginnt, die Schuhe zu öffnen.

Hektisch schnappe ich nach Luft und bekomme einen roten Kopf.

Er hatte doch verstanden, dass das ein Scherz war. Oder nicht? Sein Gesichtsausdruck tendiert nach wie vor zu Verunsicherung, trotzdem knöpft er nun seine Hose auf.

Ich drehe mich schnell um, stelle allerdings fest, dass die Fensterscheibe spiegelt und ich Adrian noch immer ausgezeichnet sehen kann. Adrian, der an seiner Hose zugange ist. Ich muss auf den Boden blicken.

»Adrian«, beginne ich. »Das hast du falsch verstanden.« Leider hört man die Panik in meiner Stimme. »Das war doch nur ein Scherz. Du musst nicht bei mir duschen. Bitte, dusch bei euch im Bad. Allein. Oder mit Paul. Aber bitte ohne mich.«

Am liebsten würde ich mir die Augen zuhalten, die Ohren zuhalten und ›lalala‹ summen. Die Vorstellung, dass er jeden

Augenblick nackt in meinem Zimmer steht, komplett nackt, ist zu viel.

In den letzten Wochen habe ich wirklich jede Menge Neues über Jungs und Männer gelernt, mehr als jemals im Biologieunterricht. Und das meiste davon war definitiv positiv. Sogar Rücken- und Bauchmuskulatur. Aber jetzt gleich live gezeigt zu bekommen, wie ein nackter Mann aussieht, auch in der Körpermitte, das geht einfach nicht.

Da höre ich ein leises Kichern hinter mir.

Mit blitzenden Augen fahre ich wieder zurück.

Adrian lacht.

Seine Hände halten noch immer die Hose, die er nur ein kleines Stück nach unten gezogen hat, sein Oberkörper ist nackt, die Füße ebenfalls, aber die Jeans bedeckt auch weiterhin die Körperstelle, die ein echtes No-Go ist. Sein Bauch ist bis weit hinunter freigelegt, dieser Bauch, der so unvorstellbar hart und muskulös ist. Nur mit Mühe wende ich den Blick wieder hoch in sein Gesicht.

Nach und nach kapiere ich es.

Das war die Retourkutsche. Adrian hat mich mit meinen eigenen Mitteln reingelegt.

Der Junge hat ja Humor.

Sprachlos starre ich ihn an. Dann macht sich langsam ein Grinsen in meinem Gesicht breit. »Das hat gesessen. Du hast mich so was von verarscht.«

»Den Eindruck hatte ich auch.«

»Ich wäre fast gestorben vor Scham«, gebe ich zu.

Meine Augen wandern wieder zurück zu seinem Bauch. Wieso finde ich ausgerechnet diese Körperstelle so schön? Es muss daran liegen, dass man sieht, wie viel harte Arbeit in diesem Körper steckt. Man erkennt einfach, wie sportlich er ist, wie geschmeidig er sich bewegen kann. Mehr ist es nicht.

Trotzdem steigt neue Röte in mein Gesicht, als ich wieder hochsehe. Wenig überraschend hat Adrian bemerkt, wo ich ihn angestarrt habe. Ich will nicht wissen, was er denkt.

»Dann bist du nicht sauer?«, fragt er und verzichtet darauf, mein Starren zu kommentieren.

»Nein, im Gegenteil. Ich bin schwer beeindruckt. Mich legt man nicht so leicht rein.«

»Ich bin eben auch ein Naturtalent.«

»Wer weiß, was sich noch alles bei dir verbirgt«, sage ich grinsend. Dann versiegt das Grinsen, als mir klar wird, wie man das verstehen kann, da sich seine Hände nach wie vor an der aufgeknöpften Hose befinden. »Ich meine Charaktereigenschaften«, füge ich schnell hinzu.

Sein Mundwinkel zuckt.

Endlich schließt er die Hose und angelt nach den Schuhen. Ich atme auf, halb nackt ist er fast schon wieder ein gewohnter Anblick, was über meine jüngste Vergangenheit doch so einiges aussagt.

»Ich bemühe mich gerade, etwas umgänglicher zu sein.« Er lächelt und legt er sich sein T-Shirt über die Schulter. »Duschen werde ich jetzt aber tatsächlich.«

»Die Badewanne ist allerdings auch zu empfehlen«, rufe ich hinter ihm her, während er sich der Tür zuwendet.

Denn das werde ich machen.

Adrian dreht sich auf dem Flur noch einmal zu mir um.

»Mal sehen.«

»Hallo Inselmaus«, ertönt in diesem Moment eine erfreute Stimme und ein Kopf schiebt sich neben Adrian. »Ich habe dich ja völlig falsch eingeschätzt.«

Es ist dieser Typ, dieser Deutsche, der uns eben noch unten in der Halle beleidigte. Mit einem breiten Grinsen mustert er erst mich und dann Adrian, vor allem Adrians Oberkörper.

»Du brauchst die Leine und die Peitsche nicht, du benutzt Zuckerbrot.«

Ich verstehe kein Wort.

Adrian genauso wenig, aber das liegt an der Sprachbarriere. Bei mir liegt das Problem irgendwo anders.

»Was meinst du damit?« Meint er die Muffins, die ich im Internat für die Jungs gebacken habe?

»Ich habe gedacht, ihr Weiber von der abgeriegelten Insel, seid frigide Schreckschrauben, die deshalb die Männer wegsperren. Aber bei dir ist das ja eindeutig nicht der Fall. Wenn du dich also mal von einem mit mehr Erfahrung als deinem Lustknaben da durchvögeln lassen willst, ich könnte behilflich sein.«

Er meint keinen Kuchen.

Adrian blickt von mir zu dem Typen und wieder zurück.

»Was will er?«, fragt er mich dann.

Das kann ich in meiner Sprache nicht ausdrücken. Ich bin mir auch nicht sicher, ihn überhaupt verstanden zu haben. Worte wie frigide oder durchvögeln habe ich noch nie gehört.

»Ich glaube, er bietet uns seine Hilfe an. Er sagt, er habe viel Erfahrung«, übersetze ich die Stellen, die ich kapiert habe. Nur bei den Vögeln stehe ich auf dem Schlauch.

Adrian nickt dem Typen freundlich zu und klopft ihm auf die Schulter. Er macht ein Daumen-hoch-Zeichen. Ja, er arbeitet eindeutig daran, umgänglicher zu werden.

Wortlos verschwindet er in seinem Zimmer.

Der Deutsche schaut ihm sprachlos hinterher. Dann streicht er sich über die blonden, kurz geschorenen Haare. Annähernd so kurz wie die der Jungs im Internat, zumindest seitlich, aber trotzdem ganz anders. Denn das hier ist bewusst so gewollt. In die Seiten sind Linien eingefräst, die ein Wellenmuster bilden, und ich frage mich, wie oft man das wohl nachmachen muss, damit es so akkurat aussieht.

»Was bei euch auf der Insel in Wahrheit abgeht, das würde ich echt gern wissen. Der hat ja keine Probleme damit zu teilen. In welcher Disziplin tritt er an?«

»Im Zehnkampf.«

Vielleicht ist der Typ ja doch nicht so verkehrt. Seinen Namen habe ich allerdings schon wieder vergessen. Aber er scheint einzusehen, dass wir anders sind als erwartet.

Ich versuche es auch einmal mit einem Lächeln.

»Ist er gut?«, fragt der Deutsche.

»Er ist phantastisch.«

»Im Zehnkampf oder im Bett?«

Was soll das jetzt? Ich habe eben in der Halle noch gedacht, meine Sprachkenntnisse seien ausgezeichnet, aber
schon im ersten längeren Gespräch stoße ich an meine Grenze.

»Ist das ein Unterschied?«, frage ich also ausweichend.

Der Typ lacht sich tot über mich, warum auch immer. Jetzt
fällt es mir wieder ein, Lukas heißt er.

»Bist du nur mit Zehnkämpfern hier?« Er wischt sich eine
Träne aus dem Gesicht. »Wenn die alle so gut im Bett sind.«

»Nein, nein, Tobias konzentriert sich auf Kugelstoßen,
Sebastian macht Stabhochsprung und Andrew Weitsprung.«

»Und du?«

»Ich bin nicht im Wettkampf.«

Er lehnt sich gegen die Wand, abwartend, und fasst mich
genau ins Auge. Es ist mir unangenehm, so intensiv betrachtet
zu werden.

Seine Iris ist annähernd so blau wie Pauls.

»Bist du auch ein Zehnkämpfer?«, frage ich, da er mich mit
einem Mal nicht weiter ausfragt.

Ich habe ja schon so einige Zeit mit meinen Sportlern verbracht, genug, um mich an sie zu gewöhnen. Zumindest
solange sie angezogen sind. Aber dieser Mann ist anders. Er
verunsichert mich, obwohl er keine Anstalten macht sich zu
entkleiden.

»Willst du wissen, ob ich auch gut im Bett bin?« Er lächelt
ein irritierendes Lächeln. »Soll ich es dir nicht einfach zeigen?
Behaupten kann das ja jeder. Oder hat dein Zehnkämpfer
dich schon völlig fertiggemacht?«

Ich denke an die Panik, in die Adrian mich noch vor
wenigen Minuten gestürzt hat. Das hat mich eindeutig völlig
fertiggemacht.

»Definitiv zweites«, antworte ich und Lukas lacht wieder laut.

»Ihr Engländer seit echt ganz anders als erwartet. Wenn du dich also soweit erholt hast, ich stehe zur Verfügung.« Er entfernt sich langsam den Flur hinunter und wirft mir noch einen letzten Blick zu. »Ich stehe quasi jetzt schon, wenn du weißt, was ich meine.«

Das weiß ich nicht. Kopfschüttelnd ziehe ich mich ins Zimmer zurück und lasse mir ein Bad ein. Erstaunlicherweise produziert das Shampoo astreinen Schaum und glücklich sinke ich ins warme Wasser.

»Was hast du bei Maxine gemacht?« Bei diesen Worten fahre ich erschrocken hoch. Aber niemand ist im Raum.

»Ich war umgänglich«, antwortet Adrians Stimme lapidar.

Oh, ich kann Paul und Adrian im Nebenzimmer hören. Die Wände hier sind wie aus Pappe.

»Warst du dabei wenigstens freundlich?«

»Ich fürchte nicht wirklich. Aber unfreundlich war ich auch nicht.«

»Sie hat dir das Leben gerettet.« Pauls Stimme offenbart eine merkwürdige Mischung aus Wut und Ergriffenheit. Emotionen, die nicht wirklich zusammenpassen.

»Das ist mir durchaus bewusst.«

»Das merkt man dir aber nicht an.«

»Was soll ich denn machen? Vor ihr auf den Knien herumrutschen?«

»Das wäre immerhin eine Möglichkeit.«

»Ich glaube nicht, dass sie da Wert drauf legt.«

Ich sollte nicht lauschen. Die Alternativen sind allerdings nicht verlockend. Die Ohren zuhalten. Den Kopf unter Wasser stecken. Den beiden Bescheid sagen, dass ich sie hören kann.

»Behandle sie einfach mal anständig, Adrian. Das ist ja wohl das Mindeste, das sie verdient hat.«

»Du magst sie, oder?«

»Natürlich mag ich sie. Sie ist überwältigend. Freundlich, witzig, selbstbewusst.«

»Und hübsch.«

»Und hübsch«, stimmt Paul zu.

Ich werde rot. Paul hat mir ja schon ins Gesicht gesagt, er fände mich hübsch, aber das jetzt aus Adrians Mund zu hören, ist eine andere Nummer. Auch wenn die Worte nicht für mich bestimmt sind.

»Liebst du sie?«

Ich halte den Atem an. Ich sollte dieses Gespräch auf keinen Fall belauschen. Aber jetzt ist es viel zu spät, um sich bemerkbar zu machen.

Paul schweigt. Lange.

»Ich glaube, niemand von uns weiß irgendetwas über Liebe. Ich ganz bestimmt nicht«, sagt er und klingt unglaublich traurig dabei.

Nur eine Minute später rauscht nebenan Wasser. Adrian duscht. Nur durch eine papierdünne Wand getrennt von mir. Ich kann jedes Geräusch hören, das er dabei macht.

kapitel 7

Am Abend begeben wir uns wohl oder übel zurück in die Öffentlichkeit. Ich fürchte, die Jungs haben über mich geredet. Über mich und meine geschockte Reaktion auf all die Kommentare der anderen Olympioniken. Als wir aus dem Aufzug treten, umringen sie mich wie eine persönliche Leibgarde und ziehen finstere Gesichter.

»Deine Freundin hat dich Max genannt«, sagt Paul, während wir durch die Halle gen Ausgang streben. Jetzt ist es nicht mehr so voll wie bei unserer Ankunft, nicht nur wir sind um diese Zeit hungrig.

»Kurzform von Maxine.«

»Das ist mir schon klar.« Er blickt mich finster an. »Ich meine, es gefällt mir.«

»So nennen mich nur Emily, Fiona, Sophie und Amber. Und auch nur, wenn sie nicht gerade sauer auf mich sind.« Ich muss ein bisschen grinsen. Sobald sie Maxine zu mir sagen, weiß ich, dass ich Scheiße gebaut habe. In letzter Zeit habe ich meinen vollen Namen ein paar Mal zu oft gehört.

»Ich bin nie sauer auf dich.« Paul guckt mich nicht an, sondern stur geradeaus. Ein klares Zeichen, wie wichtig ihm unser Gespräch ist. »Ich dachte …, ich würde gern …« Er holt noch einmal tief Luft. »Ich würde dich auch gerne Max nennen. Wenn das nicht zu weit geht. Weil …, ich dachte, nach all dem, was wir erlebt haben, sind wir jetzt doch auch verdammt gute Freunde.«

Eine Weile sehe ich ihn prüfend an. Er kann mir ohne Verlegenheit sagen, er fände mich hübsch und ich bringe ihn durcheinander. Er kann mir ohne Verlegenheit sagen, er hätte mich vermisst. Und jetzt ist all diese Coolness wie weggepustet.

Ich lasse mir Zeit mit der Antwort. Es geht hier nicht nur um einen Namen. Und es geht auch um mehr als oberflächliche Freundschaft.

»Ich würde mich freuen, wenn ihr mich alle Max nennt«, beschließe ich dann und es bedeutet so viel mehr.

Ein glückliches Lächeln schleicht sich in Pauls Gesicht.

»Max«, probiert er es aus.

Ja, es klingt richtig. Wir haben inzwischen so einiges zusammen erlebt, so einiges, das unglaublich zusammengeschweißt.

Draußen schlendern wir den Gehweg zur Mensa entlang. Man sieht, dass alles nagelneu ist. Der Rasen ist kurz und zu akkurat geschnitten, die Beete sind bepflanzt, aber für meinen Geschmack zu ordentlich angelegt, und die Pflanzen sind noch klein und mickrig. Bäume gibt es zwar ebenfalls, sie sind jedoch so niedrig und unauffällig, dass sie mit dem Hintergrund verschmelzen. In ein paar Jahren wird das eine sehr ansprechende Parkanlage sein. Jetzt macht es noch nicht so viel her.

Ebenso wie wir tragen auch die anderen Athleten ihre Trainingsanzüge mit den Nationalfarben und dem Wappen ihres Landes. Viele Deutsche sind unterwegs, viele Franzosen und Spanier. All diese Menschen kann ich verstehen. Aber ich sehe auch Asiaten, Russen und bunt gemischte Nationen, die ein wirres, völlig unverständliches Sprachengemisch erzeugen. Es ist herrlich. Besonders die Sprachen, die ich nicht gelernt haben.

»Hast du eben am Nachtischbüffet diesen Italiener gesehen? Der hat mir so heiße Blicke zugeworfen, wie das nur Italiener machen«, erklärt eine Spanierin mit einem breiten Lächeln ihrer Freundin.

»Italiener? Keine Ahnung. Ich hatte nur Augen für Mathis Bertrand. Dass ich den mal live sehen werde, hätte ich nie gedacht.«

Keine Ahnung, was so Besonderes an Italienern ist.

Keine Ahnung, wer Mathis Bertrand ist.

Mir wird bewusst, wie abgeschieden wir auf unserer Insel leben.

Die Spanierinnen sind an uns vorübergeeilt und ich lausche andächtig einer Gruppe schwatzender Afrikaner, deren Sprache so abgedreht klingt, dass ich sicher bin, diese Töne niemals auch nur nachmachen zu können.

Langsam breitet sich ein glückliches Grinsen auf meinem Gesicht aus, denn genau so hatte ich mir das vorgestellt.

Die Mensa ist riesig.

Der Geräuschpegel ebenfalls.

Eine Weile stehen wir stumm am Eingang und saugen das Bild in uns auf. Dann wird mir bewusst, wie lächerlich wir aussehen müssen, und ich knuffe Paul und Andrew unsanft in die Seite. Die anderen sind leider außerhalb meiner Reichweite.

»Reißt euch zusammen. Guckt mal was cooler, sonst wirken wir wie Freaks.«

So wirken wir ja eh schon, zumindest wenn man nach der Aufmerksamkeit geht, die wir auch jetzt wieder erregen. Ich straffe die Schultern und gehe entschlossen und zielsicher auf die Essensausgabe zu.

»Das mit dem cool sein, ist aber nicht leicht, Max«, sagt Andrew verunsichert, als wir vor der Essensauswahl stehen. »Ich habe nämlich keine Ahnung, was das für Essen ist. So was habe ich noch nie gesehen.«

So geht es mir ehrlich gesagt auch. Die Auswahl ist überwältigend, vieles ist mir völlig unbekannt und ich weiß nicht, ob es überhaupt essbar ist. Bis mein Blick erleichtert auf Pizza fällt.

»Ich halte mich an die Thunfischpizza«, weise ich Andrew auf das einzig Erkennbare hin. »Da kann man echt nix falsch machen.«

Gerade als ich die Mahlzeit hochnehme und mich dem Raum zuwende, werde ich unsanft angerempelt. Das Tablett rutscht mir aus den Händen, ich ringe um mein Gleichgewicht und kann schon sehen, wie die Pizza samt Getränk in hohem Bogen durch den Saal fliegt.

Im letzten Moment greift jemand nach meinem Essen und rettet mich.

Erleichtert blicke ich hoch, nur um in ein Gesicht zu sehen, das voll mit Metall ist. Stecker in der Augenbraue, Ringe in der Nase und sogar ein Ring um die Unterlippe. Die Ohrmuscheln sind schier unbeschreiblich, keine Stelle, die nicht durchlöchert ist. Ein krächzender Laut kommt über meine Lippen und das Mädchen grinst.

Angerempelt hat mich allerdings die Blonde, die mit abfällig verzogenem Gesichtsausdruck daneben steht, die Arme vor der Brust verschränkt, und mich mustert, als wäre ich ein ekliges Insekt. Sie ist ellenlang, mit nicht endenden Beinen, einer Wespentaille und den knappsten Klamotten, die ich je an einem Mädchen gesehen habe.

»Pass auf, wo du hinläufst, Roastbeef«, motzt sie mich an.

Ich wollte mich gerade schon entschuldigen, aber sowohl ihre Körpersprache als auch ihre Worte machen deutlich, dass das hier kein Versehen war. Solche Mädchen kenne ich. Und ich weiß, wie man mit ihnen umgeht, denn das läuft bei uns zu Hause nicht anders.

Der erste Fehler wäre, auch nur einen Hauch von Schwäche zu zeigen.

Ich drücke das Tablett meiner durchlöcherten Retterin entgegen, stemme die Hände in die Hüfte und baue mich genau vor der Blonden auf. Sie ist deutlich größer als ich, diese

Beine sind in der Tat eine wahre Waffe. Mein Körper dagegen wird erst zur Waffe, wenn ich den schwarzen Gürtel im Judo anwende.

In erster Linie ist es mein loses Mundwerk.

»Pass du lieber auf, Bohnenstange. Beim nächsten Mal breche ich dir möglicherweise ein Bein. Aber das brauchst du ja sicherlich nicht so nötig.« Wütend funkle ich sie an.

Die Blonde zuckt bei meinen Worten erschrocken vor mir zurück und das Mädchen, das mein Tablett hält, kichert erfreut.

»Du hast sie doch nicht mehr alle«, erwidert die Blonde, sorgt aber dafür, Abstand zu mir zu bekommen. »Du weißt wohl nicht, wer ich bin, Schlampe.«

Sie dreht ab und verschwindet. Auf ihrem Rücken blinkt in glitzernden Strasssteinen die amerikanische Flagge. Daher also der merkwürdige Akzent, obwohl wir dieselbe Sprache gesprochen haben.

»Was hast du zu ihr gesagt?«, lacht meine Tablettträgerin auf Deutsch. »Ich habe die blöde Tussi noch nie so erschrocken erlebt.«

»Nichts Besonderes.« Ich wiederhole meine Worte.

»Und ich dachte, ihr Engländer wärt immer so schrecklich höflich«, prustet das Mädchen begeistert.

»Das war meine höfliche Reaktion«, sage ich ernst und nehme das Essen zurück. »Danke fürs Retten und fürs Festhalten. War das auch höflich genug?«

»In Anbetracht der Umstände und dem Wissen, wie du mit Destiny Williams umgesprungen bist, will ich mich nicht beklagen«, sagt sie breit grinsend. »Mögt ihr euch zu uns setzen?«

»Ja klar, gerne« stimme ich zu, allerdings ist das jetzt tatsächlich reine Höflichkeit. Absolut unmöglich, so ein Angebot abzulehnen.

Die Jungs und ich folgen ihr an einen Tisch am Ende des Raums. Beim ersten Blick auf die Leute, die sich dort schon ausgebreitet haben, bereue ich es. Es sind die lästernden

Deutschen und Lukas, mit dem ich eindeutig Kommunikationsprobleme habe, ist auch dabei.

»Jule, schleppst du jetzt allen Ernstes die Inselaffen hier an?«, werden wir von einem riesigen, finster blickenden Typen begrüßt.

Jule also.

»Wir suchen uns einfach einen anderen Tisch«, sage ich rasch zu ihr. »Und noch mal danke, das war wirklich nett von dir.«

Ich will mich schon abwenden, da hält sie mich fest.

»Anton ist ein Idiot. Ignorier ihn einfach.« Sie wirft dem Mann einen herausfordernden Blick zu. »Der hat eindeutig zu oft eins gegen die Birne bekommen.« Nachdem sie meine verwirrte Miene bemerkt, fügt sie hinzu: »Er ist Boxer. Das sagt doch alles.«

Sie zwingt mich förmlich auf einen freien Platz und die Jungs schließen sich mir an.

Nun sitze ich direkt neben Jule und schiebe etwas unschlüssig die Pizza hin und her. Dieses ganze Metall in ihrem Gesicht verunsichert mich nämlich mehr, als ich zugeben möchte. Inzwischen habe ich realisiert, dass es sogar in ihrem Mund ist. Sie fragen, warum das da ist, kann ich wohl nicht, da sie so viel Wert auf Höflichkeit legt.

»Max?«, fragt Paul mich. »Aus welchem Land sind die Leute an unserem Tisch?«

Anton, der Boxer, lacht laut los.

»Max? Im Ernst?« Er schlägt mit voller Wucht auf den Tisch. »Und wie heißt dann er?« Er zeigt auf Paul.

Paul hat immerhin verstanden, dass es um die Namen geht.

»Ich bin Paul«, sagt er freundlich zu dem blöden Boxer, erntet aber nur erneute Lachsalven.

»Paula«, wiehert er. »Da bei euch ja eindeutig die Rollen vertauscht sind. Wer fickt denn da wen?«

»Ich glaube, Max fickt alle«, mischt sich Lukas ein. Sein Tonfall klingt allerdings netter. Fast schon bewundernd.

Jule wird langsam sauer.

»Könnt ihr euch nicht ein Mal zusammenreißen. Ich habe sie an unseren Tisch eingeladen und ihr blamiert uns einfach nur.«

Paul runzelt inzwischen die Stirn. Er hat nur verstanden, dass sein Name nicht richtig angekommen ist.

»Paul«, sagt er nachdrücklich und zeigt auf sich. »Nicht Paula.« Jetzt schüttelt er den Kopf.

Möglicherweise ist es nicht das Klügste, sich mit einem Boxer anzulegen, der eine mehrfach platt geschlagene Nase hat und Arme wie Baumstämme. Vermutlich ist es aber genauso unklug, sich alles gefallen zu lassen.

Langsam stehe ich auf. Dann gehe ich zu Anton, stütze die Arme vor ihm auf den Tisch ab und neige mein Gesicht ganz nah an seins.

»Geh mit mir vor die Tür«, zische ich ihn an.

Er hebt interessiert die Augenbrauen, kein bisschen eingeschüchtert.

»Und warum, Inseläffchen? Soll ich es dir da besorgen?«

»Nein, du Matschhirn. Da werde ich es dir besorgen.«

Ich muss ja nur sicherstellen, dass er nicht an mich herankommt. Nicht ehe ich ihn umgehebelt habe und er hilflos vor mir auf dem Boden liegt.

Er hat eindeutig Interesse daran, mit mir vor die Tür zu gehen. Mit aggressiv zusammengekniffenen Augen erhebt er sich schon halb von seinem Stuhl, ehe er sich wieder schwer niederplumpsen lässt. Ein Schatten legt sich auf uns und ich sehe hoch. Adrian steht neben mir. Adrian, der seinen schlimmsten Gesichtsausdruck präsentiert und ganz sicher nicht zulässt, dass ich mich mit einem Boxer schlage.

»Reg dich ab, Anton. Die Kleine hier hat Mumm. Hat gerade unserer Spezialfreundin Destiny Williams gedroht, ihr die Beine zu brechen«, wirft Jule entspannt in den Raum.

Der Tisch bricht in Gelächter aus und die angespannte Stimmung löst sich in Luft auf.

»Na ja, wer Destiny Williams zur Feindin hat, kann kein schlechter Mensch sein«, gibt der Boxer widerwillig zu. Was durchaus an Adrian und seinem Mörderblick liegen könnte.

»Du weißt schon«, weiht Jule mich ein, »sie ist die amerikanische Goldmedaillenhoffnung im Hochsprung. Ihr erklärter Liebling neben ihrem Sprinterstar Tyron Brown. Die dumme Kuh denkt, sie kann sich alles erlauben.« Erst verzieht sie abfällig das Gesicht, dann lacht sie wieder. »Und du sagst, sie braucht ihr Bein nicht so nötig.«

Adrian und ich wechseln noch einen Blick und nehmen achselzuckend wieder Platz.

Eine Weile widme ich mich dem Essen.

»Vögelst du wirklich mit allen acht?«, fragt Jule leise, während sich das Gespräch am Tisch anderen Dingen zuwendet. »Ich meine, wenn nicht, da ist der ein oder andere dabei, der mir gefällt.«

Schon wieder dieses merkwürdige Wort.

»Was heißt das eigentlich? Vögeln?« Jule ist ein Mädchen, wenn ich meine Sprachprobleme lösen möchte, dann definitiv bei ihr.

Sie starrt mich an. »Das weißt du nicht?«

Verlegen zucke ich die Schultern, es ist ja nicht das einzige Wort, das mir Schwierigkeiten bereitet.

»Dasselbe wie ficken«, sagt sie. Ich verstehe es noch immer nicht. »Es jemandem besorgen?«

Das kam schon im Gespräch mit dem Boxer auf.

»Jemanden schlagen? Ich wäre mit eurem Boxer locker fertiggeworden.«

Jule schüttelt den Kopf und stöhnt verzweifelt auf. »Ich hoffe aufrichtig, das wird keine Art Aufklärungsunterricht. Für so was eigne ich mich nämlich nicht. Heißt du eigentlich wirklich Max?«

»Maxine. Und ich würde jetzt gerne wissen, was vögeln, ficken und es jemandem besorgen bedeutet.«

»Himmel, Maxine, das kann man doch nicht beschreiben.

Das muss man zeigen.« Lukas hat sich unbemerkt zu uns gesellt und grinst mich jetzt an, auf eine Art, die mich noch immer verwirrt. Dann wirft er einen Blick auf Jule, um ihre Reaktion abzuchecken. »Wenn du willst, kann ich dir jedes deutsche Wort körperlich demonstrieren.«

Jule knurrt ihn wütend an. »Verschwinde, du Idiot. Das ist ein Frauengespräch.«

»Das glaube ich kaum«, erwidert er ungerührt. »Nicht bei dem Thema. Bei dem Thema muss ein Mann ran. Es sei denn, ihr seid zu Lesben mutiert.« Plötzlich lacht er. »Allerdings weiß ich bei Jule, dass sie auf Kerle steht, und Maxine hat da ja auch genug Auswahl.«

Jule wird rot.

»Er ist ein Scheißkerl«, flüstert sie mir zu. »Aber leider war ich einmal aus Versehen mit ihm im Bett, sturzbesoffen.«

»Im Bett?«, frage ich. Das hat Lukas auch mehrmals gesagt. »Hat das was mit Zehnkampf zu tun?«

Lukas lacht dreckig. »Mit Jule war es eher ein Ringkampf.«

Jule ärgert sich, steht aber kommentarlos auf und zieht mich mit sich. Aus den Augenwinkeln kann ich erkennen, dass Lukas' Miene von provokant zu traurig wechselt, nun da Jule ihn nicht mehr sieht.

Sie verdreht die Augen.

»Pass auf bei dem. Der vögelt wirklich alles, was nicht bei drei auf dem Baum ist.«

»Na, das macht endlich einmal Sinn«, antworte ich ihr und ziehe die Augenbrauen hoch. »Vögel auf dem Baum.«

Sie lacht.

»Du hast wirklich keine Ahnung, was ich meine? Du verarschst mich ganz sicher nicht?« Sie gibt ein gequältes Geräusch von sich. »Also, Scheiße, ich glaube, meine Mutter hat mir das damals so erklärt: Wenn Mami und Papi sich ganz doll lieb haben, dann legt der Papi sich auf die Mami drauf. Und dann steckt er seinen Penis in die Mami rein und das gefällt dem Papi und der Mami total gut. So in etwa.«

Mir wird eiskalt, als ich verstehe, was sie da sagt.

»Du denkst, ich mache das, was im Ausland Männer und Frauen machen müssen, um Babys zu bekommen, mit meinen Sportlern?«, krächze ich sie entsetzt an.

»Ähm, im Ausland?« Sie wirft mir einen verwirrten Blick zu. »Hör mal, Max, du bist hier im Ausland. Für dich gesehen.«

Ich verstecke mein Gesicht in den Händen.

Das ist absolut grauenerregend.

»Wieso denkst du denn, dass ich etwas so Ekelhaftes machen würde?«, würge ich heraus.

So langsam kommt immer mehr Sinn in das Gesagte. In unsere Unterhaltung von gerade eben. In die Worte von Lukas auf dem Flur.

»Du hast das mit Lukas getan?« Ich schüttle mich erneut.

Jules Gesicht ist mit einem Mal verschlossen.

»Ich gebe ja zu, Lukas war ein Fehler. Aber komm mir jetzt nicht mit der Moralapostelnummer. Bis gerade eben fand ich dich nämlich noch ganz cool. Obwohl du aus England kommst.«

Leider Gottes hat mich mein Pokerface komplett verlassen. Meine Abscheu ist unkaschiert und Jule reicht es. Sie wendet sich ab und stampft wütend davon.

Ich mochte sie auch. Bis gerade eben. Bis sich herausstellte, dass sie keine Bedenken hat, sich einem Mann so zu unterwerfen, wie es für mich niemals in Frage käme.

Dabei verstehe ich das nicht. Sie machte einen wirklich starken und emanzipierten Eindruck. Hat diesem Boxer widersprochen. War nachdrücklich und abweisend zu Lukas. Wieso dann dieses körperliche Fehlverhalten? Wieso ist sie bereit, sich so zu erniedrigen?

Noch immer leichenblass und geschockt sammle ich meine Sportler ein und bringe sie zurück in unser Quartier.

kapitel 8

Am nächsten Tag habe ich mich abgeregt und meine Reaktion ist mir relativ peinlich.

Jule war wirklich nett zu mir und den Jungs, obwohl sie uns nicht kannte und auch nur die Gerüchte über uns in den Ohren haben konnte. Trotzdem hat sie nicht mitgelästert, sondern mir sogar geholfen. Und ich habe sie verärgert und verletzt und jetzt will sie sicherlich nichts mehr mit uns zu tun haben. Zu Recht.

Auf dem Weg zum Frühstück versucht Leo, das Geheimnis meiner miesen Laune aus mir herauszukitzeln.

»Max, was hat dieses Mädchen gestern zu dir gesagt? Du hast nicht vergessen, was wir dir geschworen haben? Dass wir für dich da sind.«

Er ist echt lieb. Aber ich mag den Jungs nicht sagen, was diese Gespräche am Tisch bedeutet haben. Ich würde vor Scham im Boden versinken, jetzt, nachdem ich alle Wörter verstehe.

»Das Mädchen heißt übrigens Jule«, antworte ich etwas lahm. »Und ich glaube, wir haben uns gestern einfach missverstanden. Vielleicht bin ich doch nicht so gut in Deutsch, wie ich dachte.«

»Dann musst du es halt richtigstellen«, sagt er.

Das habe ich vor.

In letzter Zeit häufen sich die Entschuldigungen, die ich unter die Leute bringen muss. Manchmal habe ich das Gefühl, ich mache schon nichts anderes mehr, als ständig und überall um Verzeihung zu bitten.

Eine bittere Lektion in Demut.

Die Mensa ist fast leer.

Nur vereinzelt sitzen ein paar Sportler an den Tischen und essen müde und lustlos.

Jetzt fallen wir auf, weil wir ausgeschlafen und als muntere Gruppe den Raum betreten und nicht, weil wir ein exotisches und unerklärliches Regime verkörpern.

Das Frühstücksbuffet ist überwältigend. Hier sind Dinge aufgetürmt, bei denen ich nie im Leben auf die Idee käme, sie zu frühstücken, und auch einige, bei denen ich niemals auf die Idee käme, sie überhaupt zu essen.

Meine Sportler laden sich ihre Tabletts voll. Mir ist schleierhaft, wie sie all das Essen zu einem Tisch transportieren wollen. Mir ist ebenso schleierhaft, wie sie sich nach dieser Mahlzeit jemals wieder bewegen können.

Ich schüttle den Kopf und halte mich an Müsli, Saft und mein übliches Toast. Den Spaß will ich ihnen allerdings nicht verderben.

Beim Verlassen der Mensa stoßen wir auf Jule, Lukas und den Rest der deutschen Gruppe von gestern Abend.

»Hallo Inselmaul, der frühe Vogel fängt den Wurm, oder was?«, begrüßt Lukas mich.

Jule dagegen ignoriert mich komplett.

Diese ewigen Anspielungen muss ich Lukas dringend abgewöhnen.

Ich mag echt nie wieder etwas von Vögeln hören.

»Ich weiß jetzt, was das bedeutet«, fahre ich ihn an und picke mit dem Zeigefinger gegen seine Brust. »Sag das nie wieder zu mir. Ich hasse Vögel.«

»Du hasst Vögel?«, fragt er mich erstaunt und mimt das Unschuldslamm. »Wer hasst denn Vögel? Das ist ja schräg.«

»Ich meine natürlich das, was Vögel machen. Damit habe ich nichts zu tun und du musst das jetzt verstehen und akzeptieren.«

»Was Vögel machen?« Unbeirrt macht er große, unschuldige Augen, aber da falle ich nicht drauf rein. »Meinst du den Dreck? Wir hatten früher zu Hause mal Wellensittiche, die haben irre viel Arbeit gemacht. Dafür waren sie später auch wirklich zutraulich.«

»Sie meint, du willst sie ins Bett bekommen«, mischt sich Jule ein. »Und über solch körperliche und primitive Regungen ist die feine Dame weit erhaben. Komm jetzt.«

Sie wendet sich der Mensa zu und Lukas folgt ihr verwirrt.

»Ich hab doch gar nichts gemacht. Gerade war ich wirklich einfach nur höflich. Versteh einer die Frauen.«

Ich laufe hinter den beiden her.

»Jule, warte mal.« Sie bleibt stehen, wendet mir aber noch immer den Rücken zu. »Es tut mir leid, was ich da gestern gesagt habe. Ich habe kein Recht, über Dinge zu urteilen, die ich nicht kenne und nicht verstehe.« Ich habe die ganze Nacht darüber nachgegrübelt. Tausend Fragen habe ich im Kopf, aber keine einzige Antwort. »Ich wollte dich nicht verletzten oder mich als besser darstellen, ich habe es nur nicht verstanden.«

Ihr Rücken bewegt sich nicht und ihr Gesicht kann ich nicht erkennen. Logisch will sie jetzt nichts mehr mit mir zu tun haben, das zumindest kann ich verstehen. Und es ist meine eigene Schuld. Traurig scheuche ich die Jungs zum Stadion.

Es kommt, wie es kommen musste.

Als wir auf der Sportbahn unsere Runden drehen, kommt außer mir niemand in Schwung.

Schon nach einer Bahn krümmt Tobias sich am Rand zusammen.

»Ich habe Seitenstiche«, keucht er.

»Du bist vollgefressen«, kommentiere ich und laufe erbarmungslos weiter.

Aber nicht nur Tobias macht schlapp.

Entweder haben sie nicht verkraftet, dass sie seit dem Probewettkampf nicht mehr trainiert haben, oder sie haben zu viel gegessen.

Als später Thomas und unsere zwei Begleittrainer zu uns stoßen, ist nichts besser. Adrian, der zu bockig war zuzugeben, dass er sich beim Laufen übernommen hat, ist regelrecht grün um die Nase, die anderen sitzen matt und unmotiviert am Rand.

»Was ist denn hier los?«, motzt der Sprinttrainer. »Ich habe nicht vor mich zu blamieren, also stellt euch auf und macht Sprinttraining.«

Ich setze mich auf eine Bank und sehe mir das Elend eine Weile an, Thomas neben mir.

»Sie haben zu viel gefrühstückt«, beginne ich eine Unterhaltung. »Spiegeleier, gebratenen Speck, Würstchen, Bratkartoffeln, alles wild durcheinander. Zumindest hoffe ich, dass das der Grund ist.«

»Was könnte denn noch problematisch sein?« Thomas sieht nicht besorgt aus, aber er wirkt ja immer schier unerträglich ausgeglichen.

»Nervosität? Das hier ist ja noch mal eine Nummer größer als unser Probewettkampf. Und da waren sie auch kurz vor einem Kollaps.« Dann kommt mir ein ganz schrecklicher Gedanke. »Oder sie haben ihren Ehrgeiz verloren, weil sie immer nur hier hin wollten und jetzt im Ausland sind. Ziel erreicht. Den Fokus verloren. Vergessen, dass es weitergeht.«

»Wir haben ja noch ein paar Tage, um uns zu akklimatisieren.« Thomas deutet auf Tobias. »Der Kugelstoßwettkampf ist als Erstes dran, wir sollten uns auf Tobias konzentrieren und den anderen etwas Zeit geben.«

Mir fällt jetzt auf, wie lächerlich es ist, dass Tobias erneut beim Sprinttraining mitmacht. Das konnte er noch nie, das wird er auch nie lernen und das erwartet schon lange niemand mehr.

In den Moment höre ich hämisches Gelächter in meinem Rücken.

»Die Erdanziehung ist auf der Insel wohl nicht so hoch wie hier. Die kriechen ja förmlich über den Boden.«

Wütend wende ich mich um.

Es sind ein paar amerikanische Sportler, allen voran die grässliche Hochspringerin, mit der ich mich schon am Tag zuvor angelegt habe. Destiny irgendwas, angeblich ein Megastar. Nicht in meiner Welt.

Sie grinst spöttisch zu mir herunter.

»Jetzt ist allerdings auch klar, warum du drohen musst, die Spitzensportler zu verletzen. Aber selbst wenn wir alle die Beine gebrochen hätten, wären wir noch schneller als eure lahmen Krücken.«

Sie sieht genauso aus wie am Tag zuvor. Die Haare akkurat zu vielen kleinen, blonden Zöpfen geflochten, bunte Bänder inklusive. Die Hose bedeckt mit Mühe ihren Hintern. So besteht sie quasi nur aus Beinen.

Der Typ neben ihr ist rabenschwarz und auch seine Haare sind zu tausenden kleinen Zöpfchen geflochten. Mir ist schleierhaft, wie man so eine Frisur bewerkstelligt, und sprachlos mustere ich ihn von Kopf bis Fuß. Ich werde rot, als ich bemerke, wie auffällig ich ihn anstarre, und sehe schnell weg. Aber ich muss zugeben, auf diese exotische Art ist er einfach nur wunderschön.

»Oho, Tyron, sieh mal, die Inselprinzessin hat sich gerade in dich verliebt«, sagt Destiny und kichert. »Willst du ihr und ihren Leibeigenen nicht mal demonstrieren, wie man richtig läuft?«

Er wirft einen Blick auf Tobias, der sich gerade an einem Start versucht. Dann winkt er ab. »Da ist Hopfen und Malz verloren, ich bin schon im Ziel, ehe der nur einen einzigen Schritt gemacht hat.«

»Wissen die Organisatoren, wie lahm ihr seid? Ich meine, sie sollten es wissen, das bringt ja den ganzen Zeitplan durcheinander.«

Destiny genießt die Situation und ich bin mal wieder auf hundertachtzig. Aber bevor ich aufspringen kann, vorzugsweise, um ihr ein blaues Auge zu verpassen, legt Thomas beschwichtigend seine Hand auf mein Knie. Nur ganz leicht und ganz kurz, aber es ist eine Berührung und vor Erstaunen halte ich inne.

»Wir ignorieren sie einfach. Das lernt man als Mann als Erstes«, sagt er leise zu mir. »Dumme Bemerkungen an sich abprallen zu lassen, ist elementar.«

Natürlich hat Thomas recht, das ist mir irgendwo auch klar, aber ich habe nie gelernt, mir Provokationen ohne Reaktion darauf anzuhören. Ich habe bisher immer Kontra gegeben und auch nicht vor, das jetzt zu ändern. Außerdem will ich nicht, dass die Jungs Beleidigungen einstecken müssen, die sie verstehen. Die deutschen Kommentare konnte ich besser hinnehmen.

»Geh mal mit Tobias zum Kugelstoßen«, weise ich ihn an. »Der hat beim Sprint eh nichts verloren.«

Dann stelle ich mich hin und mustere noch einmal die beiden Amerikaner. Ich darf mir bloß nicht anmerken lassen, wie beeindruckt ich von ihrem Körperbau bin.

»Bisher habe ich von euch nur prahlerische Worte gehört«, sage ich möglichst gelangweilt. »Keine Ahnung, ob ihr so schnell laufen könnt, wie ihr redet.«

Der Typ mustert mich noch einmal interessiert, dann streckt er provozierend seine Arme in die Höhe und reckt sich. Dabei ist nicht übersehen, dass sein Shirt hochrutscht und den Bauch enthüllt. Und leider übersieht er nicht, dass ich mal wieder starre. Er grinst.

»Gefällt dir, was du siehst? Ich kann dir noch mehr zeigen.« Ich werde rot. Reden die Leute außerhalb unseres Landes denn den ganzen Tag nur über diese Sache mit dem Vögeln und all den anderen Dingen, mit denen wir nichts zu tun haben? Und nichts zu tun haben wollen! Der Typ, Tyron, lacht laut bei meiner verschämten Reaktion.

»Ich dachte, du willst sehen, wie ich laufe. Ich muss mich nur erst warmmachen, Schätzchen.«

Schätzchen?

Anmutig tänzelt er auf die Laufbahn und beginnt, sich zu dehnen. Ich nehme erneut auf der Bank Platz und gebe vor, ihn nicht zu beobachten.

Die Blonde legt demonstrativ ihr Bein auf die Lehne meiner Bank und beugt sich zum Dehnen nach vorne. Sie ist verdammt beweglich.

»Bild dir nichts drauf ein«, zischt sie mich an. »Er ist nur an dir interessiert, weil er wissen will, was wirklich bei euch los ist. Die Theorien schwanken zwischen du treibst es mit allen acht Sportlern und ihr seid alle Jungfrau. Und egal, was davon wahr ist, es erhitzt die Gemüter.«

Destiny Williams wirft mir noch einen überheblichen Blick zu und macht sich dann auf Richtung Hochsprungbereich. Nach einer kurzen Weile, in der ich es einfach nicht schaffe, diesen Tyron bei seinen Aufwärmübungen zu ignorieren, folge ich ihr. Ich mache mich weniger lächerlich, wenn ich den Hochsprung bestaune.

Und ich bestaune ihn wirklich. Denn leider muss ich zugeben, dass diese eingebildete, überhebliche Tussi nicht nur sehr beweglich ist, sondern auch absolut überragend springt. Die Goldmedaille sollte ihr sicher sein.

Im Laufe des Tages absolvieren immer mehr Leichtathleten ihre Trainingseinheiten im Stadion. Da ich endlich einmal in Ruhe gelassen werde, komme ich dazu, nicht nur das Gewusel der Nationen zu genießen, sondern genauso die sportlichen Leistungen, die mir präsentiert werden. Denn das Niveau ist in der Tat verdammt hoch.

kapitel 9

»Kommst du mit essen?«

Adrian klopft an meine Tür, während ich noch immer überlege, was ich anziehen soll. Die Trainingsklamotten habe ich langsam satt, überall als Engländerin, und somit als Exot aufzufallen, ist entnervend.

Schnell streife ich mir wahllos ein T-Shirt über.

»Klar, warte noch eine Sekunde.«

Rasch fahre ich mit der Bürste durch die Haare und dann versuche ich halbherzig, meine Mähne zu einem ordentlichen Zopf zu binden. Was wie immer hoffnungslos ist, ohne stundenlanges Glätten und haufenweise Haarspray ist da nämlich nichts zu machen.

Schließlich reiße ich die Tür auf.

Adrian lehnt entspannt an der Wand und wartet auf mich.

»Die anderen sind schon unten«, sagt er.

Dann fällt sein Blick in mein Zimmer.

»Was ist passiert?«, fragt er entsetzt. »Hat jemand dein Zimmer durchsucht?«

Ich muss kichern.

Allerdings ein wenig verlegen.

»Ich bin passiert.« An Adrians Miene erkenne ich, dass ich das wohl etwas genauer erklären muss. Ich habe nicht vergessen, wie peinlich ordentlich der Schlafraum der Sportler im Internat immer war, auch bei einer Vollbelegung mit zehn Mann. »Ich verstehe es selbst nicht. Gestern waren noch alle

Klamotten im Schrank, also fast. Irgendwie sind sie da wieder rausgekommen.«

»Willst du nicht schnell aufräumen?«

»Klar«, erwidere ich großzügig. »Bestimmt irgendwann. Irgendwann räume ich auf. Aber nicht jetzt.« Entschlossen knalle ich die Tür hinter mir zu. »Jetzt habe ich Hunger.«

»Wir haben ein grottenschlechtes Training absolviert.«

Wir warten vor dem Aufzug, der sich laut Anzeige gerade zwischen dem dritten und vierten Stock festgefahren hat.

»Na ja, hätte besser laufen können.«

»Hätte kaum schlechter laufen können.« Er präsentiert seine übliche undurchdringliche Miene. »Keine Ahnung, was los war. Wir müssen dich absolut enttäuscht haben.«

»Ihr habt zu viel gegessen«, erwidere ich. »Glaube ich zumindest.«

»Kann sein, mir war den ganzen Tag übel.« Er blickt mich plötzlich leicht betreten an und verwirrt mich. Ein Adrian, der Gefühle zeigt, ist verdammt ungewohnt. »Haben die anderen Sportler uns ausgelacht?«

Puh. Was sage ich dazu? Die ehrliche Variante oder die höfliche? Aber wenn einer Ehrlichkeit verkraftet, dann Adrian. »Haben sie. Mach dir bloß keine Sorgen, die haben ja noch nicht gesehen, was ihr wirklich könnt.«

»Es muss trotzdem unangenehm für dich gewesen sein«, beharrt er.

Ich zucke die Schultern.

Der Aufzug hat sich endlich aus der Etage gelöst und kommt nach oben. Am Tag zuvor habe ich viel Peinlicheres erlebt, aber das werde ich jetzt nicht erläutern.

»Ich habe den Typen trainieren sehen, der mit dir geredet hat«, fährt Adrian fort. »Ich glaube nicht, dass ich ihn schlagen kann. Auch nicht, wenn ich nicht vollgefressen bin.«

Verstört starre ich Adrian an.

Ich habe den Amerikaner nämlich nicht mehr laufen sehen, wenigstens diese Peinlichkeit habe ich mir erspart.

»Er hat behauptet, er wäre schnell. Aber ich habe es ihm nicht geglaubt.«

»Er ist verdammt schnell«, bestätigt Adrian. »So jemanden habe ich noch nie gesehen.«

Der Aufzug kommt an und ungeduldig schlage ich auf den Knopf für das Erdgeschoß. Ich hasse es, wenn eingebildete Menschen recht haben.

»Wir werden sehen«, sage ich schließlich. »Training ist das eine und Wettkampf das andere.«

Die Mensa ist so überfüllt wie am Vortag und auch die deutsche Gruppe sitzt an derselben Stelle. Nachdem Jule so sauer auf mich ist, ist offensichtlich, dass wir uns einen anderen Tisch suchen müssen. Allerdings habe ich das den Jungs nicht mitgeteilt, denn die sitzen genauso wie am Abend zuvor. Paul unterhält sich sogar mit dem Boxer, sein wildes Gestikulieren, das die Worte ersetzen muss, ist bis zu uns zu erkennen.
Unglücklich gehe ich zu den anderen und werfe Jule einen unschlüssigen Blick zu. Der Platz neben ihr ist auch jetzt wieder frei.

»Setz dich«, knurrt sie mich an, nachdem ich eine Weile planlos am Tisch gestanden habe.

Irgendwie ist sie nicht mehr ganz so sauer auf mich. Irgendwie ist sie es aber noch immer.

Ich hocke also kleinlaut auf meinem Platz und esse die Mahlzeit, von der ich keine Ahnung habe, was genau es ist. Lecker ist es trotzdem, obwohl meine Anspannung nicht zulässt, dass ich es genieße.

Lukas wirft mir und Jule immer wieder neugierige Blicke zu.

»Und wie ist deine Einstellung zu Tieren heute Abend, Maxine?«, fragt er mich schließlich.

Liebend gerne würde ich ihm mein Tablett an den Kopf werfen. Er hat mit seinen unmöglichen Bemerkungen den ganzen Streit ja erst angefangen.

»Ich habe zu Hause einen Hund«, wirft Anton ein.

»Einen Boxer?«, fragt Lukas und lacht laut über seinen eigenen Witz.

»Du bist echt blöd.« Anton schmollt ein wenig. »Da kann ich mich mit dem komischen Engländer, der kein Wort Deutsch spricht, ja noch besser unterhalten.«

Er dreht sich wieder zu Paul und versucht, ihm gestisch und mit lauten Kläffgeräuschen mitzuteilen, dass er einen Hund besitzt.

»Die Amerikaner haben gesagt, dass ihr echt lahm seid«, ruft einer der deutschen Sportler quer über den Tisch. »Stimmt das?«

»Nein«, knurre ich ihn an.

Jetzt in Rechtfertigungen auszubrechen, warum die Jungs so einen miesen Start hatten, verkneife ich mir. Das restliche Gespräch rauscht an mir vorbei. Nachdem die Deutschen gemerkt haben, dass ich heute echt langweilig bin, lassen sie mich in Ruhe.

»Was ist los mit dir?«, fängt Jule mich ab, als ich nach dem Essen die Mensa verlasse. Sie hält zwei Flaschen in der Hand und reicht mir eine. »So schweigsam warst du gestern nicht.«

»Na ja, gestern war mir auch noch nicht klar, dass ich das meiste einfach falsch verstehe.«

Und gestern war sie auch noch nicht sauer auf mich. Gerade weiß ich nicht, woran ich bei ihr bin.

»Also, heute gab es eigentlich nichts falsch zu verstehen.«

»Und was meinte Anton mit dem Hund? Ein Boxer, der einen Boxer hat, da steckt doch mehr dahinter. Ich misstraue Tiervergleichen inzwischen.«

Jule lacht plötzlich und wirkt deutlich entspannter.

»Okay, ich verstehe langsam dein Problem. Aber Anton hat tatsächlich einen Hund. Es ist allerdings kein Boxer, sondern ein Rauhaardackel. Weißt du, so ein kleiner, ständig kläffender Köter. Sieht witzig aus, wenn Anton mit dem unterwegs ist, deshalb ist er da etwas sensibel.«

Sie stößt auffordernd ihre Flasche gegen meine.

»Prost.«

Wir nehmen beide einen Schluck.

»Ich dachte, es ist Bier. Schmeckt gar nicht so übel«, wundere ich mich.

»Na ja, ich habe uns ein Radler besorgt. Halb Bier, halb Limo. Ich muss ja nicht schon vor dem Wettkampf zu viel trinken.«

»Bist du nicht mehr sauer auf mich?«, platze ich jetzt doch heraus. Wir haben uns auf eine Bank gesetzt und beobachten das Kommen und Gehen vor der Mensa.

Jule denkt nach. Sie ist auf jeden Fall der ehrliche Typ Mensch. »Vielleicht noch ein bisschen«, gibt sie dann zu.

»Weißt du, ich habe mich da echt …«, versuche ich mich, erneut zu entschuldigen. Ich mag Jule wirklich.

»Ist schon okay. Es hätte mir klar sein müssen, dass du so denkst. Wir wissen alle, dass bei euch Frauen und Männer streng getrennt aufwachsen und nie etwas miteinander zu tun haben. Stimmt doch, oder?«

»Ja, stimmt.«

»Trotz deiner Halskette?«

Verwirrt greife ich zu der Kette, die meine Mutter mir zum Geburtstag geschenkt hat und die ich seitdem nicht mehr abgenommen habe.

»Was hat denn mein Schmuck damit zu tun?«

»Der Anhänger, das Yin und Yang-Symbol, hat mich verwirrt. Und dessen Bedeutung.«

»Ja, Licht und Schatten. Gegensätze, die es nicht ohne das andere gibt. Das ist doch schön. Und auch wahr.«

Jule runzelt die Stirn.

»Ich dachte immer, es symbolisiert vor allem das Weibliche und das Männliche.«

Ich starre sie etwas entsetzt an.

»So habe ich das nicht gesehen. Und meine Mutter gewiss ebenso wenig. Igitt.«

Das würde bedeuten, dass es auch die Frau nicht ohne den Mann geben kann. Und wir sind das perfekte Beispiel dafür, dass es nicht nur geht, sondern sogar hervorragend klappt.

Eine Weile schweigen wir.

»Na ja, ehrlich gesagt, war ich vor allem sauer auf mich selbst.« Jule nimmt noch einen tiefen Schluck aus ihrer Flasche und deutet zaghaft auf Lukas, der gerade mit meinen Jungs im Schlepptau quer über den Platz geht. »Wegen diesem Blödmann. Aber ich werde nicht mehr mit dir über Sex reden, kein Problem. Ich hab es kapiert und wir ignorieren das Thema einfach.«

Jule ist der einzige Mensch, den ich kenne und mit dem ich spreche, der sich bei diesem absolut unverständlichen Thema auskennt.

Eine Weile ringe ich mit mir.

»Warum machen Frauen das überhaupt?«, frage ich dann zaghaft. »Du weißt schon, das mit dem ... Sex.« Dieses Wort habe ich noch nie ausgesprochen und es stockt in meinem Mund.

»Weil es Spaß macht«, sagt Jule und mustert mich versonnen.

»Frauen auch?«

»Ja, Frauen auch.« Sie zuckt die Schultern. »Vielleicht nicht immer, geb ich ja zu. Ich bin auch schon an Typen geraten, mit denen es im Bett scheiße lief, aber das weiß man ja nicht vorher.«

»Wie bei Lukas.« So langsam verstehe ich, warum sie sauer auf ihn ist.

Sie seufzt.

»Nein, leider nicht.« Sie wirft mir einen abschätzenden Blick von der Seite zu. »Hör mal, es gibt hier so einen Mädchen-Ehrenkodex. Wenn dir eine Freundin etwas im Vertrauen erzählt, dann sagst du es nicht weiter. Niemals und niemandem.«

Eine Freundin! Mein Herz klopft plötzlich schneller.

»Ich wäre gerne deine Freundin«, sage ich. »Und wir komischen Engländerinnen halten es genauso.«

Sie nickt.

»Also, Lukas war nicht schlecht im Bett. Im Gegenteil, das war wahrscheinlich die beste Nacht, die ich je hatte. Trotzdem, solltest du irgendwann deine Meinung ändern und ausprobieren wollen, ob du nicht doch Spaß am Sex hast, teste es nicht mit ihm. Er ist einfach ein Arschloch.«

Ah, ach so, ich verstehe also doch nicht, warum sie sauer auf ihn ist. Das Leben im Ausland ist verdammt kompliziert.

»Es wäre auch nie passiert, ich kenne ihn schon lange genug und weiß, wie er drauf ist. Leider hatte ich an dem Abend zu viel getrunken und mein Kopf hatte sich abgeschaltet. Alkohol kennt ihr aber schon, oder?«

»Klar«, pflichte ich ihr bei. »Ich steh nicht so auf Bier, Cocktails mag ich viel lieber. Und betrunken war ich auch schon einige Male.«

Jetzt kichert Jule ein wenig.

»Nur ohne dabei in Gefahr zu laufen, mit einem Typen im Bett zu landen, der es wirklich mit jeder treibt. Und danach damit herumprahlt.«

»Da hast du recht, dieser Gefahr war ich noch nie ausgeliefert. Ich habe nur einmal auf einer Wahlveranstaltung meiner Mutter in die Pflanzen gekotzt, aber wenigstens war da kein Mann in der Nähe.«

Jule lacht laut auf.

»Man darf also bei euch machen, was man will und mit wem man will, aber reden darf man nicht darüber?«, will ich wissen.

Das Bedürfnis, nach dem Kuss mit Paul darüber zu reden, wenigstens mit Emily, obwohl sie sich so ekelte, war übermächtig.

Peinlicherweise.

»Nicht so wie Lukas. Er hat überall rumerzählt, dass ich ihm einen geblasen habe, und das geht wirklich nicht. Und das ist der Teil, den ich mitbekommen habe, wer weiß, was er sonst noch erzählt hat.«

Verwirrt kneife ich die Augen zusammen.

»Du weißt schon, mit dem Mund«, erklärt Jule. »Ich habe an seinem Penis ge …«

»Stopp«, unterbreche ich sie laut. Ich habe echt genug gehört, die Kombination aus Penis und Mund erzeugt verstörende Bilder in meinem Kopf.

Jule kichert und streckt mir ihre Zunge entgegen, diese Zunge mit der Metallkugel genau in der Mitte.

»Er hatte es vorher auch bei mir gemacht«, verteidigt sie sich dann und ich wedle wild mit den Armen in der Luft. Genauer möchte ich das jetzt wirklich nicht mehr wissen.

»Wieso hast du das eigentlich? Also, an der Zunge.« Ich hoffe mal, dass ich ihr mit dieser Frage nicht schon wieder auf den Schlips trete. »Und im Gesicht.«

»Ach.« Sie wirkt nicht sauer. Stattdessen dreht sie versonnen den Stecker an ihrer Augenbraue. »Ich war immer die kleine, liebe Julia. Habe gemacht, was man mir sagte, war brav und angepasst und irgendwann wollte ich das nicht mehr. Und das hier«, sie zeigt auf ihre Ohren, die Augenbrauen, die Nase, und den Ring in der Lippe, »war einfach das äußere Zeichen meiner Rebellion.«

»Stört das nicht bei deinem Sport?«

»Nö, im Wasser fällt das kaum auf.«

Sie schwimmt also. Ich betrachte Jules breites Kreuz, ihre muskulösen Arme. Bestimmt ist sie gut.

»Schwimmt Lukas auch?«

»Ja, deshalb begegnen wir uns ja immer wieder.«

Plötzlich beginnt sie zu zappeln.

»Sag mal, ich würde dich gerne ein paar Dinge fragen. Aber ich habe Angst, dass du dann wieder komisch reagierst.«

»Wir machen einen Deal«, beschließe ich. »Wir dürfen uns gegenseitig alles fragen und wenn der Punkt zu weit geht, werden wir nicht sauer, sondern sagen nur Stopp.«

Ich brauche dringend jemanden, den ich peinliche Dinge fragen kann.

Angelegenheiten, die Männer betreffen.

Jule nickt zustimmend.

»Okay. Also, wenn ihr nie Kontakt zum anderen Geschlecht habt, wie kommt ihr dann an Kinder?«

Ich kichere ein wenig. Das ist leicht zu beantworten.

»Durch künstliche Befruchtung natürlich. Das ist einfach, schnell und unkompliziert. Bietet eine sehr große Erfolgsgarantie und außerdem ist es hygienisch.«

Jule bekommt einen Schluckauf vor Lachen.

»Hygienisch? Denkst du, Sex ist unhygienisch?«

»Natürlich.« Wild nicke ich mit dem Kopf. »Sowas von. All die Keime.« Ich denke an die Werbebroschüren der großen Kinderwunschkliniken. »Und man kann das Geschlecht vorher bestimmen, Wunschmerkmale angeben, wenn man das möchte. Das kann man im anderen Fall nicht.«

Jetzt schüttelt Jule sich.

»Also, ich würde das nicht wollen, so ein bestelltes Retortenbaby. Ist doch spannend, wenn man vorher nicht weiß, was es wird. Außerdem …«, jetzt wird sie ein wenig verlegen, »das Sperma stellt ihr auch nicht künstlich her, oder?«

Leider noch nicht. Das wäre wirklich ein großer Fortschritt und unsere Wissenschaftlerinnen arbeiten hart daran.

»Zwingt ihr die Männer zur Samenspende? Oder machen die das freiwillig?«

Ich starre sie an. Darüber habe ich noch nie nachgedacht. Ehrlich, noch nie. Im Grunde genommen bin ich mir nur sicher, dass behandelte Männer dazu nicht mehr in der Lage sind. Was das für die Jungs vor der Behandlung und insbesondere für meine unbehandelten Sportler bedeutet, weiß ich wirklich nicht.

»So, wie du mich ansiehst, muss ich eure Männer selbst darauf ansprechen.« Jule zieht spöttisch die Augenbrauen hoch und grinst.

Mit einem Mal habe ich Adrian vor Augen, sein entsetztes Gesicht, als ich ihn fragte, wobei ihm einer abgeht, und beginne bei der Vorstellung, wie Jule ihn wegen Spermaproben aushorcht, hysterisch zu kichern.

Den restlichen Abend erzähle ich Jule von unserem männerfreien Leben und wir vergleichen es mit ihren Erfahrungen.

So große Unterschiede stellen wir dabei gar nicht fest.

kapitel 10

Zwei Tage später beginnen endlich die Olympischen Sommerspiele mit einer bombastischen Eröffnungsfeier. Mein Herz klopft wie verrückt, während wir draußen vor dem Stadion warten.

Und wir warten lange.

Vor uns stehen die deutschen Wettkämpfer. Alle. Es sind sicherlich mehrere hundert, eine Riesengruppe. Wir dagegen sind lächerliche acht Athleten und ich. So klein und unbedeutend habe ich mich noch nie gefühlt.

Wir sind nicht die einzige Nation, die so wenige Sportler stellt. Aber hinter uns haben sich die Franzosen aufgereiht, ebenfalls eine große Olympianation, und dazwischen gehen wir komplett unter. Das war mal anders. Vor fünfzig Jahren war das noch der Fall. Da kamen auch aus unserem Land mehrere hundert Sportler zu diesem Großereignis. Frauen und Männer. Es ist unwahrscheinlich, dass wir wieder so eine große Sportnation werden, aber es ist schön, überhaupt dabei zu sein.

»Wer ist bei Ihnen der Fahnenträger?«

Ein Mann steht vor mir, in der Hand unsere Nationalflagge in großer Ausführung und mehrere kleine. Mist, an den Fahnenträger habe ich gar nicht gedacht. Ich war so konzentriert darauf, die Jungs überhaupt außer Landes zu schaffen und nicht im Gefängnis lassen zu müssen, dass diese Entscheidung völlig untergegangen ist.

Kurz entschlossen schiebe ich Tobias nach vorne. Er startet eh in den ersten Wettkampf. Und wer es gewohnt ist, die Kugel so zu stemmen, kommt genauso mühelos mit der Riesenflagge klar.

Nervös hüpfe ich von einem Bein aufs andere. Man hört die laute Musik aus dem Stadion, den Jubel für jedes Land, das einmarschiert. Langsam rücken wir immer weiter auf. Sehr langsam. Der Tag neigt sich dem Abend zu und die tiefstehende Sonne schickt ihre roten Strahlen zu uns herab.

Aus den Augenwinkeln bemerke ich, dass ich von hinten beobachtet werde.

»Stimmt was nicht?«, fauche ich den französischen Fahnenträger, der mich schon eine Weile nicht aus den Augen lässt, in seiner Muttersprache an.

»Doch, alles super«, antwortet er perplex. Wundert er sich, dass ich Französisch spreche? Wundert er sich über meine Unhöflichkeit? Ich bin in den letzten Tagen ununterbrochen begafft worden, wie ein Zootier, und habe auch noch so einige abfällige Kommentare einstecken müssen. Mein Limit ist inzwischen erreicht und der Typ hinter mir darf es nun ausbaden.

»Wenn du mir was sagen willst, sag es mir ins Gesicht«, motze ich weiter. »Dann kann ich mich wenigstens wehren.«

Er wird ein wenig rot.

»Himmel, ich habe nur ein hübsches Mädchen angeguckt, das ist ja noch kein Verbrechen«, erwidert er.

Da bin ich mir nicht so sicher. In meinem Land ist das ein Verbrechen. Ich habe noch immer Schwierigkeiten, mich zu akklimatisieren.

»Fändest du es auch toll, wenn ich dich die ganze Zeit anstarre?« Wütend stemme ich die Hände in die Hüften und mustere ihn ungeniert. Das muss ihn doch stören.

»Wenn das bedeutet, dass du mich attraktiv findest, dann

ist es völlig okay für mich. Ich meine, ich werde eh dauernd von den Frauen beobachtet, wieso also nicht auch von dir.«

Es stört ihn nicht.

Finde ich ihn attraktiv?

Das gehört zu den Dingen, über die ich bei Männern prinzipiell nicht nachdenke. Es sei denn es ist Paul und er lächelt gerade dieses Grübchenlächeln. Oder Adrian, der … nein, kein oder.

»Sonderlich eindrucksvoll ist dein Körperbau ja nicht«, kontere ich und lasse mich nicht aus meiner zickigen Stimmung reißen. »Da habe ich schon Besseres gesehen.«

Jetzt sieht er wirklich irritiert aus. Dann mustert er meine acht Athleten und insbesondere Tobias, der durch die überdimensionale Flagge gerade mal wieder wirkungsvoll seine Muskelmasse demonstriert.

»Na gut, ich gebe zu, bei der Bizepsmuskulatur kann ich nicht mithalten. Dafür habe ich andere Qualitäten.«

»Und welche sollen das sein?«

Wenn ich clever wäre, würde ich das Gespräch abbrechen. Ich bewege mich mal wieder auf dünnem Eis. Die Gefahr, auch auf Französisch so einiges falsch zu verstehen, ist sehr groß. Und vielleicht ist mein deutsches Vokabular in bestimmten Bereichen unangenehm erweitert, aber eben noch nicht mein französisches. Und da lege ich auch keinen Wert drauf.

»Meine Beine können definitiv mithalten. Meine Ausdauer vor allem, da bin ich sicher, deine Jungs alle abzuhängen.«

Reden wir noch über Sport? Er grinst zufrieden. »Immerhin bin ich Profisportler, kein Amateur wie ihr. Und sobald ein Ball ins Spiel kommt, bin ich eh unschlagbar.«

Ein Ball also. Ich schnaube nur abfällig.

»Ich bin Fußballer, falls du es nicht weißt.«

Fußball? Ich habe eine vage Vorstellung von diesem Sport. Habe es aber noch nie in Aktion gesehen.

»Ist das nicht das Spiel, bei dem ein Haufen Leute hirnlos

hinter einem einzigen Ball herrennen? Und nur einer kann ihn haben?«, frage ich. Ich vermute, man kann mir meine Verachtung über diesen Schwachsinn anhören.

»Ganz so hirnlos ist es eigentlich nicht.« Jetzt klingt er beleidigt. »Abgesehen davon, bin ich der Beste in diesem Sport.«

»Der Beste im Ball haben? Oder im gegen andere treten? Zu dem Ball hinrennen oder wieder weg? Wenn du meinst.«

Ich drehe mich ab. Fußball ist wirklich unsagbar dämlich. Auch wenn der Rest der Welt das möglicherweise anders sieht, denn ich habe durchaus schon gehört, dass es da Weltmeisterschaften gibt.

»Weltfußballer des Jahres.« Langsam klingt seine Stimme ein wenig jämmerlich. Und vor allem fassungslos. Fast tut er mir leid.

Ein letztes Mal drehe ich mich zu ihm um.

»Macht ja nichts. Wenn du nichts anderes kannst, dann ist das doch in Ordnung. Hauptsache du bist dabei, oder?«

Erleichtert stelle ich fest, dass wir wieder einige Meter weitergehen können.

»Vielleicht wäre es ein besseres Spiel, wenn es mehr Bälle gäbe. Weniger Streit und so«, murmle ich noch vor mich hin. Keine Ahnung, ob er mich hört, immerhin versucht er nicht mehr, mit mir zu sprechen.

Es dauert trotzdem noch eine halbe Stunde, bis wir endlich im Tunnel stehen. Vor uns ist die deutsche Truppe, die schon laut brüllen und in ›Jetzt geht's los‹ - Sprechchöre ausbrechen, die hier ohrenbetäubend hallen. Wir dagegen sind mucksmäuschenstill und lauschen andächtig. Die Deutschen marschieren los, die Musik aus dem Stadion ist irrsinnig laut und trotzdem sind die Jubelschreie aus dem Publikum nicht zu überhören.

Die sind hier zu Hause und ich habe mit einem Mal große Sorgen. Die Zuschauer werden nicht freundlicher über uns denken als die Sportler, die uns bisher begegnet sind. Werden sie uns ausbuhen? Oder uns nur anschweigen. Ich kann nur hoffen, dass der Veranstalter die Musik noch lauter aufdreht.

Inzwischen stehen wir ganz vorne im Tunnel. Wir warten, bis die Gruppe vor uns halb das Stadion umrundet hat, dann werden wir angekündigt und marschieren ein. Tobias hält die Flagge hoch, so andächtig und konzentriert habe ich ihn bisher nur im Ring gesehen. Tapfer lächelnd winke ich mit meinem Fähnchen, niemand soll mir anmerken, wie besorgt ich bin.

Aber keiner buht uns aus.

Es ist überwältigend. Das Stadion ist riesig und voll besetzt. Und auch für uns jubeln und applaudieren die Zuschauer enthusiastisch. Ich kann nicht verhindern, dass ich eine Gänsehaut bekomme, und wedle wie wild mit meinem Fähnchen. Die Jungs ebenso. Sogar Adrian. In diesem Augenblick schafft auch er es nicht, seine unbewegte Miene beizubehalten.

Schon allein dieser Moment war alles wert. All meine Sorgen und Ärgernisse mit Dr. Higgs, das Drama bei der Gerichtsverhandlung und selbst die Peinlichkeit zuzugeben, wie schön Männerkörper doch sind. Nur für diesen einen Moment würde ich das alles noch einmal machen.

Die Runde durch das Stadion ist viel zu schnell vorbei. Das Feuerwerk, welches im Anschluss gezündet wird, brennt viel zu schnell ab. Die Trommler, die das Ganze akustisch untermalen, hören viel zu schnell auf.

Von mir aus könnte es ewig so weitergehen.

Auf dem Weg nach draußen hüpft Jule mir mit strahlendem Gesicht über den Weg.

»War das toll, war das toll, Max. Das war doch toll, oder?«

Ich grinse genauso glücklich zurück.

»Kommt ihr noch mit in die Mensa?«, fragt Jule. »Da wird gleich der Bär los sein.«

»Was meinst du damit?«

Bei Tieren bin ich noch immer skeptisch.

»Disco halt. Mit der Stimmung von gerade eben. Das solltet ihr nicht verpassen.« Sie flüstert plötzlich in mein Ohr. »Ich habe dich mit Mathis Bertrand reden sehen. Ich wäre fast in Ohnmacht gefallen.«

»Wer ist Mathis Bertrand?«

Diesen Namen habe ich schon einmal irgendwo gehört, kann mich aber nicht recht erinnern wo.

Jule sieht mich ungläubig an.

»Den kennt jeder. Den müsst doch sogar ihr kennen. Weltfußballer des Jahres. Wechselt jetzt für eine absolute Rekordsumme zu Real Madrid. Der heißeste Mann weit und breit.«

Ich verstehe kein Wort. Außer Fußball.

»Du meinst jetzt aber nicht den komischen Typ mit der französischen Fahne?«

Jule verschluckt sich fast.

»Himmel, Maxine. Komischer Typ mit der französischen Fahne? Wenn mal einer es verdient hat, die Flagge beim Einlaufen zu tragen, dann er. Es ist eine echte Sensation, dass er bei Olympia mitmacht. Jedes Mädchen hier träumt davon, ihm zu begegnen.«

»Na, dann sollen die Mädchen mal lieber weiterträumen, real ist er nicht allzu toll«, sage ich nur. Mehr als Stielaugen machen, hat er nicht geboten. »Außerdem hat er krumme Beine.«

»Er hat die teuersten Beine der Welt«, haucht Jule andächtig.

Mir bleibt schleierhaft, was an teuren Fußballerbeinen so beeindruckend sein soll.

»Habt ihr Lust auf Disco?«, frage ich stattdessen meine Jungs, die noch immer mit begeisterten Gesichtern hinter uns herlaufen. »Jule sagt, es ist toll.«

»Klar.«

Wir folgen den anderen, nach wie vor berauscht von der Stimmung, ehrlich gesagt sogar ziemlich aufgepusht. Es geht ja nicht nur uns so. Die aufgeheizten Gefühle sind überall um uns herum, ich spüre sie in der Luft, während die Sportler aus allen Ländern laut und ausgelassen durcheinander schwirren.

Vor uns legt ein Mann den Arm um das Mädchen, das neben ihm geht. Dann dreht er sich zu ihr und küsst sie. Mitten auf den Mund. Vor allen Leuten. Ich starre sie an. Das ist anders als im Film. Das Mädchen lacht laut auf und schmiegt sich an ihn. Es scheint ihr zu gefallen. Und dabei könnte sie problemlos weggehen.

Ich werfe einen Blick zu Paul. Er hat es auch gesehen und blickt mich an. Inzwischen weiß ich, dass er nicht mein Bruder ist. Theoretisch spricht nichts dagegen, ihn zu küssen. Noch einmal. Aber der Wunsch, genau das zu tun, ist nicht mehr da. Meine Augen wandern weiter zu Adrian. Keine Ahnung, ob er den Kuss bemerkt hat, er blickt stur geradeaus. Dieses Gefühlschaos, das Männer auslösen, ist mir wirklich unheimlich. Ich muss unbedingt Jule fragen, ob das normal ist. Oder ob es nur mir so geht, weil ich eben überhaupt keine Ahnung von Männern und dem korrekten Umgang mit ihnen habe.

Aus der Mensa erschallt schon laute Musik und meine Beine kribbeln. Unbändig schießt mir die Lust zu tanzen durch den Körper, leider wird genau das heute nicht möglich sein. Schließlich ist das eine gemischte Veranstaltung und verhindert so, dass ich vor Männern, fremden und bekannten, so tanze, wie ich das gewöhnlich tue. Mit kreisenden Hüften und emporgereckten Armen. Wild und ausgelassen. Schade, die Frauen hier wissen nicht, was ihnen entgeht.

Vielleicht wissen sie es doch. Denn wir haben gerade erst den Raum betreten, der im flackernden Discolicht ganz anders wirkt als während der Essenszeiten, da sehe ich sie schon tanzen. Die wärmenden Jacken sind ausgezogen, die Hosen der Trainingsanzüge auch. Die Sportlerinnen haben sich eindeutig vorbereitet und tragen unter ihrer Sportkleidung knappe und weit ausgeschnittene Tops, Hosen oder Röcke. Und sie haben keine Hemmungen so zu tanzen, wie ich es tun möchte. Die Männer bewegen sich ebenfalls. Und können es.

Ich starre.

Meine Jungs starren auch.

Es ist keine gute Idee, hier zu sein. Wir wollen unser Land möglich positiv präsentieren und das auf sportlicher Ebene. Das ist Ablenkung pur. Keine Ahnung, wie meine Athleten sich jetzt noch auf Höchstleistungen beim Laufen konzentrieren sollen, ich kann es gerade nicht mehr.

Lukas schiebt sich an mir vorbei und versucht, Jule mitzuziehen. »Komm, Baby, zeig mir noch einmal, wie du deine Hüften bewegst.«

Grob reißt sie ihre Hand aus seiner.

»Wenn ich nicht wüsste, dass er schneller ist als ich, würde ich ihm liebend gerne in die Eier treten«, zischt sie mir zu.

»Ich bin schnell, ich könnte es für dich machen«, biete ich ihr an.

»Ja, das traue ich dir durchaus zu.« Jule grinst. »Wolltest du echt mit unserem Boxer vor die Tür gehen und dich mit ihm schlagen? Oder war das auch ein Missverständnis?«

»Das war kein Missverständnis. Den hätte ich in Sekunden auf dem Boden liegen, ich habe gesehen, wie er sich bewegt.«

Gerade sehe ich auch, wie er sich bewegt, und deute kichernd in seine Richtung. Anton versucht zu tanzen. Er ist absolut unrhythmisch.

»Im Ring ist er besser«, verteidigt Jule ihn leise lachend. Eine Weile betrachten wir Antons unbeholfene Tanzversuche. Es ist fast schon ein Kunstwerk, wie er immer wieder den Takt verfehlt. »Da läuft allerdings auch keine Musik.«

Jule zieht ihre Jacke aus.

»Lass uns tanzen.«

Sie trägt ebenfalls ein knappes Top mit freiliegenden Schultern und zum ersten Mal bemerke ich, dass sie am rechten Arm Tätowierungen hat. Und zwar richtig viele. Den ganzen Arm hinab.

Ich bin so perplex, dass ich mich nicht wehre und mich auf die Tanzfläche ziehen lasse. Vorsichtig bewege ich mich im Takt, minimale Schritte, die Hüfte bloß nicht schwingen. Auf keinen Fall darf ich vergessen, dass meine Jungs mich sehen können. Meine Jungs, die weder Mädchen noch allzu viel nackte Haut noch schwingende Hüften gewohnt sind. Und obwohl mir immer heißer wird, darf ich meine Jacke auf keinen Fall ausziehen. Leider bin ich nicht auf eine Abendveranstaltung eingestellt und das Shirt, das ich unter der Jacke trage, ist knalleng und ein wenig zu kurz. Völlig in Ordnung, um auf dem Zimmer ein Buch zu lesen. Völlig in Ordnung, um mit den Mädels im Wohnwagen abzuhängen. Völlig ungeeignet, um in der Öffentlichkeit auch nur den Reißverschluss der Jacke zu öffnen.

Jule neben mir tanzt absolut ungehemmt und ich beneide sie kolossal. Weil sie all das einfach macht, was ich auch gerne tun möchte. Weil sie all das ist, was ich nicht bin und nicht sein darf.

»Ich schwitze schon, wenn ich dich nur sehe.« Lukas ist neben mir und deutet auf meine Jacke.

»Ich schwitze nicht. Ich bin eine Frostbeule«, lüge ich ihm ins Gesicht und versuche, mit meinen kaum zu erahnenden Tanzschritten aus seiner Reichweite zu gelangen.

»Beweg dich mal richtig, dann wird dir auch warm.«

Er fasst mich um die Hüfte, schiebt sich an mich und wirbelt mich so herum, dass ich mitmachen muss.

Und obwohl alles in meinem Kopf sich wehrt, kapiert mein Körper nicht, dass das hier nicht in Ordnung ist und signalisiert mir hemmungslosen Spaß.

»Du lügst übrigens, du schwitzt nämlich doch.« Lukas grinst frech und ehe ich mich versehe, hat er meine Jacke ausgezogen und wirft sie auf einen Haufen Trainingsklamotten. Wieso kann der so gekonnt anderen Leuten Kleidung ausziehen? Schneller als ich nein sagen kann. Schneller als ich meine entblößten Körperstellen bedecken kann.

Sein Blick wandert an mir herab. Über meine Brüste, die kaum zu übersehen sind. Über meinen Bauch, der sehr deutlich zwischen Shirt und Hose hervorguckt.

»Ich kann dich beruhigen. Da ist nichts, was man verstecken sollte. Alles dran an dir.«

Er dreht mich wieder und wieder und mein Shirt rutscht noch höher. Wenn es nur nicht so viel Spaß machen würde. Inzwischen ist mir der Rhythmus ins Blut gegangen und mein Körper führt ein Eigenleben. Meine Hüften machen das, was sie am besten können, meine Locken fliegen um mich und leicht resigniert schließe ich die Augen. Wenn ich nichts mehr sehe, werde ich auch nicht gesehen. Leider werden mir dadurch Lukas' Hände umso bewusster. Seine Hände auf meiner Taille. Nackten Taille. Hände, die mich zwar halten und da wirklich nicht hingehören, aber leicht und locker auf mir liegen, nicht bedrohlich.

Die Musik geht in einen südamerikanischen Rhythmus über, ein Lied, das mir vollkommen unbekannt ist, zum Tanzen aber wie gemacht. Lukas' Hände sind mit einem Mal weg und ich schlage die Augen auf. Vor mir steht ein Typ, den ich noch nie gesehen habe.

»Frauen, die sich so bewegen können, müssen Merengue tanzen«, sagt er auf Spanisch.

Und dann liege ich in seinen Armen und er zwingt mir einen Tanzschritt auf. Er hält meine rechte Hand hoch, sein freier Arm schiebt sich in meinen Rücken und drückt meinen Körper aufrecht und in stolzer Pose an seinen. Es ist absolut bezwingend. Er führt mich so gekonnt, dass mir nichts anderes übrig bleibt, als mich ihm anzupassen. Ich wiege mich hin und her, sein Atem streift mein Gesicht, so nah ist er mir. Mehrere Takte lang tanzen wir so und ich werde von Schritt zu Schritt besser. Ich genieße es immer hemmungsloser. Und dann realisiere ich mit einem Mal, wo eigentlich seine Beine sind und wo meine sind und aus welchem Grund ich nichts falsch machen kann.

Vor Schreck stoße ich einen kleinen Schrei aus und schiebe ihn weg. Völlig verwirrt rette ich mich an den Rand der Tanzfläche, an dem meine Sportler stehen, mir mit offenem Mund entgegensehen und nicht mehr so recht wissen, wo sie ihre Augen lassen sollen.

Ich habe keine Ahnung, wo die Trainingsjacke gelandet ist. Dabei brauche ich sie jetzt ganz dringend.

Mein Tänzer hat meinen Abgang nur mit einem Kopfschütteln quittiert und tanzt schon mit einem anderen Mädchen. Einem Mädchen, das diesen Tanz eindeutig beherrscht. Das, was die beiden da bieten, habe ich noch nie gesehen. Körper, die sich aneinanderpressen, Hüften, die im perfekten Gleichklang schwingen, Hände, die sich so aneinanderschmiegen. Es ist schön. Zugegeben. Aber es ist noch mehr. Noch viel mehr. Und unbeschreiblich – auf jeden Fall für jemanden wie mich.

»Das ist wie Sex auf der Tanzfläche, oder?« Jule steht mit einem Mal neben mir. Erhitzt, aber mit einem glücklichen Lächeln auf den Lippen. »Und du bist eine bessere Tänzerin, als ich gedacht hätte. Zumindest nach deinen anfänglichen Tanzschritten«, grinst sie mich an.

»Sah das bei mir auch aus, als wäre es …?« Sex auf der Tanzfläche, das kann ich nur denken. Hatte ich das gerade?

Die beiden Tänzer lösen sich voneinander, berühren sich nur noch an den Händen, drehen sich weg, nähern sich erneut an. Es ist wie ein Spiel. Zueinander, wieder einen Schritt zurück, nun schmiegt er sich von hinten an seine Partnerin. Spätestens an der Stelle wäre ich in Ohnmacht gefallen.

Jule kichert.

»Nur ein bisschen. Aber es hat gereicht, um deine Sportler in Schockstarre zu versetzen.«

»Ich habe auch kaum etwas an«, jammere ich. »Wo ist die Jacke?«

»Ach, die taucht schon wieder auf. Hast du keinen Durst?« Sie betrachtet mich und dann meine Sportler. »Dürfen die eigentlich nicht tanzen? Und nichts trinken? Die stehen hier rum wie bestellt und nicht abgeholt.«

Sie hat recht. Alle acht stehen am Rand und sehen aus, als warten sie auf den Bus. Oder die Bahn. Oder darauf, dass jemand ihnen sagt, was sie tun sollen.

»Sie mögen Bier«, informiere ich Jule und sie hilft mir, alle zu versorgen. Mit einer Flasche in der Hand wirken sie nicht mehr ganz so fehl am Platz.

»Würdest du mit mir tanzen?«, fragt Paul mich mit einem Mal. »Als Freund, meine ich.«

Als Freund. Da kann ich wohl kaum nein sagen.

Er nimmt meine Hand in seine, legt die andere sanft auf mein Schulterblatt. Genau wie das inzwischen so einige Paare machen, nur mit deutlich mehr Abstand. Wir bewegen uns nur ein wenig hin und her, langsam, vorsichtig und tastend. Paul hat Rhythmusgefühl, jetzt hüpft er nicht unkontrolliert wie ein Flummi durch den Raum. Ich hätte auch nichts dagegen, wenn er näher kommen würde. Nur die aufmerksamen Augen der anderen Jungs halten mich davon ab, diesen Gedanken in die Tat umzusetzen. Und das vage Gefühl, an einer Grenze zu stehen. Zwischen dem, was ich gelernt habe, wie ich aufgewachsen bin und all meinen neuen Erfahrungen.

Eine Weile später hängen wir an der Bar, um erneut Bier zu bestellen, was sich bei diesem Andrang als Herausforderung entpuppt. Da schiebt sich grob ein Ellbogen in meine Seite und ein Mädchen quetscht sich zwischen Paul und mich. Nicht irgendein Mädchen. Sondern dieses eine, das mich beim Tanz abgelöst hat. Das ihre Hüften schwingen kann, so dass mir schwindelig wird, und keine Hemmungen hat, auf der Tanzfläche Dinge zu tun, die aussehen wie Begattungsrituale.

»Hola, como estas?«

Paul hat ebenfalls realisiert, wer dieses Mädchen ist. Er hat mich vorhin ausgequetscht, wie der Tanz heißt, wer der Typ war, welche Sprache wir gesprochen haben und woher ich das eigentlich so gut kann.

Und jetzt wendet er gnadenlos den einzigen spanischen Satz an, den er gelernt hat.

Ein wenig bin ich beeindruckt.

Das Mädchen taxiert ihn. Scheinbar gefällt ihr, was sie sieht. Denn sie beginnt, auf Paul einzureden, mit einem spanischen Redeschwall, der auch für meine von englisch-deutsch-französisch schon durcheinandergewirbelten Sprachkenntnisse zu viel ist, und Händen und Füßen gleichzeitig.

Ich springe ein.

»Er heißt Paul und spricht kein Wort Spanisch. Außer diesem einen Satz.«

»Ah, Paul.« Sie wirft mir einen Blick zu. »Macht nichts. Reden braucht er nicht.«

Ohne auf ihr Getränk zu warten, zieht sie ihn zur Tanzfläche und obwohl sie klein ist und kaum fünfzig Kilo wiegt, hat sie Paul problemlos im Griff. Sie schafft es innerhalb von Sekunden, ihn in diesen Merengue-Schritt einzuweisen, bei dem ich schon vom Zusehen rot werde.

Als ich beschließe, dass das genug Aufregung und Männerkontakt für einen Abend war, ist von Paul weit und breit nichts mehr zu sehen.

In meinem Zimmer finde ich ein Blatt Papier mit Adrians Handschrift.

›Ich mag Schokolade.

Und wie du tanzt.‹

Ich kann nicht verhindern, daran zu denken, wie ich vom Tanz zurückkam. An Adrians Blick. Nicht so distanziert wie üblich. Und bemüht, nur in mein Gesicht zu sehen und bloß nicht ansatzweise auf meine viel zu knappe Oberbekleidung.

Lächelnd verfasse ich eine Antwort und habe Herzklopfen bei der Vorstellung, dass es eine weitere Disco geben wird.

›Dann tanz beim nächsten Mal mit mir.‹

kapitel 11

Beim Frühstück ist Paul wieder anwesend. Leider nur körperlich.

Unbewegt starrt er auf seinen Teller und zerpflückt ein Croissant, anstatt es zu essen.

»Paul, ich habe dich tanzen sehen. Nur für dich sollten wir den Zehnkampf um eine Disziplin erweitern: Popowackeln«, grinst Andrew in die Runde.

Paul wird rot und starrt noch intensiver auf sein malträtiertes Essen. Und ich bin irritiert. Was ist denn hier los? Paul bringt doch nichts aus der Ruhe. Nicht für lange Zeit. Nicht mal ein Kuss. Und sogar ein unangekündigter Wettkampf vor undankbarem weiblichen Publikum nur kurz.

Hier ist mehr im Busch.

Langsam lasse ich meine Blicke über die Jungs wandern. Wie üblich sind wir so früh, dass wir die Einzigen am Tisch sind, und ich genieße es, den Morgen in Ruhe beginnen zu können. Ohne die ständig schwatzenden und leicht überdrehten Deutschen, egal, wie sehr ich sie inzwischen mag.

Auch wenn Paul heute zu friedlich ist.

Andrew ist verwirrt, weil sein Witz bei Paul nicht ankam. Der Rest zuckt ebenfalls nur ungläubig die Schultern. Außer Adrian. Der weiß eindeutig mehr. Obwohl er sich bemüht, sich nichts anmerken zu lassen. Inzwischen habe ich Antennen für diesen Jungen. Immer wenn er so überaus betont undurchdringlich wird, ist da mehr.

Tausend Fragen liegen mir daher auf der Zunge. Ich schlucke sie alle hinunter.

»Heute starten die ersten Wettkämpfe. Ich denke, es wäre clever, sich schon mal ins Stadion zu begeben, um die Atmosphäre zu erleben. Bevor es für euch ernst wird«, informiere ich sie über den aktuellen Plan und lenke so von Pauls Reaktion ab.

Leider wird jetzt Tobias grün im Gesicht. Seine Schonfrist läuft in zwei Tagen ab. Er ist cool und konzentriert, sobald er die Kugel in der Hand hält und im Ring steht, aber da muss er erst einmal hin. Vorher ist er ein nervliches Wrack. Aller Voraussicht nach müssen wir ihn ohnmächtig zum Wettkampf tragen. Ihn in den Ring legen und ihm dann einen Eimer Wasser über den Kopf kippen. Das könnte klappen.

Laut seufzend widme ich mich dem Zeitplan. Liebend gerne wäre ich bei den Judokämpfen dabei, aber die finden nicht im Stadion statt und bringen uns nicht weiter. Die Vorläufe im Schwimmen stehen ebenso heute auf dem Plan und mir fällt auf, dass ich nicht weiß, wann Jule startet. Welchen Schwimmstil sie überhaupt schwimmt. Ich bin ja eine tolle Freundin.

Das Stadion bietet allerdings heute den Siebenkampf der Frauen. Und das ist eine perfekte Einstimmung.

Später nehme ich Adrian zur Seite.

Paul ist nämlich noch immer ziemlich von der Rolle, antwortet nur einsilbig und ist in Gedanken ganz weit weg.

»Muss ich mir Sorgen machen? Um Paul?«

Der Blick seiner schwarzen Augen landet auf mir und weicht nicht mehr aus. Es ist nicht lange her, da hat er jeglichen Blickkontakt vermieden.

Ich muss daran denken, dass er Schokolade mag. Und was er noch so mag.

»Denke nicht.«

»Okay.« So recht überzeugt bin ich nicht. Möglicherweise definiere ich Sorgenmachen anders als die Jungs. »Du sollst nichts ausplaudern, versteh mich nicht falsch, aber wenn es Probleme gibt, sollte ich es wissen. Es geht mir nicht nur um den Wettkampf. Sondern vor allem um euch.«

Adrian überlegt.

»Es war dieses spanische Mädchen«, sagt er schließlich zögernd. »Vielleicht kannst du in Erfahrung bringen, ob alles in Ordnung mit ihr ist?«

Das spanische Mädchen? Mit dem Paul getanzt hat. Eng, ehrlich gesagt, viel zu eng. Bevor er verschwunden ist. Alle Alarmglocken schrillen.

»Weißt du, wie sie heißt? Wo sie wohnt? Welchen Sport sie macht?« Adrian schüttelt zu jeder Frage den Kopf und lässt mich ratlos und angespannt zurück.

Nach diesem Gespräch werde ich auch wortkarg. Erst als wir am Nachmittag auf Anton treffen, wittere ich eine Chance. »Anton, sag mal, kennst du die Spanier?«

Er lacht.

»Das sind fast dreihundert Leute. Soll ich die alle kennen?«

Mist.

»Ich meine die beiden, die gestern so getanzt haben.« Antons eigenen Tanzstil lasse ich freundlicherweise unerwähnt.

»Ah, dann stehst du doch auf den Typen mit dem sexy Hüftschwung. Ich dachte erst, du knallst ihm eine. Hätte ich liebend gern gesehen.« Anton wirft mir einen abschätzenden Blick zu. »Machst du jetzt nicht mehr auf Eisprinzessin?«

Blitzschnell stehe ich hinter ihm und verdrehe seinen Arm. Anton ist wirklich groß. Und wirklich schwer. Jule sagte, er startet im Schwergewicht, trotzdem bewegt er sich mit einem Mal nicht mehr.

»Bist du bescheuert, das ist mein Schlagarm«, krächzt er mich geschockt an.

»Ist mir egal. Ich interessiere mich nicht für den Typen. Ich will wissen, wer das Mädchen war.«

»Ist ja gut, lass mich bloß los.« Er ist hypernervös und steht wie erstarrt. Ich verdrehe zwar die Augen, erlöse ihn dann aber doch und bedenke ihn stattdessen weiter mit finsteren Blicken.

»Die heißt Elena. Und die Spanier wohnen in Haus zwei, ab Etage neun. Mehr weiß ich auch nicht.«

Er reibt sich den Arm, noch immer fassungslos. Sind alle Boxer so sensibel? Mit Adrian bin ich bei seinem Fluchtversuch viel grober umgesprungen. Und er hat es auch überlebt.

Als ich grade abdrehen will, um irgendwie diese Elena zu finden, höre ich Anton murmeln: »Das ist ne verrückte Lesbe. Hätte mir sofort klar sein können.«

Was auch immer er damit meint.

In Haus zwei fahre ich in den neunten Stock. Auf dem Flur ist echt was los, die Türen stehen offen und aus fast allen Zimmern klingt Musik. Aus jedem ein anderer Song. Ich würde innerhalb weniger Stunden wahnsinnig, wenn ich hier untergebracht wäre.

»Weißt du, wo Elena wohnt?«, halte ich die erste Frau an, die mir auf dem Flur entgegenkommt.

»Elena Martinez? Elena Ortega? Das sind die beiden, die ich kenne. Aber ich kenne nicht alle.«

Keine Ahnung.

»Die, die so gut tanzt?«, stottere ich ein bisschen.

Die Frau lacht und rollt dann die Augen.

»In Spanien tanzen alle gut, Mädchen.«

»Sie meint mich.«

Erleichtert sehe ich, dass vor mir die Tänzerin vom Vorabend steht und mich mit zusammengekniffenen Augen mustert. Sie wirkt unverletzt. Wohlauf. Wenn auch nicht gerade erfreut, mich zu sehen.

»Hast du ein Problem, weil ich gestern deinen Freund aufgerissen habe? Der war nicht abgeneigt, da musst du ihm schon selbst die Hölle heiß machen. Ist nicht meine Sache, wenn er dir fremdgeht.«

»Du meinst Paul?«, frage ich sie verwirrt.

»Klar meine ich Paul. Paul, der kein Wort Spanisch spricht. Außer einem Satz, den aber immer wieder.«

»Dir geht es also gut?«, frage ich sie, obwohl es offensichtlich ist, dass ihr nichts fehlt. Außer Freundlichkeit. Und Höflichkeit. Und guten Manieren. Denn ich habe wirklich nichts getan, um diesen Ton zu verdienen.

Sie verschränkt die Arme und lehnt sich an die Wand. Dabei mustert sie mich nach wie vor misstrauisch. »Wieso sollte es mir nicht gut gehen?«

Was weiß denn ich? Weil Adrian besorgt ist. Paul völlig von der Rolle. Und ich planlos bin, was das Problem sein könnte.

»Elena, richtig?« Sie nickt. »Ich habe keine Ahnung, was passiert ist. Mit dir und Paul. Ich weiß nur, dass Paul nicht mehr Paul ist. Und es hat was mit dir zu tun.«

Das Mädchen schüttelt verständnislos den Kopf. »Dann ist er nicht dein Freund?«

»Doch, wir sind Freunde.« Das haben wir uns inzwischen mehrmals versichert. Wirklich gute Freunde.

»Himmel, ich meine, ob ihr zusammen seid? Ein Paar? Verliebt, verlobt, verheiratet?«

So langsam dämmert mir, was sie wissen will. Ich schnappe empört nach Luft. »Natürlich nicht.« Kurz bin ich in Versuchung auch ihren Arm zu verdrehen, verdient hätte sie es. »Was denkst du von mir?«

»Dann ist es doch kein Problem, wenn ich mit deinem Freund oder nicht-Freund im Bett war. Er ist wirklich süß. Ich steh auf diese zurückhaltende Ich-lass-die-Frau-alles-bestimmen-Masche.« Sie lächelt mich zuckersüß an. »Oder willst du wissen, ob es sich lohnt, mit ihm in die Kiste zu steigen? Ja, tut es. Hast du noch mehr Fragen oder sind wir dann fertig?«

Ich denke, wir sind fertig. Ich bin gerade wirklich fertig. Denn dank Jules aufschlussreichen Beschreibungen habe ich meine Ausdrucksbandbreite erheblich erweitern können. Und zwischen Deutsch und Spanisch scheinen da keine großen Unterschiede zu bestehen.

Sprachlos steige ich zurück in den Aufzug und begebe mich auf direktem Weg in mein Zimmer. Die Worte dieses Mädchens wollen mir nicht mehr aus dem Kopf. Und wenn mich schon das Wissen, was geschehen ist, so maßlos verwirrt, wie muss es dann erst Paul gehen. Paul, der es erlebt hat.

Leider steht Adrian in der Tür, sobald ich aufgeschlossen habe. Dem kann ich jetzt nicht Rede und Antwort stehen. Nicht bei dem Thema.

»Ich kann darüber nicht sprechen«, sage ich auf der Stelle und versuche, die Tür vor seiner Nase zu schließen. Aber er ist zu schnell für mich, wenig überraschend, und schon steht sein Fuß im Weg.

»Ist es so schlimm? Was kann ich tun?«

»Es ist nicht schlimm. Dem Mädchen geht es gut, das kannst du Paul sagen. Es ist alles ganz prima in Ordnung.«

»Maxine, das ist nicht sehr überzeugend.«

Adrian schiebt sich jetzt rücksichtslos in mein Zimmer und ich habe ihm nichts entgegenzusetzen. Nichts, das kein schmerzhafter Judogriff wäre oder ein noch schmerzhafterer Tritt. Während ich ihn unschlüssig mustere, kommt er näher und näher.

»Das Mädchen heißt Elena«, versuche ich ihn abzulenken. Und mich selbst abzulenken. Von seiner Nähe. Seinem intensiven Blick. Und der Erinnerung an seinen wundervollen Geruch. »Und Elena geht es gut. Das sollte ich herausfinden. Und das habe ich gemacht.«

Ich plappere. Das mache ich normalerweise nie. Wenn ich nicht aufpasse, plappere ich jetzt immer weiter.

»Und was hast du noch herausgefunden?«

»Sie ist nicht sonderlich freundlich. Genau genommen ist sie wirklich unhöflich. Schon fast aggressiv. Und sie hat diese eine Sache mit Paul gemacht, die wir Engländer nicht machen. Nie, nie, niemals machen. Nicht machen müssen, glücklicherweise, meine ich.« Jetzt ist es passiert. Ich habe mich verplappert. »Um Babys zu machen«, füge ich unglücklich hinzu.

»Ich weiß«, sagt Adrian völlig ungerührt.

Er weiß. Ich starre ihn entsetzt an.

»Paul hat es mir gesagt.«

»Er hat es dir gesagt?«, krächze ich fassungslos. »Und das sagst du mir nicht. Das Wichtigste?«

»Wie hätte ich das tun sollen? Mit welchen Worten?«

»Ich hatte gerade auch keine guten Worte. Nicht in unserer Sprache. Auf Deutsch hätte ich inzwischen eine Palette an passenden Worten.« Adrian hebt die Augenbrauen. »Die Deutschen reden über nichts anderes«, verteidige ich mich.

»Und du redest mit ihnen«, stellt er fest.

»Nein«, sage ich schnell. Aber ich rede ja schon mit ihnen. »Also nicht, wenn es sich vermeiden lässt.« Nichts wird besser. Adrian muss denken, ich habe sie nicht mehr alle. Und ich führe jeden Tag Gespräche über Sex. Auch mit Männern. Schlimm genug, dass ich jetzt mit ihm darüber rede, und mir ist unbegreiflich, warum es ihm nicht peinlich zu sein scheint. Plötzlich kommt eine Erinnerung hoch. An diese merkwürdige Redewendung, die ich falsch verstanden habe, die Jungs aber alle kennen.

»Redet ihr darüber? Wann euch einer abgeht?«, versuche ich mich an den ungewohnten Worten.

Adrian starrt mich an.

»Schon«, sagt er dann zögernd. »Manchmal.«

»Aber bei mir war es dir unangenehm.«

»Du bist ein Mädchen.«

Bin ich. Und dieses Gespräch ist auch jetzt fragwürdig. Und faszinierend zugleich. Wir reden nicht über so etwas. Wir empfinden so etwas nicht. Dachte ich bis vor kurzem jedenfalls. Bis zu diesem Kuss. Bis zu Adrians Körper auf meinem.

Ich beiße mir auf die Lippen und weiß nicht mehr, was ich sagen soll. Das passiert mir äußerst selten.

»Warum musste ich mit Elena reden?«, wechsle ich das Thema. Denn Adrian sagt nichts mehr, er beobachtet nur noch meine nervös nagenden Zähne.

»Weil Paul es nicht kann«, sagt er und sieht auf den Boden.

Mit einem Mal verstehe ich. Die beiden haben kein Wort miteinander wechseln können. Und Paul hat keine Ahnung, ob er getan hat, was Elena möchte. Oder alles falsch. Ich lache hysterisch auf.

»Sie war da sehr offenherzig«, sage ich. »Paul hat alles richtig gemacht. Und sie hat mir empfohlen, es ruhig mal mit ihm zu probieren, weil er so gut ist. Das mit dem Sex, meine ich.«

Es gibt ja doch Worte in unserer Sprache. Man muss sie nur benutzen. Adrian löst seinen Blick vom Boden und kurz meine ich, Schmerz in seinen Augen erkennen zu können.

»Das ist gut. Ich werde es ihm sagen«, murmelt er tonlos.

»Alles?«, frage ich. »Alles, was ich dir gesagt habe?«

»Soll ich ihm alles sagen?«, fragt er zurück. Ich möchte wissen, was er denkt. Stört ihn die Vorstellung, ich könnte diese eine Sache mit Paul machen? Sollte es ihn stören? Weiß er von unserem Kuss?

»Nein, sag ihm nur, was er wissen muss. Diesen ersten Teil.«

Jetzt bin ich mir sicher, Erleichterung in Adrians Gesicht zu sehen. Obwohl er versucht, es zu verstecken.

Am Abend stürze ich mich regelrecht auf Jule, als wir zum Abendessen erscheinen.

»Warst du heute dran? Wie ist es gelaufen?« Mit einem Mal bin ich hypernervös.

Jule verdreht die Augen. »War doch nur der Vorlauf. Alles locker.«

»Der Vorlauf ist also locker bei dir? Bist du so gut?«

Lukas mischt sich ein. »Jule ist nicht gut, sie ist überragend. Wenn sie nicht mindestens dreimal Gold abräumt, fress ich einen Besen.«

»Jetzt weiß ich allerdings nicht, was mir lieber wäre. Das Gold oder dir bei der Mahlzeit zuzusehen«, erwidert sie lässig.

»Führe mich nicht in Versuchung.«

»Würde ich aber jederzeit.«

Jule sieht entnervt aus. Und gleichzeitig ein wenig wütend.

»Zweimal falle ich bestimmt nicht auf denselben Typen rein. Du bist der Letzte, mit dem ich was anfange. Eher gehe ich noch mit dem Yeti ins Bett.«

Lukas schweigt und scheint ein wenig verletzt.

Das ist echt kompliziert mit den beiden. Sie schaffen es einfach nicht, sich aus dem Weg zu gehen. Obwohl sie das eindeutig sollten. So eine Mischung aus verwirrenden Gefühlen habe ich noch nie erlebt.

»Da fragt man sich doch, wer von uns beiden wahllos ist«, blafft er dann zurück.

»Also, Maxine ist das nicht«, geht Anton dazwischen. »Die ist äußerst wählerisch. Vor allem was das Geschlecht angeht.«

Ich mustere ihn aus zusammengekniffenen Augen und frage mich, was das jetzt wieder heißen soll. Anton wirft einen verunsicherten Blick auf meine Hände und weicht einen Schritt zurück. »Bleib mir bloß vom Leib, du Kampflesbe.«

Sollte ich sauer werden? Ich stehe mal wieder auf dem Schlauch.

Dann wende ich mich leise an Jule.

»Hilf mir. Beleidigt er mich gerade? Muss ich ihm ein blaues Auge verpassen?«

»Ähm, nein, eigentlich nicht.« Jule kichert ein wenig. »Komm mal mit raus, das wird ein Gespräch unter vier Augen.«

Lukas' Blick folgt uns, als wir die Mensa verlassen und irgendwie sieht er dabei sehnsüchtig aus.

»Eigentlich glaube ich, dass Lukas dich wirklich mag«, stelle ich verwundert fest.

»Du weißt, was er mit mir gemacht hat. Das ist doch nur eine Masche, um mich wieder ins Bett zu kriegen.«

»Und das willst du nicht?«

»Damit er es noch einmal überall erzählt? Gewiss nicht.«

Ich schiebe mir eine Haarsträhne aus dem Gesicht und klemme sie hinters Ohr. Das mache ich gerne, wenn ich verwirrt bin.

»Also, Anton denkt, dass du lesbisch bist. Da habe ich überhaupt kein Problem mit, wenn es stimmt. Und ich denke, er hat recht, oder?«, nimmt Jule den Faden wieder auf.

»Vielleicht?« Genau genommen sagte er Kampflesbe. Ich habe keine Hemmungen zu kämpfen, wenn es nötig ist. Und ich bin gut da drin. »Was ist eine Lesbe?«

»Ähm, ach so. Eine Frau, die Frauen mag.«

Ich mag meine Freundinnen.

»Dann bin ich eine Lesbe«, stelle ich erleichtert fest. Endlich mal etwas nicht Sexuelles.

»Also wie gesagt, kein Problem für mich. Auch wenn ich auf Männer stehe. Nur gerade nicht auf Lukas.« Jule verzieht gequält das Gesicht.

»Aber«, ich zerzause weiterhin meine Haare, denn Jule sagte doch, wir sind Freundinnen, »ich dachte, du magst mich auch.«

Sie reißt die Hände hoch. »Versteh mich nicht falsch, ich mag dich ja echt gerne, als platonische Freundin, meine ich. Aber ich gehe nun mal mit Männern ins Bett und nicht mit Frauen. Und ich habe auch nicht vor, das zu ändern. Ich kann dir jedoch sagen, wo du Chancen hast.«

»Wir reden doch wieder über diese Sache, oder? Über diese Sex-Sache?«, frage ich frustriert.

»Äh, klar, worüber denn sonst?«

Laut seufze ich auf.

»Also, ich habe vier echt gute Freundinnen zu Hause. Die

liebe ich über alles. Aber das hat nichts mit Sex zu tun. Das mache ich nämlich nicht. Nicht mit Männern. Und nicht mit Frauen.«

Jule lacht plötzlich los.

»Oh mein Gott, die Missverständnisse hören nicht auf. Ich habe gerade wirklich gedacht, du machst mich an.« Sie kichert noch einmal erleichtert. »Also, dann merk dir eins, du bist keine Lesbe. Obwohl ich durchaus erwartet hätte, dass ihr lesbische Beziehungen habt. Die Alternative ist ja, dass ihr komplett asexuell lebt. Eure gesamte Gesellschaft.«

Kaum zu glauben, aber nach all meinen Erklärungen ist die Botschaft auch bei Jule angekommen. Glücklich lächle ich sie an.

»Genau so«, bekräftige ich überaus erfreut. »Wir sind asexuell. Worüber ich wirklich froh bin. Und beruhigt, dass du es jetzt endlich verstanden hast.«

Jule schaut mich nach wie vor zweifelnd an.

»Dann hast du noch nie in deinem Leben auch nur jemanden geküsst? Egal ob Mann oder Frau? Das ist schwer vorstellbar.«

Ich werde rot. Knallrot. Und gebe ein merkwürdig gurgelndes Geräusch von mir. Ist das peinlich. Wie befürchtet sieht Jule mit einem Mal überaus interessiert aus.

»Hast du also doch. Ich wusste es.« Ihre Augen glitzern vor Neugierde. »Mann oder Frau? Hat es dir gefallen? Willst du es wieder tun?«

Emily weiß davon. Sonst niemand. Und sie hat sich so geekelt. Paul weiß es logischerweise. Und möglicherweise Adrian, obwohl es mir lieber wäre, es wäre nicht so.

Ich druckse rum.

»Mann«, gebe ich schlussendlich zu. Jule soll ja nicht denken, dass ich nun doch sie küssen will.

Sie pfeift.

»Sag mir, wer es war. Der sexy Spanier mit dem gekonnten Hüftschwung von gestern Abend?«

Schnell schüttle ich den Kopf. Den kenne ich noch nicht einmal.

»Sag nicht, es war Mathis Bertrand. Ich würde sterben vor Neid.«

Der Fußballer mit den teuren Beinen und dem großen Ego. Definitiv würde ich den niemals küssen.

»Lukas?« Jetzt ist ihre Stimme ganz klein.

»Das würde dich stören, oder?«, frage ich sie erstaunt.

»Wenn ich Lukas küsse. Obwohl du ihn so hasst.«

Jule sieht unglücklich aus.

»Ich habe ihn mit keinem Mädchen gesehen, seit ich mit ihm zusammen war. Warum auch immer. Vielleicht ist er diskret geworden. Und ich hasse mich dafür, dass ich es überhaupt registriere. Es sollte mir nämlich egal sein.«

Nein, diese Sache zwischen Männern und Frauen, die macht keinen Spaß. Ein Kuss vielleicht schon, wie ich mir eingestehen muss, aber dieses komplizierte Drama, das diesen Küssen folgt, definitiv nicht.

»Lukas war es nicht«, sage ich dann. »Ich glaube auch inzwischen, er redet nur so. Er war sogar gestern beim Tanzen sehr zurückhaltend. Nicht so wie der Spanier.«

Jule schnaubt nur. Dann richtet sie ihre Aufmerksamkeit wieder auf mich. Leider.

»War es einer deiner Sportler?«

Die Antwort kann man mir vom Gesicht ablesen.

»Ich glaube, dann weiß ich wer«, sagt sie.

Das ist schlimm. Wenn Jule erraten kann, wer es ist, ist diese Sache, die zwischen Paul und mir gelaufen ist, wohl sehr offensichtlich. Und das, obwohl da eigentlich nichts mehr ist, nichts mehr außer Freundschaft.

»Es war nur zwei Mal«, sage ich kläglich. »Und dann haben wir beschlossen, dass wir nur Freunde sind. Sag es bloß nicht weiter.«

»Mädchenkodex – du weißt doch.« Jule schüttelt den Kopf. »Ihr seid nicht bloß Freunde, egal, was du dir da einredest. Ich bin mit Jungs aufgewachsen, ich weiß, wie sie ein Mädchen ansehen, in das sie rettungslos verliebt sind. Und das ist er eindeutig.«

Das glaube ich nicht. Ganz bestimmt nicht. Und das hat nichts damit zu tun, dass Paul inzwischen Erfahrungen gesammelt hat, die weit über alles hinausgehen, was ich mir vorstellen kann.

»Paul und ich ...« Ich wedle hilflos mit den Armen, da mir die Worte ausgehen.

»Ist Paul nicht der Blonde? Der, dem alle Frauen sabbernd hinterher starren?« Jule sieht mich verwirrt an.

»Ja.« Das ist mal eine treffende Beschreibung.

»Den meine ich nicht. Ich rede von dem Schwarzhaarigen. Der jeden ansieht, als wolle er ihn mit bloßen Händen ermorden. Jeden, außer dich.«

»Du meinst Adrian«, sage ich fassungslos.

kapitel 12

Jule hat mich mit ihrer Aussage über Adrian und seiner angeblichen Gefühle mir gegenüber vollkommen verwirrt. Heimlich beobachte ich ihn beim Frühstück am nächsten Tag. Aber da kommen keine verliebten Blicke in meine Richtung, wirklich nicht.

Auch wenn mein Herz nicht mehr im selben Takt schlägt, sobald ich ihn betrachte.

Heute haben wir große Pläne, die ausnahmsweise nichts mit Olympia zu tun haben. Hamburg soll eine schöne Stadt sein, definitiv einen Besuch wert. Deshalb halte ich aktuell einen Reiseführer in der Hand und warte ungeduldig im Foyer auf die Jungs.

London ist toll. Aber London kenne ich wie meine Westentasche. Heute werde ich zum ersten Mal eine unbekannte Großstadt erkunden. Speicherstadt, Landungsbrücken, den Michel. Jule hat mich vorbereitet und mir sogar von der Reeperbahn erzählt. Allen Ernstes wollte sie mir vorschlagen, dort mit meinen Jungs hinzugehen, damit die mal was erleben. Ziemlich viel Augenbrauengewackel kam bei dieser Empfehlung zum Einsatz, daher werde ich das definitiv nicht machen.

»Warum seid ihr so lahm? Ich warte schon seit Stunden«, motze ich ungeduldig, als sie endlich eintreffen.

»Paul hat sich dreimal umgezogen«, sagt Adrian entschuldigend. »Und die Haare neu gestylt.«

»Kann ich wissen, wie das Wetter wird?«, rechtfertigt Paul sich. »Vielleicht wird es heißer, als es gerade aussieht. Oder es regnet. Brauchen wir Jacken oder nicht?«

Die Jungs haben noch nie das Internat verlassen, sich nie mit passender Kleidung herumschlagen müssen. Ich seufze auf.

»Und die Haare?«, frage ich dann leise kichernd.

»Haben gerade eine schwierige Länge«, erwidert Paul mit trotzig erhobenem Kinn, während er von den anderen Jungs hemmungslos ausgelacht wird.

Seit er erfahren hat, dass sein kleines Abenteuer die Spanierin nicht verstört hat, ist er wieder er selbst.

Vergnügt verlassen wir das Gebäude und gehen zur Sicherheitsschleuse. Das olympische Dorf darf nicht jeder betreten, nur die Teilnehmer, ihre Betreuer und die Organisatoren. Wir haben Ausweise, die uns berechtigen hinauszugehen und auch wieder hinein. Trotzdem kommen wir nicht weit. Wir haben gerade die Kontrolle über uns ergehen lassen, und uns ein paar Meter Richtung Haltestelle begeben, da ertönt ein schrilles, durchdringendes Geräusch. Geschockt erstarren wir alle mitten im Schritt und blicken dann auf Adrian, der die Gruppe anführt, denn der kaum erträgliche Lärm kommt direkt aus seinem Körper.

Nicht nur wir reagieren so. Die Wachleute sehen alarmiert auf, die Menschen um uns herum sind ausnahmslos stehengeblieben und starren uns an.

Mit einem Ruck ziehe ich Adrian, der reglos erstarrt ist, ein paar Meter zurück. Der Lärm verstummt. Die Aufmerksamkeit sind wir damit nicht los. Mit raschen Schritten marschiert einer der Wachleute auf uns zu. Leute zeigen mit dem Finger auf Adrian.

Nach wie vor klingeln die Ohren vom Lärm, noch immer zittern meine Beine vor Schock. Adrian ist leichenblass.

»Ist schon okay, wir gehen wieder rein«, sage ich zu dem Wachmann. Dann schiebe ich meine Gruppe zurück zum Eingang, bloß weg von hier, weg von der gaffenden Menschenansammlung, der irritierten Wache, der Gefahr, dass dieses Warnsignal noch einmal ertönt.

Völlig aufgelöst suche ich Thomas, nachdem ich frustriert den Reiseführer und meine Jacke im Zimmer deponiert habe. Üblicherweise hockt er mit den beiden anderen Trainern in der Mensa oder schlendert mit ihnen durch die Geschäfte und vor allem an den Imbissständen vorbei. Solange wir sie nicht brauchen, gönne ich ihnen die Auszeit von Herzen, jetzt gerade brauche ich jedoch dringend einen Rat.

»Wir können das Gelände nicht verlassen«, stürme ich auf die drei zu, als ich sie endlich auf einer Bank entdecke, auf der sie den Sonnenschein genießen.

»Oh, wolltet ihr das? Warum denn?« Thomas bleibt entspannt.

»Wir wollten uns Hamburg ansehen. Ist ja auch egal, aber ein Alarm ist losgegangen. Direkt in Adrians Körper.«

»Dann hat Dr. Higgs das tatsächlich einrichten lassen.«

Ja, den Peilsender hatte ich auch schon im Verdacht. Er sendet nicht nur ununterbrochen ein GPS-Signal, er bindet uns ebenfalls ans olympische Dorf.

»Passiert das bei allen oder nur bei Adrian?«

Wir hätten es selbstverständlich testen können. Aber die Vorstellung, dass acht Jungs nacheinander die Umgebung erstarren lassen und einen Großalarm auslösen, ist nicht verlockend. Es war so schon grauenhaft genug. Auch ohne Polizei. Und ohne Feuerwehr. Die unweigerlich erschienen wären, wahrscheinlich nur Sekunden später.

Der Sprinttrainer nippt an seinem Kaffee. Er hat ebenfalls die Ruhe weg.

»Ist doch schön hier. Warum sich die Mühe machen und das Gelände verlassen. Ihr findet hier eh alles, was ihr braucht«, sagt er dann.

Ja, das passiert, wenn die Männer behandelt sind. Sie sind zufrieden, genau dort, wo sie sind. Sie wollen nichts anderes mehr, vor allem nichts Anstrengendes. Nichts mehr sehen, nichts mehr erleben.

Ich kann die Panik der Jungs vor der Behandlung verstehen. Aber ich habe schon längst eine Entscheidung getroffen. Auch wenn dieser Alarm meine Pläne etwas erschwert, ich bin nicht alt und phlegmatisch und zufrieden mit dem Status quo.

»Wenn es bei Adrian installiert ist, dann bei allen«, bestätigt Thomas meine Vermutung und mit einem wütenden Schnauben drehe ich mich weg.

Die Vorstellung, dass Adrian, mein Sprintkönig, all seinen raubtierhaften Antrieb, seinen Elan verliert, ist erschreckend.

Ich finde ihn auf seinem Zimmer.

Allein.

»Wo sind die anderen?«

»Weiß nicht.«

Der Elan ist jetzt schon weg. Er ist noch immer schockstarr und blass. Ich hasse es, Adrian so zu sehen.

Vorsichtig setze ich mich neben ihn auf das Bett.

»Es tut mir so leid«, murmle ich.

»Du brauchst dich nicht für etwas entschuldigen, was nicht du getan hast.«

»Ich weiß. Trotzdem.«

»Und ich dachte, ich hätte schon alle Demütigungen der Welt hinter mir. Aber es lässt sich immer noch steigern. Nicht genug, dass wir wie streunende Hunde markiert werden, jetzt ist es sogar öffentlich. Ich spreche keine dieser Sprachen hier, aber ich bin nicht taub. Du hast dir wegen uns schon so einiges anhören müssen. Wer weiß, was jetzt folgt.«

Adrian hockt an der Wand und hat die Knie angezogen, seine Hände liegen neben ihm. So viel habe ich ihn noch nie freiwillig reden gehört.

»Die blöden Kommentare bezogen sich aber nicht auf

euch. Eher auf uns Frauen und auf das Leben, zu dem wir euch zwingen«, stelle ich richtig. »Und ich kann mich durchaus wehren.«

»Ja, das kannst du allerdings.« Sein Blick fällt auf mich. »Du wirst sogar locker mit mir fertig.«

Da bin ich mir gerade nicht so sicher. Ich fürchte, momentan werde ich nicht einmal mit mir selbst fertig, denn ich fühle mich genau jetzt absolut schwach.

Wir starren uns an. Und dann verselbstständigt sich meine Hand und umfasst seine. Groß, warm, schwer. Und prickelnd. Strom erzeugend. Nicht von dieser Welt.

»Der schlimmste Tag meines Lebens.«

Die Tür wird mit Schwung aufgerissen und im selben Moment reiße ich die Hand zurück. Ich bemerke, dass ich näher an Adrian herangerutscht bin, als es schicklich ist. Für Engländer.

»Wie konnten sie uns das antun.«

Paul steht in der Tür und regt sich so auf, dass er meine Position auf dem Bett nicht wahrnimmt.

Die anderen kommen hinter ihm ins Zimmer, und ich setze mich schnell und unauffällig auf den freien Stuhl. Weit weg von dem Bett. Weit weg von Adrian. Weit weg von der unerklärlichen Schwäche, die ich empfunden habe.

Ich sehe nicht mehr in seine Richtung.

»Wie sollen wir so abhauen? Wenn wir kreischen wie Feuermelder. Wie sollen wir…« Andrew erstarrt mitten im Satz, als er mich im Raum bemerkt. »Scheiße.«

Ich ziehe eine Grimasse.

»Andrew, ich habe schon euren Fluchtversuch im Internat vereitelt. Glaubst du, ich weiß nicht, dass ihr auf keinen Fall zurückgehen wollt.«

Betretenes Schweigen macht sich breit.

»Und ich kann euch verstehen, ich würde es auch nicht tun. Genau genommen habe ich längst einen Plan, um euch zu helfen«, fahre ich dann fort. »Ich denke nämlich, ihr könnt in

Deutschland Asyl bekommen. Zu Hause droht euch die Behandlung – gegen euren Willen. Das sollte in fast jedem Land für eine Schutzanfrage ausreichen. Ich schätze, es wäre möglicherweise von Vorteil, wenn ihr vorher demonstrieren könnt, wie gut ihr seid. Welch herausragende Sportler.«

»Du willst uns helfen?« Leo ist skeptisch. Ich kann es ihm nicht verdenken.

»Ich lasse euch auf keinen Fall zurückgehen. Und wenn ihr alle für immer diesen Höllenlärm veranstaltet, ihr geht nicht wieder nach England.«

Einen Alarm, sobald die Jungs das ihnen zugestandene Gelände verlassen, hatte ich selbstverständlich nicht eingeplant. Aber wir werden ja wohl irgendwie in der Lage sein, diese Peilsender zu entfernen.

»Der Plan ist also, dass wir uns bei den Spielen möglichst gut verkaufen und danach hoffen, dass uns irgendein Land haben will?«, fasst Adrian zusammen.

»Ja, und in der Zwischenzeit nehme ich Kontakt zu den deutschen Behörden auf und beantrage für euch Asyl. Das hat nicht unbedingt was mit euren sportlichen Leistungen zu tun.«

Ich sehe ihm wieder ins Gesicht. Aber kein Gefühl zeichnet sich in seiner Miene ab, wie immer. Keine Ahnung, was Jule denkt, dort zu erkennen.

»Und was wirst du machen, wenn es klappt? Gehst du dann zurück? Allein?«

Darüber habe ich wohlweislich noch nicht nachgedacht. Wahrscheinlich mache ich mich strafbar, wenn ich den Jungs zur Flucht verhelfe.

Schon auf dem Weg zur Mensa ist kaum zu übersehen, dass Adrians Alarm die Runde gemacht hat. Es ist schlimmer als am ersten Tag. Jeder, wirklich absolut jeder starrt uns an und tuschelt. Momentan beneide ich Adrian um seine unzerstörbare Mimik. In mir selbst kocht nämlich mit jedem Schritt weiter die Wut hoch.

Und dann kommt uns ein Typ entgegen, der ein lautes Alarmgeräusch ausstößt, sobald er Adrian sieht. Täuschend echt und so aufdringlich, dass mir auch jetzt die Ohren schrillen. So exakt, wie er den Ton trifft, muss er dabei gewesen sein. Adrian verkrampft und ballt die Fäuste. Und ich sehe rot.

Mit einem festen Griff greife ich den Typ vorne am Shirt, bringe ein Bein zwischen seine und heble ihn dann über meinen Rücken durch die Luft und auf den Boden. Einer meiner Lieblingswürfe. Sehr befriedigend, wenn der Gegner dabei ungebremst zu Boden geht und im Anschluss hilflos auf dem Rücken liegt. Nur leider bleibt dieser Gegner nicht wie erwartet verschreckt und japsend liegen. Er rollt irre geschickt ab und steht so schnell wieder auf den Beinen, wie ich es noch nie gesehen habe. Der ist um Längen besser als meine Judotrainerin. Plötzlich packt mich der Ehrgeiz. Das ist ein richtiger Konkurrent. Definitiv die größte Herausforderung meines Lebens.

Und er hat Adrian beleidigt.

Eine Weile kreisen wir umeinander. Ich bin schnell. Und geduldig. Das ist der Typ leider auch. Eben habe ich ihn überrumpeln können, jetzt ist er auf der Hut.

Er gibt sich eine winzige Blöße und ich greife an. Ich packe ihn an der Schulter und am Arm und merke im selben Moment, dass das eine Falle war. Noch während ich durch die Luft fliege, wird mir klar, dass er mir überlegen ist. Zumindest im Judo. Hart schlage ich auf dem Boden auf, denn hier liegt keine weiche Judomatte wie im Dojo. Mühsam ringe ich nach Atem, während er auf mir kniet und mich unten hält. Das kenne ich, da es mir oft genug beim Training passiert ist.

Beim Training mit Frauen.

Gegen einen Mann zu kämpfen, ist etwas anderes. Gegen einen Mann zu verlieren erst recht. Und von einem Mann niedergedrückt zu werden ist der Super-GAU. In mir schrillen sämtliche Warnglocken, meine Erziehung kommt durch und sagt mir, dass ich in dieser Situation alle Mittel anwenden darf. Beziehungsweise muss. Die erlernten Befreiungstechniken aus dem Judo nützen mir gegen einen waschechten, olympiareifen Judoka gar nichts. Denn das er genau das ist, habe ich inzwischen begriffen.

Aber ich kann ja mehr. Jiu Jitsu bietet eindeutig das, was ich aktuell brauche. Ich reiße die Arme seitlich an seinem Kopf vorbei und drehe ihn dabei weg. Das kommt für ihn völlig unerwartet. Jetzt haben meine Beine den Raum, den ich benötige, um den Spieß umzudrehen.

»Was soll denn das?«, brüllt er empört auf. »Das ist ja wohl kein fairer Wettkampf.«

»Ich wollte keinen fairen Wettkampf, sondern dich verprügeln«, fauche ich zurück. Dann springe ich auf und weiche einen Schritt von ihm ab.

»Steh auf. Ich schlage niemanden, der am Boden liegt.«

Wütend rappelt er sich auf. Ich gebe ihm eine Sekunde, bevor ich angreife. Mit Judogriffen halte ich mich nicht mehr auf, aber meine Beine sind flink wie bei einem Boxer und irritieren ihn wirkungsvoll. Ein Tritt in seine Seite, ein Griff um seine Taille, meine Schulter geht hinterher und er liegt auf dem Boden.

»Steh auf«, schreie ich ihn an.

Unerwartet legen sich Hände von hinten auf meine Schultern. Aber ich bin im Angriffsmodus und noch während ich herumfahre, fege ich der Person in meinem Rücken die Beine weg.

Es ist Adrian, der hart zu Boden geht.

Mit schmerzverzerrtem Gesicht schaut er zu mir auf. »Es reicht, Maxine. Lass ihn in Ruhe.« Dann krümmt er sich stöhnend zusammen. »Und mich auch.«

Das bringt mich wieder zur Vernunft. Adrian wollte ich nicht wehtun.

Im Gegenteil. Ich wollte ihn verteidigen.

»Tut mir leid, ich gerate eigentlich nicht so schnell außer

Kontrolle«, murmle ich verlegen und reiche ihm die Hand, um ihn hochzuziehen.

Mein Gegner sitzt ebenfalls nach wie vor auf dem Boden und sieht mich misstrauisch an.

»Hast du dich abgeregt«, fragt er mich dann.

»Glaube schon. Wenn du allerdings noch einmal diese Sirene nachmachst, reg ich mich wieder auf.«

Langsam steht er auf und klopft sich den Dreck von der Kleidung. »War nicht böse gemeint«, sagt er. »Es sollte bloß ein Scherz sein.«

»Es war ein blöder Scherz. Kannst du dir vorstellen, wie er sich dabei fühlt.« Ich weise auf Adrian, der unsere Unterhaltung verwirrt verfolgt, ohne ein einziges Wort zu verstehen. Inzwischen wechsle ich die Sprachen, ohne es noch sonderlich zu registrieren, und aktuell spreche ich Französisch.

»Dann entschuldige ich mich für meinen blöden Scherz«, sagt der Typ, der besser Judo kann als ich, hält aber weiterhin einen Sicherheitsabstand zu mir ein.

»Dann entschuldige ich mich auch«, erwidere ich langsam. »Wenn es nicht böse gemeint war und nicht noch einmal vorkommt.«

Er nickt. »Ich wusste gar nicht, dass du auch antrittst. Im Judobereich. Man sagt hier, du bist nur die Aufsicht über die englischen Sportler.«

»Ich trete gar nicht an«, stelle ich kühl fest. »Ich prügle mich nur gerne.«

Und dann gehe ich weiter zur Mensa.

Anton, der Boxer, ist jedoch höchst beeindruckt, als er nur drei Sekunden später zu uns stößt.

»Du hast gerade einen französischen Kampfsportler vermöbelt«, sagt er fassungslos und sieht mich an, als wäre ich eine Mischung aus Wonder Woman und Bonnie Parker.

Kurz denke ich nach.

»Ich habe vielleicht etwas überreagiert.«

kapitel 13

Ich habe eindeutig überreagiert, als ich den Franzosen angegriffen habe. Im Nachhinein ist es mir etwas peinlich.

Auf der anderen Seite hat es einen Haufen Vorteile. Anton ist aufrichtig begeistert und ab jetzt rundum freundlich zu uns allen. Der Rest der Deutschen auch. Das Sirenengeräusch interessiert keinen mehr, sämtliches Getuschel und Gerede über uns bezieht sich auf meine Kampfkünste. Und Adrians Stimmung ist von gedemütigt und bedrückt zu etwas gewechselt, das ich nicht benennen kann, mir aber irgendwie gefällt.

Leider präsentiert sich schon am folgenden Tag das nächste schwerwiegende Problem. Und das bringt mehr als hundert Kilo auf die Waage, besteht aus wahren Muskelbergen und ist heute ein zitterndes Nervenbündel.

»Du musst etwas essen«, wiederhole ich das Mantra vom Probewettkampf, das dort auch schon jämmerlich versagte. Tobias sieht seiner Qualifikation nicht gelassen entgegen. Ganz im Gegensatz zu Jule, die ihre Vorrunden fast gelangweilt überstanden hat und heute fit fürs Finale ist.

»Was soll ich denn mit ihm machen?«, frage ich verzweifelt und bin zum ersten Mal erfreut, dass meine Jungs uns nicht verstehen. »Was ist dein Geheimnis?«

»Mann, keine Ahnung, ich bin nie nervös«, sagt sie ebenfalls ratlos.

Anton lässt sich neben uns nieder.

»Der ist heute dran, oder?« Er deutet auf mein Kugelstoß-talent, das mit grüner Gesichtsfarbe mehr unter als am Tisch sitzt.

»Ja.«

»Ich weiß, wie er sich fühlt. Arme Socke.«

»Du?«, frage ich ungläubig. »Bist du vor einem Wettkampf nervös?«

Anton sieht aus wie ein Schläger. Platte Nase, mehrfach gebrochen, verformte Ohren. Ein Gesicht, das nach aufge-platzten Lippen und blauen Augen schreit.

Aber er nickt bestätigend.

»Jedes Mal. Und es wird auch nicht besser.«

»Und was machst du dann?«

»Ein bisschen kotzen. Mich aufs Atmen konzentrieren und hoffen, dass ich nicht in Ohnmacht falle, bevor ich endlich im Ring bin.«

Ich kichere hysterisch. Das klingt nicht nach einer Ge-heimwaffe.

»Anton sagt, du solltest besser kotzen gehen«, wende ich mich an Tobias. »Würde das helfen?«

»Nichts würde helfen«, jammert er. »Außer tot umfallen.«

Anton klopft ihm auf die Schulter. Dann weist er auf das Tablett mit Essen, das ich ihm hingestellt habe.

»Vergiss das, das geht nach hinten los«, teilt er mir mit, dann wendet er sich an Tobias.

»Kumpel, wir zwei gehen jetzt nach draußen an die frische Luft.« Er zieht Tobias vom Stuhl hoch und hinter sich her. Tobias versteht kein Wort, theoretisch, aber mit dem kann man gerade eh machen, was man will.

Laut stöhne ich auf und lege den Kopf auf den Tisch.

Keine Ahnung, was Anton die nächsten zwei Stunden mit Tobias macht. Aber als ich ihn einsammle, um ihn ins Stadion zu verfrachten, lebt er zumindest noch.

Das ist mehr, als ich erwartet habe.

Ich schleife ihn quasi hinter mir her. Leo hat in der Zwischenzeit Tobias' Tasche gepackt, ich schätze, er hat ihn heute Morgen auch angezogen.

Dann sitzt unser Kugelstoßer auf der Bank und sieht noch schlechter aus als beim Frühstück. Und da war er quasi schon eine Leiche.

Entschlossen drücke ich ihm eine Kugel in die Hand. Bei Tobias so eine Art Handschmeichler, ein Talisman. Heute muss es Zauberkräfte beweisen. In seinen Pranken wirkt dieses mörderschwere Gerät wie ein Teil seines Körpers und er umfasst sie wie einen Anker. Mir tut plötzlich Andrew leid, der genauso zu absoluter Nervosität neigt und nichts hat, an dem er sich beim Wettkampf festhalten kann.

Wir starten in unserer Gruppe als Letzte. Ist das gut für Tobias, weil er die Konkurrenz sehen kann? Oder schlecht? Weil er länger warten muss.

Adrian bringt unseren Athleten dazu, sich aufzuwärmen. Sie laufen gemeinsam am Rand des Stadions auf und ab, streuen ein paar kurze Sprints ein und bemühen sich, locker zu werden. So wie die anderen Sportler auch. Adrian ist von Beginn an vollkommen locker, Tobias wird es kein Stück. Er läuft im hoffnungslosen Versuch, sich zu verstecken, so nah am Rand, dass er permanent gegen die Absperrung prallt und ins Stolpern gerät. Kein Wunder bei den panischen Blicken, die er ins Publikum wirft. Dabei werden die langweiligen Aufwärmaktionen der Athleten von niemandem beachtet, die Aufmerksamkeit der Zuschauer ist auf die laufenden Wettkämpfe gerichtet.

Kopfschüttelnd betrachte ich die Konkurrenz. Die meisten scheinen sich zu kennen. Sie grüßen sich, manche knapp mit einem Nicken, andere schlagen sich auf die Schultern und halten ein Schwätzchen. Ausnahmslos alle sind Wettkämpfe gewohnt. Selbstverständlich sind sie auch nicht wirklich entspannt, dazu ist der Ehrgeiz jedes Einzelnen zu groß. Aber niemand beachtet die Zuschauer. Niemand stolpert beim Laufen oder Springen. Niemand hat jetzt schon Angstschweiß auf der Stirn stehen.

Außer unserem Mann.

Mein Handy piept. Jule hat mir eine Nachricht geschickt. Mit einem Foto, das eine Hand mit einem roten Punkt in der Handinnenfläche zeigt.

»Notfallpunkt«, schreibt sie dazu. »Bei Stress mehrmals zehn Sekunden auf diesen Punkt drücken. Habe ich gerade in Erfahrung gebracht.«

Sie ist umwerfend. Dabei ist sie nicht einmal in unserem Team. Im Gegenteil, es treten auch drei Deutsche im Kugelstoßen an und Tobias ist Konkurrenz.

Unser Wettkampf geht los. Alle Aufwärmübungen sind eingestellt, nur einige Athleten gehen unruhig auf und ab, um sich warmzuhalten, drehen sich und werden auch langsam zappelig. Immerhin.

Ich winke Tobias zu mir und schnappe mir seine Hand. Das ist eine wahre Pranke, rau und schwielig und trotz Magnesia schweißnass. Egal. Wir müssen ihn eben in Magnesia ertränken. Entschlossen drücke ich auf die beschriebene Stelle, genau in der Mitte der Handinnenfläche.

»Tut das weh?«

Angeblich soll der Punkt schmerzhaft sein, wenn man gestresst ist. Ich weiß nicht, ob man seinen Zustand noch als gestresst bezeichnen kann, denn es ist eher Todesangst.

»Nein, ich spüre meinen Körper nicht mehr«, murmelt er.

Das ist ungünstig. Den Körper, der Höchstleistung vollbringen soll, sollte man schon spüren.

Sicherheitshalber bearbeite ich auch seine andere Hand, während wir die Kugelstoßer bei ihren Stoßversuchen beobachten. Immerhin habe ich auf diese Art etwas zu tun.

Die Konkurrenz ist gut, keine Frage. Aber Tobias ist besser. Im Normalfall. Ob er jedoch in seinem momentanen Zustand überhaupt einen einzigen Stoß hinbekommt, wage ich zu bezweifeln. Darf man den Athleten in den Ring tragen oder muss er eigenständig hineingehen? Ich fürchte, dass wir gleich genau das herausfinden werden. Und aus diesem Grund disqualifiziert werden.

Der vorvorletzte Kandidat schüttelt sich noch einmal vor uns aus, geht souverän in den Ring, richtet sich in aller Ruhe ein. Und stößt. Eine gute Weite.

Der vorletzte Kandidat.

Und schließlich wir.

Gemeinsam pudern wir Tobias so mit Magnesia ein, dass es ihn zumindest die nächsten Minuten schweißfrei halten sollte. Jeder normale Mensch würde nie wieder schwitzen.

Dann schiebe ich ihn in die richtige Richtung. Er bewegt sich wie zur Schlachtbank.

Dabei wird mir klar, was ich falsch gemacht habe. Ich hätte die Jungs nicht in ihren Disziplinen trainieren lassen sollen, denn da waren sie eh schon gut. Ich hätte sie schreckliche Situationen trainieren lassen müssen. Alles, was wir aus Alpträumen kennen. Vor einem Löwen weglaufen. Nackt auf einem öffentlichen Platz stehen. Gegen das Monster unterm Bett kämpfen, von dem die eigene Mutter behauptet, es wäre gar nicht da. Oder in den Keller gehen.

Habe ich aber nicht. Und jetzt habe ich zum Lohn einen fantastischen Kugelstoßer, der sich gerade so fühlt, als stehe er splitterfasernackt inmitten einer Horde grölender Frauen, die ihn bei lebendigem Leib vierteilen wollen.

Meine Hände sind jetzt ebenfalls schweißnass.

Tobias hat das Wunder vollbracht, durch den Puder hindurch zu schwitzen. Anders ist nicht zu erklären, was geschieht. Seine Kugel rutscht ihm aus den Händen, noch bevor sie richtig losgeflogen ist, und landet nur ein paar klägliche Meter vor ihm im Gras. Der erste Versuch ist fulminant gescheitert.

Adrian klopft ihm trotzdem auf die Schulter.

»Siehst du, du warst im Ring und hast es überlebt. Den

ersten Schritt hast du geschafft. Das wird dir gleich viel leichter fallen.«

Ja, so kann man es sehen.

Man kann es aber auch so sehen wie die Zuschauer, die uns leicht amüsiert betrachten. Noch lacht keiner. Ich fürchte jedoch, dass uns der Spott nur so überrollt, wenn Tobias gleich ähnlich versagt.

Es dauert ewig, bis der zweite Durchgang so weit fortgeschritten ist, dass Tobias erneut an der Reihe ist. Unendlich viel Zeit, um die komplette Nervosität wieder ganz neu aufzubauen. Wir benutzen noch mehr Puder. Inzwischen ist er weiß bis über beide Arme hinaus und auch sein Gesicht ist fleckig.

Ob beten helfen würde? Ich versuche es.

Nützt aber nichts. Die Kugel fliegt zwar einigermaßen, Tobias ist allerdings beim Drehen ins Stolpern geraten und seine Kugel verlässt den gültigen Bereich.

Adrian findet erneut positive Worte.

»Das war doch okay. Der nächste sitzt, ganz sicher.«

Und wieder warten wir. Das Warten ist das Schlimmste. Und nichts tun zu können. Außer zu hoffen, dass Tobias gleich nicht in den Ring kotzt. Beim ultimativ letzten Versuch.

Eine Weile betrachte ich Adrian. Dem machen die Zuschauermassen nichts aus, die Blicke nicht, der Druck nicht. Obwohl er auch nicht anders aufgewachsen ist als Tobias. Aber er sieht nachdenklich aus.

»Vielleicht wechselst du besser auf die Angleittechnik?«, schlägt er schließlich vor. »Ist einfach sicherer.«

Das stimmt schon. Darüber habe ich nicht nachgedacht, da Tobias so unglaublich gekonnt in seinem Bewegungsablauf war. Bis heute.

»Gute Idee«, stimme ich ihm zu. Bei der Angleittechnik braucht es nur eine halbe Drehung, da kann nicht allzu viel schiefgehen. »Oder?«

Tobias nickt. Noch immer völlig verunsichert.

Wir schicken ihn los. Wohl oder übel.

»Was machst du mit ihm, wenn er die Quali nicht schafft?«
Adrian sitzt neben mir auf der Bank und sieht Tobias nie-
dergeschlagen hinterher. Seine Stimme schwankt.

»Frustsaufen?«, schlage ich vor.

»Frustsaufen? Was soll das sein?«

»Wir füllen ihn ab, bis er alles vergessen hat. Ist zwar kein
Allheilmittel, aber manchmal hilft es.«

Adrian sieht mich fassungslos an. »Das klingt nicht nach
Strafe.«

»Soll es ja auch nicht sein«, sage ich empört. Obwohl der
Kater am folgenden Tag ja kein Vergnügen ist, wirklich nicht.

»Du bestrafst uns nicht, wenn wir versagen?«

»Natürlich nicht. Wie kommst du denn auf die Idee?«,
krächze ich fassungslos. Die Vorstellung, ich würde meine
Sportler bestrafen, ist nicht nur abwegig, sie ist auch
erschreckend. Aber das ist das Leben, das Adrian bisher
gewohnt ist. Ich denke an seine Strafakte. »So etwas wird nie
wieder mit euch passieren«, sage ich nachdrücklich und sehe
ihn dabei eindringlich an. »Nie wieder.«

Tobias hat den Ring erreicht und ich wende meine Aufmerksamkeit zurück zu ihm. Ich kann von hier aus sehen, wie
er schluckt und die Augen schließt. Langsam legt er die Kugel
an den Hals.

»Das ist unerwartet«, murmelt Adrian leise. »Wird wohl
eine Weile dauern, bis ich es kapiere.«

»Wenn du schon einmal dabei bist, dich an Neuerungen zu
gewöhnen, dann solltest du auch gleich kapieren, dass du eine
eigene Meinung haben darfst. Die du sogar äußern sollst.«

Denn das war doch immer Adrians Hauptproblem. Eine
eigene Meinung und ein Dickschädel. Mein Blick bleibt nun
trotz allem bei Tobias, obwohl ich gerade brennend wissen
will, ob Adrian mich wirklich verstanden hat.

Ich balle fest die Hände zusammen, denn Tobias geht jetzt
am Ende des Ringes in die Knie. Lockert noch einmal das hin-
tere Bein. Dann springt er zurück, macht eine halbe Drehung

und stößt. Die Kugel bleibt im gültigen Bereich, das ist sofort zu sehen. Und sie fliegt und fällt ihm nicht aus der Hand. Adrian und ich springen synchron von der Bank auf und starren auf den Abdruck, den die Kugel hinterlassen hat. Auf der Anzeigetafel sind alle Finalisten aufgelistet, alle zwölf, die es zum aktuellen Zeitpunkt sind, mit ihrer Bestweite und damit mit der Weite, die es zu schlagen gilt. Eng, verdammt eng, aber es könnte reichen.

Die Schiedsrichter haben alle Zeit der Welt. Sie schleichen quasi zum Abdruck und messen in Seelenruhe, während ich vor Aufregung beginne, an meinen Nägeln zu kauen.

Schließlich geben sie das Ergebnis weiter und auf der Tafel erscheint Tobias' Name auf Rang zwölf.

Wie irre kreische ich los. Wir rennen alle zu Tobias und fallen über ihn her.

Er ist im Finale.

Wenig später hyperventiliere ich schon wieder. Dieser Tag ist eindeutig nichts für meine Nerven.

Jule dagegen ist Eiswasser pur. Der Kontrast zu Tobias, ein Berg von einem Mann, der noch vor zwei Stunden zitterte wie Espenlaub, könnte nicht größer sein. Die Finalistinnen richten sich gerade auf ihren Startblöcken ein, kurz vorher hat Jule noch völlig entspannt und lässig ins Publikum und in die Kamera gewunken und gegrinst.

Meine Jungs starren. Ich kann es ihnen nicht verdenken. Ein wenig muss ich kichern, allerdings peinlich berührt. Ich hatte das Outfit der Schwimmerinnen unterschätzt. Oder dessen Wirkung auf meine Sportler. Die Badeanzüge sind ja nicht nur knalleng, sie bedecken eben auch wenig Körper.

Jule ist wahrscheinlich die einzige Schwimmerin, die man trotz Badekappe und Brille problemlos erkennt. Und das liegt nicht an der Kappe, die natürlich mit der deutschen Flagge bedruckt ist und genauso wenig am frenetischen Beifall des Heimpublikums. Ihre Piercings sind bis zu uns zu erkennen.

Das ist das eine. Und mir wird erst jetzt klar, dass die Armtätowierung, die ich kenne, nur ein kleiner Teil der Tattoos ist. Am Rücken geht es weiter. Jule ist eine bemalte Leinwand.

Ehe ich nachdenken kann, sage ich das zu Lukas.

»Heiß, oder?« Lukas seufzt sehnsuchtsvoll. »Jule hat den geilsten Körper, den ich je gesehen habe.«

Wir haben es Lukas zu verdanken, dass wir hier sind, denn wie erwartet ist die Halle komplett ausverkauft. Keine Ahnung, wie er uns reingeschmuggelt hat, wir haben die Plätze auch nur für diesen einen Wettkampf.

»Magst du sie wirklich oder willst du nur wieder diese Sache mit ihr machen?«

Lukas sieht mich an und zieht die Augenbrauen hoch.

»Maxine, du wagst dich doch nicht freiwillig an ein Gespräch über Sex mit mir?«

»Das soll es nicht werden. Es ging mir mehr um den Aspekt mit den Gefühlen«, sage ich spitz und er lacht.

»Jule ist wie ein Kaktus, die lässt keine Gefühle an sich ran.«

»Wären denn Gefühle da zum An-sich-Ranlassen?«, beharre ich auf meiner Frage. Auch wenn ich keine Ahnung von diesen Mann-Frau-Beziehungen habe, mit Gefühlen kenne ich mich durchaus aus. Ich liebe nämlich meine Mutter. Und meine Freundinnen, Emily voran, ebenfalls.

Und bei Lukas habe ich hin und wieder diese heimlichen, aber traurigen Blicke zu Jule bemerkt.

Er schweigt eine Weile, während die Schwimmerinnen in die Hocke gehen. Der Startschuss erfolgt. Ich persönlich schwimme nicht gut und nicht gerne. Und ins Wasser zu springen und danach mit nassem Gesicht wieder aufzutauchen, hasse ich regelrecht. Macht den Frauen hier natürlich gar nichts. Sie tauchen ewig lang. Und im Anschluss ist nicht mehr viel zu erkennen.

Außer Wasser. Und Armen. Und Beinen.

Und noch mehr Wasser.

»Wie sieht es aus? Ich kann nichts sehen«, jammere ich Richtung Lukas. »Scheiß Wasser, das ist überall. Die spritzen echt ganz grässlich. Erinnere mich daran, dass ich niemals mit Jule schwimmen gehe.«

Er lacht.

Die Wende erfolgt. Wieder unter Wasser. Bäh.

»Jule liegt vorn«, sagt er dann mit leicht belegter Stimme. Mir ist schleierhaft, wie er das erkennen kann. »Und ja.«

Ziemlich verwirrt von diesem Geständnis über vorhandene Gefühle verfolge ich die letzten Meter. Da Lukas aufspringt und schreit, gehe ich davon aus, dass Jule gewonnen hat. Gesehen habe ich davon nichts.

Definitiv werde ich niemals Fan von Wettrennen im Wasser.

Unsere Siegerin zieht sich die Kappe vom Kopf und reckt einmal die geballte Faust in die Luft. Sie hat gerade Gold gewonnen, olympisches Gold, und verhält sich so cool, als wäre es ein Etappensieg.

Ob wir von dieser Coolness nur ein winziges Scheibchen für Tobias abschneiden könnten? Dann würde ich mir weniger Sorgen um den nächsten Tag machen.

»Das war ja sensationell. Ich bin echt stolz auf dich.« Anton schlägt Tobias vor Begeisterung immer wieder auf die Schulter, er prügelt regelrecht auf ihn ein. Anton, ein Boxer – es sieht schrecklich aus. Glücklicherweise ist Tobias kräftig wie ein Baum, verhält sich wie ein Baum und steckt jeden Schlag ein, als wäre es nichts.

»Oder? Das war doch Hammer.« Erwartungsvoll sieht Anton uns an.

Wir stehen in der Schlange vor der Essensausgabe.

»Jule war Hammer«, wende ich ein. Ich habe ihr Bild noch immer vor Augen. Im Wasser ist sie so dermaßen in ihrem Element wie Adrian, wenn er läuft.

Ich bewundere sie absolut.

»Jule ist immer Hammer. Da haben wir uns dran gewöhnt. Aber er hier«, inzwischen hat er den Arm um unsere Kugelstoßzitterpartie gelegt, »hat seine Nervosität besiegt. Gegner sind nie so schlimm wie das, was in dir selbst ist.«

Das mag so stimmen. Trotzdem fürchte ich, dass morgen noch immer dasselbe in Tobias drin ist und damit nichts besser ist.

Ich wage mich heute an ein asiatisches Gericht, das ich am Tag zuvor bei Jule probieren durfte. Die Pizza kommt mir schon aus den Ohren raus.

An unserem Tisch kassiert Tobias noch mehr aufmunterndes Schulterklopfen von allen Seiten. Es macht ihn megaverlegen, ständig murmelt er, er habe so schlecht gestoßen wie noch nie, aber das versteht eh niemand.

»Wo ist Jule?«, frage ich schließlich in die Runde, denn der Platz neben mir ist leer.

»Die wurde zum Trainer zitiert. Taktisches Gespräch bezüglich der 200-Meter für morgen.« Lukas verzieht das Gesicht. »Du weißt schon, nach der Goldmedaille ist vor der Goldmedaille.«

Puh, Jule sollte im Glückstaumel sein und nicht erneut in der Vorbereitung für weitere Erfolge.

»Warum bist du nicht beim Trainer? Bist du nicht auch morgen dran?«

»Bin ich, aber ich bin eben keine Medaillenhoffnung.« Lukas gibt vor, unbeschwert zu sein, das kaufe ich ihm jedoch kein Stück ab. Er hat genau dasselbe Flackern in den Augen, das er zeigt, wenn Jule ihn von sich stößt. Dann fährt er sich mit der Hand über den Kopf und sieht mich finster an.

Mühsam muss ich mir ein Lachen verkneifen. Ich bin finstere, wuterfüllte Blicke von Adrian gewohnt, dagegen ist das Blitzen aus seinen hellblauen Augen lächerlich. Hübsche blaue Augen, die sich eindeutig besser aufs Flirten verstehen.

In diesem Moment knallt Jule endlich ihr Tablett neben mich.

»Der geht mir auf den Keks.« Schwer lässt sie sich auf den Stuhl fallen. »Ich soll achtgeben, Viola Jenkins wäre mir hart auf den Fersen. Und bei einer längeren Strecke könnte es knapp werden.« Verdrossen verzieht sie das Gesicht.

»Du hast Viola Jenkins heute rasiert.« Lukas hat seine übliche unbekümmerte Miene wiedergefunden. »Absolut rasiert. Wirst du beim nächsten Lauf auch machen.«

Rasiert? Ich passe.

»Danke«, knurrt sie ihn an. »Hast du sie gestern flachgelegt, damit sie heute keine Power mehr hat?«

Sie wartet keine Antwort ab, sondern lehnt sich zu mir.

»Viola ist meine Erzrivalin. Wir hassen uns aufrichtig und außerdem steht sie auf Lukas. Aus einem mir unverständlichen Grund. Sie ist also nicht nur langsamer als ich, sondern hat auch noch einen miesen Geschmack.«

Inzwischen weiß ich, worauf ich achten muss, und bemerke den Schmerz in Lukas' Augen.

»Du warst toll. Herzlichen Glückwunsch«, wechsle ich schnell das Thema.

»Gratulier mir, wenn ich die dritte Goldmedaille habe. Alles andere wäre verkackt, habe ich eben noch deutlich zu hören bekommen. Wie lief es beim Kugelstoßen?«

»Als Zwölfter haarscharf ins Finale.«

»Super, Tobias«, brüllt Jule über den Tisch und macht ein Daumen-hoch-Zeichen. Die Sprache der Gestik ist universell.

Tobias wird rot.

»Sag ihr, sie ist meine Heldin, mein Vorbild. Ich würde alles darum geben, so cool wie Jule zu sein«, erwidert er.

Ich übersetze.

»Niemand ist so cool wie ich«, grinst Jule. »Aber vielleicht habe ich eine Idee. Wie ich dich etwas abhärten kann.«

Wir haben unsere Mahlzeit beendet, sogar Jule, die in Rekordzeit gegessen hat. Sie winkt Tobias, ihr zu folgen, und grinst dabei dreckig.

Und da Tobias immer macht, was man ihm sagt, folgt er

ihr ergeben. Er kennt es ja nicht anders. Hoffentlich ist meiner neuen Freundin nicht bewusst, dass sie wirklich alles mit ihm machen kann. Er würde nie Widerworte geben, selbst wenn er es in der richtigen Sprache könnte.

Nur Lukas sieht den beiden verbissen hinterher.

»Findest du das in Ordnung? Solltest du das nicht verhindern?«, fragt er mich. »Der hat doch morgen einen wichtigen Wettkampf. Und wenn er da nicht mehr seinen Mann steht, nur weil Jule ihm jetzt körperlich Selbstvertrauen einflößen will, kannst du das doch auch nicht wollen.«

Was auch immer Jule vorhat, Lukas ist stinksauer. Ich zucke die Achseln.

»Jetzt steht sie also auf Megamuskeln«, knurrt er und ballt die Faust um die Getränkedose, die er gerade noch geleert hat. Wie nichts faltet sie sich zusammen und Lukas wirft den kläglichen Rest mit einem harten Wurf in den Mülleimer.

Ich seufze ein wenig, ich bin hier jedoch nicht die Babysitterin. Keine Ahnung, was sie vorhat. Aber sie wird ihn schon nicht kaputtmachen.

Dann wende ich mich an meine übrigen Sportler. Die haben noch ein paar Tage Zeit zu trainieren. Und zwar das, was sie partout nicht können.

»Wir müssen unser Training ändern«, sage ich entschlossen.

»Ja, du solltest uns mal richtig in den Arsch treten«, stimmt Paul mir zu. »Wir haben in der letzten Zeit voll verkackt.«

»Schon, aber anders, als ihr denkt. Wir bewältigen Mutproben. Jeder sagt, wovor er am meisten Angst hat, und das machen wir dann.«

Ich selbst habe schon einige Mutproben absolviert. Wer mit Emily als bester Freundin aufgewachsen ist, ist wohl oder übel ein Meister im Über-seinen-Schatten-Springen.

»Also?«

Irritierte Gesichter weit und breit.

Lukas und Anton beugen sich zu uns.

»Über was redet ihr? Wir fühlen uns ausgeschlossen«, schimpft Lukas.

Ich erkläre es ihnen.

»Ein Mann kann dir doch nicht sagen, wovor er Angst hat«, wendet Lukas großspurig ein. »Weil wir Männer nämlich vor gar nichts Angst haben. Was du natürlich nicht wissen kannst. Du bist ein Mädchen und hast vor tausend Sachen Angst.«

Sein Blick wandert erneut zum Mensaeingang. Er hofft, dass Jule und Tobias zurückkommen. Von wegen der hat Angst vor nichts. Ich kenne hundertpro eine Sache, bei der es anders ist.

»Ich hab Panik vor Spinnen«, sagt Anton und erschaudert schon bei dem Gedanken. Ich kichere, als Lukas die Augen verdreht. Anton dagegen hat überhaupt nicht realisiert, wie er mit einem einzigen Satz Lukas' kleine Rede in den Boden gestampft hat.

»Spinnen also«, sage ich zu Anton. »Meine Freundin Emily hat mal eine gegessen. Die hat aber nicht geschmeckt. Du kannst dich gerne unseren Mutproben anschließen.«

»Vergiss es. Ich werde keine Spinne essen.« Pures Entsetzen in Antons Stimme.

»Habt ihr Angst vor Spinnen?«, frage ich die Jungs.

Kollektives Kopfschütteln.

»Hunde«, schlägt Anton vor. »Viele Leute haben Angst vor meinem Hund.«

»Der ist winzig«, wirft Lukas ein.

»Ja, trotzdem.«

Sie haben keine Angst vor Hunden. Auch nicht vor Schlangen, Ratten oder Wölfen.

»Was also dann? Andrew, wovor fürchtest du dich am allermeisten?«

Andrew druckst herum.

»Frauen«, sagt er leise.

Ich will schon laut lachen und erwarte, dass alle Jungs mit einstimmen. Das tun sie aber nicht.

»Du kannst keine Angst vor Frauen haben. Ich bin eine. Du hast doch keine Angst vor mir«, sage ich empört.

»Dich kenne ich ja jetzt auch. Jetzt. Zuerst hatte ich Angst vor dir«, erklärt er.

»Das kann nicht sein. Ich bin viel kleiner als ihr. Viel schwächer. Ihr könnt keine Angst vor mir gehabt haben.« Mit Schaudern denke ich an mein erstes Treffen mit den Jungs auf dem Sportplatz. Als ich realisierte, wie einschüchternd jeder Einzelne von ihnen gebaut war. »Ich dagegen, ich hatte Panik vor euch. Allein unter fünfzig Riesen. Ihr hättet mich plattmachen können.«

»Du?« Jetzt lachen sie ungläubig. Leo sieht mich kopfschüttelnd an. »Du warst extrem angsteinflößend. Und kalt wie ein Eisklotz, wir haben gezittert vor dir.«

Ich erkläre es Lukas und Anton. »Die behaupten, sie haben Angst vor Frauen. Das ist doch lächerlich.«

»Na ja, Angst vor Frauen haben wir alle«, gibt Lukas plötzlich zu. »Angst abzublitzen, Angst im Bett zu versagen, Angst, dass der Schwanz zu klein ist.«

Fassungslos verdrehe ich die Augen.

»Klar haben wir Angst vor Frauen. Die sind ein Rätsel, kein Mann versteht die Frauen«, stimmt Anton ihm zu und ich verstehe die Welt nicht mehr. Das muss ich dringend mit Jule besprechen.

»Gut, meinetwegen, dann also Frauen«, murmle ich.

Laut zu den Jungs sage ich: »Das ist also die Aufgabe für morgen: Ihr müsst eure Frauenangst überwinden. Jeder von euch muss irgendetwas mit einer fremden Frau machen. Reden oder so.«

Mein Blick fällt auf Paul. Der hat diese Aufgabe schon längst erfüllt. Obwohl er dabei nicht geredet hat.

kapitel 14

Ein einziger Blick in Tobias' Gesicht beim Frühstück zeigt, was Jule mit ihm veranstaltet hat. Er wirkt total verändert. Und ich habe mich geirrt, sie hat ihn doch kaputtgemacht.

Zumindest ein bisschen.

»Ach, das haben sie gemacht«, entfährt auch Lukas ein erleichterter Seufzer, als er Tobias' neues Lippen-Piercing bemerkt.

»Der hat ernsthaft gedacht, ich entjungfere euer Nervenwrack am Tag vor seinem großen Wettkampf«, zischt Jule mir zu und verdreht die Augen. »Das wäre wohl kaum hilfreich.« Sie kichert. »Er ist den ganzen Abend um mein Zimmer herumgeschlichen, um herauszufinden, was da drin passiert. Dabei war schon längst alles vorbei.«

Ich spare mir die Frage, ob Tobias das Piercing eigentlich wollte. Der war gestern Abend nicht in der Verfassung, irgendetwas zu wollen. Oder nicht zu wollen. Oder zu wissen, was Wollen überhaupt ist.

Aber schon beim Einlaufen ins Stadion zeigt sich die Wirkung. Er ist kein paralysiertes Häschen mehr. Sei es das Piercing, die Erfahrung des Vortags oder Jules Coolness als Vorbild, Tobias betritt die Wettkampfstätte einigermaßen beherrscht und ist sogar in der Lage, sich warmzumachen, ohne sich dabei in der Absperrung zu verheddern.

Wenn es so einfach ist, sehen morgen all meine Jungs aus wie Jule. Metallmäßig, wohlgemerkt.

Eigentlich läuft der Wettkampf ab wie am Tag zuvor. Eigentlich.

Allerdings ist heute das Finale und zieht schon allein dadurch große Aufmerksamkeit auf sich. Es schwirren deutlich mehr Kamerateams um uns herum und das Publikum ist ebenfalls euphorischer.

Tobias startet als Erster, da er die schlechteste Weite aus der Vorrunde hat.

»Soll ich den ersten Stoß mit Angleittechnik machen? Zur Sicherheit?«, fragt er und beweist, dass er sogar in der Lage ist, zu denken.

Adrian und ich sind uns einig und nicken. Thomas und unsere Trainer sind zwar vor Ort, aber damit beschäftigt zu staunen. Sie staunen das Publikum an, die Größe des Stadions, die Atmosphäre und vor allem die freizügige Kleidung der weiblichen Athleten. Haben sie gestern auch alles schon gemacht. Ich schüttle etwas den Kopf, geplant war das sicher anders. Wenn Dr. Higgs wüsste. Ich kichere leicht hämisch.

Tobias legt eine vernünftige Weite vor und liegt nach Runde eins an vierter Position. Wieder ziehen wir die Blicke der anderen Athleten auf uns. Diesmal nicht aus Mitleid, sondern aus abschätzendem Interesse. Das gefällt mir tausendmal besser.

»Ich wechsle. Drehtechnik«, entscheidet sich Tobias. Dann sieht er mich an. »Darf ich?«

Sie haben es noch immer nicht kapiert!

»Tobias, ich bin hier, um dich zu unterstützen und zu beraten. Du entscheidest, denn es ist dein Wettkampf. Dein Leben. Du bist hier frei. Wenn du dich gut fühlst, zu wechseln, dann mach das. Wenn du es willst.«

»Okay«, murmelt er. »Okay.«

Und er wechselt, dreht sich schlecht und vermasselt den

zweiten Wurf. Dadurch rutscht er im Laufe der Runde auf Position sieben.

»Das war scheiße«, sagt er leise zu mir. »Richtig scheiße. Eigene Entscheidungen sind nicht gut.«

»Doch«, widerspreche ich. »Eigene Entscheidungen sind das Wichtigste. Die Technik im Wettkampf zu wechseln, ist halt heikel.« Dann zaubere ich meine Geheimwaffe aus dem Hut. »Glaubst du, Jule hat noch nie verloren? Sie hat mir erzählt, dass sie sich eine Weile nach jedem verkackten Rennen ein neues Piercing hat stechen lassen. Und du weißt, wie sie aussieht.«

Tobias grinst ein wenig. »Vielleicht mache ich das auch.«

Die finale Runde wird eingeläutet.

Wir klopfen der Reihe nach Tobias ein letztes Mal auf die Schulter. Jetzt bin ich wieder so heillos nervös. Tobias ist inzwischen außer Reichweite, ganz auf sich allein gestellt und mir bleibt nur abzuwarten, was draus wird. Das ist echt nichts für mich. Ich malträtiere erneut meine Fingernägel.

Immerhin sieht er einigermaßen cool aus. Das haben wir Jule zu verdanken. Und als er sich in Position stellt, sich dreht und schließlich stößt, ist er mit einem Mal wieder der alte Tobias. Der Mann, der bei dieser komplizierten Bewegung unglaublich elegant aussieht, sie perfekt beherrscht und eine Hammerweite hinlegt. Ein Raunen geht durchs Publikum. Unsere Konkurrenz erstarrt und diesmal schleichen die Schiedsrichter nicht zum Messen. Diesmal rennen sie. Und das zu Recht. Tobias hat nicht nur die aktuelle Bestweite übertroffen und liegt auf Rang eins, er hat ebenfalls den gültigen Weltrekord geknackt. Die Schiedsrichter sind aus dem Häuschen, das Publikum tobt und eine Kamera wedelt ununterbrochen vor unserer Nase.

Natürlich ist da für die übrigen elf Teilnehmer nichts mehr zu machen. Wir beobachten einen Versuch nach dem anderen, aber keiner kommt auch nur in die Nähe, eine Bedrohung zu werden.

Tobias hat Gold im Kugelstoßen geholt.

Und vor allem – er hat seine Nervosität besiegt, denn die war die größte Herausforderung.

Leicht benommen läuft er mit der englischen Nationalflagge eine Runde durchs Stadion, während wir wie bescheuert auf- und abhüpfen. Ich nehme ein Video davon auf und sende es meiner Mutter. Selbstverständlich nicht ohne dabei auch eine Großaufnahme vom jubelnden Leo mitzuschicken.

Die Antwort kommt postwendend.

»Ich habe es live gesehen. Sensationell. Bestell bitte auch die Glückwünsche der Premierministerin.«

Nach unserem Siegestaumel und der Siegerehrung und dem ganzen Brimborium kommen wir erschöpft und gleichzeitig aufgedreht zurück ins olympische Dorf.

»War das Piercing das Wundermittel?«, frage ich Tobias.

Er grinst, selbst noch völlig von der Rolle.

»Vielleicht.« Vorsichtig berührt er seine Lippe und verzieht das Gesicht. »Obwohl es noch immer schmerzt.«

»Wer will auch eins?« Auffordernd sehe ich in die Runde. »Egal wohin? Und egal wie viele? Oder muss Jule mitkommen?«

Betretene Gesichter.

»Tobias hat gesagt, es tut weh«, jammert Sebastian. »Muss ich es machen lassen?«

»Natürlich nicht«, sage ich entsetzt. »Nur wer mag.«

Der Einzige, der interessiert ist, ist Adrian. Ausgerechnet. Bei Jule wirkt all das Metall zwar eindrucksvoll, aber niemand läuft deswegen schreiend vor ihr weg. Sie hat nämlich ein ausgesprochen süßes Gesicht. Das kann man von Adrian nicht behaupten.

Und trotzdem stehe ich kurz darauf mit ihm im Piercingstudio, das auf dem Olympiagelände aufgebaut wurde.

»Was kann ich für euch tun?«

Der Mann, der sich um uns kümmern möchte, klimpert bei jeder Bewegung. Ich ringe mir ein Lächeln ab, ein angestrengtes. Dann weise ich auf Adrian.

»Was machen wir denn mit dir? Tunnel? Septum? Intim?«

Adrian versteht kein Deutsch. Ich momentan auch nicht. Nicht diese Wörter.

»Kommt einfach mit. Ich zeige euch Bilder, dann kann man sich das besser vorstellen.«

Er klappt eine Mappe auf und beginnt, jedes der abgebildeten Piercings zu benennen, zu erklären, und mir wird regelrecht schwindlig bei seinem Redeschwall.

Dann blättert er erneut um.

»Und hier kommen wir zum Intimschmuck.« Ich starre eine Weile auf die gezeigte Körperstelle, ohne zu realisieren, was das ist. Nur der Ring ist eindeutig erkennbar. »Für dich ist wichtig«, er klopft mir sacht auf die Schulter, »zwei bis drei Wochen gibt es keinen Sex mit deinem frisch gepiercten Kerl. Danach dürft ihr loslegen und ich verspreche dir, es wird dir gefallen. Also meine Freundin ist abgegangen wie Schmidts Katze.«

Bei dem Wort Sex ist endlich der Groschen gefallen. Ich sehe mir gerade einen Penis an. Ein ersticktes Röcheln kommt aus meinem Mund und knallrot drehe ich mich weg. Adrian macht amüsierte Geräusche, im Gegensatz zu mir stirbt er nicht vor Verlegenheit, aber er sollte diesen Körperteil ja kennen. Er versucht hilflos, ein Lachen zu unterdrücken.

»Nein, das nicht«, sage ich schnell. Oder doch? Ist ja nicht meine Entscheidung. Ich kann nicht in Adrians Richtung sehen, als ich ihn frage.

»Willst du das?«

Er braucht eine Weile, ehe er sich so weit im Griff hat, dass er antworten kann.

»Nein, ich denke nicht. Lieber etwas im Gesicht.«

»Okay.« Wie grässlich, dass man mir meine Erleichterung so sehr anhört. »Und welches?«

»Was würde dir denn gefallen?«

Jetzt kann ich ihn ansehen. Das Lachen ist wie wegge-wischt.

»Es soll dir gefallen«, antworte ich lahm.

»Ich weiß. Aber ...« Er spricht nicht weiter. Seine Miene tut es jedoch. Er will, dass es mir gefällt. Er will mir gefallen.

»Okay.«

Ich überwinde meine Verlegenheit und nehme Adrians Gesicht genau unter die Lupe. Er hat eine große, gerade Nase, aber dieses Piercing an der Nasenseite, das bei Jule frech aussieht, passt meiner Meinung nach nicht zu einem Mann. Sein Mund ist ebenfalls ausgeprägt mit schön geschwungenen Lippen. An dieser Stelle würde jedes Piercing nur von diesem wirklich tollen Schwung ablenken. Und dann bleibe ich an seinen Augen hängen. Adrian so genau zu mustern, war nicht die beste Idee. Denn mein Herz klopft mit einem Mal wie irre. Er verwirrt mich. Sein Mund verwirrt mich, das Verlangen, in seinen Augen zu versinken, verwirrt mich.

»Das an der Augenbraue finde ich am besten«, entscheide ich schnell.

Und das machen wir dann auch. Nicht mit Kugeln an den Enden, wie auf dem Foto, sondern mit Spitzen. Wie kleine Teufelshörner.

Jule hat schon wieder ihre Gegnerinnen rasiert. Inzwischen verstehe ich den Ausdruck. Lukas ist dagegen im Vorlauf rausgeflogen und schwankt zwischen Enttäuschung über seine Leistung und Stolz auf Jule.

Wir sind am Abend in der Bar verabredet.

Immer wieder fällt mein Blick auf Adrian und sein Piercing. Wie erwartet hat er beim Stechen nicht mit der Wimper gezuckt und behauptet unbeirrt, er hätte es gar nicht gespürt. Ich habe es zwar nach dem Ausschlussprinzip ausgewählt, es gefällt mir jetzt jedoch tatsächlich. Und sieht nur ein kleines bisschen bedrohlich aus.

Wir haben heute allen Grund zu feiern und deshalb lassen wir unsere beiden Olympiasieger mit ihren Goldmedaillen eine Weile posen und schießen Fotos. Jule genießt es und Tobias windet sich. Also alles so, wie es sein soll.

»Ihr räumt ja ganz schön ab.«

Hinter mir steht der französische Fahnenträger und beobachtet Jule, die für ein Foto gerade in eine ihrer Medaillen beißt.

Anstatt richtigzustellen, dass Tobias und Jule eigentlich nicht in einem Team sind, denke ich daran, dass unsere Starschwimmerin auf diesen Typen steht. Warum ist mir unbegreiflich, egal, wie intensiv ich ihn mustere. Mir persönlich gefällt Lukas viel besser. Trotz seiner großen Klappe. Und seinen grässlichen Sex-Andeutungen.

»Weißt du inzwischen, wer ich bin?«

Ich zucke nur die Schultern. Weiß ich, aber beeindruckt bin ich trotzdem nicht. Es gibt also zwei Möglichkeiten, schweigen oder ihn erneut beleidigen.

»Ich weiß nämlich genau, wer du bist«, redet er unbekümmert weiter. »Die kleine Engländerin, die acht Männer an der Leine spazieren führt. Machen sie Männchen, wenn du es befiehlst?«

Solche Sprüche habe ich inzwischen zu Genüge gehört. Jule sagt, die kommen, weil es die Kerle scharf macht, dass ich in unserer Gruppe der Boss bin. Dass meine Macht sie antörnt, unabhängig davon, ob ich sie ausnutze oder nicht. Und die Typen, die mich so angraben, wollen, dass ich sie genauso unterwerfe, vermutet sie zumindest. Ich kenne zwar inzwischen Worte ohne Ende für all diese Sachen und habe Jules viel zu ausführliche Beschreibungen im Ohr, aber wirklich vorstellen kann ich mir darunter noch immer nichts.

Daher schaue ich lieber kommentarlos in die andere Richtung.

»Also, ich wüsste, was ich mit acht Weibern mache, die mir aufs Wort gehorchen.«

Ich bin so froh, dass Adrian keinen Ton versteht, obwohl er sich in Hörweite befindet. Wir beide hatten für einen Tag schon genügend Intimitäten.

»Ich verspüre nicht den allerkleinsten Wunsch, dich mit einer Reitgerte zu vermöbeln«, sage ich jetzt doch und hoffe, dass er endlich verschwindet. Auch dieser Hinweis kommt von meiner neuen, überaus phantasievollen Freundin.

Der Fußballer pfeift.

»Ich könnte es machen.« Jule steht mit einem Mal an meiner anderen Seite und grinst dreckig. Sie lässt ihren Blick am Fußballerkörper auf- und abgleiten.

»Mit einer Reitgerte?«

Der Fußballer klingt amüsiert.

Kann man sich darüber amüsieren? Ich bin eigentlich nur verlegen. Erst recht, weil ich Adrians Blicke wieder auf mir spüre. Und Adrian ist wirklich der Letzte, der auch nur ein Wort von diesem Gespräch verstehen sollte.

»Muss keine Reitgerte sein, ich bin da flexibel.« Jules Französisch ist einwandfrei. Bisher haben die Deutschen sich eigentlich nur untereinander unterhalten, aber an mangelnden Kommunikationsfertigkeiten liegt es eindeutig nicht.

Der Weltfußballer des Jahres schiebt sich näher an Jule heran, berührt dann ehrfurchtsvoll die beiden Medaillen, die ihr um den Hals baumeln und streicht langsam mit dem Daumen darüber. Jule beißt sich auf die Lippen.

»Ich bin mir sicher, mit denen könnte man etwas Schönes machen«, sagt er. Und ohne Vorwarnung neigt er seinen Kopf und küsst Jule mitten auf den Mund. Er greift um ihren Körper, legt die Hände um ihren Hintern und zieht sie an sich. Genau vor der Theke, genau vor meinen Augen. Mitten in einer Menschenansammlung.

Ich gebe einen verstörten Ton von mir und drehe mich so schnell wie möglich weg. Nur um meinen Blick in Adrians Gesicht wiederzufinden, der die ganze Szene verwirrt beobachtet.

»Kannst du mir das Gespräch übersetzen?«, fragt er mit gerunzelter Stirn.

Ganz bestimmt nicht.

Ich schüttle den Kopf und verlasse so schnell wie möglich die Bar.

Draußen an der frischen Luft finde ich Lukas, der wie von Sinnen mit seiner Faust gegen die Wand hämmert.

»Was ist denn mit dir los?«, frage ich ihn entsetzt. Er reagiert nicht, nicht ehe ich seine Hand umfasse und sie von der Wand reiße. Seine Fingerknöchel sind aufgeschrammt und Blut tropft auf den Boden.

»Hast du das nicht gesehen?«, faucht er mich an. Meint er Jule? Jule und den Fußballer? Muss wohl. »Nur weil er Geld hat? Oder berühmt ist? Und nicht so ein Loserschwimmer wie ich, der noch nicht mal das Finale erreicht.«

Ich muss seine Faust mit aller Macht umklammern, damit er nicht weiter auf die Wand eindrischt. Lukas ist nicht so riesig wie meine Athleten, nur ein kleines Stück größer als ich, aber durchtrainiert und muskulös ist er auch. Ich habe ihn am Fernseher schon bei einem Wettkampf in der Badehose gesehen.

Plötzlich macht er einen Schritt auf mich zu, den einen Schritt, der uns trennte. Er drückt seinen Mund auf meinen, heiß und ungestüm, greift um mich und hält mich fest. Dann versucht er, die Zunge zwischen meine Lippen zu stecken. Ich schiebe ihn empört weg. Eigentlich sollte ich zuschlagen, ihn richtig vermöbeln, verdient hätte er es. Aber er steht mit einem Mal wie ein Häufchen Elend vor mir, mit hängenden Schultern und traurigem Blick. Er fährt sich mit der Hand durchs Gesicht und hinterlässt einen blutigen Streifen.

»Tut mir leid, Maxine. Ich weiß auch nicht, was in mich gefahren ist. Kommt nicht wieder vor.«

»Du bist eifersüchtig«, sage ich leise. »Wenn du Jule doch so magst, warum hast du dann damals so fies über sie geredet?«

»Habe ich nicht«, knurrt er mich an. »Sie hat mir nie die Möglichkeit gegeben, zu erklären, wie es dazu gekommen ist. Sie hat lieber direkt angenommen, dass ich ein dämliches Schwein bin, das wahllos jede aufreißt und dann das Maul nicht halten kann.«

Plötzlich glitzern Tränen in Lukas' Augen und abrupt wendet er sich ab und läuft davon.

Hier draußen ist es auch nicht besser. Drinnen toben die Hormone und ich weiß nicht, wo ich meine Augen lassen soll, und hier liegen zu viele Gefühle in der Luft. Keine Ahnung, was schlimmer ist, Hormone oder Gefühle. Ich kann auf beides verzichten.

Missmutig gehe ich zurück in die Bar, nur um festzustellen, dass Jule und der Fußballer verschwunden sind. Von Paul, der eben mit seiner spanischen Bekanntschaft wild gestikulierte, ist auch nichts zu sehen und Tobias versucht verzweifelt, sich zwei Mädchen vom Hals zu halten, die abwechselnd über seine Goldmedaille und seine Armmuskulatur streicheln.

Leise stelle ich mich neben Adrian an die Theke.

»Sollen wir noch was trinken?«, frage ich ihn.

Das ist der perfekte Abend für jede Menge Alkohol, auf jeden Fall für mich. Die Jungs sollten sich besser zurückhalten, solange ihr Wettkampf nicht beendet ist.

Ich studiere die Cocktailkarte.

»Frustsaufen?«, fragt Adrian.

»Eher Ablenkung.«

Aufsässig bestelle ich einen Zombie, nur weil auf der Karte steht, dass höchstens zwei pro Person ausgeschenkt werden und er jede Menge Rum enthält.

»Was macht deine Augenbraue?«, frage ich, während ich Adrian eine Flasche Bier hinhalte.

»Der geht es prima. Ich spüre nichts.«

Ich nehme einen großen Schluck Zombie und bemerke auf der Stelle, wie der Rum in mir brennt.

Von wegen der spürt gar nichts, das kann nicht sein. Ehe

ich mich bremsen kann, schnippe ich mit dem Finger gegen das Piercing und Adrian zieht scharf die Luft ein.

»Du bist ja doch ein Mensch«, stelle ich zufrieden fest und ignoriere seinen fassungslosen Blick. Jede Reaktion, die ich bei Adrian auslösen kann, macht mich eben ziemlich glücklich.

Eine Weile nippe ich an meinem Getränk und realisiere nach und nach, wie stark es in der Tat ist. Davon kann ich mir nicht einmal einen zweiten leisten, wenn ich nicht vollkommen betrunken werden will.

»Ist Jule mit dem Fußballer weg?«, frage ich Adrian.

»Der Typ, der sie geküsst hat? Ja.«

Küssen? Hm, Gedanken ans Küssen und Alkohol sind eine ungünstige Mischung. Vor allem mit dem Mann, der neben mir steht, eine verstörende Mischung.

Ein Mädchen fällt mir ins Auge. Sie tanzt nicht weit von uns entfernt und beobachtet Adrian. Adrian, der an einem Bier trinkt. Adrian, der an der Theke lehnt und entspannt aussieht, obwohl wir gerade übers Küssen gesprochen haben.

Schließlich kommt sie näher, lächelt meine Begleitung an und lehnt sich neben ihn.

»Du bist einer der Engländer, oder?«, fragt sie auf Französisch, allerdings Adrian und nicht mich. Er zuckt die Achseln. Bei Pauls Spanierin habe ich helfend eingegriffen, aktuell fehlen mir dafür die Worte.

»Du bist heiß«, sagt sie. »Stimmt es, dass ihr alle Jungfrau seid?«

Tapfer schaue ich in die andere Richtung und gebe vor, nichts zu hören und nichts zu sehen. Ich verstehe trotzdem jedes Wort. Und ich habe gesehen, dass dieses Mädchen wirklich hübsch ist. Und wirklich sexy. Blonde Locken, braune Augen, große Oberweite. Für mich ist absolut offensichtlich, was sie will. Die Unerfahrenheit meiner Jungs scheint in der Tat für so einige Frauen echt attraktiv zu sein.

Aber es ist nicht nur das.

Unauffällig betrachte ich Adrian und stelle fest, dass er auch abgesehen davon verdammt attraktiv ist. Wenn man mit seinem finsteren Blick klarkommt. Und seinen zusammengezogenen Augenbrauen. Und dem Mund, der so selten lächelt. Verwirrt schließe ich die Augen.

»Also, wenn du vorhast, das zu ändern, dann komm mit. Ich will mit dir ins Bett, verstehst du mich? Sex? Wir beide«, sagt sie laut und deutlich. Das muss er verstehen, dieses eine Wort definitiv.

Leider kann ich mein Desinteresse nicht mehr vortäuschen und beobachte die beiden aus den Augenwinkeln. Sie tippt nachdrücklich erst sich selbst auf die Brust, dann Adrian. »Sex?«

Er reagiert nicht und sieht sie nur an. Mit diesem ungerührten, unergründlichen Adrianblick. Bis sie laut und resigniert seufzt und endlich weggeht. Langsam und mit wiegenden Hüften.

»Sie wollte diese Sache machen.« Ich zwinge mich selbst, die Worte zu sagen. Auch wenn es mir nicht gefällt, ich habe kein Recht, Adrian diese Chance zu nehmen. Er müsste ihr nur folgen, sie sieht noch einmal zurück und hofft, dass er genau das tut. »Mit dir. Was Paul mit der Spanierin gemacht hat.«

»Und wahrscheinlich gerade wieder macht. Und Jule mit dem Fußballer. Ich hab's kapiert.«

»Und du hast kein Interesse?« Warum nur klingt meine Stimme so klein und so zitterig?

»Sollte ich?«

Was für eine Frage. Unbehandelte Männer haben kaum ein anderes Interesse. Das habe ich so gelernt. Statt einer Antwort beiße ich mir auf die Lippe. Warum bin ich so erleichtert, dass er nicht mitgeht und die Gelegenheit nutzt? Auch wenn es für mich unvorstellbar ist, die Jungs sollen durchaus ihre Erfahrungen machen und ich werde die Letzte sein, die sie daran hindert.

»Das hast du aber nicht damit gemeint, dass wir mit ausländischen Frauen reden sollen, oder? Als Mutprobe.«

»Nein«, krächze ich entsetzt.

»Ich hatte gehofft, das Piercing reicht. Dass ich damit aus der Mutproben-Nummer raus bin.«

»Das war ja sowieso nicht für dich geplant. Ich dachte dabei an die anderen, du musst mir eh nichts beweisen. Du hast doch vor rein gar nichts Angst, das weiß ich längst.«

Mittlerweile wage ich einen neuen Blick auf Adrian, aber jetzt schaut er stur geradeaus und an mir vorbei.

»Da irrst du dich, Maxine«, sagt er dann leise.

kapitel 15

Am Morgen finde ich einen neuen Brief von Adrian.

›*Ich hatte mir fest vorgenommen, dir meine Gefühle mitzuteilen. Also: Ich habe Angst davor, mit dir zu tanzen. Unter anderem.*‹

Was soll denn das bedeuten? Man kann beim Tanzen eigentlich nichts falsch machen. Anton ist das beste Beispiel. Schlechter als er kann man sich kaum bewegen und trotzdem hat er Spaß. Liegt es an mir? Fest entschlossen, Adrian auf die Tanzfläche zu bekommen, schreibe ich zurück: ›*Dann hast du doch eine Mutprobe nötig. Nimm mich als Herausforderung.*‹

Beim Frühstück taucht mal wieder niemand außer meinen Jungs auf. Ich kann sie unbeobachtet über den vergangenen Abend ausfragen.

»Wie hat eure Aufgabe geklappt? Kontakt zu Frauen?«

Betretene Gesichter rund herum und ein Paul, der sich am Brötchen verschluckt. Na prima.

Etwas enttäuscht, aber noch immer bereit, sie alle mutiger zu machen, jage ich sie zu einer kurzen Trainingseinheit ins Stadion, bevor die Wettkämpfe für den Tag starten.

Tobias ist durch. Er steht neben mir und ich nehme ihn noch einmal in die Mangel.

»Man muss doch nur Dinge tun, vor denen man Angst hat. Um dann mutig genug für den Wettkampf vor einem Millionenpublikum zu sein. Oder?«

»Ich weiß nicht«, stammelt er.

»Bei dir hat es doch geklappt. War das Piercing nicht die Mutprobe?«

Wenn Tobias es nicht weiß, wer denn dann?

Er weiß es aber nicht.

»Hast du auch Angst vor Frauen?«, frage ich entnervt. »Gestern waren doch genug um dich herum, Frauen sind echt harmlos. Ich muss es schließlich wissen. Ich bin eine.«

Tobias sinkt neben mir auf der Bank in sich zusammen und antwortet gar nicht mehr. Er lässt mich ratlos zurück.

Glücklicherweise kommt Jule ein wenig später und setzt sich zu uns.

Sie sieht aus wie drei Tage Regenwetter.

»Was ist denn mit dir passiert?«, frage ich sie. Gestern war doch noch alles in Ordnung.

»Ach, willst du es wirklich wissen? Es geht mal wieder um Sex.«

»Oh, ehm. Nicht so detailliert vielleicht?«

»Mathis Bertrand ist passiert. Meine Medaillen haben ihn so dermaßen angetörnt, dass er innerhalb von Sekunden gekommen ist. Und dann war er völlig zufrieden mit sich und es lief gar nichts mehr.«

»Das war jetzt aber schon recht detailliert«, sage ich leicht verlegen.

Sie kichert und ihre Laune bessert sich auf der Stelle.

»Das war wirklich nicht detailliert. Ich habe immerhin nicht beschrieben, dass er dabei gegrunzt hat wie ein brünstiger Stier und was genau er mit den Medaillen machen wollte. Na ja, er hat dann sogar nach meiner Telefonnummer gefragt, aber die hab ich ihm nicht gegeben. Der Typ ist für mich Geschichte.«

Das Wort ›detailliert‹ müssen Jule und ich dringend neu definieren. Ich verziehe das Gesicht.

»Aber Lukas hatte scheinbar auch eine heiße Nacht«, fährt sie fort und klingt wieder genauso angepisst wie zu Beginn unserer Unterhaltung. »Er sieht aus, als hat er die falsche Frau angegraben und deswegen Prügel kassiert. Hast du was davon mitbekommen?«

Ach ja, die Wand.

Dieses Drama um Jule und Lukas ist zu kompliziert für mich.

»Ich hab die Prügelei gesehen«, antworte ich und spare an Details. Ich kann nämlich die Klappe halten. »Und Lukas' Gegner hat keine einzige Schramme davongetragen.«

»Geschieht ihm recht.«

Na ja, ich weiß nicht. Mir tut er schon irgendwie leid.

Trotzdem wechsle ich das Thema, denn diese Mutprobe brennt mir noch immer unter den Nägeln.

»Tobias hat Angst vor Frauen.«

Wie nett, dass er kein Wort versteht und ich hemmungslos über ihn reden kann. Nur bei seinem Namen horcht er kurz auf.

»Hab ich gemerkt«, antwortet Jule lapidar. »Ist mir aber lieber so als Typen, die einen aufreißen und dann nur an sich selbst denken.«

»Den anderen Jungs geht es leider genauso. Wie soll ich die so in den Wettkampf schicken? Tobias' erster Tag war so ein Drama, das schaffen meine Nerven nicht noch einmal.«

»Es geht allen so?« Jule beginnt zu lachen. »Das glaube ich nicht.«

Tja, sie denkt wohl an Paul. Der ist natürlich die Ausnahme. »Soll ich jetzt nur Paul antreten lassen? Das ist doch nicht die Lösung.«

»Adrian kannst du auch antreten lassen, der ist unkaputtbar. Leo möglicherweise ebenfalls.«

Leo? Interessant. Das muss er von mir haben.

Jule kennt meine Jungs inzwischen ziemlich gut.

»Ich möchte sie alle mutiger machen. Und ihnen die Angst vor Frauen nehmen. Sogar Lukas hat zugegeben, er hätte Angst vor Frauen.«

Jule schnaubt abfällig.

»Der Drecksack hat höchstens Sorge, nicht jeden Tag eine Neue flachzulegen. Du willst jetzt aber nicht, dass ich deine Angsthasen persönlich entjungfere, so wie Lukas mir das schon bei Tobias unterstellt hat? Ich habe nämlich gerade der Männerwelt ein für alle Mal abgeschworen.«

»Jule!«, rufe ich empört und werfe einen Blick auf Tobias. Aber der hat eine normale Gesichtsfarbe und keinen Schimmer vom momentanen Thema. »An Entjungfern dachte ich überhaupt nicht.«

»Na, dann weiß ich auch nicht, wie du es machen willst.«

Jule ist ebenfalls keine Hilfe.

Ein paar Tage ziehen ereignislos vorbei.

Lukas redet kein einziges Wort mehr mit Jule und diese behauptet fast täglich, wie glücklich sie darüber ist. Beide lügen.

An einem Abend sitze ich neben Anton auf einer Bank und genieße die untergehende Sonne. Wir haben aus der Mensa Radler mitgebracht und stoßen damit an.

»Prost.«

»Wann ist eigentlich dein erster Wettkampf?«

»In drei Tagen«, sagt er erschaudernd. »Lenk mich auf der Stelle von diesem Thema ab.«

»Okay, klar«, stimme ich zu. Ablenkung geht am besten durch Fragen. »Warum macht ihr das eigentlich? Das mit den Beziehungen, meine ich, das ist doch nur kompliziert und bringt ununterbrochen Ärger.«

»Wer sagt denn, dass es kompliziert ist?«

»Sehe ich doch. Denk an Lukas und Jule.«

Anton grinst.

»Also, die beiden sind ein Thema für sich. Aber ich selbst bin seit drei Jahren verheiratet und sehr glücklich mit meiner Frau.« Sprachlos starre ich ihn an. Von einer Frau war nie die Rede. »Denise. Wir haben eine kleine Tochter, deshalb kann sie nicht in Hamburg sein.« Ein idiotisches Grinsen schiebt sich in sein Gesicht, ich habe noch nie etwas so Anrührendes gesehen. »Aber ich weiß, dass die beiden bei jedem Kampf vor dem Fernseher sitzen und mich anfeuern. Sonst könnte ich das gar nicht durchstehen.«

Ich habe Anton hier noch nie mit einer Frau entdeckt. Endlich verstehe ich den Grund. Jetzt ist mir klar, warum er so oft mit dem Handy am Ohr allein irgendwo sitzt und angeregt telefoniert. Anton ist der erste Mensch, den ich treffe, der tatsächlich verheiratet ist. Ich platze vor Neugierde.

»Wie ist das so?«, frage ich atemlos. »Du weißt ja, wo ich herkomme. Wie ist es verheiratet zu sein?«

Anton sieht mich mitleidig an.

»Zu wissen, dass da jemand ist, auf den du dich hundertprozentig verlassen kannst? Der immer zu dir hält? Und für den du alles stehen und liegen lassen würdest? Das ist das Beste, das dir im Leben passieren kann, Maxine.«

Solche Worte aus dem mehrfach malträtierten Mund eines grobschlächtigen Boxers zu hören, ist berührend. Fasziniert und zugleich verwirrt starre ich ihn an. Er wirkt mit einem Mal ganz weich.

Dann seufzt er tief auf. »Genug von mir, es sei denn du willst mich gleich heulen sehen. Ich vermisse die beiden nämlich unglaublich.«

»Und warum klappt es dann bei Jule nicht?«, wechsle ich brav das Thema.

»Jule ist eine tolle Frau, aber viel zu starrköpfig. Die steht sich selbst im Weg.« Er lächelt mich zaghaft an. »Weißt du, ich habe das damals mitbekommen, es ist ja nicht so lange her. Da flogen echt Funken zwischen den beiden, eigentlich schon ewig und alle dachten nur, na endlich, als die schließlich miteinander in der Kiste waren.«

»Aha.« Funken fliegen da tatsächlich, allerdings auf eine eher ungute Art.

»Am nächsten Morgen hat Lukas dann mitbekommen, wie so ein Typ über Jule gelästert hat. Es steht ja nun mal nicht jeder auf tätowierte und gepiercte Frauen, und er hat ziemlich ekelhaft über sie gesprochen. Lukas war auf hundertachtzig, hat ihn am Kragen gepackt und dann erklärt, der Vollidiot solle bloß seine Klappe halten, denn er hätte noch nie so etwas Geiles erlebt wie eine gepiercte Zunge am Schwanz. War vielleicht nicht der klügste Satz und ich glaube, er bereut die Aussage inzwischen aufrichtig, aber gesagt ist gesagt.«

»Und dann?«

»Kein und dann. Der Typ hat auf der Stelle klein beigegeben und ist zurückgerudert. Ich meine, ich bin eindrucksvoller, aber Lukas richtig wütend ist auch nicht ohne. Danach machte leider die Runde, dass Jule an Lukas' Schwanz zugange war und das fand sie dann nicht so prickelnd.«

Ich denke nach. Und weiß nicht so recht, was ich davon halten soll. War das jetzt falsch von Lukas? Immerhin wollte er Jule nur in Schutz nehmen. Die Geschichte ist noch immer genauso unverständlich und kompliziert wie vorher auch.

Die Woche geht problematisch weiter. Ich erhalte einen Brief vom Amt für Migration, bei dem ich mich erkundigt habe, wie meine Sportler Asyl in Deutschland beantragen können. Und es ist ein Scheißbrief, der mich wirklich panisch zurücklässt.

Jule findet mich im Randbezirk des olympischen Dorfs, in dem ich mich versteckt habe, um ja nicht auf einen der Jungs zu treffen. Nicht, bevor ich nicht den Schock überwunden habe und einen neuen Plan präsentieren kann. Seit wir wissen, dass sie einsatzbereite Sirenen in sich tragen, meiden sie den äußeren Bereich unseres Quartiers konsequent.

»Schlechten Sex gehabt?«, fragt sie augenzwinkernd und lässt sich neben mich fallen. Man kann am Rand der Mole sitzen und die Füße ins Wasser baumeln lassen. Vielleicht nicht die hygienischste Art, sich zu amüsieren, aber hygienischer als Sex allemal.

»Schlimmer, Jule, Worst Case Szenario.«

Sie weiß nichts von unseren Plänen. Es muss ja alles streng

geheim ablaufen, denn sobald die englische Regierung auch nur einen Verdacht hat, dass es Fluchtpläne gibt, holen sie uns gnadenlos zurück. Olympia und Außenwirkung hin oder her. Und ich traue weder Thomas noch den Trainern zu hundert Prozent. Jule jedoch vertraue ich ohne Wenn und Aber.

»Die Jungs müssen Asyl beantragen. Auf keinen Fall dürfen sie wieder nach England zurück.« Ich schildere, was ihnen zu Hause blüht, und Jule wird blass.

»Das macht ihr also mit den Männern. Das ist grauenvoll. Fast wie kastrieren.«

Leider muss ich ihr inzwischen zustimmen. Die letzten Wochen haben meine Sicht auf sehr viele Dinge grundlegend verändert.

»Unter diesen Umständen sollte es doch kein Problem sein, hier Asyl zu bekommen.«

»Hatte ich auch gedacht. Aber gerade habe ich erfahren, dass es ein Auslieferungsabkommen zwischen Deutschland und meinem Land gibt. Extra für meine Sportler und die Olympischen Spiele. Die Behörde hat dem nur auf Druck des olympischen Komitees zugestimmt, da wir sonst nicht gekommen wären.«

»Und das bedeutet?«

»Kein Asyl. Und sobald die Jungs das Gelände verlassen, werden sie verhaftet und ausgeliefert. Abgesehen davon, dass sie eh wegen Lärmbelästigung festgenommen werden, sobald sie aus dem gekennzeichneten Raum herauskommen.« Ich lasse mutlos den Kopf in die Hände sinken. »Jule, ich weiß nicht weiter. Erst dieser Peilsender. Dann der Alarm. Und jetzt noch das. Wo soll ich denn mit ihnen hin?«

»Scheiße«, sagt Jule aus tiefstem Herzen. »Ihr müsst in ein anderes europäisches Land. Oder liefern die auch aus?«

»Keine Ahnung.« Wütend trete ich in den Fluss, erreiche aber nur, dass das Wasser hochspritzt und Jules und meine Hosen durchnässt. »Und wie sollen wir dahin kommen? Du erinnerst dich an den Alarm?«

»Max«, sagt sie mit Nachdruck. »Wir kümmern uns um ein Problem nach dem anderen. Als Erstes kriege ich raus, ob das Auslieferungsabkommen europaweit gilt. Dänemark ist nur zweihundert Kilometer entfernt, die Niederlande keine dreihundert Kilometer. Wenn wir Glück haben, machen ja auch irgendwann die Batterien schlapp und das Alarmproblem löst sich in Wohlwollen auf.« Sie legt den Arm um mich und drückt mich fest. »Ihr seid nicht allein«, sagt sie leise. »Ich helfe euch. Und Anton ebenfalls, ganz sicher.«

Dann schluckt sie. »Und Lukas sowieso.«

Ich habe Tränen der Rührung in den Augen.

Die Deutschen sind hier zu Hause. Sie kennen sich aus.

Wenn jemand es schafft, meine Jungs aus den Fängen von Dr. Higgs und ihrem Internat zu befreien, dann sie.

kapitel 16

Am Morgen vor seinem Weitsprungwettkampf verkündet Andrew stolz, dass er am Abend mit einer Frau geredet habe.

»Und wie willst du das gemacht haben? Sprachbarriere, schon vergessen?«, fragt Sebastian irritiert.

»Amerikaner sprechen unsere Sprache. Schon vergessen?«, zickt Andrew zurück.

»Und was hast du gesagt?«

»Ich habe gefragt, welchen Sport sie macht.«

»Und?«

»Na ja«, druckst er etwas verlegen. »Sie sagte, sie ist Boxerin. Da hab ich die Flucht ergriffen.«

Wir lachen alle laut auf.

Andrews Haare fallen ihm inzwischen in wilden Locken in die Stirn. Und obwohl er sie immer wieder mit viel Schwung zurückwerfen muss, scheint es ihn nicht zu stören.

»Du kannst dir bald ein Zöpfchen machen«, neckt Leo ihn.

»Hab ich schon gesehen«, werfe ich ein. »Männer mit Zöpfen. Und auch Männer mit Dutt.«

Und zugegeben, obwohl es komisch klingt, es sah nicht schlecht aus.

»Dann muss man sich die Seiten abrasieren. Aber das hat Andrew ja eh fast.«

»Das nennt man Undercut.«

»Muss man nicht, es geht auch so wie bei Paul.«

Probehalber nimmt Paul seine Haare zusammen, aber sie sind noch nicht lang genug.

»Oder man lässt sich einen Bart wachsen. Einen richtigen Bart, nicht so etwas Halbgares wie bei Leo.«

Leo rasiert sich seit unserer Ankunft zwar nicht mehr, allzu regelmäßig und dicht ist sein Bart allerdings nicht. Auch Paul macht es nur ab und zu und sorgt dafür, dass immer ein leichter Bartschatten auf seinem Gesicht liegt.

Müde lehne ich mich zurück und beobachte meine eifrig diskutierenden Sportler. Sie sind gar nicht anders als Mädchen, denn so ähnliche Gespräche habe ich auch schon mit meinen Freundinnen geführt. Stundenlang.

Und genauso lang habe ich in der letzten Nacht wachgelegen und mir Sorgen gemacht. Alle acht sind mir so dermaßen ans Herz gewachsen, jeder auf seine eigene Art.

Ich muss sie aus dieser entsetzlichen Zukunft herausholen, egal um welchen Preis.

Mühsam zwinge ich die Gedanken zurück in die Gegenwart. Ich muss Optimismus verbreiten und bloß nicht meine miese Stimmung, denn besorgte und verängstigte Jungs kann ich echt nicht gebrauchen.

»Dann bist du jetzt optimal vorbereitet?«, frage ich Andrew. »Oder bist du nervös?«

»Schon nervös«, gibt er zu. »Aber ich werde heute nicht kotzen. Es ist also alles im Rahmen.« Entschlossen schiebt er sich einen Löffel Müsli in den Mund.

Das ist doch mal eine Ansage. Eventuell reicht ein einziger Satz zu einer Frau ja aus.

Was mich heute im Stadion doppelt ruhelos macht, ist, dass neben der Weitsprungqualifikation auch die Endläufe des 100-Meter-Sprints stattfinden. Fast genau vor meiner Nase. Ich habe daher einige Schwierigkeiten, mich auf Andrew zu konzentrieren, der sich gewissenhaft warmmacht, weil ich immer wieder zur Sprintbahn schiele.

Es sind drei Läufe, die ich auf diese Art aus der Ferne beobachte, obwohl ich am liebsten mit der Nase an der Ziellinie hängen würde. Heute ist wirklich nicht der Tag, an dem ich mich professionell benehme. Heute bin ich leider nur ein begeisterter Fan, der die merkwürdigsten Verrenkungen macht, um trotz rücksichtslos umherlaufender Weitsprung-Athleten und Betreuer möglichst viel mitzubekommen.

Andrew bemerkt nichts davon. Er ist konzentriert und auf sich fokussiert, glücklicherweise. Nur Leo registriert meine sehnsüchtigen Blicke und lacht ununterbrochen in sich hinein.

Die Qualifikation im Weitsprung beginnt. Gleichzeitig ist eine Stunde Pause, bis das Sprintfinale anfängt. Warum bin ich nur so aufgedreht, als würde ich dort selbst starten?

Andrew liefert gute Weiten ab, keine Frage. Leider müssen wir uns aber nach und nach eingestehen, dass die Konkurrenz in dieser Disziplin überragend ist. Wir zittern erneut um den Einzug in ein Finale, obwohl mein leuchtend rothaariger Sportler so unbekümmert abliefert, als wäre er jeden Tag so unter Druck.

Die Stunde vergeht wie im Flug. Sprinter sammeln sich am Rand des Stadions und lockern sich aus.

Meine Augen, die sich auf Andrew konzentrieren sollen, führen ein Eigenleben.

Leo stößt mich schließlich unsanft in die Seite.

»Max, wir wissen alle, wie sehr du auf den Sprint stehst. Geh schon hin.«

Eine Weile ziere ich mich noch.

»Ach was, so sehr stehe ich da gar nicht drauf.«

»Tust du doch, du hast am Zieleinlauf auf unserer Bahn schon tiefe Abdrücke hinterlassen. Und das, obwohl es nur Training war.«

Finster starre ich ihn an.

Ich hasse es, so durchschaut zu werden, aber er macht vor Vergnügen nur leise glucksende Geräusche.

»Ehrlich, Maxine, ich kenne deinen Gesichtsausdruck, wenn Adrian läuft. Wir kennen ihn alle. Und die Finalisten im Einzelwettkampf, die sind noch viel schneller.«

»Wie sollen die schneller sein als Adrian?«, flüstere ich ungläubig und hoffe, dass Adrian unser Gespräch nicht hört. Nicht hört, wenn Leo von meiner peinlichen Miene spricht, die ich scheinbar doch nicht unter Kontrolle habe. Nicht hört, wie offensichtlich mich sein Laufstil anmacht. Jetzt gerade sieht er in eine andere Richtung.

»Äh, kennt Adrian meinen Gesichtsausdruck auch?«, frage ich schließlich zaghaft. Leugnen hat eh keinen Sinn.

»Wohl kaum, er läuft ja.«

Leos Blick auf mir ist eine Mischung aus Erheiterung und Neugierde. Ich ziehe es vor, diesem Blick zu entfliehen, und schlendere wie zufällig Richtung Sprintfinale.

Die Läufer haben sich an ihre Startpositionen begeben. Ein Kamerateam filmt jeden Einzelnen von ihnen, stellt sie vor und lässt sie posen. Falls sie das wollen. Einige ziehen es vor, sich lässig weiter aufzupushen, während andere jetzt schon Siegergesten für das Fernsehpublikum machen. Durchaus zu Recht. Bei den Olympischen Spielen bis ins Finale zu kommen, ist definitiv eine Siegergeste wert. Ich liebe sie alle jetzt schon.

Der schwarze Amerikaner ist auch dabei. Tyron, seinen Namen habe ich nicht vergessen, obwohl ich keinen weiteren Kontakt zu ihm hatte. Tyron, von dem selbst Adrian sagt, er könne ihn nicht schlagen. Ich platze vor Neugierde.

Und obwohl er konzentriert wirkt, auf- und abtänzelt und bei seiner Vorstellung cool in die Kamera grüßt, bemerkt er meine Anwesenheit. Leider. Er grinst.

Ich sollte lässig und gelangweilt wegschlendern, aber ich bin wie festgetackert. Die Vorstellungsrunde ist beendet, die Läufer gehen in Startposition und mein Herz klopft vor Aufregung. Dabei startet niemand von uns.

Dann der Startschuss.

Acht Männer, die quasi aus dem Stand explodieren und wie um ihr Leben rennen.

Wow.

Was anderes fällt mir dazu nicht ein. Außer wow. Und noch mal wow.

Leicht benebelt gehe ich zurück zum Weitsprung. Meinen Gesichtsausdruck habe ich gerade garantiert nicht unter Kontrolle. Meinen Kopf auch nicht.

»Und? War es schön?«, fragt Leo mich kichernd.

»Wow«, erwidere ich. Andere Worte existieren gerade nicht in meinem Kopf. Dann schüttle ich mich und atme einmal tief durch. Das kann so nicht weitergehen. »Tyron hat gewonnen.«

»Wer ist Tyron?« Leo hat meine unschöne Unterhaltung mit den Amerikanern an diesem ersten katastrophalen Trainingstag nicht registriert.

»Der Gewinner.« Keine sehr geistreiche Antwort, die ich da gebe. »Ein Amerikaner«, füge ich rasch hinzu.

Dann bemerke ich Adrians Blick. Denn diesmal hat er alles mitbekommen. Jedes meiner bescheuerten Worte und jede meiner überaus bescheuerten Gesichtsregungen.

Er erinnert mich an unsere allererste Begegnung. Seine Augen sind schwärzer, als ich sie je gesehen habe, sein Mund angespannt, sein Gesichtsausdruck so finster wie gehabt. Er ist wütend. Weil ich das Sprintfinale beobachtet habe? Weil es mir regelrecht die Sprache verschlagen hat? Oder weil ich den Sieger kenne? Alles kein Grund, wütend zu werden, finde ich. Wortlos wendet er sich ab und stampft zu Andrew hinüber.

Während des restlichen Durchgangs steht er so weit von mir entfernt wie möglich. Langsam werde ich ebenfalls sauer. Gut, ich gucke dämlich, wenn ich sensationelle Sprinter beobachte. Vielleicht sabbere ich auch ein bisschen. Aber das gibt ihm noch lange kein Recht, angepisst zu sein. Ich kann ja nichts dafür.

Andrew verpasst die Qualifikation haarscharf.

»Tut mir leid, Maxine«, sagt er, als wir zurück in unsere Unterkünfte gehen.

»Du warst gut, Andrew. Richtig gut. Ich war echt beeindruckt, wie cool du warst.«

»Ja, ich auch, aber genützt hat es trotzdem nichts.«

»Die Konkurrenz war halt so hart, da kann man nichts machen«, tröste ich ihn.

»Dann sagst du uns jetzt, was los ist?«, stellt Leo mich zur Rede.

»Ich bin nicht sauer auf Andrew, weil er nicht im Finale ist«, wiederhole ich es noch einmal. »Er hat alles gegeben, mehr kann doch keiner verlangen.«

»Das meine ich nicht.«

»Sondern?«

»Du bist seit gestern komisch. Und ich will wissen, warum.« Seit gestern? Der Brief. Scheiße.

»Ich weiß nicht, was du meinst.« Möglich, dass ich bescheuert gucke, wenn ich Sprinter in Aktion sehe, aber jetzt und hier wahre ich problemlos mein Pokergesicht.

Leo verdreht die Augen.

»Max, wir kennen inzwischen so einige Gesichtsausdrücke von dir.« Er wirft einen Blick zu Adrian, der hinterher trottet und noch immer aussieht wie die personifizierte Gewitterwolke. »Auch den Gesichtsausdruck, der partout etwas verbergen will.«

Das kann doch nicht wahr sein!

Empört schnappe ich nach Luft. Bin ich inzwischen ein offenes Buch für meine Jungs? Oder sogar für alle Menschen?

Paul lacht mit einem Mal laut los.

»Max, wir hängen seit Wochen aufeinander. Seit Wochen studieren wir angespannt jede deiner Regungen, weil wir von dir abhängig sind. Und weil du ein Mädchen bist und damit eben überaus interessant.« Er wird noch nicht einmal rot bei seinen Worten. »Also spar dir die Geheimniskrämerei, wir wissen, dass was im Busch ist.«

So ein Mist. Ich habe doch einen Grund, es ihnen nicht zu sagen. Aber aus der Nummer komme ich nicht mehr raus.

Widerwillig erzähle ich von den aktuellen Schwierigkeiten. Und ernte wie erwartet betroffenes Schweigen. Sogar Adrian ist aufgerückt und wechselt seine Mimik von angepisst zu besorgt.

»Und deshalb wollte ich es euch nicht sagen«, schließe ich meine Ausführungen. »Was auch besser gewesen wäre.«

Paul kickt einen Stein aus dem Weg. »Okay, das ist scheiße. Megascheiße.«

»Trotzdem ist es mir lieber, ich weiß, was los ist«, wirft Simon ein.

»Ja, mir auch«, stimmt Sebastian ihm zu. »Dann weiß man, worauf man sich einstellen muss.«

»Kann also sein, dass wir bis Dänemark oder in die Niederlande fliehen müssen. Darauf müsst ihr euch einstellen.«

»Tja, heimlich fliehen fällt aber raus. Wir sind ja nicht zu überhören, sobald wir den Zaun passieren.«

»Nee, heimlich wird das nicht. Bekommen wir einen Begleitzug der Feuerwehr? Um unterwegs die Anwohner zu schützen.«

»Genau, wie ein Gefahrentransport.«

»Ein Presslufthammer ist leiser als wir.«

Die Stimmen der Jungs schwirren durcheinander. Sie versuchen, sich in Sarkasmus zu retten, aber es ist nicht zu überhören, wie verstört sie sind.

Genauso wie ich.

Im Zimmer beschließe ich, noch einmal ein Bad zu nehmen. Tief in Schaum vergraben kann ich am besten nachdenken und nachdenken muss ich jetzt ganz dringend.

»Was ist los, Adrian?«

»Nichts.«

Ich kann schon wieder Paul und Adrians Unterhaltung verstehen, laut und deutlich. Sie müssen die Tür zum Bad geöffnet haben.

»Jungs, ich kann euch hören«, liegt mir schon auf den Lippen, aber noch bevor ich rufen kann, vernehme ich Pauls Stimme in einem besorgten Ton.

»Es ist wegen Maxine, oder?«

Mein Mund klappt unverrichteter Dinge zu. Denn das will ich um jeden Preis hören, Anstand hin oder her.

»Quatsch. Ich mache mir Sorgen wegen dieser Asylsache.«

»Ja, das bestimmt auch, aber da ist noch mehr. Du bist nämlich seit dem Wettkampf unausstehlich.«

»Hast du es gesehen?«, bricht es aus Adrian hervor. »Wie sie diesen Typen angesehen hat. Den amerikanischen Sprinter.«

»Ja, habe ich.«

Ich höre einen harten Schlag, irgendetwas fliegt durch die Luft.

»Die Schuhe können nichts dafür.« Pauls entnervtes Kopfschütteln kann ich vor meinen Augen sehen, ich kenne die Jungs inzwischen auch gut genug, um ihre Gestik verinnerlicht zu haben. »Sie sieht dich übrigens genauso an. Bei jedem Lauf. Vielleicht würdest du es bemerken, wenn du dich mal umsehen würdest.«

Adrian macht ungläubige Geräusche. »Wieso sollte sie?«

»Woher soll ich wissen, wann und aus welchem Grund ein Mädchen guckt, wie es guckt. Ich bin genauso beschissen aufgewachsen wie du.«

»Du hast von uns allen am meisten Erfahrung. Mit Frauen im Allgemeinen. Und mit Maxine.«

Oh. Ich sinke langsam tiefer in den Schaum und versuche, mich zu verstecken, obwohl ich ganz allein im Raum bin. Aber Adrians Stimme ging mir gerade durch und durch.

Paul schweigt eine Weile. »Bist du sauer auf mich, weil ich sie geküsst habe?«, fragt er schließlich.

»Wieso sollte ich?«

»Weil du sie magst.«

Adrian stöhnt laut und gequält.

Aber er widerspricht nicht.

Und stimmt auch nicht zu.

»Wie war es? Sie zu küssen«, fragt er stattdessen. Ist das Sehnsucht in seiner Stimme?

»Sie schmeckt nach Orangen. Süß. Und gleichzeitig ist da noch mehr.« Orangen, wieso bitte schmecke ich nach Orangen? »Und ihre Lippen sind weich und zart und man hat Angst, ihr wehzutun.«

Noch tiefer in den Schaum sinken kann ich nicht, nicht ohne zu ertrinken. Mit einem Mal habe ich absolute Panik, dass das Gespräch noch intimer wird und Adrian nach Pauls Erfahrungen mit der Spanierin fragt.

In was für eine Situation hat meine dämliche Neugierde mich jetzt wieder gebracht. Bemerkbar machen kann ich mich schon lange nicht mehr.

Curiosity killed the cat, sagt man schließlich nicht ohne Grund.

Am Abend ist erneut eine große Feier in der Mensa angesagt, und Jule besteht darauf, dass ich hingehe. Sie könne momentan nicht ohne meine Unterstützung Lukas begegnen, nicht bei so einem Event.

Eigentlich bin ich zu verwirrt dafür. Ununterbrochen frage ich mich, aus welchem Grund Adrian wissen wollte, wie es ist, mich zu küssen. Nach der Spanierin hat er nämlich nicht gefragt, glücklicherweise, obwohl es da viel mehr zu berichten gegeben hätte.

»Wieso ist denn ausgerechnet heute wieder so viel los?«, maule ich Jule an.

»Siegesfeier 100-Meter. Das Highlight der Leichtathletik. Sagt auf jeden Fall der Gewinner.« Jule grinst. »Und die Amerikaner lassen es gerne krachen.«

Na, meinetwegen. Ich habe auch momentan nichts gegen einen Cocktail. Einen großen. Und starken. Ich organisiere mir als Erstes einen Zombie.

»Zombie? Bist du sicher?« Jule beäugt mich misstrauisch. »Da ist jede Menge Rum drin. Hab ich mal an einem Morgen danach bitterlich bereut.«

Ich zucke nur die Schultern und nehme einen großen Schluck. Der Tag heute ist definitiv ein Tag für Alkohol, und der nächste Morgen ist mir gerade herzlich egal.

Mitten in der Menschenmenge kann ich Tyron ausmachen, der sich hemmungslos feiern lässt.

Immer wieder wandern meine Blicke zu ihm. Dass ein Mensch so schnell sein kann. So viel Kraft auf so kurzer Entfernung. Ich wünschte aufrichtig, ich wäre nicht so beeindruckt. Ich wünschte wirklich, ich könnte die Augen von ihm lassen.

Denn leider bemerkt er jeden meiner Blicke.

Und grinst. Erneut.

Nachdem ich den Zombie vernichten habe, tanze ich mit Jule. Endlich schaffe ich es, auf etwas anderes zu achten, und gebe mich ganz der Musik und den Moves hin. All meine Hemmungen vom letzten Mal sind weg. Die Frauen bewegen sich alle so wie ich. Die Männer ebenfalls. Es wäre albern, es anders zu machen, nur weil ich Engländerin bin.

Meine Jungs sind irgendwo in der feiernden Menschenmenge. Ich habe sie erneut ermutigt, eine Frau anzusprechen oder wenigstens anzulächeln. Jule meint, ein Lächeln reicht, und auch das ist eindeutig eine Mutprobe für sie.

Beim Stichwort Mutprobe fällt es mir wieder ein. Der Briefwechsel mit Adrian. Die etwas alberne Behauptung, er hätte Angst mit mir zu tanzen. Langsam lasse ich meinen Blick über die Menge schweifen.

Ich finde Paul, der auf seine hüpfende, begeisterte Art tanzt, Simon, der sich vorsichtig neben ihm bewegt und Tobias, der heute seine Muskelberge unter einem weiten, langärmligen Shirt versteckt und an der Theke steht.

Jule schiebt sich an mich heran.

»Wen suchst du?«

»Adrian. Er hat versprochen, mit mir zu tanzen.«

Er hat genau genommen das pure Gegenteil versprochen, aber egal.

Jetzt reckt sie sich ebenfalls.

»Eben war er noch an der Theke. Zusammen mit Lukas«, informiert sie mich.

Lukas. Der Zombie lockert mir die Zunge.

»Ich finde das gar nicht so schrecklich, was Lukas getan hat.«

Das bringt mir einen giftigen Blick von Jule ein.

»Also, schon schlimm,«, lenke ich ein, »aber irgendwie ja auch nett.«

»Du verarschst mich jetzt doch«, sagt Jule. »Schwenkst du urplötzlich von Wir-Engländer-haben-es-nicht-nötig-das-andere-Geschlecht-auch-nur-zu-wahrzunehmen zu Wir-machen-es-nicht-nur-wir-reden-sogar-drüber?«

Ich kichere.

»Nein, ganz bestimmt nicht«, widerspreche ich. »Aber er war ja nicht derjenige, der dich beleidigt hat. Er hat dich nur verteidigt und ja, das finde ich schon nett.«

»Sag mal, Maxine, ich verstehe nur Bahnhof. Du warst doch nicht dabei.«

Die Musik wechselt von dem langsamen Song, zu dem man sich unterhalten kann, zu einem schnellen, harten. Wir gehen zurück an die Theke und ich bestelle noch einen Zombie.

»Das ist dann dein zweiter«, stellt der Barkeeper fest. »Danach ist Schluss.«

»Ja, ja, schon klar«, stimme ich zu und bin beeindruckt. Der hat wirklich ein gutes Personengedächtnis.

»Ich war nicht dabei, aber Anton«, erkläre ich Jule. »Der ist übrigens verheiratet.« Ich bin noch immer erstaunt, wenn ich daran denke.

»Ja, ich weiß, ich kenne seine Frau. Und das Baby habe ich auch schon gesehen.« Sie sieht mich nach wie vor finster an.

»Anton war so ungefähr der Einzige, der mich nach Lukas' Aktion nicht aufgefordert hat, ihm mit meinem Zungenpiercing den Orgasmus seines Lebens zu verschaffen.«

Tja, das ist wohl wirklich etwas aus dem Ruder gelaufen.

»Immerhin hat sich Lukas fast für dich geprügelt«, sage ich.

Und dann erzähle ich Jule, was ich von Anton erfahren habe. »Er hat keinen Grund, zu lügen. Nicht mir gegenüber.«

Jule sieht mich mit großen Augen an.

Und schweigt.

Sie schweigt lange.

»Jetzt echt?«, fragt sie schließlich.

Ich zucke die Schultern. Ich war ja nicht dabei. Aber die Geschichte passt zu Lukas' hilflosem Umgang mit Jules Anschuldigungen, zu seinem sehnsüchtigen Gesichtsausdruck, sobald er sie ansieht. Und zu seiner Reaktion auf Jule und den Fußballstar.

»Er hat sich übrigens mit der Wand geprügelt«, informiere ich sie. »Als du mit dem Franzosen zugange warst.«

»Oh«, staunt Jule. »Es war keine andere Frau?«

»Nein, es war wegen dir.«

Zum ersten Mal erlebe ich, dass etwas Jule die Sprache verschlägt. Ich lasse die Geschichte bei ihr sacken, trinke erneut an meinem Cocktail und denke über Männer nach. Wie kompliziert sie sind. Dass sie Angst haben, zu tanzen. Obwohl sie vor sonst nichts Angst haben. Langsam werden meine Gedankengänge etwas verschwommen.

Aber ich erinnere mich ebenfalls, dass ich unbedingt mit Adrian tanzen wollte. Adrian, der wissen will, wie es ist, mich zu küssen. Adrian, der mich den Tag über entweder komplett ignorierte oder mit finsteren Blicken bombardierte, selbst beim Abendessen. Adrian, der sich mindestens genauso atemberaubend bewegt wie dieser schwarze Sprinter. Wenn nicht sogar noch viel atemberaubender.

Und dann taucht er in meinem Blickfeld auf. Zusammen mit Lukas, dem ich aber gerade keinen Blick widmen kann.

Wieso das Cocktailglas schon wieder leer ist, verstehe ich nicht, denn ausgetrunken habe ich es nicht. Der Barkeeper hat mir sicherlich nur ein halbes gegeben.

Langsam begebe ich mich auf die Tanzfläche und beginne, mich zu bewegen. Genau vor Adrians Augen. Ich wiege die Hüften im Takt der Musik, die Arme fahren an meinem Körper entlang, über den Kopf und markieren den Raum, den ich überraschend hemmungslos für mich beanspruche. Das Shirt rutscht hoch und ich spüre die Luft, die meinen Bauch berührt. Es ist, als wäre meine komplette Erziehung nicht mehr vorhanden, nie da gewesen. Ich bin wie eins dieser Mädchen aus den halb verbotenen ausländischen Musikvideos. Die ich mir oft genug heimlich angesehen habe, obwohl ich der festen Überzeugung war, nur die Musik zu mögen und ganz bestimmt nicht die Moves der Tänzerinnen. Die Moves, die ich jetzt problemlos drauf habe.

Die Wut steht noch immer in Adrians Gesicht. Und dann verändert es sich unmerklich. Andere Gefühle übernehmen die Kontrolle. Das muss doch reichen, um ihn zu mir auf die Tanzfläche zu locken.

»Macht ihr das immer so?« Heißer Atmen trifft auf meinen Hals und als ich mich umwende, tanzt Tyron, der Sprinter, genau hinter mir. Er bewegt sich im selben Takt wie ich. »Ihr macht die Männer scharf und dann lasst ihr sie abblitzen? Der Typ an der Bar, den du antanzt, weiß zumindest nicht, wie ihm geschieht.«

Tyron ist mir zu nah.

Schnell weiche ich einen Schritt zurück und wende mich wieder der Theke zu.

Adrian ist verschwunden.

Wütend drehe ich mich zurück zu Tyron.

»Was willst du?«, blaffe ich ihn an.

»Ich?« Er hebt erstaunt die Augenbrauen. »Du ziehst mich doch die ganze Zeit mit Blicken aus.«

Tue ich das? Eigentlich nicht.

Ich könnte nur Tage damit verbringen, ihn beim Laufen zu beobachten. Dabei ziehe ich es definitiv vor, wenn er bekleidet ist.

»Quatsch«, sage ich.

Sein Gesicht ist allerdings überaus faszinierend. Nicht nur sein Laufstil. Es sind auch diese tausend winzigen Zöpfchen, die ich liebend gerne berühren würde. Seine Schokoladenhaut, die im Discolicht schimmert wie dunkles Gold. Seine Nase ist breiter, als ich es gewohnt bin, die Lippen voller. Und seine Augen schimmern so weiß, in all dem Dunkel. Der Mann ist atemberaubend schön.

Wahrscheinlich sieht man mir meine Gedanken an, Alkohol und Pokerface funktionieren nicht zusammen.

Tyron grinst.

»Okay«, gibt er dann zu. »Ich steh auf deine Locken. Auf deinen ganzen Look. Du bist gleichzeitig abweisend und kühl und verboten heiß, und das macht mich verdammt scharf. Und ich kann sehen, dass du mich willst.«

In meinem Kopf rattert es. Ich habe genug von Jule gelernt, genug, um zu kapieren, dass das hier ein eindeutiges Angebot ist. Ein Sex-Angebot. Und das will ich auf keinen Fall mit ihm machen. Vollkommen logisch. Egal, wie attraktiv er ist. Egal, wie sehr er denkt, dass ich es will.

Demonstrativ wende ich mich ab. Meine Tanzmoves sind inzwischen absolut lahm. Ohne Adrian macht es einfach keinen Spaß.

Nur der Alkohol im Kopf flüstert mir hartnäckig irritierende Vorschläge zu: ›Probier es doch aus! Die ausländischen Frauen machen es alle! Jule sagt, es ist schön!‹

Wütend schüttle ich den Kopf. Wütend über Tyron, der Adrian verjagt hat, wütend über mich selbst und meine Reaktion auf ihn.

Aus den Augenwinkeln bemerke ich, dass ich beobachtet werde. Es ist die amerikanische Hochspringerin, Destiny wie-auch-immer, die gerade versucht, mich mit Blicken zu erdolchen. Die kann ich partout nicht leiden. Der Alkohol in meinem Hirn wittert wieder Oberwasser und hat hämisch grinsend tausend Ideen, ihr die Boshaftigkeiten heimzuzahlen. Es ist unübersehbar, wie sehr Tyrons Interesse an mir sie stört. Aus welchem Grund auch immer, aber dass der schnellste Mann der Welt gerade versucht, mich rumzukriegen, ärgert sie wahnsinnig.

Abwägend werfe ich einen weiteren Blick auf Tyron.

Der lacht schallend auf.

»Deine Spielchen ziehen bei mir nicht. Ich kann hier im Raum jede Frau haben. Heute Abend definitiv. Und ich will dich. Also? Ja oder nein?«

»Ja.«

Habe ich das gerade gesagt? Das kann eigentlich nicht sein. Ich habe es nicht laut ausgesprochen, es war der Alkohol. Ich wusste nicht, dass Rum in der Lage ist, zu reden.

Aber Tyrons Arm, der sich besitzergreifend um mich legt, macht aus Destinys Miene eine Mördergrube und mich unversehens ziemlich zufrieden.

Adrian will nicht mit mir tanzen?

Selbst schuld. Denn Tyron will es.

Wir verlassen die Mensa. Draußen trifft die kühle Abendluft mich wie ein Vorschlaghammer und bringt ein kleines bisschen Verstand zurück. In meinem Kopf kämpft Maxine, die prüde, gesittete Engländerin, gegen Rum, der gar nichts gegen Sex hat. Zumindest gegen etwas, das Sex werden könnte. Rum gewinnt. Denn nach all der Zeit, die ich in Jules Einflussbereich verbracht habe, kann ich die Neugierde nicht mehr vollkommen abstreiten. Und als Tyron sich näher an mich schiebt und seine Hände um meinen Kopf legt, wehre ich mich nicht.

»Schon mal ein kleiner Vorgeschmack?«, fragt er siegesgewiss und presst seine Lippen auf meine.

Ich könnte ihn mühelos auf den Boden befördern.

Zwischen die Beine treten.

In Sekunden kampfunfähig machen.

Theoretisch.

Denn in dem Moment, in dem seine Lippen auf meine treffen, bin ich besiegt.

Das ist nicht wie der Kuss mit Paul. Das hier ist ein Mund, der weiß, was er tut. Das sind Lippen, die meine necken, die mal hart und fordernd auf mir sind und dann wieder sanft und verspielt. Das ist eine Zunge, die meinen Mund öffnet, die mich willenlos macht, während sie in mich gleitet.

Und das sind Hände, die beginnend vom Kopf an meinem Körper abwärts fahren, die an meiner Taille haltmachen und dann unter das Shirt rutschen. Hände, die nackte Haut berühren, streicheln und schließlich fest meinen Hintern umfassen.

Rum schreit triumphierend auf. Maxine macht sich etwas schockiert und verunsichert klein und wartet fassungslos ab, was geschieht.

Tyrons Mund löst sich von meinen Lippen, wandert hinter das Ohr und von dort am Hals entlang.

»Gefällt es dir?«, murmelt er.

Er saugt an dieser empfindsamen Stelle und zum ersten Mal, seit wir hier stehen, öffne ich wieder die Augen.

Ich blicke genau in Adrians geschockte Miene.

kapitel 17

Der Schock wandelt sich in Schmerz. Unkaschiert und so deutlich, wie Adrians Miene noch nie etwas offenbart hat.

Dann dreht er ab und rennt weg.

Und ganz plötzlich ist Rum beschämt und kleinlaut und sagt zaghaft, dass das hier vielleicht ein Fehler war. Ich winde mich aus Tyrons Umarmung und renne Adrian hinterher.

»Was soll das denn? Du spinnst doch«, brüllt er hinter mir her. »Ist das wieder so ein dämliches Spiel?«

Er könnte mich locker einholen, der aktuelle Sprint-Olympiasieger. Er versucht es jedoch nicht. Ich dagegen bemühe mich, Adrian zu erreichen. Da habe ich leider schlechte Karten. Sein Vorsprung vergrößert sich mit jedem Schritt und ich kann nur erkennen, dass er zu unserer Unterkunft läuft und dort im Treppenhaus verschwindet. Außer Atem reiße ich die Tür auf und nehme ebenfalls die ersten Stufen in Angriff. Adrians laute Tritte sind deutlich zu hören und bereits weit über mir.

Ich werde ihn niemals einholen.

Ich nicht. Der Aufzug schon.

In der nächsten Etage verlasse ich das Treppenhaus und hämmere ungeduldig auf die Taste, die den Fahrstuhl ruft. Immer wieder und wieder.

Angespannt ringe ich nach Luft. Ich habe gerade alles gegeben, mein Körper hat die Kontrolle übernommen, während mein Kopf vollkommen planlos ist. Jetzt meldet er sich zaghaft zu Wort. Was will ich eigentlich von Adrian? Was kann ich ihm sagen?

Soll ich mich für den Kuss von Tyron rechtfertigen? Erklären, warum ich das zugelassen habe? Wieso sollte ich?

Der Aufzug kommt und ich stolpere hinein.

Erneut habe ich seine Miene vor Augen. Die Gedanken schlagen Purzelbäume. Ich dachte doch ewig, dass er mich hasst. Irgendwie. So wie er allen Frauen gegenüber empfindet. Und trotzdem will er wissen, wie es ist, mich zu küssen. Er hat Angst davor, mit mir zu tanzen. Dann wird er wütend, wenn ich einen anderen Mann ansehe. Nichts davon ist zu verstehen.

Das Chaos in meinem Kopf ist noch immer genauso gewaltig, als ich endlich in unserer Etage ankomme. Adrian stürmt gleichzeitig laut keuchend aus dem Treppenhaus und macht sich mit zitternden Händen am Zimmerschloss zu schaffen.

»Warte«, rufe ich.

Die Tür schwingt auf.

Adrian verschwindet ohne Reaktion in seinem Zimmer, aber diesmal bin ich schnell genug und schlüpfe im letzten Moment ebenfalls hinein. Bevor die Tür hinter mir zuknallt.

Laut atmend, verschwitzt und mit verzerrtem Gesicht steht er mitten im Raum und sieht mich an.

»Was? Warum?«, stoße ich hervor. Ich war mal redegewandt. Jetzt bin ich weit davon entfernt.

Und dann ist Adrian mit zwei raschen Schritten bei mir, drängt mich mit seinem Körper gegen die Tür und presst seine Lippen auf meine. Hart. Er versucht, mich zu küssen. Hart und ungeschickt und noch immer laut keuchend.

Tyrons Küsse waren so gekonnt, so erfahren, so reizvoll. Ich hätte durchaus weitere Körperlichkeiten geschehen lassen, denn Rum und Neugierde waren sich da absolut einig. Adrians Versuch, mich zu küssen, ist dagegen äußerst unbeholfen und sollte mir eigentlich nicht gefallen können. Aber das tut es doch. Sein Mund löst ein wahres Feuerwerk in mir aus. Sein Geschmack, sein Geruch, die Form seiner Lippen. Mein Körper steht mit einem Mal komplett in Flammen.

So fest ich kann, stoße ich ihn von mir.

Vor Schreck.

Über mich selbst. Über meine Reaktion. Dass mein Körper so sein kann. Und sofort wieder so sein will.

Adrian stolpert zurück. Sein Gesicht zeigt erneut so viele Emotionen, die sich ungefiltert abwechseln. Sehnsucht, Leidenschaft, Schreck und Scham. Vor allem Scham und Demütigung.

»Zu viel eigene Meinung, ich weiß. Ich hätte nicht … ich darf nicht …«, sagt er dann mit zitternder Stimme und wendet sich ab. Er ballt hilflos die Hände zu Fäusten.

Mit einem Mal werde ich vollkommen ruhig. Denn jetzt ist mein Kopf klar, so klar, wie er es nie zuvor war. Und ich weiß ganz, ganz deutlich, was ich will.

Adrian.

Seit dem ersten Tag hat er mich nicht kalt gelassen.

Ich wollte schon hinter diese Maske aus Wut und Ablehnung schauen, als er bebend vor unterdrücktem Hass in den Raum gestampft kam und versuchte, mich mit seinen Blicken zu durchbohren. Als er mich zitternd vor Angst zurückließ. Schon da wollte ich wissen, was in ihm ist. Und seit ich ihn zum ersten Mal laufen sah, wünschte ich mir, dieses Wunderwerk von einem Körper zu berühren. Aber woher sollte ich das wissen? Mit meiner Erziehung im Rücken, meiner Meinung über das unkontrollierbare Tier im Mann. Wenn ich noch einen Beweis gebraucht hätte, dass Männer keine Tiere sind, dass sie Frauen nicht missbrauchen, benutzen, sich gefügig machen, sobald sie es können, dann habe ich ihn jetzt hier. Denn ich kann so deutlich sehen, dass Adrian mich will, aber ein einziger Stoß hat gereicht, ihn zu stoppen.

Er kneift die Augen zusammen.

»Bitte, Maxine, geh. Geh und sieh mich nicht so an«, sagt er mit gequälter Stimme.

»Wie sehe ich dich an?«

Er kann nicht wissen, wie ich ihn ansehe, denn nach meinem Stoß hat er sich sofort abgewendet und mir nicht mehr ins Gesicht geblickt.

»Mit Verachtung? Ekel? Es tut mir leid, was ich gemacht habe. Ich hatte kein Recht dazu. Ich bin bereit, die Konsequenz zu tragen, egal, was du für richtig hältst.«

Langsam gehe ich zu ihm hin.

»Ich musste nur wissen, dass du aufhören kannst«, sage ich leise. »Sieh mich an.«

Widerstrebend öffnet er die Augen. Schwarz, wie tiefe undurchdringliche Teiche, in denen man versinken kann.

Dann stelle ich mich auf die Zehenspitzen und küsse ihn.

Ganz sanft. Vorsichtig. Zart.

Er bewegt sich nicht, lässt mich machen und atmet nur heiß in meinen Mund.

Auf der Stelle legt mein Körper wieder los. Das Brennen seiner Lippen auf meinen wandert über mein Gesicht, in meinen Oberkörper und tiefer direkt in den Unterleib. Den Unterleib, der jetzt zieht und pocht und sich nach etwas sehnt, das er nicht kennt.

Meine Lippen pressen sich stärker an Adrians und er stöhnt. Das habe ich schon einmal erlebt, diesen Laut, der mich damals bei Paul so erschreckte. Diesmal gefällt er mir. Weil er von Adrian kommt. Und ich inzwischen weiß, was er bedeutet.

Ich lege die Hände um seinen Kopf und ziehe ihn noch näher an mich. Er reagiert, endlich. Endlich legt er die Arme um mich, zögernd erst, dann fester. Ich spüre seinen Körper an meinem, seinen Körper, der so ganz anders ist als mein Frauenkörper. Fest und hart und muskulös. Zaghaft reibe ich mich an ihm, das Ziehen in mir wird stärker und Adrian gibt ein Keuchen von sich.

Langsam löse ich mich von ihm und sehe ihn staunend an. Ziemlich eindeutig, dass er mich nicht hasst. Ziemlich eindeutig, dass er mich mag.

Ich bin mir sicher, dass zwischen uns mehr ist als pure körperliche Anziehung. Die ist unbestreitbar da, mit Adrian ist es jedoch schon lange mehr als das. Seine Umarmung ist beschützend wie bei Paul, und doch fühlt sie sich vor allem richtig an. Seine Nähe ist aufregend und neu und doch gleichzeitig wie nach Hause kommen.

»Aber du stehst auf diesen Sprinter«, sagt er leise mit einem noch immer verwirrten und aufgewühlten Blick.

»Tu ich nicht. Ich war betrunken«, murmle ich leicht beschämt. Rum ist ein mieser Berater. »Und du warst verschwunden, ohne mit mir zu tanzen.« Ein wenig schmolle ich noch immer.

»Ich habe gesehen, wie du ihn ansiehst.«

»Er ist ein beeindruckender Sportler, aber mehr nicht. Nicht für mich.«

»Er ist schneller als ich«, stellt er fest, als ob ein Mann umso attraktiver ist, je höher seine Grundgeschwindigkeit ist.

»Schneller bereit, mich zu küssen vielleicht«, erwidere ich, aber der Scherz kommt nicht gut an. Adrian kneift die Lippen zusammen.

»Die Sache mit Paul, das konnte ich noch verkraften. Paul ist mein Freund, ich will, dass er glücklich ist.« Seine Stimme zittert ein wenig. »Aber das gerade, das war nicht zu ertragen.«

»Wäre nicht passiert, wenn du mit mir getanzt hättest.« Unwillig runzle ich die Stirn. »Warum hast du nicht?«

Er wird rot.

Langsam wandert mein Blick an seinem Körper hinab. Ich denke daran, wie er halb nackt in meinem Zimmer stand. Jetzt würde mich dieselbe Situation nicht mehr verunsichern. Im Gegenteil.

Zaghaft lege ich die Hand an seinen Bauch und fahre über das T-Shirt.

Adrian Blick folgt aufmerksam jeder Bewegung.

»Aus vielen Gründen«, sagt er dann leise.

»Und die wären? Willst du sie mir aufschreiben?«, necke ich ihn, während meine Hand weiter über seinen Bauch gleitet und ich mir wünsche, der Stoff wäre nicht da.

»Ich kann nicht tanzen«, erklärt er dann. »Nicht im Takt.«

»Meinetwegen, das ist ein Grund. Du hast aber viele.«

Jetzt versuche ich, das T-Shirt unauffällig hochzuschieben, meine Finger stoßen auf bloße Haut. Adrian hält erneut den Atem an. Meine Handfläche fährt über seinen Bauch, andächtig, sehnsuchtsvoll. Ich fürchte, ich gucke aktuell wieder genauso belämmert, wie wenn ich Adrian laufen sehe.

Schließlich fühle ich mich gerade so.

Langsam zieht er sein T-Shirt aus und ich beiße mir auf die Lippe.

»Ich stehe auf deinen Bauch.« Versunken fahre ich jeden einzelnen Muskel nach.

»Das hatte ich schon gemerkt.« Ein kleines Lächeln schiebt sich in Adrians Gesicht.

Dann greift er nach mir, zieht mich wieder so eng an sich wie nur möglich und macht ein leises Geräusch.

»Spürst du das? Spürst du mich?«, fragt er tonlos. Ich weiß sofort, was er meint. Im Piercingstudio habe ich lange auf dieses Bild gestarrt, ehe ich den Penis erkannt habe. Aber jetzt ist mir durchaus bewusst, dass ich seinen Penis spüre. Und der hat keinerlei Ähnlichkeit mehr mit dem vom Foto.

»Ja.«

»Das hättest du beim Tanzen auch gespürt. Nachdem ich dich dort so gesehen habe. Du bist viel zu atemberaubend, wenn du dich so bewegst.« Er seufzt laut. »Du bist sowieso viel zu schön.«

Ein wenig muss ich lächeln. Kann sein, dass es mich erschreckt hätte, ihn auf der Tanzfläche so deutlich zu spüren. Jetzt macht es mir keine Angst mehr.

In der Zeit in Hamburg habe ich eine Entwicklung gemacht, die ich mir selbst nicht erklären kann, die mich aber unglaublich glücklich macht. Ich möchte nie wieder die Maxine sein, die Angst vor Männern und vor körperlicher Nähe hat.

Sacht drücke ich meine Lippen auf sein Schlüsselbein und sauge seinen Geruch ein. Adrian wird erneut vollkommen reglos. Dann küsse ich den Hals, wandere dort langsam entlang. Ich weiß nicht, was besser ist, das Gefühl der Haut an meinen Lippen oder seine Reaktion auf mich. Denn er hat die Augen geschlossen, atmet tief durch den geöffneten Mund und zittert leicht unter jeder Berührung.

Wieso haben wir immer gesagt bekommen, das hier wäre für Frauen nicht angenehm? Es ist sogar sehr viel mehr, eindeutig für Adrian und ebenso eindeutig für mich.

Irgendetwas ist in meinem Land mächtig schiefgelaufen und ich sehe überhaupt nicht mehr ein, mich weiterhin von dem Schwachsinn, der uns eingetrichtert wurde, lenken zu lassen.

Nachdrücklich schiebe ich ihn auf das Bett und mache genau da weiter, wo ich aufgehört habe. Ich stehe so dermaßen auf diesen Bauch und endlich kann ich ihn erkunden.

»Max, hör auf«, flüstert Adrian mit rauer Stimme, als ich immer weiter nach unten rutsche.

»Warum?«

»Das ist zu viel für mich.«

Verwirrt setze ich mich auf.

»Zu viel für dich?«

»Für meine Selbstbeherrschung«, sagt er dann, aber die Sehnsucht in seinen Augen kann er nicht abstellen.

Will er mich jetzt doch warnen? Vor sich selbst? Selbst wenn, es ist zu spät, ich bin nicht bereit, einfach so wieder aufzuhören. Denn ich glaube Jule inzwischen definitiv mehr als allen Engländerinnen zusammen.

Außerdem bin ich bereit, mir meine eigene Meinung zu bilden.

»Bei was geht dir einer ab?«, stelle ich diese seltsame Frage, die mich nach wie vor so brennend interessiert.

Adrians Gesichtsfarbe wird intensiver, als ich sie kenne.

»Das ist jetzt nicht dein Ernst.«

»Doch. Was gefällt dir?«

Eine Weile mustert er mich nachdenklich.

»Wenn ich es sage, bedeutet das aber nicht, dass ich erwarte, dass du das machst«, lenkt er zögernd ein.

»Natürlich nicht. Ich will nur wissen, was ich machen könnte.«

»Okay.« Er beißt sich noch einmal auf die Lippen. »Du könntest mich berühren.«

»Ich habe dich schon berührt. Ich habe dich sogar geküsst«, wundere ich mich.

Sein Blick wandert an seinem Körper nach unten und meine Augen folgen ihm.

»Oh.« Jetzt verstehe ich.

Er trägt nach wie vor eine Sporthose, so wie die meisten vor Ort. Und da zeichnet sich klar und deutlich die Stelle ab, die ich berühren könnte. Und die mich überaus neugierig macht. Zögernd lege ich meine Hand an seinen Hosenbund.

»Maxine, ich habe es nur gesagt, weil du gefragt hast. Das würde mich unglaublich anmachen, aber ich bin nicht der Meinung …«

Als meine Hand langsam Richtung Körpermitte gleitet, verstummt er. Und atmet tief ein. Ich erreiche seinen Penis und umfahre seine Kontur. Adrian stöhnt leise und krallt die Hände in die Matratze, als müsse er sich dort festhalten. Und das Prickeln in meinem Körper, das schon von unserem Kuss ausgelöst wurde, nimmt zu. Ich weiß nicht, wo uns das hier hinführen wird, aber ich will eindeutig mehr davon.

»Zieh dich aus«, stoße ich atemlos hervor.

Er keucht auf. Dann schüttelt er den Kopf.

»Nein.«

Oh, ich bin zu weit gegangen.

»Es tut mir leid, Adrian.« Ich zucke zurück und fahre mir verlegen durch die Haare. »Das war dreist. Ich wollte dich nicht …« Ich respektiere Männer noch immer nicht so, wie ich es selbst von ihnen erwarte. »Das sollte kein Befehl sein.«

»Das ist es nicht, Maxine. Ich würde nichts lieber tun, als mich auszuziehen und mich von dir berühren zu lassen. Und dasselbe bei dir machen. Aber …« Noch einmal holt er tief Luft. »Ich habe Angst davor. Angst, die Kontrolle zu verlieren, Angst vor meinen Gefühlen dir gegenüber. Vor meiner Reaktion auf dich. Meiner körperlichen Reaktion. Und am meisten habe ich Angst, mein Herz zu verlieren.«

Das ist eine schwierige Unterhaltung für Leute wie uns und ich bewundere Adrian dafür, dass er überhaupt Worte findet. Ausgerechnet er, der sich mit gesprochener Kommunikation so schwertut, ist gerade besser mit Worten als ich.

»Ich kann außerdem nicht küssen, wie du gemerkt hast«, fährt er fort. »Ich weiß nicht, wie man mit einer Frau umgeht. Körperlich. Was einer Frau gefällt. Und was nicht. All das.«

»Ich weiß all das auch nicht bei Männern.«

Er lacht.

»Himmel, Max, da gibt es nichts zu wissen. Berühre mich und es gefällt mir. Egal, wie und egal, wo. Deine Küsse auf meinem Bauch und das gerade haben mich schon fast in den Wahnsinn getrieben.«

»Dann lass es mich noch einmal machen.«

Sanft lege ich meine Hand zurück auf seinen Penis und Adrian drückt reflexartig sein Becken gegen mich.

»Ich will das wirklich, Maxine, all das, was hier vor Ort so selbstverständlich zwischen Männern und Frauen ist, und ich will es mit dir.« Seine Stimme ist nur noch ein heiseres Flüstern. »Aber ich habe gleichzeitig eben so viel Angst, es zu vermasseln. Du hättest es mit Tyron erleben können und ich bin sicher, er ist gut darin.«

Zu dem Unsinn sage ich gar nichts.

Stattdessen küsse ich erneut seinen Bauch und erhöhe den

Druck um seinen Penis. Adrian gibt Töne von sich, die quer durch meinen Körper schießen.

Nach einer Weile hebe ich erneut den Kopf.

»Ziehst du dich jetzt aus?«, bettle ich leise. Ich war schon immer ein abenteuerlicher Mensch und habe neue Erfahrungen geliebt. Und das hier ist nicht nur unbekannt, sondern vor allem aufregend und wunderschön.

»Nur, wenn du mir sagst, was dir gefällt. Nur, wenn du mir zeigst, was ich mit dir machen kann«, antwortet er.

»Wir finden bestimmt raus, was mir gefällt. Kann ja nicht so schwer sein«, erwidere ich. So wie mein Körper kribbelt und prickelt, sind wir eh schon ganz nah dran.

»Wie finden wir es heraus? Mit Experimenten?« Adrians Stimme klingt noch immer nicht ansatzweise so wie sonst.

Dann setzt er sich auf und beugt sich vorsichtig über mich. Küsst mich erst und löst danach seinen Mund von meinem und beweist, dass er sehr genau gesehen hat, was Tyron mit mir gemacht hat. Seine Lippen wandern zur Seite, drücken kleine Küsse auf die empfindliche Haut unterhalb meines Ohres, nagen sanft. Dafür, wie unbeholfen er beim ersten Kuss war, hat er unglaubliche Fortschritte gemacht. Er lernt schnell. So schnell, dass ich mich genießerisch gegen ihn drücke.

Seine Hände sind am Saum meines T-Shirts und schieben es ein klein wenig in die Höhe.

Dann zögert er.

»Du bist gut im Experimentieren. Mach weiter«, fordere ich ihn ungeduldig auf. Ich mag seine Hände an meinem Körper, vorsichtig und tastend wie sie sind. »Außerdem wolltest du dich ausziehen, du hast es versprochen.«

Adrian gibt zwar ein schnaubendes Geräusch von sich, das nicht unbedingt nach Zustimmung klingt, trotzdem merke ich, wie er seine Hose nach unten schiebt. Meine Hände gehen sofort auf Wanderschaft, während er meinen Bauch erkundet, lande ich an seinen Hüften.

Ich spüre, wie er heiß gegen meinen Hals stöhnt, als ich langsam zur Körpermitte hingleite.

»Lukas, bitte, hör mir doch zu.«

Abrupt erstarren wir.

Das ist Jules Stimme und sie ist den Tränen nah. Und genau vor unserer Tür.

»So, wie du mir zugehört hast?« So wütend habe ich Lukas noch nie gehört.

Mit einem Ruck springe ich auf und werfe einen verstörten Blick zur Tür, hinter der meine Freunde sich streiten. Und einen sehnsüchtigen Blick zurück zu Adrian, der auf dem Bett hockt, splitterfasernackt und mit einem ziemlich benebelten Ausdruck in den Augen.

Dann ertönt ein lauter Schlag. Ich fürchte, Lukas prügelt wieder auf die Wand ein.

Adrian weist zur Tür.

»Geh schon. Schnell.«

Ja, das muss ich. Denn Jule schluchzt gerade auf. Und sie ist meine Freundin.

Ich zupfe das Shirt zurecht und versuche, die Locken zu bändigen. Das ist hoffnungslos, denn Adrian hat sie beim Küssen hingebungsvoll zerwühlt. Einen letzten Blick auf seinen nackten und überaus faszinierenden Körper kann ich mir aber nicht verkneifen, bevor ich auf den Flur stürme.

kapitel 18

Jule hat tatsächlich Tränen in den Augen. Lukas auch. Vor Wut. Und wahrscheinlich vor Schmerz, denn er hält sich die Hand. Jedes Mal gegen harte Mauern zu schlagen, wenn man aufgewühlt ist, ist eine dämliche Idee.

»Mich beschimpfst du als männliche Hure, ich würde es doch mit jeder treiben, aber du selbst bist es, die jede Gelegenheit nutzt. Zumindest wenn die Gelegenheit reich und berühmt ist.«

»Mathis war ein Fehler«, gibt Jule mit kleiner Stimme zu. »Ich dachte nur, ich steh auf ihn. Das dachte ich aber nicht lange.«

»Warum? Hat er dich direkt wieder abserviert?« Lukas' Stimme ist gemein, böse und gleichzeitig unglaublich verletzt.

»Nein, hat er nicht. Im Gegenteil. Aber ich habe schnell gemerkt, dass ich ihn gar nicht mag.« Jule schluckt. »Nicht so wie dich. Außerdem war er mies im Bett.«

»Ja, genauso mies wie ich. Wie du ja jedem ausführlich erklärt hast.« Lukas macht einen Schritt auf Jule zu, irgendwie bedrohlich, weicht aber auf der Stelle wieder zurück.

»Bei dir war es Selbstschutz. Du hast mich als schwanzlutschende Gelegenheit dargestellt.«

»Habe ich nicht. Zumindest nicht mit Absicht.«

»Wusste ich doch nicht.«

Jule wischt sich über die Augen, die Tränen fließen aber trotzdem weiter.

Leise öffnet sich die Tür und Adrian erscheint. Noch immer leicht mitgenommen und meilenweit entfernt von einem undurchdringlichen Gesichtsausdruck.

Ich zucke nur hilflos die Achseln. Die beiden haben mich nämlich noch gar nicht zur Kenntnis genommen und mir ist schleierhaft, wie ich helfen kann.

»Du hast es mich ja nicht mal erklären lassen. Kein Wort. Ich war direkt unten durch.«

Jetzt schlägt Lukas wieder gegen die Wand, mit der schon verletzten Hand, und zuckt zusammen.

»Lass mich bloß in Ruhe. Sammel einfach weiter deine verfickten Goldmedaillen und vögel mit Starsportlern. Das passt besser zu dir. Besser als jemand wie ich.«

Lukas rennt den Flur entlang und Jule sinkt an der Wand entlang heulend auf den Boden. Wortlos setze ich mich neben sie.

Adrian übernimmt den anderen Part des Dramas, er läuft hinter Lukas her.

»Luke, warte.«

Kopfschüttelnd sehe ich den beiden hinterher. Eines zumindest ist klar, egal, wie schnell Lukas rennt, er hat nicht die nötige Geschwindigkeit, um Adrian abzuhängen. Und trotz Sprachbarriere verstehen die beiden sich irgendwie dann doch. Still lege ich Jule meinen Arm um die Schulter und lasse sie sich ausheulen.

»Ich habe versucht, mich zu entschuldigen«, schluchzt sie irgendwann. »Aber er will nichts mehr von mir wissen.«

»Ich glaube, der Fußballer ist das Problem.«

»Ja, ich weiß. Ich wusste schon, dass es ein Fehler ist, sobald ich auf seinem Zimmer gelandet war. Aber da war es zu spät.«

Sie schnieft noch einmal laut auf und putzt sich dann die Nase. »Kommst du morgen mit? Ins Tattoostudio?«

»Wieso?«

»Hab ich doch erzählt. Jedes Mal, wenn was richtig scheiße läuft, lass ich was machen.« Jule lehnt den Kopf an die Wand und schließt die Augen. »Und das hier habe ich so was von verbockt«, flüstert sie.

»Und was willst du machen lassen?«

»Weiß ich noch nicht.« Sie schaut mich wieder an. »Was meinst du? Tattoo oder Piercing?«

Meiner Meinung nach gibt es weder Platz für das eine noch für das andere. Ich weiß jedoch, wann man sich besser raushält. »Was erinnert dich denn an Lukas? Oder soll es dich gerade nicht erinnern?«

»Es kann schon einen Bezug haben«, sagt sie traurig. Dann streckt sie mir ihre Zunge entgegen. »Bei dem hier denke ich eh immer an Lukas. Er ist deswegen echt abgegangen.«

Adrian ist eben auch echt abgegangen. Ein glückliches Grinsen breitet sich auf meinem Gesicht aus, obwohl es gerade wirklich unangebracht ist.

»Aber das hast du ja schon«, erinnere ich sie und versuche, den Gesichtsausdruck wieder unter Kontrolle zu bekommen.

»Na, da wäre durchaus Platz für noch eins«, überlegt Jule langsam. »Oder auch zwei.«

Wenn sie meint. Mich schüttelt es.

»Jule, welch überaus erfreulicher Anblick.«

Der Piercer steht eindeutig auf Jule. Sei es, weil sie genauso klimpert wie er und eine gute Kundin ist oder weil sie so hübsch ist. Ich bin nicht in der Lage, das zu beurteilen.

»Ich hatte dich nicht erwartet. Es läuft doch alles rund bei dir.«

Jule verzieht schmerzlich das Gesicht. »Sportlich vielleicht.«

»Ah, Liebeskummer. Kenn ich. Ich habe mir beim letzten Mal ein Prinz-Albert machen lassen. Damit meine blöde Ex nie in den Genuss kommt.«

»Das fällt bei mir wohl raus.« Jule kichert. Ich will es ganz sicherlich nicht genauer wissen und betrachte angespannt die ausgestellten Bilder von tätowierter Haut.

»Wir finden für dich auch etwas Adäquates, keine Sorge. Ich habe da schon einige Ideen.«

Leider bemerke ich, dass seine Augen nachdenklich zu Jules Brüsten wandern und sie abschätzen.

»Lass mal, Thorsten, ich hab mich längst entschieden.«

Sie streckt ihm die Zunge raus und er lacht.

»Solange ich dir kein Herz stechen soll, bin ich dabei.«

»Eher ein gebrochenes Herz«, murmelt Jule bedrückt. Dann erklärt sie nachdrücklich, wohin sie die neuen Kugeln haben möchte. Mir wird schon beim Zuhören schlecht.

»Muss ich dabei sein, Jule?«, frage ich eingeschüchtert, als Thorsten beginnt, alles vorzubereiten.

»Du warst bei Adrian doch auch dabei, oder?« Sie sieht mich erstaunt an. »Das hier ist echt harmlos, Zunge tut kaum weh.«

»Aber es sieht schrecklich aus«, wende ich ein.

»Ach was, stell dich nicht so an. Erzähl mir lieber von gestern Abend.«

Sie grinst mich auf eine Art an, bei der mir wieder ganz warm am Körper wird. Aber woher weiß sie von Adrian und mir? Hat sie uns doch zusammen aus dem Zimmer kommen sehen?

Vorsichtshalber stelle ich mich erstmal blöd.

»Was war gestern Abend?«

»Oh bitte, ich bin doch nicht blind. Glaubst du wirklich, ich habe gar nichts mitbekommen?« Sie stößt mich unsanft in die Seite. »Küsst ein Supersprinter genauso schnell, wie er läuft?«

Wider Willen muss ich lachen. »Das wäre vielleicht gar nicht so schön.«

»Dann war es also schön?« Jule wackelt mit den Augenbrauen.

Diese Unterhaltung stellt mich vor eine echte Herausforderung. Gut, ich habe einen Mann geküsst. Und sogar weitaus mehr gemacht als nur geküsst und die Erinnerung daran treibt mir noch nicht mal jetzt bei Tageslicht die Schamesröte ins Gesicht. Aber in aller Öffentlichkeit drüber zu reden, ist schon viel verlangt. Glücklicherweise sind wir die einzigen Kunden.

»Definitiv sehr schön«, flüstere ich.

Wenn Jule nur auch so dezent wäre.

»Die meisten Frauen würden dir am liebsten die Augen auskratzen, weil du ihn dir gestern gekrallt hast. Ich kann mir allerdings nicht vorstellen, dass er sich mit einem Kuss zufriedengegeben hat.«

»Na ja, das hätte er schon«, stelle ich richtig und bin ein wenig verwirrt. Mir war nicht klar, dass Adrian so überaus begehrt bei den Sportlerinnen ist.

»Hätte er schon? Musste er aber nicht, oder was?« Jule klingt beeindruckt. »Hast du echt mit ihm geschlafen?«

Das ist keine gute Unterhaltung. Es ist schon irritierend, über Jules Erfahrungen zu reden. Aber das hier!

»Hab ich nicht«, flüstere ich zurück. Kann sie denn nicht ein kleines bisschen diskreter sein?

»Aber?«, fragt sie noch lauter.

»Ich schätze, sie hat ihm einen geblasen. Oder, Schätzchen?«

Thorsten, der Piercer, war wohl doch nicht so vertieft in seine Vorbereitungen, wie er vorgegeben hat. »Ich könnte dir gleich auch noch rasch ein Zungenpiercing verpassen. Das hebt dein Sexleben auf ein ganz neues Level.«

»Nein, danke«, würge ich hervor. Mein Sexleben ist jetzt schon auf einem überaus neuen Level.

»Wer war denn der Glückliche?« Thorsten legt eine Zange neben Jules Kopf und mir wird schlecht. Schlecht wegen der Zange und der Unterhaltung.

»Sie hat Tyron Brown aufgerissen.« Jule grinst.

»Respekt.« Thorsten versucht, mich abzuklatschen, aber ich hebe keine Hand. »Den würde sogar ich nicht von der Bettkante stoßen und ich stehe eher auf Frauen.« Er lächelt ein wenig verträumt. »Aber ich halte auch nichts davon, mich allzu sehr festzulegen.«

»Wir reden von Tyron?«, frage ich fassungslos.

»Von wem reden wir denn sonst?« Jule schaut mich mit großen Augen an.

Darauf antworte ich nicht. Definitiv nicht jetzt. Nicht hier. Nicht vor dem Piercer, der seine Vorbereitungen abgeschlossen hat und gleich wirklich grässliche Gerätschaften benutzen wird.

An einer Person, die ich aufrichtig mag.

»Also, mit Tyron bin ich ja eigentlich nur vor die Tür gegangen«, stelle ich richtig.

Jule und Thorsten brechen in haltloses Gelächter aus.

»Na klar, der hat an dem Tag ein phantastisches Rennen geliefert, seine erste Goldmedaille für diesen Wettkampf abgeräumt und war vorher unter Garantie genau dafür eine lange Zeit enthaltsam. Und dann möchte er nur vor die Tür gehen. Er hat also nicht versucht, dir die Zunge in den Hals zu stecken?«, fragt Thorsten und amüsiert sich hemmungslos.

»Na ja, schon.«

Auch außerhalb meines Mundes hat seine Zunge überaus interessante Dinge getan, und wenn das nicht gewesen wäre, hätten Adrian und ich später nicht gewusst, wie schön das ist.

»Hör mal«, sage ich zu Thorsten. »Gilt der Mädchen-Ehrenkodex eigentlich auch für dich?«

»Na klar gilt der. Wenn ich dafür intime Details über den schnellsten Mann der Welt höre, gilt jeglicher Kodex für mich.« Thorsten hebt die rechte Hand und bemüht sich, aufrichtig zu schwören.

Ich werfe Jule einen fragenden Blick zu.

»Thorsten kann die Klappe halten«, sagt sie und nickt. »Der weiß auch so einiges über mich.«

»Das ist hier wie in einer Arztpraxis«, stimmt Thorsten ihr zu. »Berufsehre. Ich erzähle ja auch nicht, wem ich schon alles ein Intimpiercing verpasst habe.« Er seufzt theatralisch. »Tyron Brown war leider nicht dabei.«

»Moment, du plauderst ja doch aus dem Nähkästchen«, werfe ich ihm vor.

»Nein, ich rede nur über Leute, die nicht hierherkommen. Das ist etwas anderes.«

Jule und ich lachen.

»Na gut«, gebe ich mich geschlagen. »Tyron hat mich geküsst. Aber mehr lief da nicht.«

»Küsst er so schlecht?« Thorsten hängt jetzt quasi an meinen Lippen. »Das sollte ich wissen, falls er tatsächlich mal in meine Nähe kommt.«

»Äh, nein, der küsst schon gut.«

Ja, ungelogen, er küsst wirklich gut. Es ist nicht seine Schuld, dass seine Küsse für mich nur in die Kategorie ganz nett fallen, aber nicht so wie Adrians unter atemberaubend und elektrisierend.

»Himmel, Maxine, dir muss man ja alles aus der Nase ziehen. Du siehst nämlich ehrlich gesagt irgendwie gevögelt aus.« Thorstens Geduld neigt sich dem Ende zu, aber mir ist noch immer schleierhaft, wie er überhaupt in unser intimes Mädchengespräch geraten ist.

»Ich bin nicht gevögelt«, sage ich möglichst würdevoll. »Aber…« Oh je, wie bringe ich diesen Satz denn jetzt zu Ende? Nach Möglichkeit auch weiterhin würdevoll. »Ich habe Erfahrungen gemacht.«

»Mit wem denn nun?« Jule kreischt fast. »Wenn es nicht Tyron war.«

»Adrian«, sage ich mit einem Lächeln.

Es ist sogar schön, seinen Namen auszusprechen. Fast kann ich seinen Geschmack wieder auf den Lippen spüren.

»Ach!«, sagt Jule und lehnt sich zurück. »Hab ich dir doch gleich gesagt, dass er verrückt nach dir ist.«

»Und ich bin verrückt nach ihm«, stimme ich ihr zu. Denn das ist die Wahrheit.

»Ist Adrian nicht das Augenbrauenpiercing? Tolle Augenbrauen übrigens«, schaltet sich Thorsten wieder ein. »Der war so schmerzfrei, dem könnte ich auch ein Prinz-Albert ohne Betäubung verpassen. Leider ist er ja mein Kunde, deshalb kann ich dir jetzt nicht verraten, dass er dich auch an dem Tag schon mit den Augen ausgezogen hat.«

Ich verstecke mein prustendes Lachen in den Händen und versuche, nicht an einen noch mehr gepiercten Adrian zu denken.

»Nun zu dir, Schätzchen.« Thorsten dreht sich zu Jule und greift nach der Zange. »Ehe du noch in Vergessenheit gerätst.«

Ich halte mir die Augen zu und sinke unter den Tisch.

»Adrian also?«

Leider kann Jule noch sprechen.

»Solltest du nicht besser deine Zunge schonen?«, versuche ich, sie abzulenken.

Sie präsentiert mir ihre neuen Errungenschaften. Es sieht witzig aus, wenn nur die Zungenspitze zu sehen ist und die Kugeln links und rechts neben den Schneidezähnen glitzern.

»Mach ich. Wenn du ganz ausführlich erzählst, dann halte ich derweil die Klappe.«

Mit einem glücklichen Lächeln schildere ich, wie die Sache mit Adrian und mir ins Rollen kam. Vielleicht nicht ganz so ausführlich, wie sie das gerne hätte, aber detaillierter als ich es mir zugetraut hätte.

»Und dann haben Lukas und ich euch unterbrochen?« Sie macht ein betretenes Gesicht.

»Na ja, schon«, wiegle ich ab. »Ist schon okay. Er läuft mir ja nicht weg.«

Da bin ich mir allerdings sehr sicher. Kaum ein Mann ist so effektiv an das olympische Dorf gefesselt wie meine Jungs.

Jule sieht mit einem Mal ein wenig besorgt aus.

»Hör mal, Maxine, wenn er wieder in deinem Bett landet und davon können wir ja ausgehen, dann …« Sie verdreht etwas die Augen. »Ich höre mich jetzt gleich an wie meine Mutter, aber irgendjemand muss dich ja darauf hinweisen.«

Ach du je. Die Wörter Mutter und etwas mit Sex sollten definitiv nie kombiniert werden.

»Du weißt schon, dass ihr verhüten müsst?«, fragt Jule mit hochgezogenen Augenbrauen.

Eine Weile denke ich darüber nach. Es kommt aber nichts bei rum.

»Was soll das sein?«

Jule seufzt frustriert. »Na, verhindern, dass du schwanger wirst. Dass du ein Baby bekommst.«

Ich bleibe stehen und starre Jule an. Dann wird mir schlecht. Ich bin doch erst neunzehn. Das ist viel zu früh für ein Baby. Und ich habe momentan noch nicht einmal einen Schimmer, wo die Zukunft mich und die Jungs hinführt.

»Ich habe nicht nachgedacht«, flüstere ich entsetzt. »Darüber nicht. Was ist, wenn …«

Ich lege eine Hand auf meinen Bauch. Da ist jedoch nichts zu spüren.

»Alles gut, Maxine. Von dem, was du mir erzählt hast, kannst du nicht schwanger sein. Aber für die Zukunft besorgen wir dir jetzt mal lieber Kondome. Und dann zeige ich dir auch, wo genau die hinkommen.«

kapitel 19

Jule hat mich nicht nur mit Kondomen ausgestattet, sondern auch mit einer Vielzahl an Tipps und Hinweisen, wie Adrian mich möglichst glücklich machen kann. Aktuell habe ich gar nichts gegen ihre Definition von ›detailliert‹.

Leider ist sie der Meinung, dass das bei Frauen bedeutend schwieriger ist als bei Männern. Vor allem mit so einem unerfahrenen Exemplar wie Adrian. Und noch mal weitaus mehr beim ersten Mal.

Sie hat mir ernsthaft vorgeschlagen, mich von einem Mann mit Erfahrung entjungfern zu lassen. Dieses Mädchen löst bei mir regelmäßig Kopfschütteln aus, egal, wie lange ich sie nun kenne und egal, wie sehr ich meine Einstellung zu dem körperlichen Aspekt zwischen den Geschlechtern geändert haben mag.

Wir sind spät dran, als wir uns endlich an den voll besetzten Tisch begeben. Adrian sitzt neben Leo. Er sieht aus wie immer, finster und unnahbar, so als hätte es den anderen Gesichtsausdruck nie gegeben. Wie kann das sein? Sehe ich auch aus wie am Tag zuvor?

»Suppe? Ist das dein Ernst?« Anton starrt auf Jules Teller.

»Ich mag Suppe«, antwortet sie.

»Brauchst du nicht was mit mehr Power? Wir sind im Wettkampf, schon vergessen?«

Jule verzichtet darauf, ihre Essenswahl zu kommentieren, Lukas jedoch wirft einen finsteren Blick auf die Suppe und dann auf Jules Mund.

Und ich beobachte aus den Augenwinkeln Adrian. Sehnsucht steigt in mir auf. Eine Weile habe ich den Eindruck, dass nur ich so reagiere, dann jedoch fange ich einen Blick von ihm auf. Und der enthält all das, was auch ich fühle. Nur eben weitaus besser versteckt.

Ich esse schweigend. Adrian ebenso. Anton redet weiterhin über die Wichtigkeit, die richtige Nahrung zum richtigen Zeitpunkt zu sich zu nehmen, sowohl in der Trainingsvorbereitung als auch im Wettkampf. Ihm fällt nicht auf, dass niemand reagiert. Oder ihm nur zuhört.

Meine Jungs verstehen ihn nicht, ich schmachte Adrian an, Jule spielt die Unnahbare und Lukas belauert ihren Mund.

Hin und wieder landen Wortfetzen wie Eiweiß, Muskelaufbau oder Glykogenspeicher bei mir und manchmal nicke ich reflexartig in Antons Richtung.

Es ist keine wirklich schöne Mahlzeit.

»Mann, Jule, willst du tatsächlich nicht noch eine Medaille holen?«, meckert Anton, als er schließlich realisiert, dass er einen Monolog hält.

»Mir doch egal«, motzt Jule zurück. »Es gibt ja auch noch anderes im Leben.«

Ihre neuen Kugeln blitzen im grellen Neonlicht auf und ich bin nicht die Einzige, die es bemerkt. Lukas' Blick wird hart. Eine Weile schiebt er sein Essen auf dem Teller hin und her und sieht nicht mehr zu uns rüber.

Schließlich springt er unvermittelt auf.

»Wenn du glaubst, ich verzeihe dir, nur weil ich jetzt mit einem Ständer hier sitze, dann hast du dich getäuscht«, zischt er und verlässt fluchtartig den Tisch.

Laut poltert er quer durch die Mensa und verschwindet aus der Tür.

Sprachlos starren wir ihm hinterher.

»Wieso hat er denn einen Ständer?« Anton versteht die Welt nicht mehr. »Wir essen ja schließlich keine Austern.«

Jules Gesichtsausdruck schwankt zwischen Schreck und Erheiterung. Dann bricht sie in hysterisches Kichern aus.

»Das war zwar nicht Ziel der Aktion, aber wirklich dagegen bin ich nicht.«

»Was ist Lukes Problem?«, fragt Paul verwirrt.

Jule streckt ihm die Zunge raus, ihr neuer Schmuck blinkt und glitzert. Paul versteht es nicht und tut es ihr gleich.

»Die sind schon schräg, die deutschen Sitten«, sagt er zu mir.

Ich lache ein wenig und werfe einen Blick auf Adrian. Ob er mehr weiß? Was mit Lukas los ist?

Hat er mit ihm geredet – auf die Art, wie sie es machen?

Ich erwische ihn erst unter vier Augen, als es schon dunkel ist. Irgendwo wird laut gefeiert, die Musik schallt bis zu uns.

»Hi«, sage ich und bin im ersten Moment fast schüchtern. Dabei gehörte Schüchternheit wirklich noch nie zu meinen Charaktereigenschaften.

»Hi.« Adrian wirkt genauso ratlos, er grinst mich verlegen an. Keiner von uns weiß so recht, was er sagen soll. Ich weiß, was ich sagen will, aber Sätze wie ›Zieh dich auf der Stelle wieder aus‹ oder ›Ich will diese Geräusche aus deinem Mund hören‹ klingen zu aufdringlich.

Hitze steigt in mir auf.

»Hast du mit Luke geredet?«, schneide ich schließlich ein Thema an, das nichts mit seinem Körper zu tun hat.

»Ja, mehr oder weniger.«

»Und?«

»Dieses neue Piercing von Jule hat ihn noch wütender gemacht.« Adrian fasst an seine Augenbraue und streift sein eigenes Piercing. Meine Augen bleiben an seiner Hand hängen, denn die möchte ich an meinem Körper spüren. »Warst du dabei?«

»Ja, es war schrecklich. Ich bin fast in Ohnmacht gefallen und das nur vom Nicht-Hinsehen.«

Adrian lacht. Und wirft mir einen sehnsüchtigen Blick zu, der mir weiche Knie macht. Ich brauche Halt.

»Du schuldest mir noch einen Tanz«, fordere ich ihn auf. Das wird mir ja wohl Halt geben. Und Körperkontakt und die Gelegenheit, an ihm zu riechen und ihn zu berühren. Und mal sehen was noch.

»Ich kann es aber nicht.«

»Das ist eben deine Mutprobe.«

Entschlossen gehe ich einen Schritt auf ihn zu, dann noch einen. Außer uns ist niemand zu sehen, alle feiern entweder oder haben sich längst zurückgezogen. Es läuft ein langsames Lied, das kann nicht mal ein Tanzanfänger verbocken.

Adrian kann es trotzdem. Ich liege in seinen Armen, wir machen kleine Schritte hin und her und er schafft es jedes Mal, sich zu spät oder zu früh zu bewegen. Ich kichere und kann nicht mehr aufhören. Und ich bin vollkommen glücklich. Mit diesem Jungen, in dessen Armen ich liege, der so wundervoll riecht, sich so wundervoll anfühlt und sich so wundervoll neben dem Takt bewegt. Ich liebe sogar das.

»Ich habe doch gesagt, ich kann nicht tanzen.«

»Und ich habe gesagt, jeder kann tanzen. Aber ich muss zugeben, ich habe mich geirrt.«

»Dann sollte ich dich erlösen.« Er macht glücklicherweise keine Anstalten, mich loszulassen.

»Auf gar keinen Fall. Wir ziehen das jetzt durch.« Ich bin nicht bereit, mich jemals wieder freiwillig aus Adrians Armen zu lösen.

Als der Song wechselt und etwas Schnelleres läuft, machen wir genauso weiter. Genauso langsam und in einem Rhythmus, den außer Adrian eh niemand wahrnehmen kann.

»Ich hätte nie gedacht, dass ich dich jemals so halten dürfte«, murmelt er. Wir kleben quasi aneinander, Kopf an Kopf und sein Mund streift mein Ohr.

»Wirklich? Denkst du da schon länger drüber nach?«

»Vom ersten Blick an, Maxine.«

»Vom ersten Blick an hast du darüber nachgedacht, wie du mich umbringen kannst«, antworte ich verwirrt.

Adrian schließt die Augen. Dann seufzt er.

»Vielleicht ein bisschen. Und gleichzeitig konnte ich nicht aufhören, an dich zu denken, jede Nacht hatte ich dein Bild vor Augen. Dein Gesicht, deine Locken, deine Art, dich zu bewegen. Du dagegen musst mich gehasst haben.«

»Ich hatte panische Angst vor dir. Ich hatte prinzipiell Angst vor euch allen, Männer halt, noch dazu riesengroß und muskelbepackt, aber bei dir bin ich regelrecht in Panik verfallen.«

»Das hat man dir nicht angemerkt.«

»Glaub mir, ich musste all meine Willensstärke aufbringen, um euch immer wieder unter die Augen zu treten. Und erst recht, um mit dir zu sprechen.«

»Aber es ist dir hervorragend gelungen. Du hast mich wahnsinnig gemacht. Du hast mich jeden einzelnen Tag bis an die Grenze meiner Selbstbeherrschung getrieben.«

»Wollte ich ja auch. Ich habe so lange versucht, dich aus dem Team zu mobben.«

Sein Mund schiebt sich langsam von meinem Ohr zu meinen Lippen und ich hole laut und aufseufzend Luft. Die Musik ist vergessen, irgendein Takt sowieso, ich presse mich noch näher an ihn heran. Und ich spüre, dass ich nahtlos genau da weitermachen kann, wo wir am letzten Abend aufhören mussten. Adrian ist definitiv wieder genauso in Stimmung.

Meine Hände finden einen Weg unter sein Shirt, berühren nackte Haut, seine Zunge ertastet meine und unser Atem vermischt sich. Längst habe ich vergessen, wo wir sind, meine Hände werden immer ungeduldiger und hitziger und wollen soviel wie möglich auf einmal spüren.

Dass ich seine Hose geöffnet habe und meine Hand den

Weg hinein gefunden hat, merke ich erst, als Adrian beginnt, unkontrolliert zu stöhnen.

»Max, nicht«, stößt er hervor. »Nicht hier.«

Hier? Wo auch immer das sein soll. Ich habe meine Finger endlich da, wo sie bereits gestern unbedingt hin wollten. Und ich fühle seinen Penis ohne den Stoff dazwischen und er ist faszinierend. Hart und weich und samtig und Adrians Keuchen an meinem Ohr macht es noch besser.

»Warum nicht?«

Es ist einigermaßen dunkel, wir sind ganz allein und ich bin prinzipiell ein ungeduldiger Mensch. Adrian muss es mögen, denn sein Penis pocht heiß gegen meine Handfläche und er macht diese elektrisierenden Geräusche. Wieso sollte ich damit aufhören? Mache ich verständlicherweise nicht, ich bewege meine Hand nachdrücklich auf und ab und Adrian wimmert.

»Seid ihr bescheuert?«

Bei diesen Worten werde ich von Adrian weggerissen und meine Hand ist mit einem Mal einsam und leer. Adrians Hose ist unübersehbar geöffnet und sein Penis lugt heraus und ist ebenfalls unübersehbar. Riesig und angeschwollen und wahrscheinlich kurz vorm Explodieren.

»Morgen beginnt der Zehnkampf.«

Lukas steht vor uns und sieht vollkommen fassungslos aus. Lukas, bei dem in den ersten Tagen jedes einzelne Wort eine Sexanspielung war. Lukas, der laut Jule mit jeder Frau bei jeder Gelegenheit ins Bett steigt. Genau dieser Lukas steht mit hochrotem Kopf vor uns und ist empört.

Ich bin zwar geschockt und sauer, aber momentan einfach zu perplex, um zu reagieren. Und Adrian realisiert es erst nach und nach. Dass wir nicht mehr allein sind. Dass ich nicht mehr seinen Penis in der Hand halte und dass er wohl doch nicht jeden Moment von Lust überrollt wird.

»Pack deinen Schwanz wieder ein.«

Lukas macht sich an Adrians Hose zu schaffen, da dieser

noch immer keine Reaktion zeigt. Er macht es erschreckend gekonnt und ich kann nicht verhindern, dass sich meine Unterlippe schmollend nach vorne schiebt.

»Was ist das Problem?«, bringe ich endlich Worte hervor.

»Seit wann bist denn du so prüde. War das nicht eigentlich mein Job?«

»Dein Job ist es, deine Sportler fit für den Wettkampf zu machen. Und ihnen nicht am Abend vorher den Verstand aus dem Hirn zu vögeln.«

Adrians Verstand ist momentan tatsächlich ganz weit weg. Sein Blick wandert hilflos von Lukas zu mir und wieder zurück.

»Hatte ich auch gar nicht vor«, erwidere ich trotzdem patzig.

»Ja, klar, sehe ich.« Lukas betrachtet mich noch einmal wütend, dann Adrian leicht resigniert. »Wenn es nicht schon zu spät ist.«

Er boxt ihn hart gegen die Schulter.

»Komm, Kumpel, wir machen einen Abflug. Und dann bewahren wir deine Manneskraft bis nach dem Wettkampf. Wir wollen doch, dass du morgen alles geben kannst, oder?«

Jetzt lande erneut ich in seinem Fokus.

»Echt, ist ja nicht Dart, wofür Adrian gemeldet ist. Es ist Zehnkampf, Mädchen. Ich wäre schon nach den 100-Metern platt, aber da geht es bei denen doch erst richtig los.«

»Aber das sind die Jungs doch gewohnt«, wende ich ein. Das Problem verstehe ich nicht.

Lukas zieht Adrian inzwischen entschlossen hinter sich her.

Und wohl oder übel renne ich mit.

»Lukas, echt, was hast du denn jetzt mit Adrian vor?«, jammere ich.

»Am besten zuerst eine kalte Dusche. Eiskalt, der arme Kerl.« Ich ernte erneut einen übelst finsteren Blick. »Ihr Weiber wisst echt nicht, was ihr uns antut.«

»Kann ich doch nichts dafür, dass du Probleme mit Jule hast«, zetere ich. »Darf Adrian keinen Spaß haben, nur weil du ihn nicht hast?«

»Wenn ich Spaß haben will, dann habe ich den auch. Mach dir mal keine Sorgen um mich. Ich reiß spätestens morgen die nächste heiße Tussi auf, der ich es besorge.«

Jule kommt uns mit zwei Frauen aus der Schwimm-mannschaft entgegen. Sie hat Lukas' Gebrüll mühelos gehört.

»Sag' ich doch, vögelt wahllos mit jeder«, sagt eine von ihnen triumphierend. »Gut, dass ich den nie rangelassen habe. Der ist eine einzige Geschlechtskrankheit.«

Jule verzieht schmerzhaft das Gesicht.

Wegen Lukas' Kampfansage? Weil sie ihn schon range-lassen hat? Was weiß ich.

Die andere klopft Jule mitfühlend auf den Arm.

»Den würde ich noch nicht mal mit der Kneifzange an-fassen. Nichts für ungut. Aber mach dir nichts draus, wir haben alle schon Fehler gemacht.«

Ihr Ton verrät jedoch allzu deutlich, dass sie persönlich so einen Fehler nie gemacht hat und auch nie machen wird.

Ich stürze mich auf Jule und zerre an ihr.

»Luke nimmt mir Adrian weg.«

»Der Zehnkampf startet morgen.« Lukas verdreht die Augen. »Und Maxine hatte ihre Hand in seiner Hose. Wenn ich die zwei nicht gestoppt hätte, wäre Adrian morgen ein zahmes Häschen.«

Jule beginnt zu kichern.

»Du hast dich echt von Lukas beim Fummeln erwischen lassen?«

»Fummeln?« Lukas ist auf hundertachtzig. »Das war nicht nur fummeln. Adrian war kurz vorm Nirwana. Das war Ret-tung in letzter Sekunde.«

Jule lacht jetzt haltlos.

Und Lukas nutzt die Gelegenheit, sich mit Adrian im Schlepptau vom Acker zu machen.

»War das echt in der letzten Sekunde?«, gluckst Jule.

Ihre Schwimmmädchen sind längst weitergegangen. Nach einem weiteren angewiderten Blick auf Lukas.

»Glaub schon«, sage ich resigniert.

Es gibt wohl keine Chance, Adrian zurückzubekommen.

»Dann läuft der jetzt also mit einem Ständer durch die Gegend ohne Gelegenheit, ihn wieder loszuwerden, nur weil Lukas denkt, vor dem Wettkampf darf man nicht vögeln.«

»Ist das so?«

»Ach Quatsch.« Jule verdreht die Augen. »Das ist nur ein dummer Aberglaube. Aber Lukas ist felsenfest überzeugt, dass man vor sportlichen Höchstleistungen kein Testosteron verschwenden darf. Der Junge tut mir echt leid.«

kapitel 20

Ich habe richtiggehend Angst vor dem nächsten Morgen. Und das hat überhaupt nichts mit dem Zehnkampf zu tun, sondern nur mit Adrians schwer einzuschätzender Verfassung, als ich ihm beim Frühstück begegne.

»Geht es dir gut?«, frage ich kleinlaut, als ich neben seinem Platz stehenbleibe. Mir ist schon klar, dass das gestern ein beschissener Abend für ihn war und dass ich das schuld bin.

»Frag nicht«, murmelt er und wirft mir einen verzweifelten Blick zu. Lukas ist auch jetzt in Reichweite und hat uns streng im Visier. Lukas, der sich freiwillig nie früh am Morgen blicken lässt. Im Normalfall.

»Das kannst du laut sagen«, schließt sich Jason an. Er hat jedoch ein anderes Problem als Adrian. »Mir ist kotzübel.«

»Ihr solltet ja auch mit Frauen sprechen. Zur Abhärtung«, schimpfe ich. »Das habt ihr aber nicht gemacht.«

»Ich habe es versucht«, wendet Simon ein. »Sie sind immer weggelaufen.«

»Wieso denn das?«, frage ich verwirrt. Simon wirkt nicht bedrohlich. Eher wie ein zu groß geratener Teddybär.

»Weiß ich doch nicht.«

Nachdenklich lasse ich meine Augen durch die Mensa wandern. Allzu viel Auswahl an weiblichen Athleten bietet sie aktuell nicht.

»Sprich mit der Frau dort drüben«, fordere ich Simon entschlossen auf und deute auf eine Sportlerin, die gerade auf uns zu kommt. Diese kleine Aufgabe können die Jungs in wenigen Minuten jetzt noch erledigen.

Simon sieht unglücklich aus, marschiert aber gehorsam auf die Frau zu. Schwarzer Zopf, Stupsnase, runder Mund. Sie trägt ein Tablett mit ihrem Frühstück und ist winzig klein. Ein einziger Blick auf ihre Mahlzeit macht mir klar, dass sie auch für immer winzig bleiben wird, dann da ist kaum etwas vorhanden, von dem man wachsen könnte. Als sie Simon erblickt, der so eindeutig und zielgerichtet in ihre Richtung unterwegs ist, bleibt sie ruckartig stehen. Sie schaut sich panikerfüllt um, dreht sich dann weg und geht mit schnellen, kleinen Schritten zurück zur Essensausgabe.

Ich bin echt verwirrt. Bis Simon sich umdreht und ich sein Gesicht erkennen kann. Er zieht eine Miene, als plane er einen Massenmord. Erst ist es nur ein Kichern, das sich den Weg aus meinem Körper bahnt, dann aber schlage ich die Hände vor den Mund und lache laut los. Dieser Gesichtsausdruck. Dabei würde selbst ich die Flucht ergreifen.

Nicht nur ich habe den missglückten Kontaktversuch gesehen. Der komplette Tisch der Deutschen hat Simon beobachtet und amüsiert sich. Ausgerechnet heute sind an unserem Stammtisch mehr Leute beim Frühstück als üblich.

»Warum wollte er die kleine Kunstturnerin umbringen?«, fragt einer von ihnen.

»Er sollte sie ansprechen. Mehr nicht«, japse ich zurück.

»Und warum?«

Noch immer kichernd erläutere ich meine Theorie mit der Mutprobe.

»Er kann mit mir sprechen«, sagt eines der Mädchen am Tisch. »Ich versuche, nicht wegzulaufen, auch wenn er mich ansieht, als wolle er mich erwürgen.«

Simon hat inzwischen seinen Platz erreicht. Mit hängenden Schultern und schlurfenden Schritten.

»Siehst du«, sagt er resigniert zu mir.

»Sprich mit ihr.« Ich deute auf das Mädchen, das sich als Partnerin angeboten hat. Sie versucht, aufmunternd zu lächeln, den besorgten Gesichtsausdruck kann sie allerdings nicht ganz verbergen.

»Läuft sie nicht weg?« Simons Stimme ist ein kleines bisschen hoffnungsvoll.

»Das hat sie versprochen.«

Simon nähert sich dem Mädchen. Seine Miene ist kein Stück besser als zuvor, niemand sollte ihm so im Dunkeln begegnen.

»Hallo, ich heiße Simon und bin beim Zehnkampf. Es ist sehr schön, dich zu treffen, und ich würde mich wirklich freuen, deine Bekanntschaft zu machen.«

Diesen Satz hat er eindeutig stundenlang eingeübt und ich habe leider Mühe, das nächste Kichern zu unterdrücken. Bei der Kombination aus freundlichen Worten und einem Gesicht, das sagt ›Ich habe eine Bombe und werde uns jeden Moment alle in die Luft sprengen‹, ist es nahezu unmöglich, ernst zu bleiben.

Meine Jungs betrachten Simon dagegen unverhohlen mit Respekt.

Das Mädchen schluckt. Sie kann kein Wort von Simons Satz verstanden haben. Trotzdem deutet sie auf sich selbst und sagt: »Katharina.«

Simon grinst erleichtert. Sein Mördergesicht löst sich in Luft auf und der harmlose Teddybär kommt wieder durch.

Er kopiert ihre Geste. »Simon.«

Und dann reden sie. Jeder in seiner Sprache und völlig aneinander vorbei, aber sie reden. Außer mir versteht eh niemand, wie witzig diese Unterhaltung eigentlich ist.

Ein weiteres deutsches Mädchen gesellt sich zu uns und beäugt interessiert Andrew.

»Brauchen die anderen Sportler ebenfalls Kontakt zu Frauen?«

»Klar.«

»Dann bin ich gerne bereit, euch bei den Wettkampfvorbereitungen zu helfen. Ist ja für einen guten Zweck«, sagt sie und ich spare mir den Hinweis, dass Andrew schon durch ist.

Es dauert nicht lange und meine Jungs werden von einem Pulk Mädchen belagert.

»Ich habe sie gefunden, die Wunderwaffe«, sage ich wenig später leicht staunend zu Andrew.

»Brauchen wir Waffen? Um zu fliehen? Ich glaube nicht, dass das hilfreich ist, denn dann wird uns kein Land der Welt Asyl gewähren.«

Wir stehen mitten im Stadion und Andrew und ich reden mal wieder aneinander vorbei. Die Zuschauerränge sind voll besetzt und die Atmosphäre ist aufgeladen.

»Das war symbolisch gemeint.« Gut zu wissen, dass meine Jungs keine Waffen benutzen wollen. »Ich staune nur über unsere Zehnkämpfer.«

Denn die sind gerade echt cool. Niemand stirbt vor Nervosität, niemand stolpert über seine Füße, niemand kotzt.

»Ach so.«

»Ihr seid ja doch nicht so lahm, wie alle sagen.« Einer der deutschen Zehnkämpfer kommt vorbei und klatscht Leo ab, der gerade einen echt guten Sprint hingelegt hat.

»Wer sind denn alle?«, will ich empört wissen.

»Die Amerikaner.«

Hätte ich mir denken können. Tyron und die blöde Hochspringtussi.

»Das war Taktik«, behaupte ich frech. »Wir wollten euch in Sicherheit wiegen.«

Adrian und Simon lockern sich aktuell auf der Bahn aus, denn jeden Moment startet das vierte und letzte Rennen.

Adrian in Aktion.

Adrian, der mich gestern mit einem sehnsüchtigen Kribbeln im Unterleib zurückgelassen hat. Meine Augen wandern immer wieder zu ihm. Zu seinem Körper. In diesem weit ausgeschnittenen Sporttrikot, das mehr zeigt als verhüllt, und das ich so vom Training im Internat nicht kenne. Und zu dieser eng anliegenden Hose, die auch mehr offenbart, als in meinem Land zum guten Ton gehört.

Außerdem sieht er dabei so entspannt aus, als wären dies nicht die Olympischen Sommerspiele und gleichzeitig sein erster echter Wettkampf, sondern ein kleiner Probelauf irgendwo auf dem Land. Den er abgesehen davon auch noch nie absolviert hat.

Entspannt, aber trotzdem hochkonzentriert.

Ich kann mir ein stolzes Grinsen nicht verkneifen, als ich mich näher an die Ziellinie schleiche, als erlaubt ist, um nur ja keinen Schritt zu verpassen.

Wie erwartet sieht Adrian beim Start nicht nur aus, als wäre er der coolste Mensch der Welt, er läuft auch wie erhofft die Konkurrenz in Grund und Boden und erreicht mit deutlichem Vorsprung die Ziellinie. Ich balle meine Hände zu Fäusten und schreie laut. Er hat nämlich nicht nur gegen diese sieben gewonnen, er war schneller als alle anderen und geht mit klarer Führung in die Zehnkampfwertung.

Plötzlich werden wir beachtet. Das Getuschel ist nicht zu überhören. Es ist nicht unbedingt entspannend, mit einem Mal so im Fokus zu stehen, aber es weckt in mir dieses kribbelige, aufgeputschte Gefühl, es allen zeigen zu wollen.

Mein Ehrgeiz erwacht.

Das Kribbeln hat jedoch auch eine andere Ursache. Eines der Augenpaare, die uns so genau anvisieren, gehört zu Tyron. Und der lässt seine Blicke zwischen mir und Adrian hin- und herschweifen und sieht verdammt angepisst aus.

Möglicherweise müsste ich mich bei ihm entschuldigen. Aber was sagt man da? ›Tut mir leid, dass ich dich angemacht und dann stehengelassen habe‹? Oder besser ›Ich hoffe, du bist trotzdem noch zum Zug gekommen.‹?

Eine unangenehme Situation, in die ich zu Hause aus Männermangel nie kommen könnte.

Und dann werde ich panisch, denn Tyron steuert entschlossen auf mich zu und ich bin mir sicher, dass meine bisherigen Formulierungsversuche allesamt einfach nur mies sind.

Er bleibt dicht vor mir stehen und sieht mit düsterem Blick wortlos zu mir herab.

»Es lag nicht daran, dass du schlecht küsst.«

Mist! Das ist mir so rausgerutscht. Das ist wirklich auch kein bisschen besser.

»Wie beruhigend«, erwidert er und wirkt weder erleichtert noch erfreut.

»Echt nicht. Du küsst gut, wirklich. Wirklich gut«, stottere ich weiter und verfluche diese Mann-Frau-Problematik aufrichtig. Vielleicht machen wir es in England doch genau richtig. Extrem peinliche Situationen habe ich vor diesem Projekt nie erlebt, das kam erst, sobald Männer im Allgemeinen und vor allem meine Jungs ins Spiel kamen.

»Er küsst also wirklich gut?«, fragt in diesem Moment Adrian in meinem Rücken und ich schließe resigniert die Augen.

»Ja, nein, ach Scheiße«, murmle ich. Warum nur kann er ausgerechnet diese Unterhaltung verstehen? Könnte Tyron nicht wenigstens Franzose sein, Spanier, meinetwegen auch von den Molukken?

Die beiden hören mich eh nicht mehr. Sie nehmen mich auch gar nicht mehr wahr, so beschäftigt sind sie damit, sich gegenseitig mit Blicken zu töten. Aber im Niederstarren war Adrian schon immer der unbesiegbare Meister und nach kurzer Zeit wendet Tyron sich geschlagen ab und seine Aufmerksamkeit wieder mir zu.

»Ich küsse übrigens nicht nur gut«, sagt er mit einem Blick, der einmal an meinem Körper auf- und abgleitet, so provozierend wie nur möglich. Nicht zu erkennen, ob die Botschaft an mich geht oder an Adrian. »Und ich bin noch immer interessiert, Maxine. Trotz allem.«

Mein Name klingt wie eine Süßigkeit aus seinem Mund und langsam streicht er mit einem Finger über meine Lippen. Ich stehe da wie erstarrt und weiß nicht, wie ich reagieren soll. Adrian hinter mir knurrt regelrecht, aber bevor er etwas Dummes tun kann, wendet Tyron sich ab und schlendert lässig davon.

Die zweite Runde geht eindeutig an ihn.

Der weitere Wettkampf zieht merkwürdig stumpf an mir vorüber. Adrian zittert vor unterdrückter Wut und weicht mir aus, aber all die aufgestauten Emotionen führen bei ihm dazu, dass er Leistungen abruft, die ich so noch nie erlebt habe. Erwartungsgemäß rutscht er durch die Wurf- und Sprungdisziplinen von seinem ersten Platz herab, denn es sind die Läufe, die ihn so atemberaubend gut machen. Aber am Ende vom Tag gewinnt er auch den 400-Meter-Lauf und liegt auf dem zweiten Rang.

»Adrian«, rufe ich ihn leise, als wir das Stadion verlassen. Ich muss dringend klären, dass ich weder an weiteren Küssen von Tyron noch an anderen Demonstrationen seines Könnens interessiert bin.

Trotzdem gehe ich im Anschluss schweigend neben ihm her und frage mich verzweifelt, wo ausgerechnet jetzt meine Rhetorikkünste hin sind. Mal wieder.

Adrians Gesichtsausdruck lässt erneut keine Rückschlüsse auf seine Gedanken zu, aber ich könnte schwören, dass er noch immer vor Wut kocht.

»Du warst phantastisch heute«, sage ich schließlich und mustere sauer über mich selbst den Boden vor uns. Warum sind gewisse Dinge nur so kompliziert? Gewisse Dinge wie Gefühle und körperliche Aspekte.

»Er küsst also gut.« Adrians Antwort signalisiert eindeutig, dass ihn das noch immer beschäftigt, mehr als seine überragenden sportlichen Leistungen.

»Na ja, sehr gekonnt. Er scheint viel Übung zu haben. Seit Jahren sicherlich. Mit tausend Frauen sicherlich. Technik ohne Ende.« Warum kann ich nicht einfach sagen, dass ich gelogen habe und Tyron schrecklich küsst? Oder wenigstens die Klappe halten.

»Ich habe null Übung. Null Erfahrung. Null Technik«, antwortet Adrian resigniert.

»Und trotzdem war es tausendmal schöner, dich zu küssen«, sage ich leise und wage einen vorsichtigen Blick zu ihm hinüber.

»Ich würde es dir gerne glauben, aber leider ist mir nur allzu bewusst, dass das einfach nicht sein kann.« Nicht nur Adrians Miene ist undurchdringlich, auch seine Stimme verrät kaum Emotionen.

Trotzdem erkenne ich ganz klar seine Eifersucht.

»Ich würde dich nicht anlügen.«

»Auch nicht aus Höflichkeit?«

»Nein.« Ich schüttle entschlossen den Kopf. »Höflichkeit war zwischen uns noch nie eine Option.«

»Wirst du ihn wieder küssen? Da er es doch so gut macht.«

»Nein, Adrian, auf keinen Fall.« Tief hole ich Luft. »Ich will nur dich wieder küssen.«

Ohne es zu bemerken, sind wir immer langsamer geworden und schlussendlich stehengeblieben. Die anderen sind längst nicht mehr in Sichtweite. Vorsichtig wage ich einen Schritt näher an Adrian heran. »Ich will dich wieder küssen, nur dich, am liebsten sofort, und all diese Dinge tun, die …«

»Hab ich mir doch gedacht.« Lukas taucht wie aus dem Nichts auf und betrachtet mich mit einem wissenden und gleichzeitig mörderischen Blick. »Eigentlich hatte ich gehofft, du hättest es verstanden. Ich meine, war er nicht sensationell?« Er klopft auf Adrians Schulter, wie man einem preisgekrönten Pferd die Flanke klopft. »Er hat ja wohl eindeutig abgeliefert. Wenn ihr euch heute noch mal zusammenreißt, gewinnt er morgen eine Medaille.«

Entnervt verdrehe ich die Augen. Lukas ist eine wahre Heimsuchung. Wie schafft er es nur immer wieder, im denkbar ungünstigsten Augenblick aufzutauchen? Seit er endgültig mit Jule gebrochen hat, scheint er nur noch Adrian und mich im Visier zu haben. Wahrscheinlich sind wir das passende Ventil für seinen Frust.

Lukas schiebt sich rücksichtslos zwischen uns und zwangsläufig gehen wir weiter. Dann erklärt er lang und breit, dass er alles live im Fernsehen gesehen hat, und gleichzeitig schafft er es mit Händen und Füßen, Adrian begreiflich zu machen, was er da erzählt.

Die Lobrede geht an Adrian vorbei, ohne ihn sonderlich zu berühren.

»Tyron, der Sprinter, hat Max geküsst«, sagt er aus heiterem Himmel und macht eine Kussgeste. Das ist eindeutig, Lukas versteht ihn.

Er nickt. »Ich weiß. Alle wissen es. Das ist Dorfklatsch erster Güte, die Sprintgoldmedaille knutscht mit der prüden Engländerin. Wahrscheinlich kursieren schon Bilder im Netz.«

Ich schnaube empört. An mir ist beim besten Willen nichts Prüdes mehr.

»Ich habe Max auch geküsst«, fährt Adrian in seiner leicht verständlichen Erklärung fort und deutet auf sich selbst.

»Das weiß ich auch.« Jetzt ist Lukas' Miene wieder aufrichtig empört. »Und ich wünschte wirklich, du würdest es lassen. Max ist wie Jule. Die beiden bringen nur Ärger.«

Jetzt keuche ich auf. Welchen Ärger bitteschön bringe ich? Wütend ramme ich meinen Ellbogen in Lukas' Seite, aber der zuckt nicht einmal zusammen.

»Tyron küsst gut. Sagt Max«, fährt Adrian fort. So langsam kapiere ich, wie die beiden sich verständigen. Es gibt genug Wörter, die ähnlich in beiden Sprachen sind, und solange man sich möglichst einfach ausdrückt und Gesten dazu benutzt, funktioniert es. »Ich küsse nicht gut.«

»Das stimmt doch überhaupt nicht«, gehe ich dazwischen, allerdings auf Englisch. »Du küsst toll. Ich liebe, wie du küsst. Warum glaubst du mir das nicht einfach?«

Auch Lukas ist nicht einverstanden.

»So wie ich euch beide auseinanderzerren musste, kann das gar nicht sein«, redet er auf Deutsch auf Adrian ein. »Max hat quasi an deinen Lippen geklebt, es war schier unerträglich. Also küsst du eindeutig gut.«

»Aber wie kann das sein? Max ist die Erste, die ich geküsst habe. Wie kann es gut sein?«

Adrian hat sich vollends Lukas zugewandt, er redet mit wilden, verzweifelten Gesten. Ich bin empört, denn er kann doch nicht ernsthaft eine Bestätigung von Lukas erwarten. Den hat er schließlich nie geküsst. Ich bin die Einzige, die ihm bezeugen kann, dass er gut küsst.

Aber bevor ich laut protestieren kann, übernimmt Lukas das Wort.

»Ein Kuss ist toll, sofern er von der richtigen Person kommt. Dann ist er das Tollste auf der ganzen Welt.« Er wirft einen resignierten Blick auf mich. »Und wenn sie es mochte, wie du sie geküsst hast, lieber als den Kuss von Tyron Brown, dem Superstar, dem Weiberhelden, der schon reihenweise Mädchen flachgelegt hat, dann bist du für sie wohl die richtige Person.«

Meine Widerworte bleiben mir im Hals stecken. Das ist eine ziemlich einfache Erklärung. Und eine ziemlich wahre und schöne. Denn Adrian ist definitiv die richtige Person für mich.

Und die einzige.

»Wie auch immer, heute Abend passiert überhaupt nichts, egal, wie richtig die Person ist. Kein Fummeln, kein Fingern, kein Kuss.«

Entschlossen zerrt Lukas uns weiter Richtung Mensa.

Eine Weile lasse ich mir das schweigend gefallen, während seine Worte in mir nachklingen.

»Du bist übrigens auch eine richtige Person«, sage ich dann zu Lukas. »Und du weißt auch für wen.«

Lukas presst die Lippen aufeinander und wirkt nicht so, als würde er über meine Worte nachdenken wollen.

Kurz darauf kommt Lukes richtige Person wild gestikulierend auf uns zu gerannt. Jule ist schier aus dem Häuschen, aber anstatt Adrian für seinen Erfolg am ersten Tag zu feiern, fällt sie mir um den Hals und zerrt mich zur Seite.

»Wir sind gerettet«, versucht sie zu flüstern. Vor Aufregung ist ihre Stimme so schrill, dass es locker bis zu Lukas und Adrian zu vernehmen ist.

»Ich wusste gar nicht, dass ihr in Gefahr seid«, ätzt Lukas zu uns rüber. »Gefahr, vor zu vielen Goldmedaillen um den Hals zu ertrinken? Gefahr, schon wieder wahllos mit dem Falschen zu vögeln, weil der Erfolg einen blind und blöd gemacht hat?«

»Hier geht es ausnahmsweise mal um echte Probleme, du Blödmann«, faucht Jule zurück. »Nicht jeder hat nur unter gekränkter Eitelkeit und sexuellen Defiziten zu leiden.«

»Eitelkeit? Du hast mich behandelt wie den letzten Dreck.« Lukas kommt einen bedrohlichen Schritt näher.

»Und ich habe mich entschuldigt, verdammt. Ja, Lukas, ich habe einen Fehler gemacht, aber ich habe es eingesehen.« Sie brüllt inzwischen quer über den Platz, seufzt dann auf, als ihr Blick zu Adrian gleitet. »Hier geht es ausnahmsweise nicht um uns.«

Es muss um die Jungs gehen. Ungeduldig zerre ich an Jules Ärmel.

»Sag schon, hast du was herausbekommen?«

»Ja, hab ich.« Sie grinst siegesgewiss. Dann wirft sie noch einen Blick auf Lukas, traurig und wütend zugleich, und zieht mich endgültig außer Hörweite.

»Das Auslieferungsabkommen gilt tatsächlich nur für Deutschland. Und nur während der Olympischen Spiele. Sobald die Schlussfeier über die Bühne gegangen ist und alle abgereist sind, gilt auch für euch wieder ganz normales Asylrecht. Wir sind gerettet, gerettet, gerettet.«

Jule hüpft vor Begeisterung auf und ab, ich kann ihre Aufregung jedoch nicht nachvollziehen.

»Aber das ist zu spät. Dann sind wir doch schon wieder zurück.«

»Maxine, stell dich nicht dümmer, als du bist.«

Jule verdreht die Augen über meine Begriffsstutzigkeit, sie hat aber auch nicht erlebt, wie die Jungs bei ihrem Fluchtversuch in Ketten abgeführt wurden. Welche drakonischen Strafen ihnen drohten. Wie absolut unmöglich es sein wird, sie nach den Olympischen Spielen aus dem Land zu bekommen, denn Dr. Higgs wird sie wahrscheinlich noch am Ankunftstag persönlich auf eine Pritsche schnallen und die Infusion hineinrammen.

Jule weiß all das nicht und fährt unbeirrt fort.

»Wir haben sogar zwei Möglichkeiten. Entweder wir ergreifen die Flucht, solange niemand damit rechnet, und setzen uns in die Niederlande oder nach Dänemark ab oder – und das ist noch geschickter – wir verstecken euch bei der Schlussfeier. Ihr kommt erst wieder hervor, wenn es vorbei ist und Olympia Geschichte. Was auch das Problem mit dem Alarm lösen sollte.«

Oh! Das ist es.

Es ist so unkompliziert wie genial und ich muss zugeben, dass ich vor lauter Panik das Denken eingestellt hatte. Vor Erleichterung steigen mir nun doch die Tränen in die Augen und ich zerquetsche Jule fast vor Freude und Dankbarkeit.

Ich muss meinen Jungs so schnell wie möglich die sensationellen Neuigkeiten und den neuen Plan mitteilen.

Die einzige Schwierigkeit dabei ist Lukas.

Lukas, der nicht erfahren soll, was wir vorhaben, denn je weniger Mitwisser es gibt, umso sicherer ist es. Lukas, der an Adrian klebt, als wäre er mit einem Mal unsterblich in ihn verliebt und ihn sogar bis auf die Toilette begleitet.

Lukas, der keine Gelegenheit auslässt, mir immer wieder bitterböse Blicke zuzuwerfen, und mir auch mündlich auf tausend unterschiedliche Arten sagt, dass ich bloß meine Finger – und vor allem meinen restlichen Körper – von Adrian lassen soll.

kapitel 21

Trotzdem habe ich den Eindruck, dass die gute Nachricht irgendwie doch jeden erreicht hat, denn am nächsten Morgen sind alle sehr viel gelöster als zuvor. Und das, obwohl heute der zweite und entscheidende Tag des Zehnkampfes ansteht.

»Vertausch bloß nicht wieder den Speer mit dem Stab. Nicht, wenn du heute gewinnen willst«, zieht Sebastian Adrian auf. »Der Speer ist das mit dem spitzen Ende und der Stab ist biegsam und lang.«

»Danke«, erwidert Adrian trocken. »Vielleicht kannst du mir bei jeder Disziplin das richtige Sportgerät in die Hand drücken?«

»Bin ich etwa deine Mami?«, schnaubt Sebastian.

»Du verhältst dich gerade wie eine.« Leo wirft mir einen fragenden Blick zu. »Stimmt doch, oder? So was machen Mamis?«

Mir wird eiskalt bei Leos Frage, ausgerechnet Leo. Ich muss hart schlucken, ehe ich antworten kann.

»So was machen Mamis, die für immer kleine Babys behalten möchten.«

Meine war ja eher nicht so der Typ Mutter, der permanent um ihr Kind herumschwirrt und es verhätschelt. Meine hat es vorgezogen, mich möglichst früh eigene Erfahrungen machen zu lassen, auch wenn ich mir dabei blaue Flecken zugezogen habe. Meine würde definitiv milde lächelnd zulassen, dass ich den Stab werfe und versuche, mit dem Speer über die Latte zu kommen – auch bei Olympia.

Keine Ahnung, wo die Vorstellung der Jungs herkommt, wie eine Mutter zu sein hat.

»Adrian ist ein kleines Baby«, behauptet Sebastian. »Wenn er Stabhochsprung macht, ist er unbeholfen, als müsse er erst noch laufen lernen.«

Ich kichere. Stabhochsprung ist definitiv Adrians schlechteste Disziplin und Sebastian, der diese Sportart liebt, nimmt das ein wenig persönlich.

»Aber wenn er läuft, ist er eindeutig nicht unbeholfen«, füge ich hinzu und merke, wie sich dieser peinlich sehnsüchtige Ausdruck schon wieder in mein Gesicht schleicht. Schnell betrachte ich intensiv die Tischplatte und verstecke meine Miene hinter den Haaren.

Lukas scheint am Tisch einzuschlafen, obwohl er einen Becher Kaffee umklammert, als wäre es ein Rettungsring. Ich werfe ihm eine Nuss aus meinem Müsli quer über den Tisch gegen den Kopf. Seine ständige Anwesenheit geht mir extrem auf die Nerven. Die Nuss prallt von ihm ab und landet im Kaffee.

»Spinnst du?«, motzt er mich an.

»Wieso? Ich wollte nur wissen, ob du überhaupt noch lebst. Du siehst nämlich nicht so aus.«

Genau genommen sieht er aus wie jemand, der sich tagelang in der Wildnis verirrt hatte. Ungewaschene Haare, zerknitterte Klamotten, und als er eben an mir vorbeiging, schien er auch nicht gut zu riechen.

»Und das ist deine Schuld«, giftet er quer über den Tisch.

»Wohl kaum. Ich war gestern früh im Bett und habe nicht die Nacht zum Tag gemacht. War wieder irgendwo Party?«

»Haha.« Langsam wird er wacher, nur weil er sich über mich aufregt. »Wer außer mir soll denn sicherstellen, dass du nicht im falschen Bett landest? Da dir ja eindeutig der Verstand fehlt, deine Medaillenhoffnung angemessen zu unterstützen.«

»Hast du etwa bei Adrian im Bett geschlafen? Nur so zur Sicherheit?« Ich weiß nicht, ob mich die Vorstellung amüsiert oder irritiert.

»Natürlich nicht«, knurrt er.

Na, Gott sei Dank. Ich dachte schon, er hätte komplett den Verstand verloren.

Grinsend wende ich mich Paul und Adrian zu.

»Ich hatte die Befürchtung, ihr wärt Luke gestern gar nicht mehr losgeworden. Der war ja schlimmer als eine Klette.«

»Wir sind ihn auch nicht losgeworden.« Adrian zuckt ungerührt die Achseln.

»Er hat aber gerade gesagt, er hätte nicht in deinem Bett geschlafen«, sage ich, während sich das dazu passende Bild gnadenlos in mein Gehirn schiebt.

»Er hat vor der Tür geschlafen«, fügt Paul hinzu. »Schlimmer als der schlimmste Wachmann, der mir je begegnet ist.«

»Vor der Tür?«, kreische ich. Lukas hat doch komplett den Verstand verloren.

»Ja. Er hat seine Matratze angeschleppt und unsere Zimmertür damit völlig versperrt. Man musste sogar über ihn steigen, um ins Bad zu kommen. Frag mich nicht, aus welchem Grund das nötig war.«

Ich wechsle einen Blick mit Adrian. Wir zwei wissen, aus welchem Grund Lukas denkt, es sei nötig. Und wenn ich jetzt die Möglichkeit hätte, meine Lippen wieder auf seine zu drücken, meine Hände unter sein Trikot wandern zu lassen, ich würde es auf der Stelle machen.

Leise seufze ich.

Noch immer mit der ungestillten Sehnsucht nach Körperkontakt im ganzen Leib schiebe ich den nächsten Löffel Müsli in den Mund. Lukas ist der Einzige der Deutschen, der heute so früh auf ist, und langsam sinkt er erneut hinter dem Becher in sich zusammen.

»Geh wenigstens duschen«, wecke ich ihn gnadenlos und werfe die nächste Nuss in seine Richtung. »Du stinkst.«

»Ich gehe duschen, wenn ihr im Stadion seid«, nuschelt er und reißt gähnend den Mund auf. Schnell sehe ich weg, ein schöner Anblick ist das nämlich nicht.

Gestern habe ich lange mit Jule diskutiert, wo wir uns am besten verstecken, sobald die Schlussfeier vorüber ist. Ich war für das Stadion, denn dort gibt es tausend Gänge und Winkel und kleine Räume. Jule meinte, eines der Hochhäuser, in denen wir Sportler untergebracht sind, wäre viel besser. Da tobt in den zwei Tagen nach der Feier das absolute Aufbruchschaos, und neun Leute, die sich dort verstecken, gehen definitiv unter. Unmöglich, jemanden zu finden, der nicht gefunden werden will. Glücklicherweise haben wir noch ein paar Tage Zeit, ehe wir uns entscheiden müssen.

Kurz bevor wir das Frühstück beenden, stößt Jule zu uns. Ihr erster Blick fällt auf Lukas, wie eigentlich immer.

»Igitt. Was ist denn mit dem passiert?«, fragt sie mich angewidert, als ob Lukas nicht nur müde, sondern auch taub wäre. Auch wie immer.

»Er hat zu intensiv auf Adrian aufgepasst.«

»Wo denn? Im Klärwerk? Er stinkt.«

Lukas gibt zwar vor, uns nicht zu hören, aber seine Hände liegen nicht mehr entspannt um die Kaffeetasse.

»Das Stinken hat er irgendwie allein hinbekommen. Er hat vor der Tür geschlafen. Wie ein Wachhund.«

Jule lacht laut. Sie deutet auf Lukas und macht dann eine Schlafgeste zu Paul und Adrian.

»Er schnarcht übrigens«, äußert Paul augenrollend. »Ich hoffe, er ist in der nächsten Nacht wieder in seinem eigenen Zimmer.«

»Was sagt er?« Lukas blickt misstrauisch zwischen uns hin und her. »Mir ist schon klar, dass ihr über mich lästert, aber wenn Adrian eine Medaille abräumt, habt ihr das nur mir zu verdanken.«

»Du meinst, es hat nichts mit dem gnadenlosen Training zu tun, dass die Jungs absolvieren, seit sie laufen können?«, erwidere ich und verdrehe die Augen.

Lukas schnaubt nur.

»Du schnarchst«, füge ich hinzu.

»Kann nicht sein.«

»Sagt Paul.«

»Wie soll das denn gegangen sein? Ich habe kein Auge zubekommen.«

Na ja, er wirkt so, als ob das stimmt. Ringe unter den Augen, schlaffe Mundwinkel, er sieht erbärmlich aus. Langsam schiebt sich durch meinen Ärger ein wenig Mitleid.

»Himmel, Luke, dann geh halt jetzt schlafen. Alle andern sind wach und vor Ort und wir verabschieden uns eh gleich ins Stadion. Da bleibt mir beim besten Willen keine Zeit, Adrian sportuntauglich zu machen. Wie auch immer du denkst, dass ich das mache.«

»Ich denke es nicht, ich habe gesehen, wie du es machst«, knurrt er mich an. »Das Bild hat sich in meine Netzhaut gebrannt.«

Mir reicht es mit diesem neidischen Jammerlappen.

»Los, los, alle Mann ins Stadion«, rufe ich möglichst energiegeladen, um Lukas' Aura wieder wettzumachen. »Nur Engländer selbstverständlich.«

Der aufdringliche Nicht-Engländer wirft einen letzten, völlig erschöpften Blick auf Adrian, nickt dann jedoch zufrieden und verlässt nach uns mit schlurfenden Schritten die Mensa.

Mal sehen, ob die unfreiwillige Enthaltsamkeit nicht doch etwas Gutes hat.

Denn wenn nicht, drehe ich Lukas den Hals um.

Luke hat Glück.

Die 110-Meter-Hürden, die Adrian fehlerfrei und mit einem grandiosen Auftritt gewinnt, retten ihm das Leben. Adrian führt erneut. Trotzdem bin ich froh, dass Lukas nicht bei uns ist und ich mir seinen unerträglich triumphierenden Blick erspare.

In der Pause vor dem Diskuswurf bemerke ich Paul und Leo, die sich angeregt mit zwei Kontrahenten unterhalten. Eine Weile wundere ich mich darüber, denn sie gestikulieren nicht wild und verzweifelt, wie sie es mit den Deutschen machen, sondern führen ein ganz gewöhnliches Gespräch. Dann kapiere ich es.

Amerikaner.

Unwillkürlich wandern meine Gedanken zu Destiny Williams. Und zu Tyron. Amerikaner bedeuten nichts Gutes. Ich stoße unauffällig dazu.

»Früher hat die ganze Welt unsere Sprache gesprochen. Es war leicht für uns«, höre ich einen der beiden lamentieren.

Das stimmt.

»Und dann haben eure Frauen rücksichtslos alles plattgemacht. Euch Männer weggesperrt, die Grenzen geschlossen und sich abgekapselt. Das hat alles verändert. Weltweit. Niemand wollte danach mehr unsere Sprache lernen.«

Das stimmt so nicht.

Ein so kleines Land wie unseres könnte kaum einen so großen Einfluss gehabt haben. Die Amerikaner haben sich schon selbst ins Aus katapultiert. Nur mühsam verkneife ich mir einen Kommentar.

Der amerikanische Zehnkämpfer, der zwar nicht exakt unsere Sprache spricht – dazu ist sein Akzent zu absonderlich – aber immerhin eine Art von Englisch, hat mich noch nicht wahrgenommen.

»Meine Eltern haben mich sogar gezwungen, drei Jahre Spanischunterricht zu nehmen.«

»Und er ist wirklich grottenschlecht«, wirft der zweite Amerikaner ein. »Er kann sich keine einzige Vokabel merken und von der Aussprache will ich gar nicht erst reden.«

»Es ist nicht jede Kehle für ein rollendes R gemacht«, mosert Ami Nummer eins.

Die beiden sind mir nicht allzu sympathisch. Sie haben nämlich weder Ahnung vom korrekten geschichtlichen Verlauf noch von der Weltpolitik. Und das Gejammer über die Sprachen geht mir echt gegen den Strich. Sie sollten froh sein, überhaupt etwas lernen zu dürfen. Und reisen zu können, ohne dabei Sirenengeheul auszustoßen. Und nicht auf der Flucht sein zu müssen.

»Ich hätte liebend gerne Spanisch gelernt«, wendet Paul wie erwartet ein.

»Ach, du kommst mit den Spanierinnen doch auch prima klar, ohne sie zu verstehen. Habe ich zumindest gehört«, grinst einer der Typen. »Vielleicht ist das sogar besser so.«

»Du musst Elena meinen.« Paul lächelt ein wenig verträumt. »Ich verstehe kein Wort von dem, was sie sagt, und dabei redet sie ununterbrochen. Aber es klingt alles wie Musik.«

»Ja, weil du sie nicht verstehst.«

Die zwei Fremden schlagen ihre Faust gegeneinander, es sieht amüsant aus. Paul und Leo scheint es zu gefallen, sie machen es nach.

Leo bemerkt mich.

»Ach, Max, schau mal. Wir haben gerade Ethan und Spencer kennengelernt. Sie wollten wissen, wie wir so trainieren.«

Ethan und Spencer sind nicht erfreut, mich zu sehen.

»Ja, 24/7, wie wir jetzt wissen. Wie Maschinen.«

Die beiden scheinen mir die Schuld, am erbarmungslosen Trainingsumfang der Jungs zu geben.

»Und ihr?«, erwidere ich und verzichte darauf, mich zu rechtfertigen. »Nur wenn ihr mal Zeit und Lust habt?«

Ich habe zwar nicht den Überblick über die Leistungen aller fünfunddreißig Athleten im Zehnkampf, aber diese beiden sind mir bisher in keiner einzigen Disziplin aufgefallen. Das muss man auch erst einmal schaffen.

Paul bemerkt meine Ironie nicht.

»Nein, nein, sie haben einen ausgeklügelten Trainingsplan, der sogar im Laufe des Jahres variiert«, erklärt er mit leuchtenden Augen. »Es wird genau auf jeden Wettkampf abgestimmt.«

»Scheint aber nicht so effektiv zu sein«, motze ich trotzdem weiter.

»Hugo Chevalier trainiert genauso. Wenn er nicht der Beweis für Effektivität ist, dann weiß ich es auch nicht.«

»Wer ist Hugo Chevalier?«

Spencer sieht mich an, als hätte ich sie nicht mehr alle. »Der Typ, der den Zehnkampf gewinnen wird. Franzose.«

Das sagt mir was. Schließlich habe ich durchaus bemerkt, wer am Ende des ersten Tages auf Platz eins gelegen hat. Aber wer nach der allerletzten Disziplin die Goldmedaille holt, das steht noch lange nicht fest. Nicht, wenn es nach uns geht. Denn nicht nur ich habe Blut geleckt. Adrian hat bisher restlos alles gegeben und ich bin mir sicher, dass er genauso weitermachen wird.

»Der Typ, der den Zehnkampf gewinnen wird, ist aber Engländer«, wirft Leo ein und grinst.

»Du meinst euren Dunkelhaarigen?« Ethan zuckt die Schultern. »Könnte dieses Mal ein Kopf-an-Kopf-Rennen werden. Aber in den letzten Jahren war Hugo der unangefochtene König des Zehnkampfes. Wir anderen spielen nur Statistenrollen.«

»Und deswegen könnt ihr ihn nicht leiden?«, fragt Paul.

»Quatsch, Hugo ist völlig in Ordnung.« Ethan schaut sich im Stadion um und weist dann unauffällig in Richtung seines Teams. »Da gibt es andere, die wir nicht leiden können. Und die sind aus unserem eigenen Land.«

Als hätte Adrian gerochen, dass er Gesprächsthema bei uns geworden ist, schlendert er langsam näher.

»Sollte man da nicht immer zusammenhalten? Wenn man doch aus demselben Land kommt«, wendet Leo erstaunt ein.

Bei uns ist das definitiv der Fall.

»Wäre vielleicht schön, ist aber leider nicht machbar«, seufzt Ethan. »Ich sage nur Tyron.«

Adrian ist in Hörweite. Und bei diesem Namen schrillen bei ihm alle Alarmglocken. Noch immer. Mit raschen Schritten kommt er näher. Die Augen zusammengekniffen, der Mund ein schmaler Strich. Mal wieder wütend. Automatisch rolle ich mit den Augen – es war schließlich nur ein einziger Kuss.

»Seid ihr Freunde von Tyron, dem schnellsten Mann der Welt?«, fragt Adrian die beiden Amerikaner und der drohende Unterton ist nicht zu überhören.

»Freunde? Willst du uns beleidigen?« Spencer macht eine Geste, als müsse er sich übergeben. »Tyron, den mögen wir nicht. Ganz, ganz aufrichtig.«

»Wieso?«

Die beiden wechseln einen Blick.

»Er ist arrogant. Und eingebildet. Und denkt, er ist der Coolste«, fährt Spencer fort. »Und die Medien fahren voll auf ihn ab. Die Medien und die Frauen.«

Ethan verzieht das Gesicht. »Er räumt einfach alles ab, sämtliche Medaillen, Rekorde und dann eben auch die Weiber. Da bleibt nichts für Normalsterbliche übrig.« Der Blick, der dabei auf mir ruht, ist leider nicht zu übersehen. »Hugo dagegen ist zwar genauso erfolgreich, denkt aber immerhin nicht, er wäre was Besonderes. Mit dem kann man sich unterhalten. Na ja, theoretisch, so toll ist mein Französisch auch nicht.«

»Ich hasse Tyron«, fügt Adrian hinzu.

»Na, dich brauche ich allerdings nicht zu fragen, aus welchem Grund.« Ethan grinst.

»Ach?« Theatralisch stemme ich meine Hände in die Hüften. Ich fühle mich angesprochen und ignoriert gleichzeitig.

»Trotzdem, mir bleibt schleierhaft, warum die Frauen so auf ihn abfahren«, fährt der Amerikaner ungerührt fort.

»Es gibt welche, die sagen, er küsse gut.« Adrians Blick ist noch immer zum Fürchten.

»Tatsächlich?«

Ich fasse es nicht, die ignorieren mich komplett.

»Ich stehe hier«, fahre ich sie also an. »Ich kann euch hören.«

»Na, an der Funktion deiner Ohren zweifelt auch niemand«, sagt Spencer grinsend.

»An welcher Funktion denn dann?«, fauche ich.

»An der deines Gehirns? Der Geschmacksknospen?«

Ehe ich mich weiter beleidigen lasse, rücke ich widerwillig mit der Destiny-Geschichte heraus.

»Du meinst ernsthaft, Destiny Williams ist in Tyron verknallt?« Spencer sieht mich ungläubig an. »Die liebt nur ihr eigenes Spiegelbild.«

»Ich bin zugegebenermaßen nicht die Spezialistin in geschlechterspezifischen Angelegenheiten, aber das fand sogar ich absolut eindeutig.«

»Dann hast du nur mit Tyron rumgeknutscht, um Destiny eifersüchtig zu machen?« Ethan hält mir die Faust hin. »Respekt, Mädchen, ich habe dich echt völlig falsch eingeschätzt.«

Verstehen tue ich es nicht. Was ist daran bewundernswert?

Aber die ausländischen Sitten, sobald es um Vorgänge zwischen Männern und Frauen geht, sind und bleiben unverständlich und absonderlich. Zögernd stoße ich mit meiner Faust gegen Ethans. Es ist ein wenig albern. Und fühlt sich trotzdem gut an. Vielleicht sind die beiden doch nicht so übel.

Das Grinsen liegt noch immer auf meinen Lippen, als das Signal kommt, dass der Diskuswurf startet.

Sowohl der Diskus als auch der Speer liegen heute gut in Adrians Hand und er liefert Weiten, die er zu Hause noch nie geschafft hat.

Nur der Stabhochsprung reißt wie erwartet eine große Lücke in sein Punktekonto.

»Himmel, ich schäme mich in Grund und Boden, Adrian. Ich habe dich trainiert, dir jeden Tag Tipps gegeben. Ich fühle mich persönlich blamiert«, fährt Sebastian ihn nach dem zweiten Versuch verzweifelt an, während unsere offiziellen Trainer damit beschäftigt sind, einer langbeinigen Hochspringerin hinterherzugaffen und keine Aufmerksamkeit für meine Jungs übrig haben. »Kannst du nicht einfach mal umsetzen, was man dir sagt?«

»Was genau war das nochmal?« Adrian ist zwar äußerlich ungerührt, trotzdem wissen wir alle, wie sehr er sich selbst ärgert.

»Das weißt du haargenau, es ist nämlich immer dasselbe.« Sebastian ist fassungslos und ich bin in Versuchung, ein wenig zu kichern. Er regt sich so herrlich auf. »Du gehst immer zu früh ins Hohlkreuz, jedes Mal. Maxine macht es schon tausendmal besser und die trainiert erst seit ein paar Wochen.«

»Maxine ist halt ein Naturtalent. Egal, was sie macht.« Adrians Blick geht mir durch und durch. Ob das eine Sexanspielung sein soll? Wenn es so ist, kann außer mir niemand es verstehen.

»Weiß ich, du kannst dich trotzdem mehr anstrengen.«

Wären nicht Leo und Jason im Team, die beim Stabhochsprung glänzen, würde Sebastian uns wahrscheinlich allen auf der Stelle die Freundschaft kündigen.

Als der Abend hereinbricht, liegt Adrian auf Platz vier und nur noch der 1500-Meter-Lauf ist zu absolvieren. Auch Paul und Leo haben einen absolut geilen Wettkampf abgeliefert und sind unter den besten zehn. Eine Chance auf eine Medaille haben sie jedoch nicht mehr.

Die Hoffnung unseres ganzen Landes ruht allein auf Adrians Schultern.

kapitel 22

Zu erwarten wäre, dass er nervös ist. Jeder wäre in seiner Situation ein Nervenbündel. Adrian dagegen sieht aus, als warte er an der Eisdiele darauf, bedient zu werden. In Gedanken bei den möglichen Eissorten und ein bisschen gelangweilt.

Leider sehe ich nicht nur nicht-gelangweilt aus, sondern genauso, wie ich mich fühle. Nämlich als würde in den nächsten Minuten über Leben und Tod entschieden. Ein Blick in eine der Glasscheiben zeigt mir rücksichtslos, dass ich meine Haare so oft durchwühlt habe, dass sie wie explodiert in alle Richtungen stehen. Hatte ich heute Morgen nicht nach stundenlangen Glättversuchen eine ordentliche, professionelle Frisur? Laut aufseufzend binde ich den Zopf neu, viel besser macht es das nicht.

Es nützt nichts, mir zu sagen, dass das Ergebnis gar nicht so wichtig ist. Es nützt nichts, mich still verhalten zu wollen, denn meine Beine rennen angespannt am Rand auf und ab, egal, wie oft ich versuche, mich hinzusetzen. Als ich schließlich Blut schmecke, weil ich die Fingerspitzen durchgekaut habe, setze ich mich auf die Hände und wippe nur mit den Füßen. Es klappt ganze zwei Sekunden lang.

Um mich abzulenken, lasse ich den Blick durch das Stadion schweifen. Es wird bald dunkel, die Sonne ist schon

hinter der Tribüne verschwunden und nur ein paar rot ange-
strahlte Wolkenstücke lassen erahnen, dass sie noch vor
kurzer Zeit da war. Die Atmosphäre ist elektrisierend. Die
Ränge sind voll besetzt, die Zuschauer sind genauso aufgeregt
wie die Betreuer und Trainer, die um mich herumlaufen.
Denn inzwischen ist alles zu spät. Die letzten Taktiken sind
an den Mann gebracht, die letzten Beine massiert, die letzten
aufmunternden Worte gesagt. Ab jetzt sind auch wir zum Zu-
schauen verbannt.

Das Kamerateam nimmt die Athleten ins Visier. Hugo,
den Führenden, filmen sie ewig lange, die Zuschauer jubeln
und applaudieren begeistert. Offensichtlich ist er nicht nur bei
seinen Sportkameraden beliebt, er weiß auch, wie man sich
den Zuschauern präsentiert, denn er macht auffordernde
Gesten, den Applaus noch zu steigern. Für sich und die anderen Athleten. Ja, er ist durchaus sympathisch.

An Adrian bleibt die Kamera nur kurz hängen, denn sein
Gesichtsausdruck ist definitiv nichts, was man längere Zeit im
Fernsehen zeigen sollte. Vor allem nicht, da eventuell doch
noch Kinder wach sind.

Inzwischen hat Adrian zwar unübersehbar seine Lauf-
qualitäten bewiesen, wir wissen von Spencer und Ethan
jedoch, dass niemand ihm heute noch eine Medaille zutraut.
Denn im Vergleich zu den bisherigen Läufen ist das hier fast
eine Langdistanz, auf der die Sprinter nicht mehr allzu viel
reißen.

Adrian liebt sie umso mehr. Wahrscheinlich weil man sich
nirgendwo sonst so sehr quälen kann.

Obwohl die Sportler sich genau jetzt noch energiegeladen
bis zum Umfallen geben, sich aufpushen und bloß keine
Schwäche zeigen, wissen sie alle, dass sie gleich bis an die
Grenze ihrer Kraft gehen müssen. Und nach Möglichkeit
darüber hinaus.

Paul und Leo retten den Eindruck, den unsere Nation hinterlässt, sie winken freundlich in die Kamera. Ihr Lächeln

wirkt jedoch ein wenig gequält, denn sie sind unübersehbar nervös.

Schließlich ist das Kamerateam durch und weicht an den Rand der Bahn zurück. Die Läufer sammeln sich an der Startlinie und kurz verliere ich meine Jungs aus den Augen.

Paul und Leo finde ich als Erstes. Sie stehen Schulter an Schulter und schlagen noch einmal die Faust gegeneinander. Auch Jason und Simon geben sich gegenseitig Halt, beide wirken jedoch jetzt schon leicht angeschlagen. Adrian entdecke ich erst, als ich mich recke und ein wenig zur Seite gehe. Er versucht gar nicht, sich mit in die erste Reihe hineinzuquetschen. Lässig und irgendwie unbeteiligt steht er außen hinter dem Pulk und hält sich aus allem raus. Hätte ich mir denken können.

Der Startschuss ertönt.

Es sind so viele Läufer. Wir haben eine Weile über die passende Taktik diskutiert. Aber das ist nahezu unmöglich, wenn man die Konkurrenz nicht kennt und nicht einschätzen kann, wer wie stark ist. Wer sich lieber zurückhält und erst am Ende noch Gas gibt. Oder wer dazu neigt, zu schnell zu starten und sich zu übernehmen. Im Gegenzug wissen auch die anderen nicht, was von uns zu erwarten ist. Wir haben nur von Ethan und Spencer erfahren, dass Hugo ein passabler Läufer ist und nicht zum Ende hin einknickt. Adrian muss ihn in Grund und Boden rennen, um ihn zu schlagen.

Und das hat er vor.

Nachdem er sich beim Start aus dem Gewühl herausgehalten hat, zieht er nun nach und nach an allen vorbei. Locker und lässig. Unglaublich elegant, wie ein Raubtier, das sein Opfer schon im Visier hat. Ich liebe es.

»Bist du sicher, dass wir uns nicht verrechnet haben?«

Andrew wühlt sich mal wieder durch unsere Aufzeichnungen der erreichten Punkte aller Sportler und der dazu gehörenden Berechnungen, wie viele Punkte Adrian für welchen Platz machen muss.

»Wenn wir Adrian eine falsche Zielzeit gesagt haben und er denkt, es reicht schon?«

Andrew neigt dazu, zu reden, sobald er nervös wird. Aktuell ist er extrem nervös. Er ist auch derjenige, der diese Tabelle erstellt hat und sie permanent zu Rate zieht.

»Er rennt eh bis ans Limit. Völlig egal, was wir ihm gesagt haben.« Tobias klopft Andrew beruhigend auf die Schulter, was bei seinen Pranken und seiner Oberarmmuskulatur dazu führt, dass Andrew schmerzhaft aufstöhnt.

Auch Tobias ist angespannter, als er sich zeigt.

»Wie viele Sekunden Vorsprung auf diesen Franzosen braucht er nochmal?«

»Verdammt viele. Das ist das Einzige, das ich mir merken kann. Und mehr muss ich auch nicht wissen.«

Adrian zieht an die Spitze der Gruppe und läuft nun völlig unbehelligt sein Tempo. Das war von Anfang an sein Ziel, aus der Menge herauszukommen und einfach sein eigenes Rennen zu machen. So schnell wie möglich. Um jeden Preis. Er blickt sich kein Mal um.

»Na, wenn der Junge sich da mal nicht übernimmt«, erschallt eine leicht spöttische Stimme von hinten. Es ist einer der amerikanischen Trainer, der Adrian kopfschüttelnd betrachtet. »Eine Taktik habt ihr euch offensichtlich nicht überlegt.«

»Doch, haben wir«, erwidere ich. »Mit großem Vorsprung gewinnen. Ist da was dran auszusetzen?«

Der Trainer lacht.

»Unmöglich, dass er das Tempo bis zum Ende hält.«

Ich lächle nur herablassend.

»Das stimmt. Er hält das Tempo nicht bis zum Ende.« Dann drehe ich mich zu dem Mann um. Nun kann ich ja sagen, was ich will, niemand kann seine Strategie jetzt noch ändern. »Er steigert es am Ende selbstverständlich.«

Diesmal ernte ich nur ungläubige Blicke. Habe ich am Anfang ja auch nicht glauben können, aber ich habe mittlerweile so oft gesehen, was Adrian auf dieser Distanz leisten kann.

Die Sportler haben inzwischen die Hälfte der Strecke zurückgelegt und die Spannen zwischen ihnen werden größer. Den Ersten ist anzusehen, dass sie leiden, sie fallen mit jedem Schritt weiter zurück. Hugo ist nicht dabei. Aber der im Gesamtfeld Drittplatzierte ist eindeutig kein guter Läufer, es ist bereits zu erkennen, dass er aus dem Rennen ist, und Adrian hat die Bronzemedaille sicher.

Unsanft ramme ich meinen Ellbogen in Sebastians Seite.

»Stabhochsprung hin, Stabhochsprung her, das ist eine Medaille.«

»Hätte er auch einfacher haben können, wenn er sich dabei nicht grad so dämlich anstellen würde«, schimpft Sebastian und reibt sich die Seite. »Musst du so brutal sein?«

»Als ob er es einfach haben wollte«, erwidere ich grinsend und alle lachen.

Als die letzte Runde eingeläutet wird und Adrian noch immer unangefochten führt, setzt sich langsam ein Raunen im Publikum durch.

Ich bin mir fast sicher, dass auch der bisherige Zweite abgeschlagen genug ist, um seinen Platz an Adrian abtreten zu müssen. Der Franzose kämpft inzwischen ebenfalls darum, die Geschwindigkeit zu halten, er steckt in einem Pulk anderer Zehnkämpfer fest, und nur unser Mann läuft nach wie vor so ungerührt, als wäre dies ein einsamer Sonntagsspaziergang im Wald.

In vollem Tempo.

Er kommt zum letzten Mal an uns vorbei, und wir schreien uns die Seele aus dem Leib. Andrew brüllt irgendwelche Zeiten und Sekundenzahlen, die kein Mensch versteht, Sebastian äußert lauthals und noch immer erbost, er müsse nun den Stabhochsprung wettmachen und sei es selbst schuld, wenn er gleich umkippt. Ich glaube nicht, dass aus meinem Mund sinnvolle Sätze kommen, aber so genau will ich es auch nicht wissen.

Meter um Meter nimmt Adrians Vorsprung zu, denn jetzt geht er in den Endspurt. Ich könnte heulen bei seinem Anblick, so schön finde ich es. Ihn. So schön finde ich ihn.

Denn so weit bin ich inzwischen. Zuzugeben, dass ich einen Mann schön finde. Diesen Mann.

Die Zuschauer haben sich mittlerweile erhoben.

Und ich presse vor Anspannung die Fäuste an meinen Mund, um nicht weiter zu schreien. Von der kühlen, disziplinierten Maxine Summer, die ich einmal war und auf die ich so stolz war, ist nicht mehr viel übriggeblieben.

Die Jungs haben aus mir einen komplett anderen Menschen gemacht.

Und ich habe nichts dagegen. Im Gegenteil.

Als Adrian über die Ziellinie geht und entkräftet auf die Knie sinkt, ist es endgültig aus mit meiner Beherrschung. Laut schreiend renne ich los.

Keine Ahnung, ob es gereicht hat. Für Gold.

Für Silber hat es definitiv gereicht.

Adrian liegt am Boden und keucht, er benötigt die Zeit, die ich brauche, um die Ziellinie und ihn zu erreichen, um wieder ansatzweise zu Atem zu kommen und sich erheben zu können.

In vollem Lauf falle ich ihm um den Hals und reiße ihn dabei um. Zusammen sinken wir zurück auf den Boden. Ich schlinge meine Arme um ihn und küsse ihn. Atemlos und mit Tränen, die mir die Wangen hinablaufen.

Vor Glück. Vor Stolz.

Sein Körper ist von der Anstrengung erhitzt, die Atemzüge sind noch immer unregelmäßig und auf seinem Gesicht liegt ein leichter Schweißfilm. Noch nie kam er mir so attraktiv vor wie gerade jetzt. So völlig verausgabt, so völlig am Limit.

Ich kann die Lippen nicht mehr von seinen lösen.

»Ist dir bewusst, dass wir gefilmt werden?«, murmelt Adrian zwischen zwei Küssen. »Gefilmt und live in die ganze Welt gesendet, auch nach Hause.«

»Das ist mir egal.« Ich hebe kurz den Kopf, um ihm in die Augen zu sehen. »Ich habe nicht vor, uns weiter zu verstecken. Das hier ist schließlich die Wahrheit.«

Ich sitze auf seinen Beinen, und bei meinen Worten schlingt er endlich die Arme um mich.

Aus den Augenwinkeln kann ich noch die Kamera erkennen, die uns in Großaufnahme im Bild hat, dann schließe ich die Augen und genieße das Gefühl, den Olympiasieger im Zehnkampf zu küssen. Denn genau diese Durchsage erreicht in dem Moment mein Ohr. Hugo Chevalier, der französische Zehnkampfstar, ist geschlagen.

Von einem Nobody aus dem Land, das seine Männer unterdrückt und wegsperrt und am liebsten ganz abschaffen würde.

Keine Ahnung, wie viel Zeit vergeht, bis wir uns voneinander lösen und Adrian mitsamt der englischen Flagge und den anderen Jungs seine Ehrenrunde dreht. Vor einem frenetisch jubelnden Publikum. Noch immer leicht benebelt und mit einem abwesenden Gesichtsausdruck.

In dem Moment, in dem Adrian seine Runde beendet, hat er auch schon eine Kamera vor der Nase. Und eine blonde Reporterin geradezu an sich kleben.

Ich gehe sofort dazwischen.

»Herzlichen Glückwunsch erst einmal.« Die Frau steht eindeutig zu nah an ihm. Warum stört mich das so? »Haben Sie mit diesem Erfolg gerechnet? Denn ich muss zugeben, niemand hatte Sie als ernstzunehmende Konkurrenz für Hugo Chevalier auf dem Schirm.«

Adrian versteht kein Wort. Die Reporterin wiederholt ihre Frage auf Spanisch und dann langsam verzweifelt auf Französisch.

Am liebsten würde ich sie so hilflos stehenlassen, denn in meinem Bauch flattern ganz merkwürdige, angespannte Gefühle. Adrian allerdings fleht mich gerade mit den Augen an, ihm zu Hilfe zu kommen. Und leider muss ich eingestehen, dass genau das mein Job ist. Auch wenn die Frau durchaus etwas mehr Abstand einhalten könnte.

Unwillig stelle ich mich neben meinen Sieger und setze mein professionellstes Lächeln auf.

»Natürlich haben wir mit diesem Erfolg gerechnet. Auf nichts anderes hat er sein Leben lang hin trainiert.«

»Tatsächlich?« Ein ungläubiger Blick ruht auf Adrian, der ganz zufrieden damit scheint, dass ich für ihn antworte. Im Gegensatz zu der Reporterin. »Es ist üblich, dass die Sieger sich hier selbst einbringen dürfen«, sagt sie spitz und die Kritik an meinem Land ist nicht zu überhören.

Entnervt rolle ich die Augen, dann wiederhole ich brav die Frage auf Englisch.

»Klar hab' ich damit gerechnet. Sonst wäre ja all das Training sinnlos gewesen. Aber das weißt du doch.«

Ich übersetze.

»Das ist ja genau das, was Sie mir schon gesagt haben. Haben Sie da wirklich wortwörtlich übersetzt? Oder sind Sie für die Zensur zuständig?«

Unverschämtheit.

»Wenn Sie mir nicht trauen, können Sie einfach rasch Englisch lernen und sich dann ganz wunderbar selbst mit ihm unterhalten«, antworte ich, habe allerdings inzwischen Mühe, mein unechtes Lächeln aufrecht zu erhalten.

Die Frau ignoriert meine blöde Bemerkung.

»Und ist er wirklich stolz darauf, ein Land zu repräsentieren, das sein Geschlecht so unterdrückt?«

Ja, auf diese Art kann sie mich ebenso bloßstellen.

»Bist du stolz darauf, unser Land zu repräsentieren?«, gebe ich an Adrian weiter und bemühe mich, so zu tun, als wäre dies eine völlig normale Frage und keine besonders boshafte.

»Kannst du das nicht formulieren? Nimm einfach eine deiner perfekten, höflichen Antworten«, meint er achselzuckend und schielt sehnsüchtig an der Kamera vorbei. Zu den anderen Jungs, die noch immer ausgelassen mit der Flagge feiern.

»Weißt du, dass ich gar keine Lust mehr habe, solche Antworten zu geben. Eventuell ist es an der Zeit für die ungeschönte Wahrheit«, sage ich und wundere mich ein wenig über mich selbst. Mir war überhaupt nicht bewusst, dass ich das so empfinde.

»Meine Wahrheit?«

»Ja, genau die.«

Das Mikro vor meiner Nase wird ungeduldig hin- und herbewegt.

»Was sagt er?«

»Soll ich laut sagen, dass ich immer nur wegwollte? Dass ich selbst entscheiden will, was ich mache, wann ich trainiere und wie lange, ob ich überhaupt trainiere. Dass ich mir irgendwann einmal die Frage stellen möchte, wie ich mein Leben leben möchte. Und dass ich alles dafür tun würde, nicht behandelt zu werden. Soll ich das alles einfach so sagen?«

Mit leiser Stimme übersetze ich – wortwörtlich.

Das verschlägt der Reporterin die Sprache. Allerdings nur für kurze Zeit.

»Dann muss das heute der schönste Tag in Ihrem Leben sein. Die olympische Goldmedaille im Zehnkampf zu erreichen, das wäre auch für einen freien Mann der beste Tag der Welt.«

»Es ist definitiv der schönste Tag in meinem Leben. Aber nicht wegen der Medaille, Maxine, die bedeutet mir nicht allzu viel.« Adrian hat die Reporterin bisher kaum beachtet, aber jetzt hat er nur noch Augen für mich. »Sondern wegen dir. Wegen des Kusses – in aller Öffentlichkeit. Das hat mich zum glücklichsten Menschen der ganzen Welt gemacht.«

Ich vergesse, dass noch immer eine Kamera vor unserer Nase hängt. Und eine neugierige Reporterin, die eh schon angepisst ist, weil sie nicht ohne Umweg mit dem Sieger sprechen kann.

Ich vergesse, dass ich noch eine Antwort übersetzen muss, eine Antwort, die sowieso nur für mich bestimmt war.

Mit Tränen in den Augen presse ich meine Lippen auf Adrians und wiederhole unseren öffentlichen Kuss. Sprechen könnte ich momentan eh nicht, zu sehr haben mich seine Worte berührt.

kapitel 23

Während der Siegerehrung fällt der Adrenalinpegel, mein Körper wird schwer und schlapp und ich kann mich immer weniger auf den Beinen halten.

Das waren zwei überaus heftige Tage. Für mich als Betreuerin, die sich kaum einen Meter bewegen musste, geschweige denn körperliche Höchstleistungen bringen. Matt versuche ich, mathematische Berechnungen anzustellen, wie es dann erst meinen Zehnkämpfern gehen muss.

Und wie erwartet – auf dem Rückweg sind ihre Schritte langsam und schleppend und Paul gähnt unverhohlen.

»Ich gehe gleich ins Bett und stehe nie wieder auf«, sagt auch Leo. Er zeigt einen Gesichtsausdruck wie meine Mutter, wenn sie nach einer kräftezehrenden Endlosdiskussion nach Hause kommt und sagt, sie wolle nie mehr das Haus verlassen. Die Ähnlichkeit in diesem Moment ist frappierend.

Ich habe Ma in den letzten zwei Tagen regelmäßig kleine Videos von ihm geschickt, Momente, die die öffentliche Kamera nicht eingefangen hat.

»Echt, Siegerehrung ist der Endgegner.« Paul grinst müde. »Da haben Spencer und Ethan definitiv recht.«

Was auch immer das heißen soll.

An der Mensa warten mit unübersehbarem Abstand zueinander und verschränkten Armen Lukas und Jule auf uns.

Ihre Körperhaltung schmerzt mich schon beim Hinsehen. Bei unserem Erscheinen sprintet Jule los, fällt Adrian um den Hals und drückt ihn. Danach sind die anderen Sportler dran.

»Ihr wart so toll, so toll, alle miteinander. Ich bin unfassbar stolz auf euch«, jubelt sie. Aber meine Jungs sind viel zu geschockt über die Umarmung und die überschäumende Nähe, um irgendwie angemessen zu reagieren.

Lukas erreicht uns und klatscht alle ab. Die Jungs entspannen sich wieder.

»Du scheinst dich über unsere Erfolge mehr zu freuen, als über deine eigenen Goldmedaillen«, wundert sich Leo.

»Mag sein.« Jule zuckt die Schultern und blickt dann böse Lukas an, der schon den Mund geöffnet hat. »Spar dir deinen blöden Kommentar, ich kann ihn mir denken.«

Lukas schließt seinen Mund.

»Wollen wir heute feiern?«, fragt er stattdessen.

Aber an feiern ist nicht zu denken, denn am Tisch schlafen alle fast ein. Nur Adrians Augen ruhen still und intensiv auf mir, so dass ich mich kaum auf die Mahlzeit konzentrieren kann.

Irgendwann fällt es mir dann doch auf. Die Blicke, die die Jungs immer wieder auf mich werfen. Und dann auf Adrian. Und dann verwirrt untereinander austauschen.

Schließlich fasst Paul sich ein Herz.

»Was ist das also mit euch?« Er deutet nacheinander auf uns. »Wir haben das alles gesehen.«

»Knick-Knack ist das«, antwortet Lukas an meiner Stelle. Gesten versteht er inzwischen allzu gut.

»Knick-Knack?« Ich verstehe allerdings nach wie vor nicht alles.

Jule geht entnervt dazwischen.

»Er redet wieder nur über das Eine. Etwas anderes als Sex kennt Lukas eben nicht.«

»Das sagt ja die Richtige.«

»So wahllos wie du bin ich nicht. Ich habe nur einen einzigen Missgriff getan.« Jules Stimme wird wieder lauter, schriller, wütender.

Lukas dagegen zischt sie an.

»Ja klar, und das bin ich, oder?«

»Ich meinte eigentlich den Fußballer, Lukas. Soll ich in aller Öffentlichkeit erklären, dass das mit dir die beste Nacht meines Lebens war? Soll ich ganz, ganz laut sagen, wie toll du bist? Und wie sehr es mir leidtut, dass ich es nicht früher kapiert habe?«

Plötzlich ist Lukas totenstill. Jule hat alles andere als leise gesprochen, niemand im Umkreis von mehreren Metern beschäftigt sich inzwischen mit etwas anderem als dem Streit zwischen den beiden.

»Wenn es das also ist!« Jule schiebt mit einem Ruck ihr Tablett zur Seite und steigt entschlossen auf den Tisch. »So, nachdem hier eh schon jeder zuhört, sage ich es noch ganz offiziell: Lukas ist definitiv der Hammer im Bett. Er macht Dinge mit seiner Zunge, die jede Frau in den Wahnsinn treiben. Lukas, möchtest du dich nicht mal hinstellen, damit dich auch jeder sehen kann?«

»Was genau macht er mit seiner Zunge?«, brüllt ein Mädchen vom anderen Ende des Raumes.

»Spinnst du?« Lukas hat seinen ersten Schock überwunden und bemüht sich, Jule unauffällig vom Tisch hinunterzuziehen.

»Das will ich auch wissen«, schließt sich ein riesiger, schwarzer Typ an. »Vielleicht kann ich ja noch was lernen.«

»Möchtest du es selbst demonstrieren oder soll ich es erklären?«, fragt Jule zuckersüß und ignoriert, dass Luke gleichzeitig versucht, sie vom Tisch zu bekommen und sich selbst unter dem Tisch zu verstecken. Er hat eine riesige Klappe, aber dieser Auftritt ist dann doch zu viel. »Sei nicht so schüchtern, Lukas. Dein Selbstbewusstsein ist doch sonst nicht kleinzukriegen.«

»Räumst du deshalb all die Goldmedaillen ab?«, ertönt eine Frage aus dem Publikum. »Weil du so megaentspannt bist? Ich denke, ich brauche auch einen Blowjob vor dem nächsten Wettkampf.«

Lukas zerrt Jule jetzt so nachdrücklich vom Tisch, dass sie das Gleichgewicht verliert, fällt und genau in seinen Armen landet. Die beiden fallen um und Jule liegt auf Lukas.

Die Mensa applaudiert.

»Bekommen wir jetzt eine Kostprobe geboten?«, ruft jemand.

Lukas rappelt sich mit hochroten Kopf auf und zerrt auch Jule auf die Beine. Und dann wirft er sie sich über die Schulter und trägt sie wortlos aus dem Raum. Unter dem grölenden Jubel der Menge. Und obwohl es etwas von einem Neandertalermännchen hat, bin ich durchaus beeindruckt. Luke ist stärker, als er aussieht, denn Jule mit ihrem Schwimmerkreuz und den dazugehörenden Muskeln ist kein Leichtgewicht.

Sie hebt den Kopf und sieht mich achselzuckend an, dann grinst sie. Ich vermute, es gefällt ihr.

Alle Augen folgen den beiden, die lauten Kommentare sind nicht zu überhören.

»Jawohl, zeig es ihr.«

»Komm, Lukas, du weißt, was sie will.«

Auch Leute, mit denen Lukas nie etwas zu tun hatten, kennen nun seinen Namen.

Es dauert eine Weile, bis sich alle wieder ihrem Essen widmen und der übliche Geräuschpegel erreicht ist.

Ein paar Minuten sitzen wir still am Tisch. Ich wage es nicht mehr, in Adrians Richtung zu blicken, denn Pauls Frage hallt nach wie vor in meinem Kopf.

Was ist das mit uns beiden?

Die Wahrheit. Das habe ich selbst eben so gesagt. Aber was genau ist die Wahrheit?

Dass ich Adrian mag.

Noch mehr als die übrigen Jungs.

Und auf eine andere Art.

Wenn ich mich an die kitschigen Liebesfilme halten würde, die wir uns hin und wieder laut kichernd angesehen haben, würde ich nun schmachtend sagen: Ich liebe Adrian.

Aber die Wahrheit ist auch: Was weiß ich schon über Liebe?

Offensichtlich liebe ich meine Mutter. Das Gefühl ist jedoch anders. Und ich liebe auch meine Freundinnen und auch dieses Gefühl ist anders.

Ein paar Dinge weiß ich allerdings ganz sicher. Ich will jede mögliche Sekunde in Adrians Nähe verbringen. Ich will ihn ansehen können, ohne es verbergen zu müssen, ihn reden hören, vielleicht sogar lächeln sehen. Ich will wissen, was er denkt, was er fühlt. Und natürlich will ich seinen tollen Geruch in der Nase haben und ihn berühren, fühlen, überall und immer wieder. Außerdem weiß ich, dass ich alles dafür geben werde, dass er nicht zurück in unser Land muss. Dass er nicht behandelt wird. Und ein freier Mensch werden kann. Kann man all das in ein einziges Wort packen?

Paul wiederholt seine Frage nicht, auch nicht, als wir zurück in die Unterkünfte gehen und die Jungs in ihren Zimmern verschwinden.

Adrian und ich bleiben etwas verlegen im Flur übrig.

Wie sagt man einem Mann, dass er das machen soll, was Frauen in den Wahnsinn treibt? So wie er mich ansieht, will er genau das. Würde er aber nie so sagen, dazu ist unsere Erziehung zu dominant. Außerdem hat er zwei Mördertage in den Knochen und auch ein Adrian ist nicht unzerstörbar.

»Du bist bestimmt völlig erledigt«, sage ich leise.

»Geht so.« Als ob er jemals Erschöpfung zugeben würde. Ich sollte ihn trotzdem schonen.

So schüchtern wie gerade habe ich mich noch nie gefühlt. Überaus zaghaft strecke ich die Hand aus und fahre über sein Gesicht. Er schließt die Augen.

Ich liebe Adrians Mund. Er ist breit und geschwungen und

die Lippen locken mich näher. Ein Finger bleibt an ihnen hängen. Wenn er so ist wie in diesem Moment, ist nichts Finsteres an ihm. Nichts Wütendes. Er sieht so verletzlich aus und verstärkt in mir den Wunsch, sicherzustellen, dass er nie wieder so ein Leben führen muss wie bisher. Eingeengt, unterdrückt, bestraft, sobald er nicht pariert.

Ohne es zu merken, bin ich näher gerückt und mein Atem trifft nun auf sein Gesicht. Und mit einer winzigen Drehung seines Kopfes treffen unsere Lippen aufeinander und ich küsse ihn. Und er küsst mich. So vorsichtig und sanft und zart.

Lange stehen wir so im Flur. Unsere Arme sind behutsam umeinander geschlungen und die Küsse bleiben genauso liebevoll und zärtlich.

»Habt ihr kein Zimmer?«

Der Mann, der an uns vorbeigeht und die Augen bei unserem Anblick entnervt verdreht, schreckt uns aus der Versunkenheit.

Selbstverständlich haben wir ein Zimmer. Ich ziehe Adrian mit hinein. Es sieht mal wieder aus, als wäre eine Bombe eingeschlagen. Meine Sachen liegen auf dem Boden verstreut. Ich kicke ein paar Schuhe in die Ecke, viel besser macht es das nicht.

»Hat dich trotz Lukes Anhänglichkeit die Info erreicht, wie wir unsere Regierung austricksen können?«, frage ich, da mich eine neue Welle der Verlegenheit erwischt. Ich kann Adrian doch nicht einfach so die Klamotten vom Leib reißen, auch wenn ich eigentlich genau das machen möchte.

Lernen deutsche Frauen, wie man das macht?

»Paul hat gesagt, wir können doch Asyl bekommen. Sobald Olympia vorbei ist.«

»Genau, Jule hat es herausgefunden. Sie ist ein Engel.«

»Sie ist nicht der einzige Engel.« Adrians Blick auf mir, macht mich ganz schwummrig und ich versuche, es hinter ganz viel Text zu verstecken.

»Also, wir haben jetzt einen genialen Plan. Wir verstecken

euch nach der Schlussfeier. Du hast doch gesehen, wie verbaut dieses Stadion ist, da wird uns niemand finden. Der Alarm wird auch nicht losgehen. Vielleicht könntest du dich ausziehen, ich habe beim letzten Mal nicht viel gesehen? Und wenn alle anderen weg sind und das normale Asylrecht wieder greift, tauchen wir auf und sagen: Da sind wir.«

»Vielleicht könnte ich dich heute ausziehen?« Adrian hat problemlos genau den einen Satz gehört, auf den es momentan ankommt. Er ist nicht ansatzweise so verlegen wie ich.

Ich starre ihn an. Langsam steigt Hitze in mein Gesicht.

»Es liegen eh so viele Klamotten hier, als hättest du dich schon mehrfach ausgezogen.« Er grinst mich an.

Er würde ein gutes Team mit meiner Mutter abgeben, die auch jedes Mal die Krise bekommt, sobald sie mein Zimmer betritt. Ich hebe ein T-Shirt auf und werfe es ihm an den Kopf.

Dann muss ich lachen.

»Damit kennst du bereits eine meiner schlimmsten Charaktereigenschaften. Ich bin einfach nicht in der Lage, Ordnung zu halten. Und ich habe es schon hin und wieder einmal versucht.«

Ehe ich erneut ins Grübeln komme, ziehe ich schnell das Oberteil aus und lasse es provokant auf den Boden fallen. Genau vor meine Füße.

Er muss schlucken und bekommt einen so sehnsüchtigen Ausdruck im Gesicht, dass sich meine Verlegenheit in Grenzen hält.

»Ich kenne inzwischen unglaublich viele Eigenschaften von dir«, sagt er leise und versucht, mich nicht anzustarren. Es gelingt ihm nicht ansatzweise. »Du bist nicht nur unordentlich, du bist auch herrisch und dickköpfig.«

»Das klingt nicht so toll.«

»Doch, du bist ja genauso mutig und stark und loyal.« Dann schafft er es, den Blick zu heben und mir in die Augen zu sehen. »Und wunderschön.«

Wahrscheinlich habe ich das gebraucht, um meine Hemmungen zu verlieren. Denn jetzt macht es mir nichts aus, den BH auszuziehen und diesen einen Schritt zu machen, der uns trennt.

Adrians Hände sind im Nu auf meinem Körper, seine Lippen auf meinen und mein Körper reagiert erneut so ungestüm und wild und verlangend. Die restlichen Klamotten fliegen rücksichtslos durch das Zimmer und noch ehe ich es geschafft habe, Adrian auch nur von seinem T-Shirt zu befreien, verliere ich mich in seinen Küssen, die er über meinen ganzen Körper verteilt.

Keine Ahnung, was so toll an Luke und seiner Zunge ist, ich bin mir sicher, Adrian stellt ihn problemlos in den Schatten. Denn mein Kopf schaltet sich ab und Gefühle rollen über mich hinweg, die ich nie im Leben für möglich gehalten hätte.

Ich bäume mich Adrian entgegen und realisiere nur noch, dass ich mehr will. Ohne auch nur zu ahnen, was dieses mehr sein soll. Und ich gebe Geräusche von mir, die ich so nur im Tierreich vermutet hätte und die mich in allergrößte Verlegenheit stürzen sollten. Tun sie aber nicht.

Es ist das Intensivste und Überwältigendste, das ich jemals gespürt habe. Und es wird immer mehr und mehr, bis eine Welle über mir zusammenschlägt.

»Was war das?«, flüstere ich fassungslos und atemlos. »Was verdammt nochmal war das?«

Adrians Gesichtsausdruck ist eine merkwürdige Mischung aus Irritation und Stolz.

»War das dein erster Orgasmus?«

»Sieht so aus«, grinse ich noch immer leicht mitgenommen von dieser neuen Erfahrung. »Fühlt sich das für dich auch so an?«

»Schätze schon.«

»Woher wusstest du, was du machen musst? Bei mir?«

Ist ja nicht so, dass wir anatomisch so viele Ähnlichkeiten hätten.

»Von Luke.«

In diesem Moment verzeihe ich Lukas seine unerträgliche Aufdringlichkeit der letzten Tage. Gerade würde ich ihm alles verzeihen.

»Ich möchte nie wieder etwas anderes machen«, beschließe ich enthusiastisch. Da ich Adrian schon zweimal fast dahin gebracht habe, wo ich gerade war, und das nun endlich einmal zu Ende bringen möchte, greife ich nach seinem Shirt. »Ich sperre jetzt diese Tür zu und dann bleiben wir hier drin. Für immer. Nur wir zwei.«

Adrian lächelt.

»Ich bin dabei.«

Aber noch bevor ich dazu komme, ihm auch nur das T-Shirt auszuziehen, klingelt mein Handy.

Ich ignoriere es. Meine Hände wandern Adrians Oberkörper entlang und meine Lippen hängen an seinen. Nach einer Weile hört das penetrante Geräusch auf, nur um direkt wieder loszulegen.

»Das kann doch nicht wahr sein. Ich schalte das blöde Ding jetzt ab.«

Man kann nicht hingebungsvoll knutschen, während ununterbrochen dieser schrille Ton erklingt.

Dann halte ich das Telefon in der Hand, den Finger schon am Ausschalter.

Es ist meine Mutter, die so nachdrücklich versucht, mich zu erreichen. In diesem Augenblick trifft eine SMS ein. Und eine weitere.

Beide von meiner Mutter.

Angespannt öffne ich sie. Meine Mutter ist nie, nie, nie so aufdringlich und ungeduldig.

Und dann wird mir kalt.

»Sie sind schon unterwegs«, sage ich tonlos.

»Wer ist unterwegs?«

»Wachleute. Aus unserem Land. Sie sollen uns auf der Stelle abholen«, flüstere ich entsetzt.

Langsam wird mir klar, dass ich einen riesigen Fehler gemacht habe. Niemals hätte ich Adrian küssen dürfen. Nicht öffentlich. Nicht vor der Kamera. Nicht so, dass es live in unserem Land ausgestrahlt wird. Nicht, solange wir noch nicht in Sicherheit sind. Ich habe nicht nachgedacht. Ich war nur sicher, mich nicht mehr verstecken zu wollen, weder meine Gefühle noch meine Überzeugung, dass Männer keine wilden Tiere sind, sondern wunderbar. Aber an die Konsequenzen habe ich nicht gedacht.

Und die bestehen nun in einem Pulk Wachleute, die schon auf dem Weg sind, die Jungs auf der Stelle zurück in unser Land zu schaffen und dort zu behandeln. Ehe noch Schlimmeres passiert.

»Ihr müsst auf der Stelle fliehen«, steht in der Nachricht, die mich nun erreicht. »Sofort. Die deutsche Polizei ist informiert und soll euch verhaften.«

kapitel 24

Panik überrollt mich. Aber nur drei Sekunden lang. Mehr Zeit für Panik gebe ich mir nicht.

»Hol die anderen. Wir treffen uns bei Jule«, sage ich entschlossen zu Adrian. Und merke im selben Moment, dass ich wieder diesen Befehlston drauf habe. »Entschuldige. Bitte. Das wäre mein Vorschlag«, füge ich hinzu.

»Wir haben wohl kaum Zeit für eine Abstimmung«, erwidert Adrian ungerührt. »Wenn du uns heil hier rausholen kannst, dann darfst du mich und die anderen herumkommandieren, soviel du willst.«

Mit diesen Worten eilt er aus dem Raum.

So schnell habe ich mich noch nie angezogen. So ein Glück, dass wirklich alle meine Klamotten gut verteilt und griffbereit auf dem Boden liegen, ich brauche nur Sekunden.

Dann renne auch ich los. Zu Jule.

Es ist mittlerweile spät am Abend. Mitten im Wettkampf. Die Flure liegen daher wie ausgestorben da, die Athleten brauchen ihren Schlaf, um fit zu bleiben.

Kommt die deutsche Polizei mit Sirengeheul, um uns abzuholen? Oder erscheinen sie lautlos wie aus dem Nichts? Eine Gänsehaut kriecht über meine Arme bei der Vorstellung, dass jeden Moment ein SEK-Kommando in voller Montur um die Ecke biegt.

So etwas habe ich schon häufig gesehen – in Actionfilmen. Die Realität wird wohl so ähnlich sein.

Laut poltere ich gegen Jules Zimmertür. Sie wohnt mit einer anderen Schwimmerin zusammen. Und leider ist es auch sie, die mir die Tür schließlich öffnet. Halb schlafend und ziemlich angepisst.

»Wenn das kein Feueralarm ist, dann bring ich dich um«, zischt sie.

Ja, sehr, sehr angepisst.

»Wo ist Jule?« Ich habe keine Zeit für Smalltalk. Oder auch nur, um die Wogen zu glätten oder Jule eine freundlich gestimmte Zimmernachbarin zu hinterlassen.

»Es brennt also nicht?«

»Doch klar, riechst du den Rauch nicht?«, fahre ich sie an und verdrehe auffällig die Augen. »Aber ich bin eben hier, um Jule zu retten und nicht dich. Wo ist sie also?«

»Himmel, die hat doch wieder was mit Lukas am Laufen, blöd wie sie ist. Wahrscheinlich bist du der einzige Mensch, der das nicht mitbekommen hat.« Und sie ist der einzige Mensch, der Sarkasmus nicht erkennt. Sie schaut nämlich nun den Flur auf und ab, eindeutig auf der Suche nach offenen Flammen.

»Ist sie jetzt bei Lukas?«

»Keine Ahnung, Mann.«

Scheiße, ich muss zu Luke. Der ist nicht weit von hier untergebracht.

»He, warte. Was ist jetzt mit dem Feuer?«, brüllt das Mädchen hinter mir her. Ich zeige ihr den Mittelfinger, denn das ist eine von denen, die Jule laut und beleidigend erklärt haben, wie wenig sie von Luke halten.

Lukas wohnt nur einmal den Gang hinab und um die Ecke. Laut schlägt die Tür hinter mir ins Schloss und ich hoffe, dass davon niemand aufwacht.

Deshalb versuche ich nun, ein wenig leiser zu klopfen.

»Malte, verpiss dich. Wir hatten abgemacht, dass du die

ganze Nacht nicht hier bist.« Das ist Lukas, der Nächste, den ich gegen mich aufbringe.

»Ich brauche Jule«, zische ich durch die Tür.

»Ich brauche Jule selber.«

»Max, bist du das?« Gott sei Dank, Jule ist hier. Erleichtert lehne ich den Kopf gegen die Tür.

»Jule, es ist ein Notfall«, flüstere ich.

»Vergiss es, nur weil Adrian meine Tipps nicht korrekt umsetzen kann, ist das kein Notfall.« Lukas' Stimme kommt näher.

»Adrian hat deine Tipps hervorragend umgesetzt«, stelle ich richtig.

»Ach, jetzt verstehe ich. Du willst dich rächen. Gib einfach zu, dass ich recht hatte. Zwei Tage Enthaltsamkeit für eine Goldmedaille, das ist doch kein so hoher Preis.«

»Jule, bitte. Es ist wichtig«, flehe ich und ignoriere Lukas Selbstbeweihräucherung.

Die Tür wird aufgerissen. Vor mir steht eine splitterfasernackte Jule. Das würde ich ja noch verkraften. Aber Lukas direkt daneben trägt auch nicht mehr am Leib.

»Ist es das, was ich denke?«, fragt sie, ohne sich um ihre Aufmachung zu kümmern.

Angestrengt blicke ich zu Boden. In dem Moment kommen meine Jungs um die Ecke.

»Bei Jule war nur eine wütende Frau. Die hat mit Müsliriegeln nach uns geworfen.« Paul sieht verwirrt aus. Dann fällt sein Blick auf Jule. Prompt schaut auch er panikartig auf den Boden.

»Guckt alle weg«, raunt er die restlichen Jungs an, die noch keinen Blick auf meine nackte Schwimmerin werfen konnten. »Das hier ist völlig unpassend.«

»Himmel, kommt schnell rein, ehe euch jemand erwischt.« Jule reißt die Tür weiter auf.

Sie hat durchaus recht. Aber ein Zimmer zu betreten, in dem sich zwei absolut unbekleidete Menschen befinden, zwei

Menschen wohlgemerkt, die auch nicht ansatzweise versuchen, sich zu bedecken, ist einfach nichts für Engländer.

Lukas schnaubt ungehalten, kommt dann jedoch in den Flur, um die Jungs nachdrücklich ins Zimmer zu schieben. Ich schließe mich freiwillig an, ehe er mich berührt.

»Wenn ich hierfür nicht eine astreine Erklärung bekomme, rufe ich die Polizei. Und lasse euch verhaften. Wegen Hausfriedensbruch. Wegen Belästigung. Wegen Coitus interruptus. Mir fällt schon was ein«, zetert Luke währenddessen.

Die Jungs haben Jule den Rücken zugedreht und starren an die Wand. Mit hochroten Köpfen. Sogar Paul.

»Die Polizei musst du nicht rufen. Die ist schon unterwegs«, sage ich und halte meinen Blick nur auf Jule gerichtet. Himmel, die ist noch tätowierter, als man es im Badeanzug erkennen konnte. Sogar am Bauch. Federn und Ranken, die sich über die Hüfte ziehen und kreisförmig um den Bauchnabel gleiten. Irgendwie schön. Irgendwie erschreckend. Ein wahres Kunstwerk.

Es macht keinen Sinn, Lukas weiterhin außen vor zu lassen. Wenn er uns verraten will, hat er jetzt alle Möglichkeiten.

»Scheiße, warum das denn?« Dann schlägt Jule sich vor den Kopf. »Der Kuss. Deswegen? Oder?«

Verzagt nicke ich. Ich habe es sowas von verbockt. Zur Strafe müsste ich mich in nur einer Session von Kopf bis zu den Füßen tätowieren lassen. Zumindest in Jules Welt.

»Könntet ihr euch bitte etwas anziehen?«, frage ich betreten.

Meine Jungs haben Schnappatmung, obwohl sie momentan nur die kahle, weiße Wand betrachten.

»Wenn das euer einziges Problem ist«, murrt Lukas. »Ich warte seit Monaten darauf, Jule aus den Klamotten zu bekommen. Und jetzt soll sie sich einfach so wieder anziehen?«

Jule kichert.

»Vielleicht helfen dir ja alle acht dabei, mich später erneut auszuziehen? So als Wiedergutmachung.«

»Ganz gewiss nicht.« Luke ist alles andere als amüsiert. »Das schaffe ich schon allein.«

Ja, ich kann mich erinnern. Lukas ist im An- und Ausziehen anderer Personen überaus geschickt. Auch im Anziehen von sich selbst, glücklicherweise, und nur Sekunden später kann ich Entwarnung geben.

Dann berichte ich Jule, was ich von meiner Mutter erfahren habe. Leider spüre ich, wie mir die Panik – langsam, aber sicher – erneut in den Körper steigt.

»Dann verstecken wir euch eben jetzt schon«, entscheidet Jule resolut. »Vor allem schaffen wir euch auf der Stelle aus diesem Gebäude raus, im Stadion vermutet euch niemand.«

»Moment«, wirft Lukas ein. »Du kannst doch keine neun Leute bis zur Abschlussfeier im Stadion verstecken. Die müssen auf der Stelle ganz aus dem olympischen Dorf verschwinden. In Hamburg gehen wir unter, da ist immer die Hölle los.«

»Aber dann geht doch der Alarm los«, jammere ich.

Scheiß Panik, die lähmt mein Gehirn, ich kann nicht mehr klar denken. Ich erläutere Lukas, was die Jungs unter ihrer Haut tragen.

»Dann ist das nicht nur ein Alarm, sondern genauso ein Peilsender. Damit finden sie euch eh überall. Egal, ob ihr das Gelände verlasst oder nicht.«

Lukas' Gehirn arbeitet einwandfrei.

»Der Alarm muss raus.« Adrians Gehirn arbeitet ebenfalls. »Hast du ein Messer?«

Oder auch doch nicht. Er kann schließlich nicht mit einem Messer in seinem Körper herumstochern.

»Ich nicht, aber Anton. Er hat so ein Mörder-Taschenmesser, mit allen möglichen Werkzeugen. Da wird was Passendes bei sein.«

Ich stelle erneut fest, wie passgenau die Zeichensprache der Jungs mit den gesprochenen Wörtern ist. Sie sind mittlerweile auf einem Niveau, das einer echten Unterhaltung fast gleichkommt.

Lukas will schon losrennen.

»Stopp«, werfe ich ein. Versetzt mich der Gedanke an noch einen Mitwisser in Angst und Schrecken oder die Vorstellung von überdimensionierten Messern? Denn ein riesiger, grober, brutaler Boxer wird wohl kaum filigranes Werkzeug haben. »Vertraut ihr Anton?«

»Für Anton lege ich meine Hand ins Feuer.« Lukas ist schon an der Tür. »Er mag euch und er mag nicht viele Menschen. Wenn er erst einmal jemanden ins Herz geschlossen hat, dann macht er alles für ihn.«

Ich kann nur beten, dass er recht hat. Wir sind den dreien mittlerweile ausgeliefert. Allein haben wir keine Chance.

Luke zupft an meinem T-Shirt. »Du bist übrigens auf links gedreht. Und ich hoffe, es ist ein Zeichen dafür, dass ihr viel Spaß hattet.«

Dann ist er weg.

Er hat recht, die Nähte meines Oberteils sind außen und gut sichtbar. Mal wieder werde ich rot. Es ist ja wirklich der Beweis für all den Spaß, den ich hatte.

»Alle Mann umdrehen«, kommandiert Adrian. Gehorsam wenden die Jungs sich zurück zur Wand, Adrian selbst auch.

Jule kichert.

Während ich die Kleidung richte, flüstert sie in mein Ohr.

»Männer, die aufs Wort gehorchen, haben durchaus ihren Reiz.«

Das kann sie auch nur sagen, weil sie nicht vor Augen hat, wie die Jungs aufgewachsen sind.

Anton muss einen leichten Schlaf haben. Nur wenige Minuten später sind die beiden zurück und der Boxer wirkt frisch wie der junge Morgen.

»Ihr braucht einen Handwerker, habe ich gehört.« Stolz präsentiert er ein monströses, rotes, aufklappbares Ungetüm. Eine Mischung aus Werkzeugkoffer und Maniküre-Set, aber ich hüte mich, etwas dazu zu sagen. »Aus der Schweiz. Mit dem Schätzchen kann man alles wieder in Ordnung bringen.«

»Wieso bitteschön bist du um diese Uhrzeit so wach und munter?«, frage ich ihn verstört.

»Ich habe ein Baby. Da ist man zu jeder Tag- und Nachtzeit auf der Stelle wach und einsatzbereit. Egal, ob ein Kind vor Hunger weint, gewickelt werden muss oder nur geschaukelt werden möchte. Also, wie kann ich euch behilflich sein?«

Ich darf ohne Frage nie Kinder bekommen, denn mein Nachtschlaf ist mir heilig. Mitten in der Nacht sollte man tief und fest schlafen und keinen Hunger bekommen. Erschrocken taste ich nach den Kondomen, die Jule mir zugesteckt hat. Noch haben wir sie nicht gebraucht.

Eilig richte ich meine Aufmerksamkeit zurück in die Gegenwart, denn die Gefahr, niemals Kondome zu benötigen, rückt von Sekunde zu Sekunde näher.

»Die Jungs haben einen Peilsender im Körper. Der muss raus.«

»Und zwar so schnell wie möglich.« Adrian reißt sich förmlich das T-Shirt vom Körper und deutet auf seinen Nacken. »Da muss es irgendwo drin sein. Hol es raus.«

Anton wird blass.

»Scheiße, ihr braucht keinen Handwerker, ihr braucht einen Arzt. Da bin ich raus.« Er hebt abwehrend die Hände und legt sein Werkzeug auf den Tisch vor uns.

»Ist da jetzt kein Messer bei, oder was?«, fauche ich ihn ungeduldig an. Uns rennt die Zeit davon, jeden Moment können Polizeisirenen erschallen.

»Machst du Witze? Das ist ein Schweizer Taschenmesser, das beste und teuerste, was es gibt. Da ist nicht nur ein Messer bei, da sind mehrere, in allen Größen, definitiv alles, was du brauchst. Außer einem Chirurgenbesteck verständlicherweise.«

»Ein Messer reicht.« Adrian schnappt sich das Ding und beginnt, nacheinander alle möglichen Werkzeuge herauszuholen. Zufrieden ist er erst, als er die größte und längste Klinge gefunden hat.

»Hol es raus.« Auffordernd streckt er mir das aufgeklappte, monsterscharfe Teil entgegen.

»Wieso gerade ich? Sehe ich aus wie ein Metzger?«, versuche ich, mich zu drücken. Aber ein Blick in die Runde zeigt mir, dass alle genauso geschockt sind wie Anton. Ich werde es machen müssen. Schließlich habe ich mir aus genau diesem Grund angesehen, wie der Peilsender in die Jungs versenkt wurde. Und auch das war schon kein Spaß.

Adrian setzt sich auf einen Stuhl und zaghaft fahre ich mit dem Finger über die Stelle.

Die Narbe ist noch immer deutlich zu sehen.

Es ist keine kleine Narbe.

Zitternd setze ich das Messer an. Es ist wirklich verdammt groß. Und so spitz, dass jetzt schon ein winziger Blutstropfen aus Adrians Haut quillt. Ich möchte ihn nicht verletzen. Ich habe eh keine Ahnung, wie tief ich überhaupt stechen muss.

»Soll ich es lieber selbst machen?«, fragt Adrian mich sanft. Er ist es, der gleich ein Messer in den Nacken bekommt und meint, er müsse mich jetzt trösten. Es mir leichter machen.

»Nein, ich schaffe das«, sage ich mit fester Stimme.

Ich zwinge die Maxine zurück, die nach außen so kaltblütig wirkt. In mir drin habe ich heillose Panik, Adrian zu verletzen.

Zehn entsetzte Paar Augen starren mich wie hypnotisiert an. Dann reißt Lukas sich zusammen und hält Adrian ein Buch hin.

»Hier, nimm das. Zum Draufbeißen.« Er demonstriert es gestisch.

»Wozu sollte ich da draufbeißen?« Adrian macht keine Anstalten, das Buch entgegenzunehmen.

»Damit du nicht schreist.« Lukes Augen wandern zum Messer, dessen Spitze bereits Adrians Haut ritzt. »Wir wollen ja nicht das ganze Haus aufwecken.«

»Ich schreie nicht.«

»Jeder schreit, wenn ihm eine Klinge in den Körper gerammt wird.«

»Ich ramme es nicht rein. Ich mache es vorsichtig«, wende ich ein. Zumindest werde ich es versuchen. Noch einmal fahre ich mit Druck über Adrians Rücken, aber zu spüren ist der Peilsender nicht.

»Adrian schreit nicht«, sagt nun auch Leo. »Wir haben schon so einiges mit ihm erlebt. Er schreit nicht, egal, was du mit ihm machst.«

Darauf will ich nicht genauer eingehen. Leider weiß ich nur allzu gut, dass Adrians Leben im Internat kein Zuckerschlecken war.

Es wird nicht besser, wenn ich warte. Zügig drücke ich das Messer in seinen Körper. Es gleitet hinein wie in Butter, so scharf ist die Schneide. Und wie erwartet zuckt er nicht einmal zusammen. Dafür beginnt Anton zu wimmern und wendet sich ab. Seine Gesichtsfarbe wechselt zu einem ungesunden Grün.

»Mann, wie kannst du Boxer sein, wenn du so zimperlich bist?«, fragt Sebastian verwirrt und unterstreicht seine Frage mit ein paar gut verständlichen Boxhieben. »Da fließt doch immer wieder Blut.«

Sebastian selbst sieht auch nicht ganz fit aus. Aber er weiß, dass ihm gleich dasselbe blüht.

»Das ist was anderes. Wir gehen nicht mit Messern aufeinander los. Außerdem gucke ich da genauso weg, wenn der Gegner aus der Nase blutet.«

»Anton steht mehr auf den unblutigen, schnellen K.O.«, erklärt Lukas und starrt angeekelt auf das Messer, mit dem ich in Adrian stochere.

Eventuell bin ich auf den Peilsender gestoßen, denn ich spüre einen Widerstand. Möglicherweise ist es allerdings auch ein Knochen. Vorsichtig versuche ich, das Ding herauszuhebeln, und vertraue darauf, dass Knochen fest mit dem Körper verbunden sind.

Wenn in der blutenden Einstichstelle gleich nichts Brauchbares erscheint, falle auch ich in Ohnmacht.

»Max ist echt ein harter Hund«, sagt Anton. Wie auch immer er das beurteilen will, er sieht inzwischen aus dem Fenster in die rabenschwarze Nacht und zählt leise seine Atemzüge. Dann beugt er sich nah an das Glas. »Oh Mann, da kommt ein Polizeikonvoi, mit Blaulicht, aber ohne Martinshorn. Genau auf uns zu. Es gibt doch hoffentlich keinen Amoklauf auf dem Gelände. Oder ein Attentat.«

Antons Imitat einer Polizeisirene ist auch für meine Jungs verständlich. Adrian stößt mich nachdrücklich an.

»Max, sei nicht so vorsichtig. Hol den Sender einfach raus, sonst mache ich es selbst.« Das auf keinen Fall. Adrians Stimme zeigt inzwischen, dass mein Wühlen in seinem Rücken alles andere als schmerzfrei ist. Wenn er selbst mit dem Messer in seinem Körper stochert, ist danach das ganze Zimmer blutdurchtränkt.

Ich drücke stärker. Und dann gleitet ein silbernes, längliches Objekt in meine Hand. Der Peilsender. Und außer einem Blutrinnsal ist Adrian nicht lebensgefährlich verletzt.

»Das ist es. Der Nächste«, sagt er gleichzeitig erleichtert und besorgt. Denn inzwischen erleuchtet das Flackern des Blaulichts das ganze Zimmer.

»Eins, zwei, drei, vier, fünf, das hört ja gar nicht mehr auf«, murmelt Anton ehrfürchtig, während er die Streifenwagen zählt.

Die deutsche Polizei ist da, mit verdammt vielen Einsatzfahrzeugen. Das ist überzeugend. Leo übernimmt ohne Zögern Adrians Platz.

»Gib mir das Buch. Ich bin nicht so hart im Nehmen«, sagt er mit flackernder Stimme.

»Es sollte nicht so schlimm werden. Ich weiß jetzt, wo der Sender sitzt«, muntere ich ihn auf.

Und das stimmt. Nur noch kurz muss ich suchen, bis ich auch dieses Objekt gefunden und entfernt habe. Ab da werde ich von Mal zu Mal geschickter. Ein Einstich, ein Drehen, ein Anheben. Und dann habe ich den Peilsender herausgeholt.

Acht Mal, begleitet von mehr oder weniger starken Schmer-
zenslauten.

»Scheiße, Max, muss das so tief rein?«, jammert Sebastian.

Er ist der Letzte. Auch er beißt wie irre auf das Buch, lässt
sich dadurch aber nicht am Klagen und Schimpfen hindern.

»Stell dich nicht so an. Das war es ja schon.«

Zeit für einen Verband bleibt auch nicht.

Die T-Shirts der Jungs müssen das Blut auffangen und
schon nach Sekunden sehen sie aus, als wären sie nur knapp
einem Massenmörder entkommen.

»Wir sollten erst einmal herausfinden, aus welchem Grund
die Polizei hier ist. Sonst laufen wir noch einem Selbstmord-
attentäter in die Arme«, wendet Anton ein, als wir uns auf den
Weg machen.

»Die Polizei ist wegen unserer fluchtbereiten, englischen
Mannschaft da, du Blödmann«, zischt Jule ihn an. »Du hast
echt ein paar Schläge zu viel auf den Kopf bekommen.«

Sie wendet sich der Tür zu. »Wir müssen schnellstens hier
weg.«

»Moment«, sagt Anton etwas irritiert. »Was haben sie denn
verbrochen? Sollte ich das nicht wissen? Geht es um Do-
ping?«

»Ich kann dir sagen, was sie verbrochen haben«, schalte ich
mich ein. »Schon bei ihrer Geburt. Nämlich die Wahl des
falschen Geschlechts.«

»Häh?« Der Boxer ist tatsächlich begriffsstutzig.

»Sie sind Männer.«

»Ach nee, das weiß ich auch. Deswegen wird man ja nicht
verhaftet.«

»In meinem Land schon.«

»Wir sind nicht in deinem Land.«

»Mann, Anton, kann ich dir das unterwegs erklären.
Irgendeine Sauerei mit Asylrecht und Sonderregelungen und
Auslieferungsabkommen. Wir müssen weg. Sofort«, motzt
Jule.

»Meinetwegen. Und wo wollt ihr hin?«

»Stadion!«

»Niederlande!«

»Einfach nur raus!«

»Besser Dänemark, das ist näher.«

Alle rufen durcheinander und mir wird klar, dass wir überhaupt keinen Plan haben.

»Aufzug oder Treppenhaus?«, sagt Anton und klingt mit einem Mal gar nicht mehr so auf den Kopf gefallen. »Wenn die Bullen geschickt sind, blockieren sie beides.«

»Die rechnen doch nicht damit, dass wir fliehen. Die denken, wir schlafen alle«, wende ich ein.

»Dann müssen wir weg, bevor sie merken, dass niemand schläft«, sagt Jule und schiebt Paul, der neben ihr steht, zur Tür.

»Ich gehe vor und erkunde die Lage.« Anton hält Paul zurück und wendet sich entschlossen zur Tür. »Dann wissen wir, ob das Treppenhaus frei ist.«

Ich bin froh, dass er sich anbietet, Sorgen mache ich mir trotzdem.

»Und wenn du erwischt wirst?«

»Na und? Ich bin ein Olympiateilnehmer und wohne hier. Ich habe zu Hause ein kleines Kind und daher Schlafstörungen. Da wird niemand misstrauisch.«

Wir hindern Anton nicht mehr daran, das Zimmer zu verlassen.

Die folgenden Minuten sind allerdings schrecklich. Untätig sein und warten ist Folter pur.

Aber Anton ist schnell.

Vor allem in Anbetracht der Tatsache, dass er um die hundert Kilo wiegt und alles andere als gut rennen kann.

»Das Treppenhaus ist frei. Die haben alle den Aufzug genommen. Die Bullen von heute sind auch nicht mehr die fittesten«, grinst er uns erleichtert an.

Wir schleichen los. Im Flur ist vom Blaulicht nichts zu sehen, vom Einsatztrupp nichts zu hören, und das Haus strahlt entspannte nächtliche Ruhe aus. Nur ein leicht metallischer Blutgeruch liegt in der Luft.

»Mir wird gleich schlecht«, murrt Anton. »Das riecht schlimmer als ein Schlachthaus.«

»Weichei«, knurrt Lukas zurück. »Die dicksten Brocken sind immer die größten Memmen.«

»Pass auf, sonst haut dir die Memme hier deine Nase platt. Dann kannst du mal sehen, ob ein Boxer ein Weichei ist.«

»Jeder, der jammert, obwohl er keinen Liter Blut verloren hat, ist ein Weichei, du Baby-Boxer.«

Sie zanken rum wie ein altes Ehepaar, wahrscheinlich aus Nervosität. Ich finde es beruhigend.

»Das war kein Liter Blut«, werfe ich trotzdem ein. »Höchstens ein Schnapsglas voll.«

Allerdings hat auch so eine geringe Menge Blut, das sich ungehindert über den Rücken verteilt, eine eindrucksvolle Wirkung, zugegeben. Die Jungs sind alles andere als unauffällig.

Das Treppenhaus liegt verlassen da.

Wir müssen fünfzehn Etagen zu Fuß hinunterlaufen. Das dauert. Die Polizisten werden inzwischen schon bemerkt haben, dass ihre Zielobjekte ausgeflogen sind, sogar wenn sie sich Zeit gelassen haben. Neue Unruhe macht sich in mir breit.

»Geht mal was schneller«, zische ich Tobias und Anton an, die hinterherhinken.

Tobias hastet los, stolpert dabei und fällt fast die Treppe hinunter. Im letzten Augenblick reißt Anton ihn zurück.

»Das ist nicht hilfreich«, motzt er mich an. »Und bitte beachte den Blutverlust.«

Scheint so. Ich lasse sie in ihrem Tempo zockeln, besser langsam als alle Beine gebrochen.

Fast haben wir das Erdgeschoss erreicht. Durch die Glastür kann man schon wieder das Blaulicht sehen. Leider.

Die Einsatzfahrzeuge sind im Halbkreis um den Eingang geparkt, von hier aus ist nicht zu erkennen, ob sie verlassen daliegen oder ob Beamte dort warten. Ob wir ein Polizeifahrzeug kapern könnten und damit die Flucht ergreifen? Sie sind in verlockender Reichweite.

»Anton, du musst wieder nachschauen, ob die Luft rein ist«, schicke ich unseren spionageerfahrenen Boxer vor. Wenn Anton nicht so eine Mimose wäre, sobald Blut ins Spiel kommt, könnte er einen tollen Geheimagenten abgeben, denn er schlendert auf der Stelle und völlig entspannt dem Haupteingang entgegen.

Gebannt beobachte ich ihn.

Und Tatsache – unser Fluchtweg ist nicht unbewacht. Als Anton den Ausgang erreicht, erscheinen zwei uniformierte Polizisten und sprechen ihn an. Ausgerechnet in diesem Moment bemerke ich, dass die Anzeige der Aufzüge, die für alle die fünfzehnte Etage anzeigt, wieder hinabläuft. Die Aufzüge setzen sich in Bewegung. Alle drei. Die Kavallerie kommt zurück. Mit leeren Händen und wahrscheinlich ziemlich ungehalten.

kapitel 25

Anton hat sich gelassen und elend lange mit den Beamten unterhalten, ehe er zu uns zurückschlendert.

Logischerweise ohne zu ahnen, dass die Zeit dramatisch knapp wird.

»Sie behaupten, es wäre nur eine Routine-Übung und ich solle mir keine Sorgen machen.«

»Ich mache mir aber Sorgen.« Leider benebelt die Angst wieder meine Gedankengänge. »Wir sitzen nämlich in der Falle.«

Glücklicherweise ist meine Panik nicht ansteckend und Jule bewahrt einen kühlen Kopf.

»Die sind doch nur zu zweit. Also, Anton und Max, ihr geht hin und schlagt sie K.O.« Jule macht ein paar wilde Schlagbewegungen in der Luft. Es ist offensichtlich, dass sie sich noch nie geprügelt hat. Damit würde sie weder treffen noch eine Wirkung erzielen. »Und dann machen wir, dass wir wegkommen. So schnell wie möglich.«

»Wieso denn gerade Max und ich?«, fragt Anton entsetzt und versucht, sich zwischen meinen Sportlern zu verstecken.

»Himmel, Anton, du bist Boxer.« Jule hat ihn trotzdem im Blick. »Du wirst ja wohl mit einem Bullen fertig, egal, wie nett du gerade noch mit ihm geplaudert hast. Und Max hebelt sogar einen Olympia-Judoka um. Wer also sonst?«

»Aber …«, stottert Anton weiter. »Das darf man doch nicht. Ist das nicht so was wie Beamtenbeleidigung.«

»Nein, du Trottel, das ist Körperverletzung«, knurrt Lukas entnervt. »Aber das, was die Engländer mit unseren Freunden vorhaben, sobald sie sie in die Finger bekommen, das ist Kastration. Das müssen wir um jeden Preis verhindern.«

»Jetzt echt? Ihr kastriert die?« Anton sieht mich so entsetzt an, dass ein leicht hysterisches Kichern in mir aufsteigt.

»Ja, so in etwa«, muss ich jedoch zugeben.

»Dann mache ich es. Das darf man keinem Mann antun.«

Anton sprintet regelrecht los. Ich hinterher, obwohl ich auch so meine Hemmungen habe, Polizisten anzugreifen.

Die beiden wissen nicht, wie ihnen geschieht. Mit einem Angriff eines Olympia-Boxers und eines Mädchens haben sie nicht gerechnet. Ich habe meinen mit einem Fußfeger und einem einzigen Griff in Windeseile hilflos und leicht benommen auf dem Bauch liegen. Im Anschluss weiß ich allerdings nicht weiter, denn jemanden bewusstlos zu schlagen, habe ich nie gelernt. Verzweifelt schaue ich zu Anton hinüber. Der tänzelt gerade elegant und in Boxmanier um seinen Gegner herum.

»Mann, Anton«, brüllt Jule von hinten. »Es gibt keinen Sieg nach Punkten. Schlag ihn endlich K.O.«

Bei Jules Worten begreift der Polizist, dass Anton nicht nur ein Tänzchen mit ihm aufführt, sondern tatsächlich eine Gefahr darstellt. Er greift nach seiner Waffe. Und unser Boxer kapiert ebenfalls endgültig, dass er handeln muss. Er schlägt zu. Ein einziger Schlag, ein Treffer und sein Gegenüber fällt ohne einen Ton um. Die Pistole rutscht aus dem Holster und schlittert über den Boden.

Das war in letzter Sekunde.

»Und jetzt meinen«, rufe ich.

»Jetzt im Ernst?«, jammert Anton. »Im Ring liebe ich das ja, aber ich schlage doch keinen Typen, der schon am Boden liegt.«

»Soll ich ihn wieder aufstehen lassen?«

Ironie kommt gerade nicht gut an. Anton blickt verwirrt zwischen mir und dem Polizisten hin und her. Da ich den Arm des Beamten übel verdreht habe und sein Gesicht grob gegen den Boden presse, wagt er, weder sich zu rühren noch zu sprechen.

»Er hat mir doch nichts getan.« Anton blickt erneut auf den Polizisten, der ohnmächtig auf dem Boden liegt, dann auf sein nächstes Opfer.

»Willst du, dass die Jungs kastriert werden?«, japse ich verzweifelt. »Das ist tausendmal blutiger als die Sache mit dem Peilsender.«

Das Wort Kastration ist bei freien Männern offensichtlich eine Wunderwaffe. Anton schüttelt sich wie gehabt vor Abscheu und Entsetzen und bringt mühelos einen wohlplatzierten Schlag gegen die Schläfe des Polizisten an. Auf der Stelle erschlafft er und ich lasse erleichtert los.

»Sorry, Mann«, murmelt der Boxer noch immer betreten und tätschelt seinem Opfer die Schulter. »War echt nicht persönlich gemeint.«

Dann rennen wir los.

»Halt, hier spricht die Polizei. Bleiben Sie stehen.«

Scheiße, die Aufzüge haben das Erdgeschoss erreicht und spucken eine wahre Armada an Polizisten aus. Die leider im Sekundenbruchteil erkannt haben, was los ist. Mit denen werden wir niemals fertig. Wir rennen schneller.

»Wir klauen einen der Polizeitransporter. Da passen alle rein«, brüllt Anton, der wirklich kein guter Läufer ist und sich gerade schon sportlich betätigen musste.

Er will auf einen Fahrersitz klettern, wird aber von Lukas gehindert.

»Du spinnst! Die können doch genauso geortet werden. Da hätten wir gleich die Peilsender drin lassen können.«

Luke zerrt Anton weiter.

Wir stürmen zum Ausgang des olympischen Dorfs. Die

Wachleute, die mitten in der Nacht Dienst haben, rechnen nicht mit einer Flucht und bemerken uns erst, als wir an ihnen vorbeipreschen. Außerdem stehen durch die Ankunft der Polizeifahrzeuge aktuell alle Tore weit offen und die Wachen rufen nur hilflos hinter uns her.

Anton und Tobias haben Schwierigkeiten, unser Tempo zu halten. Auch Jule und Lukas atmen schon schwer, ihre Ausdauer ist aufs Wasser ausgelegt. Hinter uns werden Motoren gestartet und Sirenen angeschaltet. Niemand versucht mehr, leise und unauffällig zu sein.

Wir erreichen mit letzter Kraft eine der Fußgängerbrücken. Hier können uns die Autos nicht folgen. Sie halten mit quietschenden Reifen, Autotüren knallen und die Ersten wollen die Verfolgung aufnehmen, wie mir laute Schritte verraten. Die Zeit, mich umzudrehen und zu schauen, was geschieht, habe ich nicht.

»Seid ihr blöd, das sind Zehnkämpfer«, erklingt eine tiefe Stimme in meinem Rücken. »Habt ihr die nicht rennen sehen, vor allem den Schwarzhaarigen? Die holen wir niemals zu Fuß ein.«

Die Beamten geben die Verfolgung auf, bevor sie richtig begonnen hat. Glücklicherweise, denn ein Teil meiner Gruppe ist schon am Limit.

»Die Polizei wird außen herumfahren und dort versuchen, uns den Weg abzuschneiden«, stößt Lukas atemlos hervor. Man kann anhand des Lärms und des Blaulichts ausgezeichnet erkennen, wohin die Polizeiwagen unterwegs sind. »Wir können nur hoffen, dass möglichst schnell eine Bahn kommt.«

»Und was nützt uns das? Wo wollt ihr denn jetzt überhaupt hin?«, hechelt Anton.

»Dänemark am besten«, keucht Jule.

»Mit der Bahn?«

»Natürlich nicht. Jetzt in der Nacht fallen wir vielleicht nicht auf, aber sobald es hell wird, ist kaum zu übersehen, dass mit unseren blutigen Olympioniken irgendwas nicht stimmt.«

Jules Blick streift über die blutdurchtränkten Rücken der Jungs, dann schüttelt sie sich.

»In dem Fall müssen wir Autos klauen.«

Ich werfe einen erstaunten Blick auf Anton. So schnell geht es also. Von einer sich zierenden Mimose zu einem Autoknacker.

»Kannst du Autos kurzschließen?«, frage ich verwundert.

»Natürlich nicht. Wie kommst du denn da drauf?«

Wir haben die Haltestelle erreicht. Das Blaulicht ist weiterhin zu sehen, entfernt sich aber nach wie vor.

»Die Bullen sind in spätestens fünf Minuten da, so wie die rasen.« Lukas sucht hektisch den Fahrplan ab. »Wieso fahren nachts bloß so wenige Bahnen?«

»Weil die Verkehrsbetriebe keine Fluchtrouten für Verbrecher einplanen?« Jule steht dicht neben Luke und betrachtet ebenfalls verzweifelt den Plan.

»Wir können auch weiterlaufen«, wendet Paul ein. Tja, er könnte das, aber nicht alle von uns. Langsam gewinne ich den Eindruck, dass die Polizeifahrzeuge sich wieder nähern.

»Scheiße, Richtung Innenstadt tut sich in nächster Zeit gar nichts.« Lukas schlägt frustriert mit der flachen Hand gegen den Fahrplan.

»Aber in der Gegenrichtung, ich glaube, ich sehe sie schon.« Jule nimmt seine Hand. »Kommt mit rüber.«

»Das bringt uns doch nichts. Wir können nur in der Innenstadt untertauchen, am besten in St. Pauli, da ist auch um diese Zeit noch was los.«

»Es bringt uns, dass wir wegkommen. Im Moment Priorität eins.«

Sie hat natürlich recht. Wir wechseln die Straßenseite und besteigen die Bahn. Martinshorn und Blaulicht sind inzwischen schon verdammt nah.

»Duckt euch. Wir dürfen nicht zu sehen sein«, zischt Jule uns an.

Wir setzen uns auf den Boden und kommen nach und

nach wieder zu Atem. Die Einsatzfahrzeuge rasen in Höllen-
tempo an uns vorbei, in dem Moment, als die Bahn losfährt.
Die erste Gelegenheit für mich, nach meinem Handy zu greifen und es auszuschalten. Sicherheitshalber hole ich auch den
Akku raus.

»Wo fährt der Zug hin?« Leo lehnt den Kopf an die Rück-
lehne einer Bank und macht sich wie üblich per Handzeichen
verständlich.

»An der Elbe entlang. Allerdings auf der Werftseite. Das
ist eine dieser neuen Bahnlinien, die wir Olympia verdanken.«

»Bist du aus Hamburg, Luke?«, frage ich. Er kennt diese
Stadt so gut wie ich London.

»Nicht wirklich. Aber weit weg wohne ich nicht. Das Kaff
kennt allerdings keiner.«

»Ich mag diese kleinen Dörfer«, wendet Jule ein. »Da ist
rund herum Natur und das Leben ist nicht so hektisch wie in
der Großstadt. Berlin ist die Hölle.«

»Das kann man auch nur sagen, wenn man sein Lebtag in
der Stadt verbracht hat. In unserem Alter versauert man auf
dem Land. Ich würde liebend gern in Berlin leben.«

»Dann zieh doch nach Berlin. Du bist schließlich alt genug,
um selbst zu entscheiden, wo du lebst.«

Der Blick, den Jule Lukas zuwirft, ist eine warme, leiden-
schaftliche Einladung.

Das verstehe sogar ich.

»Wir haben die Polizei abgehängt.« Paul schlägt seine Faust
gegen Leos und erhebt sich. Er lehnt sich an die Scheibe und
genießt die Aussicht. »Himmel, ist das ein Schiff?«

Aufatmend erheben sich alle und setzen sich auf die regu-
lären Plätze. Man kann die Elbe sehen. Und in der Tat, mitten
auf dem Fluss schwimmt ein quer gelegtes Hochhaus. Hell
erleuchtet, mit Lichterketten und Scheinwerfern. Es ist nicht
nur riesengroß, sondern auch unglaublich luxuriös. Sogar
Swimmingpools sind an Deck zu erkennen.

Wir staunen es mit offenem Mund an.

»Das ist ein Kreuzfahrtschiff«, erklärt Anton, der die staunenden Blicke bemerkt. »Eines von den richtig großen. Da gehen locker viertausend Passagiere an Bord.«

»Und das läuft nicht auf Grund?«, fragt Leo andächtig. »Die Elbe ist ja nur ein Fluss und nicht das offene Meer.«

»Nee, Hamburg ist nicht umsonst eine der größten Hafenstädte Europas, hier fahren genauso hochseetaugliche Containerschiffe rein und raus. Notfalls schmuggeln wir euch einfach auf ein Schiff.«

Antons Augen leuchten bei der Idee auf, während ich skeptisch bleibe. Das klingt zu unkompliziert, um praktikabel zu sein. Ich übersetze seine Erklärung trotzdem.

»Und wo landen wir dann?«, wende ich ein.

»In der ganzen Welt. Na ja, außer England halt, aber da wollt ihr ja auch nicht hin.«

So ein Schiff wäre schon toll. Da kann man sich sicher prima verstecken. Laut seufze ich auf. Die ganze Welt zu bereisen, muss herrlich sein.

»Warum fährt es nachts?« Leo hängt ebenso wie ich an Antons Lippen.

»Das ist ja das Beste. In der Nacht ist es unterwegs und am nächsten Morgen bist du schon in einem anderen Hafen. Eine geniale Art zu reisen und die Welt zu entdecken«, schwärmt Anton. »Das haben Denise und ich vor Ellas Geburt ein paar Mal gemacht.«

»Ich bin gerne selbst unterwegs. Da kann ich bestimmen, wohin ich will, und außerdem ist die Gegend zwischen den Reisezielen ja genauso interessant«, wendet Luke gelangweilt ein und dreht den Blick von dem riesigen Passagierschiff ab.

»Scheiße, die Bullen kommen zurück«, brüllt er und schlägt wütend mit der Hand gegen die Scheibe.

»Nein!« Jule schreit panisch und ich schaue rasch nach hinten. »Die waren doch in die andere Richtung unterwegs. Die haben uns nicht gesehen.«

Mag sein. Das Blaulicht, das sich uns erneut nähert, spricht jedoch eine andere Sprache. In der Dunkelheit der Nacht ist es deutlich zu erkennen.

»Das nicht, aber denken können sie schon«, sage ich resigniert. »Da sie uns auf dem Weg zur Innenstadt nicht gefunden haben, müssen wir ja hier sein.«

»Und jetzt? Hier ist nichts, absolut nichts. Keine Chance, sich zu verstecken.« Hektisch deutet Jule aus dem Fenster und auf die karge Industrielandschaft, die uns umgibt.

»Wir steigen an der nächsten Haltestelle aus. Wenn die uns einholen, halten sie den Zug an und dann sitzen wir in der Falle.« Lukas greift Jules Hand und sie beruhigt sich etwas.

»Wo sind wir überhaupt?«

»Gleich am Alten Elbtunnel, Jule.« Ich bin heilfroh, Luke dabei zu haben, der sich auskennt. Wir würden nur panisch in eine zufällige Richtung rennen können, denn für mich sieht alles gleich aus.

Anton stößt mich an.

»Sieh mal, da ist ein Parkplatz. Da parken bestimmt über hundert Autos und kein Mensch ist in Sichtweite. Die Gelegenheit, ein paar zu klauen.«

»Es sind vielleicht keine Leute in Sichtweite, Anton. Aber in wenigen Sekunden eine Polizeiflotte. Willst du auch noch beim Autoknacken erwischt werden?«, frage ich fassungslos.

»Was sollen wir denn sonst tun?«

»Wir laufen durch den Tunnel«, wirft Lukas ein, plötzlich überaus zufrieden.

»Mit der Polizei auf den Fersen?« Anton ist entsetzt, aber er ist mit Abstand der Schwerste und Langsamste von uns.

»Die kommen nicht hinterher. Zumindest nicht im Auto. Nachts ist der Tunnel nur für Fußgänger frei.« Luke schlägt mit einem Mal Tobias, der neben ihm steht, fest auf die Schulter. »Das ist die perfekte Flucht. Hinter dem Tunnel sind wir nämlich in St. Pauli. Und im Auto braucht man zu lange, um auf die andere Seite zu kommen. Bis dahin sind wir zehnmal untergetaucht. Wir müssen jetzt gleich nur noch einmal richtig Gas geben.« Dann wendet er sich Jule zu. »Schaffst du das? Vielleicht bleibst du besser in der Bahn, dich suchen sie schließlich nicht.«

Jule schnaubt empört. »Ich bin allemal schneller als Anton. Der kann ja in der Bahn bleiben.«

»Ich kann nicht in der Bahn bleiben, ich habe zwei Bullen K.O. geschlagen«, knurrt der. »Keine Ahnung, wie ich das meiner Frau erklären soll. Die dreht mir den Hals um.«

Warum hat Anton mehr Angst vor seiner Frau als vor der Justiz?

»Wir gehen alle. Wir hängen nämlich alle mit drin«, stimmt auch Jule zu.

Langsam wird mir bewusst, welches Risiko unsere Freunde für uns eingehen. Sie haben sich sicherlich längst strafbar gemacht, Anton allen voran.

Die Bahn hält, das Blaulicht ist mal wieder viel zu nah. Und wir rennen erneut los. Diese kopflose Flucht scheint kein Ende zu nehmen.

Es sind wahrscheinlich nur zweihundert Meter, die wir im vollen Sprint zurücklegen müssen. Leider ist das Kopfstein-pflaster uneben und ein paar Male fürchte ich, umzuknicken. Aber wie durch ein Wunder erreichen alle unverletzt das unscheinbare Gebäude, das den Eingang zum Tunnel beher-bergt.

Anton hämmert wie irre auf den Aufzugknopf, er keucht schon wieder hektisch. »Scheiße, kann man nicht mal Glück haben und wenigstens einer der Aufzüge ist da, wo man ihn braucht?«

»Mann, Anton, wir nehmen die Treppen. Das geht doch viel schneller und wir passen eh nicht alle in einen Personen-aufzug.« Lukas zerrt ihn unerbittlich hinter sich her. Mal wieder. »Die Autolifte fahren nicht.«

Laut poltern unsere Schritte auf den Treppenstufen. Wenn ich nur wüsste, ob die Polizei die Verfolgung zu Fuß jetzt ebenfalls einstellt oder doch hinter uns herrennt. Die Stufen sind nicht für einen Tempolauf gedacht. Vor mir läuft Jule, stolpert und hält sich im letzten Moment am Geländer fest. Sie hätte Lukas, der vor ihr ist, mitgerissen.

»Scheiße, wie weit geht das noch runter? Diese Treppe hört ja gar nicht mehr auf«, japst Tobias über mir, als wir erneut einen Treppenabsatz erreichen und er sich über das Geländer beugt.

Wir befinden uns in einem riesigen Halbrund, die Treppe windet sich am Rand entlang und die Aufzüge in ihren Stahlgittern sind nicht zu übersehen. Verlockend hängen sie an der Längsseite, um diese Uhrzeit völlig reglos.

»Stell dich nicht so an, wir müssen ja schließlich unter die Elbe«, erklärt Luke. Da er für seine pantomimische Darstellung des Flusses die Hände benutzt, kommt er beinahe aus dem Tritt.

»Das sind doch hunderte von Metern.« Tobias ist entsetzt.

»Quatsch, was mehr als zwanzig, soviel ich weiß.« Lukas klingt wie ein Fremdenführer. Mit ihm Hamburg zu erkunden, wäre im Normalfall ein echtes Vergnügen. Aktuell kann niemand von uns sein Wissen genießen.

Tobias verzieht unübersehbar das Gesicht und jammert weiter. »Die müssen wir doch auf der anderen Seite auch wieder hoch.«

»Ich dachte, du bist Sportler, Tobias.«

Vielleicht sollten Luke und Tobias sich die Puste zum Laufen aufsparen und die Hände am Geländer lassen, aber ich bin so mit mir selbst und meinen Schritten beschäftigt, dass ich mich nicht einmische.

Endlich erreichen wir den Boden.

Wenn ich nicht gar so außer Atem wäre und Muße hätte mich umzusehen, wäre ich begeistert. Hier unten herrscht durch die seitliche Beleuchtung, die die Tunnelwand in Streifen aus Licht hüllt und alles unwirklich erscheinen lässt, eine ganz eigene Atmosphäre. Es ist deutlich kälter als oben und kühlt meine erhitzte Haut.

»Wartet mal kurz, leise«, hält Adrian uns an.

Wir lauschen, aber außer unseren hektischen Atemzügen ist nichts zu vernehmen. Sogar die Stille ist hier unten anders.

»Auch wenn sie uns nicht folgen, beeilen müssen wir uns trotzdem. Hier ist alles kameraüberwacht«, jagt Lukas uns in eine der zwei Tunnelröhren. Interessierte Blicke nach rechts und links kann ich mir nicht verkneifen. Wir joggen inzwischen in einem moderaten Tempo, unsere Schritte hallen. Der Tunnel ist hoch und gewölbt, gefliest und in regelmäßigen Abständen sind Reliefs von Seetieren angebracht. Ich fühle mich wie in einer anderen Welt.

»Das ist gruselig hier unten. Wie in einem Grab.« Sebastian schüttelt sich. »Schon allein die Vorstellung, dass über uns so viel Wasser ist, ein ganzer Fluss, macht mich krank.«

»Denk an was anderes«, muntere ich ihn auf. »Das hier ist sicher, schließlich gibt es diese Tunnel seit Anfang des neunzehnten Jahrhunderts.« Das habe ich mir angelesen, als wir unsere Sightseeingtour durch Hamburg starten wollten.

»Das beruhigt mich nicht, im Gegenteil. Das ist ja echt alt. Und bestimmt baufällig.«

»Nein, das beweist, dass es dauerhaft gebaut ist. Außerdem werden die Tunnel ständig überprüft und saniert und so. Dauernd ist eine der Röhren gesperrt, weil wieder repariert wird. Alles gut, Sebastian.«

»Ich kann noch nicht mal schwimmen«, jammert er weiter. »Ich würde auf der Stelle ertrinken.« Seine Darstellung, wie er jämmerlich untergeht und stirbt, ist fast komisch.

Jule grinst und demonstriert ein paar Schwimmzüge.

»Ich bin eine verdammt gute Rettungsschwimmerin. Überhaupt kein Problem, dich rauszuholen, solltest du jemals ins Wasser fallen.« Jule klopft Sebastian im Laufen auf den Arm. »Lukas zieht auch jeden von euch in Sekunden aus dem Wasser.«

»Warum sind diese Röhren so hoch? Und wie kommen die Autos überhaupt nach unten, wenn sie fahren dürfen?«

Leo hat zu Lukas aufgeschlossen, sieht sich genauso begeistert und staunend um wie ich und ahmt Autos nach, um sich zu verständigen.

»Der Tunnel wurde ursprünglich für Pferdekutschen gebaut, deshalb ist er so hoch.« Luke grinst und wiehert wie ein Pferd. »Und schon damals gab es Aufzüge für den Transport der Kutschen und jetzt eben für die Autos.«

»Aufzüge für Autos ist schon merkwürdig, oder?«

Lukas grinst. »Ja, irgendwie schon.«

Wir haben die Hälfte des Weges hinter uns gelassen, langsam geht es wieder bergauf. Mich fröstelt.

Auf der anderen Seite nehmen wir dann doch den Personenaufzug. Noch immer ist niemand zu sehen oder zu hören, der die Verfolgung aufgenommen hat.

Und dann stehen wir in St. Pauli an den Landungsbrücken und lassen den Blick über die nächtliche Elbe schweifen, über den hell erleuchteten Containerhafen gegenüber und die hübschen Ausflugsdampfer, die hier vor Anker liegen.

Ein weiteres Schiff zieht gemächlich an uns vorbei.

Wir sind der Polizei entkommen – fürs Erste. Aber eine hilfreiche Idee, wie unsere Flucht jetzt weitergehen soll, haben wir nach wie vor nicht.

kapitel 26

»Wir klauen ein Boot.«

»Weißt du, wie man ein Boot steuert?«

»Ich nicht, du bist hier in der Nähe aufgewachsen.«

»Aber da hat man doch nicht automatisch einen Boots-führerschein. Außerdem sind die alle gesichert und zum Teil sind sogar Wachleute drauf.«

Anton und Lukas diskutieren hektisch die weiteren Flucht-möglichkeiten. Unser Boxer ist nach wie vor der Meinung, wir müssten ein Fluchtfahrzeug stehlen. Nachdem er durch die K.O.s in die Verbrecherschiene gerutscht ist, hat er anschei-nend Gefallen daran gefunden.

»Ich glaube, es fahren eh noch so einige Schiffe und machen Nachttouren«, wendet Jule ein. »Und mit denen«, sie deutet auf meine Jungs, »kommen wir da nicht rein.«

»Was dann?«, frage ich ungeduldig. »Die Polizei weiß, dass wir hier sind.«

»Erstmal auf die Reeperbahn.« Luke grinst breit. »Da ist doch immer die Hölle los und da fällt wirklich niemand auf. Noch nicht mal in blutigen T-Shirts.«

Hoffen wir es mal.

Wir laufen erneut los. Diesmal nicht ganz so schnell, denn hier herrscht trotz der späten Stunde Autoverkehr und allzu sehr nach Verbrechern auf der Flucht sollten wir nicht aussehen. Die Straße, die wir überqueren, ist breit und gut beleuchtet. Lukas scheucht uns ein weiteres Mal eine Treppe hoch.

»Ich habe heute genug Stufen für den Rest meines Lebens gesehen. Ich hasse sie, ehrlich«, schimpft Tobias und ich schüttle den Kopf. Warum nur habe ich nie Treppen in das Ausdauerprogramm aufgenommen?

Mittlerweile gehen wir eine Straße entlang, die immer belebter wird. Hin und wieder streift uns ein erstaunter Blick, weitere Reaktionen rufen meine blutigen Begleiter jedoch nicht hervor.

Wir kommen an einer abgeriegelten Gasse vorbei, Wachmänner stehen davor.

»Da drin würde uns keiner finden«, sagt Lukas. »Aber mit den Mädchen kommen wir nicht rein.«

»Das würde euch so passen«, zischt Jule. »Euch im Puff zu verstecken, geht's noch?«

»Was ist das denn?«, frage ich. Es sieht in der Tat nach einem hervorragenden Versteck aus.

»Die Herbertstraße.« Lukas zeigt dieses dreckige Grinsen, das er die ersten Tage unserer Bekanntschaft ununterbrochen drauf hatte. »Da drin gibt es alles, was Männer glücklich macht.«

»Mich gibt es da nicht.« Jules Stimme hat einen drohenden Unterton.

»Na, Gott sei Dank«, sagt Luke und zieht die Augenbrauen zusammen. »Dich wird es da auch nie geben. Und ich rede nicht von mir, sondern nur von anderen Männern.«

»Von mir redest du genauso wenig«, wirft Anton ein. »Ich bin sehr glücklich mit Denise.«

»Geht es wieder um Sex?«, frage ich widerwillig.

»Na klar, geht es um Sex.« Jule lacht. »In dieser Hinsicht wird Lukas sich nie ändern.«

»Aber wenn wir geradeaus weitergehen, kommen wir an der Davidwache vorbei.« Anton sieht unglücklich aus. »Wir müssen auch nicht mit dem Feuer spielen und uns blut-triefend direkt vor die prominenteste Polizeiwache Hamburgs stellen. Ich möchte keine weiteren Polizisten schlagen.«

»Manchmal ist das sichtbarste Versteck aber das beste.« Lukas zuckt ungerührt die Schultern.

»Dafür bin ich nicht nervenstark genug«, jammert Anton.

»Wieso nicht?« Ich bin echt verwundert. »Im olympischen Dorf hast du ganz cool mit den Bullen geplaudert. Das war extrem kaltblütig.«

»Das war, bevor ich sie verprügelt habe. Seitdem fühle ich mich nicht mehr wohl in ihrer Gegenwart.« Gut, da ist was dran. Zu dem Zeitpunkt war Anton noch ein aufrechter Bürger.

»Scheiße, wir haben es herausgefordert. Jetzt müssen wir sofort weg.« Lukas unterbricht uns und stößt mich unsanft an. In diesem Augenblick sehe auch ich die beiden uniformierten Beamten, die die Straße entlangschlendern. Genau in unsere Richtung.

»Oh, das ist übel. Eine Streife. Wir können nicht zurück-gehen, dann sieht man die Rücken der Jungs.« Jule reibt nervös ihre Hände gegeneinander. »Aber wir dürfen genauso wenig hierbleiben.«

»Dann gehen wir doch in die Herbertstraße und behaup-ten, unsere Frauen arbeiten da.«

»Untersteh dich«, faucht Jule.

Ich verstehe nicht ganz, was Luke damit meint, da aber Jule so empört ist, bin ich es vorsichtshalber auch.

»Auf keinen Fall«, pflichte ich bei. »Gibt es nichts anderes? Vielleicht eine Bar? Oder eine Disco?«

Wir sehen uns hektisch um. Es gibt jede Menge Lokalitäten in unmittelbarer Nähe, aber es sind alles gut beleuchtete Re-staurants.

»Da.« Lukas deutet schließlich erleichtert auf eine schrille, pinke Reklametafel an der Ecke ein Stück zurück. »Ein Strip-club. Da drin ist es schummerig, da fällt das Blut nicht auf.«

Jule zieht zwar noch immer ein finsteres Gesicht, zuckt dann aber die Schultern. Dass ein Striplokal besser ist als die Herbertstraße, gibt mir allerdings zu denken. Während wir möglichst unauffällig die Richtung wechseln und uns dem Lokal nähern, flüstert Jule mir zu: »Du weißt aber, was ein Stripclub ist?«

»Ja, klar. Da ziehen sich Männer aus. Und Frauen sehen dabei zu. Warum auch immer.«

»Ehm.« Jule wird ein wenig verlegen. »Es ist eher umgekehrt. Frauen ziehen sich aus und Männer schauen zu. Ist das okay für dich? Und für die Jungs? Oder fallen die dann in Ohnmacht? Denn ehrlich gesagt, ich will da auch nicht unbedingt rein, eine bessere Alternative fällt mir aber nicht ein.«

Oh! Mir macht das nichts, ich habe schon oft gesehen, wie meine Freundinnen sich ausgezogen haben. Vor jedem Sportunterricht. Aber wie die Jungs reagieren, weiß ich leider auch nicht.

»Es bleibt uns wohl nur übrig, es auszuprobieren«, sage ich. Zu Beginn unserer Reise wären sie möglicherweise alle kollabiert, aber inzwischen könnte es besser aussehen.

Schnell schieben wir uns in den Eingang und vor die Kasse, außer Sicht der Streife, die sich mit einem Mal durchaus zielstrebig die Straße entlang bewegt. Einer von ihnen spricht in sein Funkgerät.

»Zwölf Personen bitte«, sagt Lukas und zückt sein Portemonnaie. »Kann ich mit Karte bezahlen?«

»Junge, du kannst heute gar nicht bezahlen.« Die Frau an der Kasse grinst ihn an. Sie hat knallrot gefärbte Haare und ihre besten Jahre schon hinter sich. »Heute ist Damenabend.«

Entschlossen schiebe ich mich nach vorne.

»Dann bezahle ich. Ich bin eine Dame.«

Ich habe ein großzügiges Budget für diese Reise und denke kaum, dass meine Kreditkarte schon eingefroren ist. Das Geld war weniger für einen Stripclub gedacht, aber über die Sorge, deswegen Ärger zu bekommen, bin ich weit hinaus.

»Nein, nein, ihr versteht mich falsch. Ihr zwei«, sie weist auf Jule und mich, »könnt rein, aber die Männer nicht. Heute Abend gibt es die Herren nur auf der Bühne, was ich persönlich eh besser finde.«

Wir sehen uns panisch zum Eingang um, ich fürchte, schon wieder Polizeisirenen zu hören. Auf keinen Fall können wir hinausgehen.

An diesem Abend strippen die Männer. Ich sehe an Jules Gesicht, dass sie dasselbe denkt wie ich.

»Brauchen Sie noch einen weiteren Act?«, fragt sie. »Das hier sind alles Sportler. Traumkörper.«

Ohne Zögern zieht sie Lukas' Shirt in die Höhe und enthüllt seinen Bauch. Ich persönlich finde Adrians Bauch attraktiver, aber Luke kann sich definitiv sehen lassen.

»Spinnst du?« Lukas reißt seine Bekleidung aus ihrer Hand.

Der Blick der Kassiererin hat sich geändert. Die Jungs werden gnadenlos abgecheckt.

Dann deutet sie auf Tobias.

»Du! Zeig mal den Bizeps.«

Tobias sieht mich hilflos an.

»Sie möchte deine Muskeln sehen«, übersetze ich leicht verlegen. Es trifft immer Tobias und er tut mir aufrichtig leid. Er eignet sich nämlich partout nicht als Sexobjekt der weiblichen Bevölkerung. »Du musst das natürlich nicht machen, draußen rennt nur leider die Polizei rum.«

Resigniert, aber gehorsam wie immer, präsentiert Tobias seinen Bizeps.

»Hey, Steven, komm mal her«, brüllt die Frau an der Kasse nach hinten. »Haben nicht die Berliner abgesagt. Ich habe hier vielleicht einen Ersatz.«

Lukas zerrt inzwischen unsanft an Jules Arm.

»Das ist doch nicht dein Ernst. Willst du, dass ich vor einer Horde grölender Weiber blank ziehe?«

»Wenn es sein muss.«

»Jule?«, japst er. Der coole, immer bereite Lukas. Ich muss

ein wenig kichern. Er ist wirklich nicht so abgebrüht, wie er sich gerne präsentiert.

Ein winziger Typ erscheint. Randloses Brillengestell, Halbglatze, Bundfaltenhose und Hemd, er sieht aus wie ein Buchhalter.

»Was machen sie denn?«, fragt er mäßig interessiert.

»Na, was wohl? Sich ausziehen natürlich«, erwidert Jule irritiert.

»Aber welches Motto haben sie? Welches Outfit? Welche Moves?«

Jule zieht diesmal Pauls T-Shirt hoch. Der wehrt sich nämlich nicht.

»Das ist ja nett, Mädchen, reicht aber nicht. Dafür zahle ich keine Kohle. Wer weiß, ob die sich überhaupt bewegen können, mein Publikum ist anspruchsvoll und ich habe einen Ruf zu verlieren.«

Der Mann betrachtet skeptisch die Jungs, die sich mit großen Augen umsehen und nicht ansatzweise so wirken, als ob sie beim Strippen eine gute Show abliefern können.

Lukas schwankt mittlerweile zwischen Ärger, weil Jule versucht, ihn zu verkaufen, und Empörung, weil der Typ ihn nicht haben will.

»Das sind Sportler, Profisportler. Alle aktuell bei Olympia gemeldet.« Langsam verzweifelt Jule. »Wenn das kein Motto ist, dann weiß ich es auch nicht.«

»Olympiateilnehmer? Jetzt verarschst du mich.«

Jule zerrt Tobias nach vorne.

»Den hier sollten Sie kennen. Olympisches Gold im Kugelstoßen. Tobias, Bizeps!«

Tobias spannt brav an. Langsam gewöhnt er sich wohl daran, auch wenn keiner meiner Jungs verstehen kann, was hier eigentlich los ist. Und was auf sie zukommt, falls es klappt.

Aber welche Wahl haben wir?

Der Buchhalter ist nun doch beeindruckt.

»Und die anderen?«

»Mehrere Zehnkämpfer! Und Schwimmer, Boxer, Weitspringer, Stabhochspringer. Da ist für jede was dabei.«

»Okay, das gefällt mir. Das ist mal etwas wirklich Originelles. Komm mit. Wir zwei klären das Finanzielle und die Jungs können sich schon mal vorbereiten.« Der Typ winkt Jule, ihm ins Büro zu folgen. »Ihr seid in zehn Minuten dran.«

Ehe wir uns freuen, der Polizei erst einmal entkommen zu sein, oder zumindest erleichtert aufatmen können, ist Jule weg. Die Rothaarige scheucht uns in eine kleine, muffige Kabine.

»Dann bereitet euch mal vor. Umziehen, frisch machen, einölen. Was ihr Stripper halt so macht.«

Ha, wir haben nichts zum Umziehen und keine Ahnung, was Stripper vor einem Auftritt machen. Oder während eines Auftritts. Meine englischen Jungs wissen noch nicht einmal, dass sie mittlerweile Stripper sind, und Anton ist leichenblass. Ihm hat es die Sprache verschlagen, seit er kapiert hat, wo er hier gelandet ist.

»Du hast uns verkauft?«, zischt Luke Jule an, als sie schließlich glücklich und zufrieden bei uns erscheint. »Für Geld? Ich kann es einfach nicht fassen.«

»Es hat sich gelohnt, glaub mir. Und wenn ihr gut ankommt, bekomme ich noch einen richtig fetten Bonus.«

Sie grinst selbstgefällig. Lukas verschluckt sich.

Die zehn Minuten sind schneller vorbei, als uns lieb ist.

»Was sollen sie denn überhaupt machen?«, frage ich Jule nun doch ziemlich beunruhigt. Ich habe den Jungs versprochen, auf sie aufzupassen, und das geht gerade mächtig in die Hose. »Der Typ hat gesagt, wir müssten ein Motto haben. Und Moves. Die können noch nicht einmal tanzen.«

»Lukas kann tanzen. Und Paul auch. Warte, ich habe eine Idee.« Sie kramt in einer Kiste mit Requisiten und drückt mir eine Reitgerte in die Hand. »Mach einen auf Domina und kommandier sie rum. Dann wissen sie, was sie zu tun haben. Außerdem gehorchen sie dir eh aufs Wort.«

»Aber ich weiß genauso wenig, was sie machen sollen«, flüstere ich panisch zurück. Jetzt muss ich auch noch mit auf die Bühne.

»Das gebe ich dir vom Rand aus vor.«

Wir werden schon ungeduldig von einem Mann herbeigewunken, der komplett schwarz gekleidet ist und ein Klemmbrett hält. Die Schonfrist ist vorbei, denn die Gruppe, die vor uns dran war, beendet in diesen Augenblicken ihre Vorstellung. Das Gekreisch der Frauen aus dem Publikum ist ohrenbetäubend.

»Die anderen gehen dort drüben ab und dann kommt ihr von dieser Seite hoch. Musik durfte ich frei wählen, ich habe einen aktuellen, angesagten Song genommen. Ganz leicht, sich darauf zu bewegen, der ist schön langsam«, werde ich freundlich informiert. »Toi, toi, toi.«

Benommen richte ich meinen Blick auf das erhöhte Podest. Und erblicke zehn Männerhintern, die sich genau vor mir hin- und herbewegen. Nackte Hintern. Und sie sind alle im Takt. Wie erstarrt stehe ich da, während mir Hitze ins Gesicht steigt. An einen solchen Ort wollte ich nie im Leben geraten. Dann drehen sie sich simultan und ich schaffe es nicht rechtzeitig, den Blick abzuwenden.

Laut und erleichtert lache ich auf, denn sie bedecken ihre Körpermitte mit einem Hut. Jule neben mir kichert ebenfalls und stößt mir in die Seite.

»So ein Glück, dass du dich mit Adrian inzwischen so ausgezeichnet verstehst. Noch vor ein paar Tagen wärst du jetzt ohnmächtig geworden.«

Ich spare mir einen Kommentar, denn die Situation ist mir trotz der Erfahrungen mit Adrian extrem unangenehm. Die Frauen im Publikum sind mir ein einziges Rätsel.

Während die Gruppe unter lautem Applaus die Bühne verlässt, klopft Leo mir sanft gegen den Arm.

»Wir sind ein wenig verwirrt. Was ist das hier für ein Club?«

»Ein Stripclub«, murmle ich verlegen. Ich hätte den Jungs

schon längst sagen müssen, was gleich passiert, aber mir fehlten irgendwie die Worte.

»Und wir sollen uns da ausziehen? So wie die anderen Männer?«

Er hat es erkannt.

»Ja.«

»Aha.«

Zaghaft sehe ich ihn an. Er sagt nichts dazu. An seiner Miene ist auch nichts abzulesen.

»Tut mir leid«, sage ich kleinlaut.

Die Musik klingt aus und ein neues Stück setzt ein. Langsam, sinnlich, eine hohe Männerstimme und ein mitreißender Beat. Laut genug, um gut gehört zu werden, aber nicht so laut, alles andere zu übertönen.

Niemand rührt sich und nach ein paar Sekunden stößt Jule Lukas regelrecht die Treppe hoch. Er stolpert auf die Bühne und das Gekreisch der Frauen wandelt sich in Lachen. Schnell laufe ich hinterher und knalle einmal mit der Reitgerte gegen meine Hand. Das Publikum kreischt erneut.

Dann wende ich mich zum Bühnenrand und mache eine Geste. Der Rest der Jungs kommt die Treppe hinauf, höchst verlegen und mit hochroten Köpfen.

»Tanzt!«, sage ich mit meiner Kommandostimme, die ich neunzehn Jahre lang Männern gegenüber für völlig normal hielt und für die ich mich inzwischen sehr schäme. Lukas und Anton pressen wütend die Lippen aufeinander, meine Jungs zucken nicht mal mit der Wimper. Sie beginnen zu tanzen, sogar Adrian. Mit unnatürlich roter Gesichtsfarbe und grottenschlecht, aber dem erkennbaren Willen, nicht auf der Stelle alles zu vermasseln. Entschlossen winke ich Paul nach vorne, denn er gibt tatsächlich eine passable Figur ab, ebenso wie Lukas. Lukas, der tapfer kreisende Bewegungen mit seiner Hüfte macht, obwohl er nicht hier sein möchte und immer wieder Mörderblicke in Jules Richtung abschießt. Mir treibt er mit seiner Aktivität die Schamesröte ins Gesicht.

Trotzdem ist das Publikum nicht zufrieden. Ich höre erst vereinzelte Buhrufe, dann werden es immer mehr.

»Ausziehen«, ruft eine Dame aus der ersten Reihe. Sie hat fast weißes Haar und ist sicherlich so alt wie meine Großmutter.

Das Mädchen neben ihr schüttelt sich aus vor Lachen.

»Jawohl, Omi, zeig's ihnen.«

Ich werfe einen verzweifelten Blick auf Jule. Die Stimmung kippt und es kann sich nur noch um Sekunden handeln, bis wir hochkant wieder rausfliegen. Genau in die Arme der wartenden Polizei.

Jule macht hektische Bewegungen am Rand und demonstriert unsere nächsten Schritte.

Unmissverständlich zeige ich mit meiner Gerte auf Paul.

»Zerreiß dein Shirt!«, herrsche ich ihn an.

Er macht es, ohne zu zögern. Mit einem Ruck reißt das Shirt vom Kragen bis zum Saum und enthüllt seinen Oberkörper. Paul lässt es von den Schultern gleiten und wirft es zur Seite. Wenigstens sind wir auf diese Art ein blutiges Kleidungsstück los, das für nichts mehr taugt. Und es kommt an. Die Omi in der ersten Reihe klatscht laut in die Hände.

»Genauso so, Junge. So ein Oberkörper darf nicht versteckt werden.«

Puh, das ist eine Großmutter. Könnte meine Granny auch so sein? Ich muss mich zwingen, sie nicht ununterbrochen anzustarren.

Mit der Reitgerte tippe ich auf Pauls Bauch und bemühe mich aufrichtig, so zu wirken, als mache ich das hier jeden Tag.

»Paul«, sage ich laut. »Zehnkämpfer. Platz zwölf bei den gestrigen Olympischen Sommerspielen.«

Die Frauen johlen begeistert.

Herrisch schnalze ich mit der Gerte und deute auf Lukas. Der wirft mir einen wirklich üblen Blick zu, gehorcht aber, nachdem er Jule noch wütender angefunkelt hat.

»Ausziehen, ausziehen, ausziehen«, ertönen laute Rufe und neues Gekreisch bei Lukas' Shirt, das in die Ecke fliegt.

»Lukas, Schwimmer bei Olympia«, rufe ich laut in den Raum. »Freistil.«

So geht es weiter. Jeden Einzelnen der Jungs stelle ich mit Namen und Disziplin vor und jeder erntet begeistertes Gekreisch.

Andrews Teint leuchtet um die Wette mit seiner Haarfarbe, als er sich auszieht. Bei ihm ist nie zu übersehen, wenn ihm eine Situation peinlich ist.

»Ist der süß, den will ich mit nach Hause nehmen«, ruft ein Mädchen. Andrew versteht sie glücklicherweise nicht.

Auch Adrian ist der Übliche. Seine Bewegung, welche das Shirt zerreißt, ist atemberaubend sexy und ich seufze leise auf, sein Gesichtsausdruck lässt allerdings jedem das Blut in den Adern gefrieren.

»Adrian, olympisches Gold im Zehnkampf«, brülle ich und ein kollektives Raunen geht durchs Publikum.

Tobias ist der Letzte.

Er weiß schon, was er zu tun hat, und wartet meinen Befehl gar nicht ab. Sein blutiges T-Shirt fliegt auf den Boden und ich bin durchaus zufrieden, diese kompromittierenden Kleidungsstücke entsorgt zu haben. Die Damen werden wieder richtig laut.

»Tobias, olympisches Gold im Kugelstoßen.«

Ohne Aufforderung spannt Tobias seine Oberarmmuskeln an.

Die Oma und ihre Enkelin aus der ersten Reihe stehen auf und trampeln mit den Füßen. Der Rest der Frauen macht es ihnen nach. Wenn ich eben bei unseren Vorgängern schon dachte, es wäre laut, dann ist das nichts gegen das, was gerade abgeht. Glücklich grinse ich zu Jule hinab.

Sie gibt mir ein Daumen-hoch-Zeichen, deutet dann jedoch auf ihre Hose. Stimmt, wir sind ja noch nicht am Ende unserer Vorstellung. Jetzt zeigt sie auf Lukas und grinst mich dreckig an. Zwischen den beiden ist möglicherweise doch noch nicht alles im Reinen, denn das sieht ein wenig nach Rache aus. Dabei bin ich natürlich gerne behilflich. Ehe die Stimmung wieder abflaut, schlage ich Lukas mit der Gerte fest auf den Hintern.

»Aua«, faucht er mich an.

»Ausziehen.« Diesmal bereue ich meinen Ton nicht. Lukas herumzukommandieren macht nämlich unglaublich viel Spaß. Er hasst es und trotzdem bleibt ihm momentan nichts anderes übrig, als mir zu gehorchen. Seine Miene spricht Bände.

Jule macht am Seitenrand vor, was sie von Lukas erwartet und ich bin mir mit einem Mal sicher, dass sie schon eine Männerstripshow gesehen hat. Das denkt sich niemand einfach so aus. Lukas hat denselben Eindruck, er sieht inzwischen noch angepissster aus.

Dennoch geht er an den vorderen Rand der Bühne und beginnt, betont gemächlich seine Hose aufzuknöpfen. Bewegt die Hüften langsam und sinnlich im Takt der Musik. Ich weiß nicht, ob ich hinsehen oder besser wegsehen soll. Ein wenig schiebt er die Hose an einer Seite nach unten und enthüllt immer mehr. Jules Blick wird weich und sehnsüchtig, und die Frauen vor uns johlen und trampeln erneut begeistert auf den Boden.

Mit einem Ruck dreht Lukas sich um, beugt sich nach vorne und zieht die Hose ein Stück hinab. Und wieder hoch. Er wendet sich zurück zum Publikum.

»Mehr?«, brüllt er. »Wollt ihr mehr?«

Ein BH fliegt auf die Bühne.

»Für einen einzigen BH soll ich mich ausziehen?«, ruft er und mimt den Enttäuschten. Dann wirft er einen Blick zu Jule. Er zieht provozierend die Augenbrauen hoch. Eventuell hat er doch langsam Spaß an der Sache.

Es folgen weitere BHs.

Mit einem zufriedenen Blick dreht Lukas sich wieder um und zieht diesmal seine Hose in Zeitlupe hinab. Ich wende die

Augen ab und beobachte lieber die Frauen vor mir, die überhaupt keine Hemmungen haben, Lukas' nackten Hintern zu begaffen und zu bejubeln. Leider kann ich aus den Augenwinkeln trotzdem wahrnehmen, wie er sexy mit den Hüften kreist und sein Becken hin- und herschiebt. Jule scheint es ebenfalls zu gefallen, sie stimmt in das Gekreisch der Frauen ein.

Als Luke sich nach elend langer Zeit dem Publikum erneut zuwendet, hält er sich die Hände vor seine Körpermitte.

Wenigstens das.

»Wir wollen den Kugelstoßer«, rufen ein paar Frauen, als Luke sich mit einer letzten anzüglichen Hüftbewegung nach hinten schiebt.

»Ich will den Rothaarigen«, kann ich hören.

»Zehnkämpfer. Alle gleichzeitig.«

»Nein, den Boxer.«

Himmel, welchem meiner Jungs kann ich das jetzt zumuten? Ich sehe sie fragend an. Ich traue es am ehesten Paul zu. Doch es ist Leo, der mir achselzuckend zu verstehen gibt, dass er sich anbietet. Ausgerechnet er. Ich sollte meinen Bruder nicht nackt sehen. Trotzdem winke ich ihn nach vorne.

»Wisst ihr noch, wer das ist?«, frage ich.

»Leo, Zehnkämpfer«, erhalte ich als Antwort.

»Leo, supersexy Zehnkämpfer«, brüllt eine andere.

In dem Moment, in dem Leo beginnt, seine Hose aufzuknöpfen, habe ich eine Idee.

»Leo ist aus England und versteht kein Wort Deutsch«, rufe ich laut ins Publikum. »Er hat sein Lebtag nur tun müssen, was man ihm sagt, und wenn ich ihm jetzt befehle, sich auszuziehen, dann macht er es. Nicht weil er es will. Auch nicht, weil er dafür bezahlt wird. Sondern weil er es nicht anders kennt. Weil er keine Wahl hat, nie hatte. Findet ihr das richtig?«

Das Johlen hat aufgehört.

»Nein«, erschallt eine einzelne Stimme.

Leo sieht mich fragend an und ich bedeute ihm abzuwarten. Ich hoffe, ich kann ihm die Hose ersparen.

»Wenn die Jungs zurück in mein Land kommen, sobald ihre Olympiateilnahme beendet ist und sich niemand mehr für ihre sportlichen Leistungen interessiert, werden sie medizinisch behandelt. So wie alle anderen Männer bei uns auch. Sie bekommen Medikamente, die ihnen die männlichen Triebe nehmen.«

»Machen die impotent?«, fragt eine Frau entsetzt.

»Ja, aber nicht nur das, sondern auch zeugungsunfähig und antriebslos. Die Behandlung nimmt ihnen jegliche Energie, jegliche Interessen, absolut alles, was sie als Person ausmacht. Sie machen keinen Sport, sie bewegen sich kaum noch. Sie verlieren ihre Haare und werden dick. Und sie sind einfach nicht mehr sie selbst.«

»Das ist grauenhaft. Wer macht denn sowas?«

Jetzt bin ich in meinem Element. Das ist wie eine Wahlkampfrede, das habe ich seit meiner Kindheit regelmäßig erlebt.

»Draußen stehen Polizisten, die nur darauf warten, dass meine Jungs auf der Straße auftauchen. Deutsche Polizisten, die sie verhaften und ausliefern werden. Das, was ihnen da blüht, ist eine medizinische Kastration.«

Inzwischen hat der Geräuschpegel das alte Niveau erreicht. Diesmal ist es jedoch kein begeistertes Kreischen und Johlen, es ist Entsetzen, das so laut geäußert wird.

»Das lassen wir nicht zu«, erhebt sich eine Stimme.

»Ich will es auch nicht zulassen«, antworte ich. »Aber wir brauchen Hilfe. Wir müssen über die Grenze. Ohne von der Polizei gesehen zu werden.«

»Ich habe ein Auto hier im Parkhaus. Vollgetankt.« Es ist die Oma, winzig klein und resolut, egal, ob es darum geht, Männer zum Strippen aufzufordern oder ihnen im Anschluss Hilfe anzubieten. »Das könnt ihr haben.«

»Ihres steht auch im Parkhaus«, ruft eine weitere Frau und

deutet auf die Freundin neben sich. Die Frauenrunde, zu der sie gehören, ist mächtig angeheitert, denn sie johlen lauthals, alle, bis auf die Fahrerin, die gerade ihr Gesicht in den Händen versteckt. »Bea, reiß dich zusammen. Es ist für einen guten Zweck.«

Bea versucht, ihre Handtasche festzuhalten, ihre Freundin ist jedoch entschlossener und entreißt ihr mühelos den Autoschlüssel. Vor fünf Minuten flog noch ihr BH auf die Bühne, jetzt ist es unsere Rettung. »Der weiße VW Golf, gleich am Kassenautomat.«

Zwei Autos. In unmittelbarer Reichweite. Bedenken, da die Fahrerin ihr Eigentum nicht freiwillig rausgerückt hat, kann ich mir nicht leisten. Ich werfe einen fragenden Blick zu Lukas, der sich noch immer bedeckt so gut es geht.

»Ihr seid super.« Er schiebt sich wieder ins Rampenlicht. »Damit können wir schon einen Teil der Jungs hier rausschaffen.«

Ein weiterer Schlüssel kommt geflogen.

»Fahrt bloß vorsichtig, das Schätzchen ist nagelneu.« Die Autobesitzerin sieht ebenfalls nicht allzu glücklich aus, lächelt mich aber tapfer an.

»Ihr könnt eure Autos in Dänemark wieder abholen. Hoffen wir zumindest.« Lukas nimmt die Hände hoch und applaudiert. »Ein Hoch auf die edlen Spenderinnen.«

»Ein Hoch auf den besten Strip des Abends«, brüllt die Frau mit dem nagelneuen Auto mitten in das laute Johlen. »Und du bist echt gut ausgestattet.«

Lukas errötet, Jule kichert und wir folgen der weißhaarigen Omi zum Parkhaus.

kapitel 27

Ganz so reibungslos geht es dann aber doch nicht weiter.
Jule und Lukas streiten nämlich schon wieder, diesmal über die beste Route gen Norden.

»Natürlich nehmen wir die Autobahn. Richtung Flensburg. Alles andere dauert doch viel zu lange.«

»Genau da werden sie uns zuerst suchen. Ganz blöd sind die Bullen auch nicht.«

Jule tippt sich nachdrücklich gegen die Stirn. Keine Ahnung, ob sie damit die Polizei oder Luke meint.

»Aber es weiß doch niemand, dass wir nun Autos haben. Und vor allem nicht, welche Autos.«

»Es sei denn irgendeine der Damen aus dem Publikum war von deinem besten Stück nicht so geblendet, wie du das gern hättest, und informiert doch die Polizei. Du kannst dich einfach nicht auf einen ganzen Saal von Mitwissern verlassen.«

»Sie hat recht«, schließt sich Anton Jule an. »Das sind Weiber, die können ihre Klappe nie halten.«

Dafür kassiert er einen Fußtritt von Jule.

»Frauen können wunderbar schweigen, wenn es drauf ankommt«, faucht sie.

Lukas macht jedoch inzwischen ein nachdenkliches Gesicht.

»Es stimmt schon, es sind einfach zu viele, die wissen, was

wir vorhaben. Und ich habe lauthals verkündet, dass wir nach Dänemark fahren. Das war vielleicht nicht so clever.«

»Aber wenn das die nächstgelegene Grenze ist, kann sich das eh jeder denken«, wende ich ein.

»Dann besser in die Niederlande.« Anton nickt zufrieden. »Da rechnet niemand mit uns, auch wenn durchsickert, dass wir Autos haben.«

»Bremen, Oldenburg, und dann ab Richtung Groningen«, entscheidet Lukas. »Bin ich schon oft gefahren.«

»Echt? So weit über die Autobahn?« Jule klingt unglücklich. »Mit der alten Gurke?«

Sie deutet auf das Auto der Omi, welches wahrscheinlich genauso betagt ist wie ihre Besitzerin.

»Wir müssen ja nicht Vollgas fahren.« Lukas hat sich das neue Auto unter den Nagel gerissen und ist nicht gewillt zu tauschen. »Moderat und unauffällig mit hundertzwanzig. Damit fallen wir nicht auf.«

Endlich sitzen wir doch in den Autos. Anton hat den weißen Golf übernommen und folgt Lukas aus dem Parkhaus. Jule ist unsere Fahrerin. Sie bildet das Schlusslicht.

»Ich war hier noch nie«, sagt sie stirnrunzelnd. »Ich bin eine echte Berliner Göre und meine Eltern sind mit mir immer nur in den Süden geflogen.«

»Wie lange brauchen wir denn bis zur Grenze?«, fragt Leo und betrachtet staunend den Stadtverkehr, der noch nicht einmal um diese Zeit zum Erliegen gekommen ist.

Jule hat Probleme, Luke und Anton nicht aus den Augen zu verlieren.

»Wenn alles gut läuft, vielleicht drei Stunden. Dann erreichen wir die Niederlande, sobald es hell wird.«

Sie flucht, als eine Ampel auf Rot springt und sie Antons Golf nur haarscharf folgen kann.

»Mein Fahrstil ist so alles andere als unauffällig. Falls ich einen Unfall baue, sind wir geliefert. Aber wenn ich Lukas und Anton verliere, bin ich komplett planlos. Max, such mal im

Handschuhfach, ob du eine Karte findest. Oder hast du ein Navi auf deinem Handy?«

Habe ich natürlich nicht, nicht für Deutschland. Also durchwühle ich das Handschuhfach.

Als Erstes stoße ich auf einen Packen CDs. André Rieu, Andreas Gabalier, nicht nur das Auto ist aus einer anderen Generation. Taschentücher und Feuchttücher mit Zitronenduft gibt es ebenfalls.

Ich wende mich zu Adrian und Leo, die auf dem Rücksitz hocken und noch immer im Fluchtmodus und daher angespannt sind. Inzwischen haben sie wieder T-Shirts an. Aus dem Fundus des Umkleidezimmers, denn auch der Besitzer des Stripclubs war von unseren Zukunftsaussichten durchaus mitgenommen und gewillt, uns helfend unter die Arme zu greifen. Ich muss jedoch erneut feststellen, dass es verdammt eng anliegende und weit ausgeschnittene Shirts sind und mehr Muskeln präsentieren als verhüllen. Leos Oberteil glitzert außerdem vor lauter lila Strasssteinchen.

Nur mühsam verkneife ich mir ein Kichern.

»Etwas zum Frischmachen?«, biete ich ihnen an.

Die Rückenwunden der Jungs sind mittlerweile gesäubert und verbunden. Somit besteht weder die Gefahr, die neuen Shirts zu beflecken, noch sich eine Wundinfektion zuzuziehen.

Leo reißt ein Tütchen auf.

»Scheiße, was ist das?«, fragt er entsetzt.

»Wieso hast du das aufgemacht?«, jammert Jule auf der Stelle. »Den penetranten Geruch werden wir nie mehr los. Und ich bekomme Kopfschmerzen von dem Zeug.«

Es stinkt bestialisch. Wie konnte ich auch ahnen, dass der Duft nach Zitronen so verhunzt werden kann? Angewidert drehe ich das Fenster runter.

Eine Straßenkarte finde ich leider nicht.

Eine Weile schweigen wir.

Der Verkehr nimmt ab, sobald wir uns aus der Innenstadt

entfernen, und Verkehrsschilder weisen uns den Weg Richtung Autobahn. Jule entspannt sich zusehends und nach und nach merke ich erneut, wie müde ich eigentlich bin. Was für ein Tag hinter uns allen liegt. Auch Adrian und Leo sacken auf der Rücksitzbank langsam in sich zusammen und schlafen ein. Aneinander gelehnt wie junge Hundewelpen.

»Bist du nicht müde?«, frage ich Jule leise.

»Es geht. Noch ist mein Adrenalinspiegel hoch genug.« Dann atmet sie auf.

»Gott sei Dank, wir sind auf der Autobahn. Jetzt habe ich zumindest eine Vorstellung davon, wo es lang geht.«

Vor uns leuchten die Rücklichter des weißen Golfs. Lukas setzt zum Überholen an und Jule flucht schon wieder.

»Hatte er nicht gesagt, wir rasen nicht so. Ich trete das Gaspedal schon bis zum Boden durch.«

»Sie werden auf uns warten, wenn sie merken, dass wir nicht nachkommen. Habt ihr beiden euch eigentlich wieder versöhnt?«

»Wir hatten Sex. Wild und heiß und überaus leidenschaftlich. Geredet haben wir allerdings weniger.«

»Weniger? Dann habt ihr also geredet.«

Jule lacht leise auf.

»Nicht so, wie du denkst. Wir haben uns dreckige Sachen ins Ohr geflüstert. Und wenn ich das wiederhole, schimpfst du wieder mit mir.«

Vielleicht. Vielleicht auch nicht. Nicht mehr.

Jule hat es ebenfalls geschafft, den LKW zu überholen, und lenkt zurück auf die rechte Spur. Dann gähnt sie.

»Hast du eigentlich einen Führerschein?«, fragt sie. »Nur für den Fall, dass ich doch schlappmache. Eine Pause können wir uns nicht leisten.«

»Ich habe schon einen Führerschein.« Skeptisch blicke ich zu ihr rüber. Sie hat zwar gegähnt, allzu müde sieht sie glücklicherweise noch nicht aus. »Allerdings bezweifle ich, dass er bei euch auf dem Festland gilt.«

»Das wäre wohl kaum das Hauptproblem. Wenn wir kontrolliert werden, fallen eher unsere zwei schlafenden Schönheiten dahinten auf.«

»Stimmt. Ich fahre eh nicht so oft Auto, wir haben in der Stadt ein hervorragendes Schienennetz. Außerdem fahrt ihr auf der falschen Seite.« Jule runzelt irritiert die Stirn, daher korrigiere ich mich rasch. Es wäre dumm, es sich mit dem Fluchthelfer zu verscherzen. »Ist ja schon gut, dann fahren halt wir auf der falschen Seite, wie man es nimmt.«

»In jedem Fall solltest du mich besser wachhalten. Erzähl mir was.«

»Oh je, Jule, was willst du wissen?«

»Wie bist du eigentlich Betreuerin der Jungs geworden? Du bist ja noch echt jung.«

»Genau genommen habe ich gerade erst die Schule beendet«, pflichte ich ihr bei. Jule ist bereits einige Jahre Profischwimmerin und damit ein paar Jahre älter als ich.

Ich erzähle ausführlich über den Schock, als meine Mutter ihre absurde Idee kundtat, über die erste Zeit im Internat, meine Ablehnung vor allem Paul und Adrian gegenüber und wie ich nach und nach die Jungs kennenlernte. Es ist jede Menge Stoff und ich rede und rede. Auch den Fluchtversuch und unsere anschließende Unschulds-Beweis-Aktion lasse ich nicht aus.

»Du hast tolle Freundinnen.«

»Allerdings. Die tollsten von allen. Und jetzt habe ich sogar noch dich dazu. Und Luke und Anton. Mir ist durchaus bewusst, dass das nicht selbstverständlich ist, was ihr für uns macht. Hoffentlich wird es nicht allzu übel für euch.«

»Es kann nicht so dramatisch werden, wie die Aussichten eurer Sportler, es ist es also definitiv wert.«

Ich kann es nur hoffen. Es wäre wirklich unerträglich, falls die drei sich wegen uns in echte Schwierigkeiten bringen. Aber selbst wenn es so wäre, ohne sie sind wir aufgeschmissen.

Wir sind schon eine Weile unterwegs, lange dauert es nicht

mehr, bis die Sonne wieder aufgeht. Ich habe so lange geredet, dass mein Mund mittlerweile trocken ist und meine Stimme heiser. Getränk haben wir jedoch keines dabei.

»Wieso hat deine Mutter so viel Einfluss?« Jule macht sich entweder keine Sorgen über ihre Situation oder zieht es vor, nicht drüber nachzudenken.

»Sie hat einen hohen Posten in der Regierung und steht der Premierministerin sehr nahe. Anne Summer, falls unsere Politikerinnen dir ein Begriff sind.«

»Summer?« Jule klingt perplex. »Bist du etwa mit Mathilde Summer verwandt?«

»Das ist meine Granny. Wie kommst du auf sie?«

»Jeder kennt Mathilde Summer.« Jule pfeift anerkennend. »Und ausgerechnet du küsst in der Öffentlichkeit vor einer live sendenden Kamera einen Mann. Langsam kann ich den Skandal verstehen.«

Ich verstehe nur Bahnhof.

»Was hat das denn mit meiner Granny zu tun? Wieso kennt jeder sie?«

»Weißt du das wirklich nicht?«

Vorwurfsvoll sehe ich Jule von der Seite an, aber sie ist auf den Verkehr konzentriert. Natürlich weiß ich, dass Granny damals eine aktive Rolle gespielt hat, damals, als die Frauen das Kommando übernahmen. Außerdem ist sie so energiegeladen, auch jetzt noch, sie muss imponierend gewesen sein.

Aber wieso sie im Ausland berühmt sein soll, das ist mir wirklich schleierhaft.

»Mathilde Summer hat seinerzeit die Kehrtwende in eurem Land ins Rollen gebracht, ihr Prozess war legendär. Aber das weißt du doch selbst alles.«

»Tu ich nicht. Den Namen meiner Oma habe ich in dem Zusammenhang noch nie gehört. Und sicherlich niemals etwas von einem Prozess.«

»Sie wurde brutal vergewaltigt, von mehreren Männern gleichzeitig. Und danach hat sie ein Messer genommen und jeden Einzelnen von ihnen kastriert.« Jule wendet rasch den Blick von der Fahrbahn und sieht mich verwirrt an. »Wie kommt es, dass in Deutschland jedes Kind diese Geschichte kennt, du aber nicht?«

Ja, wie kommt das? Ich denke an Grannys Reaktion auf meine Aufgabe im Jungeninternat. Wie sie mich gewarnt hat. Vor den Löwen im Schafspelz. Nach Jules Aussage verstehe ich es.

»Und wie ging es dann weiter?« Eine Schande, dass ich nach der Geschichte meiner eigenen Großmutter fragen muss.

»Sie wurde freigesprochen. Eine Richterin war für das Urteil zuständig und auch die Geschworenen waren zum Großteil Frauen. Außerdem hat deine Großmutter eine überzeugende Rede gehalten, eine wirklich berühmte Rede, die man überall nachlesen kann. Über die Rechte der Frauen und das Unvermögen der Männer, gute und faire Entscheidungen zu fällen. Und danach dauerte es nicht mehr lange und kein Mann hatte noch irgendetwas zu sagen in eurem Land. Hier ist sich jeder sicher, dass ohne diesen Prozess die Situation nicht so eskaliert wäre. Auch wenn sie schon vorher angespannt war.«

Leise pfeife ich vor mich hin. Ich kann durchaus verstehen, dass Granny nie darüber reden wollte. Auch nicht als ich im Internat war.

Wir schweigen beide eine Weile und hängen unseren Gedanken nach.

Als ich mich zu meinen Jungs umdrehe, bemerke ich, dass ein leichter Rotschimmer den Himmel hinter uns färbt. Die Sonne geht jeden Moment auf. Ein neuer Tag beginnt. Ein Tag in Freiheit, hoffe ich.

Auch wenn Männer Gräueltaten begehen oder begangen haben, diese zwei hinter mir tun es nicht und es ist nicht fair, sie für die Schuld anderer zu bestrafen. Obwohl etwas so Schreckliches meiner eigenen Großmutter widerfahren ist, ändert es nichts an meinen Gefühlen Adrian gegenüber. Und an meinem Vertrauen in die Männer, die ich bisher kennengelernt habe.

Es sind ja nicht nur meine Sportler. Es ist auch ein Lukas, der, ohne zu zögern, seine Olympiateilnahme auf Eis legt, um uns aus dem Land zu schmuggeln. Und ein Anton, optisch das Paradebeispiel des brutalen, zuschlagenden Mannes, der sogar straffällig wird, um uns zu retten.

Nein, negative Erfahrungen mit Männern habe ich bisher nicht in diesem Land gemacht. Dafür aber Erfahrungen ohne Ende.

Im langsam stärker werdenden Licht der Morgensonne betrachte ich die friedlich daliegende Landschaft rings um uns herum. Es ist ländlich hier, schon lange sind wir an keiner größeren Stadt vorbeigekommen. Berge oder auch nur Erhebungen gibt es nicht, ausschließlich plattes Land mit unendlichen Feldern und Wiesen. Ich komme zur Ruhe, während ich meine Augen schweifen lasse.

»Echt idyllisch hier«, sage ich zu Jule. Hinter uns recken sich Leo und Adrian, geweckt von der Sonne.

»Ja, allerdings. Mir gefällt das auch. Das ist Ostfriesland. Keine Ahnung, warum Lukas sagt, es ist lahm.«

Vor uns blinkt Anton rechts und Jule seufzt laut auf.

»Wir haben es gleich geschafft. Noch einmal die Autobahn wechseln, dann nur ein paar Kilometer bis zur Grenze. Langsam bin ich auch am Limit.«

Wir haben die Nacht durchgemacht. Das ist bei mir nicht das erste Mal, aber bisher war es immer mit einer wilden Party verbunden. Noch nie mit einer Flucht samt Stripeinlage und vorausgehendem Zehnkampf. Am Limit bin ich inzwischen gleichfalls.

Unvermittelt sehe ich, wie im Auto vor uns die Jungs auf der Rücksitzbank sich umdrehen und beginnen, hektisch zu winken. Anton blinkt erneut und signalisiert, die Autobahn verlassen zu wollen.

»Spinnen die? Wir sind noch in Deutschland. Warum fahren wir ab?«, fragt Jule panisch und auf einen Schlag wieder hellwach. »Kannst du erkennen, was Simon und Jason uns sagen wollen?«

Verwirrt schüttle ich den Kopf. Wenige Sekunden später sehe ich es selbst. Jule in dem Moment auch.

»Scheiße!«, sagt sie inbrünstig und hetzt ebenfalls auf die Abbiegespur. Vor uns und genau an der Grenze ist eine Polizeiabsperrung aufgebaut und der momentan sehr übersichtliche Verkehr muss abbremsen und im Schritttempo daran vorbei.

»Meinst du, die suchen uns? Hier?«, krächze ich.

»Wen denn sonst? Ich habe so etwas zumindest noch nie erlebt. Grenzkontrollen gibt es schon ewig nicht mehr.«

In viel zu hohem Tempo rasen wir durch die Kurve.

»Links, wir müssen nach links«, brüllt Jule, als sowohl Lukas als auch Anton an der Abzweigung nach rechts fahren. »Die Grenze ist doch links.«

»Die Polizei aber genauso«, stelle ich fest, denn das Blaulicht der nächsten Straßensperre ist nicht zu übersehen. Wie gehabt schiebe ich die Panik zur Seite und fokussiere mich auf das, was zu tun ist. »Konzentrier du dich aufs Fahren, ich schaue nach dem Weg.«

Wir folgen in viel zu hohem Tempo dem Straßenverlauf, ein paar Kilometer an der Autobahn zurück, nun leider in die völlig falsche Richtung.

»Sie folgen uns«, sagt Adrian, der die Straße hinter uns im Blick hat und versucht, sich die Panik nicht anmerken zu lassen. Vielleicht fällt Jule darauf rein, ich schon lange nicht mehr.

Jule gibt noch mehr Gas.

Links taucht eine Ortschaft auf.

»Egal, was die anderen machen, fahr bloß nicht in den Ort, nachher nieten wir Fußgänger um.«

Es ist nicht die Tageszeit, zu der viele Leute zu Fuß unterwegs sind, aber so ein Risiko dürfen wir trotzdem nicht eingehen. Die Straße beschreibt eine sanfte Rechtskurve.

»Kommen sie näher?«, frage ich nach hinten.

»Na ja, Polizeiautos sind schon schnell«, druckst Leo herum. Ihm ist die Angst deutlich ins Gesicht geschrieben.

Auch Anton und Lukas haben inzwischen bemerkt, dass wir verfolgt werden. Sie beschleunigen sichtbar, eine Option, die unsere Kiste nicht bietet.

»Die holen uns bald ein«, sage ich leise zu Jule. »Nimm den nächsten Weg rechts, egal, wie der aussieht.«

Die passende Abzweigung zeigt sich schnell und es ist eine winzige, schlecht geteerte Straße, in die Jule mit überhöhter Geschwindigkeit und quietschenden Reifen einbiegt. Ich halte mich schon seit einer Weile mit beiden Händen fest und werde nur ein wenig herumgeschleudert. Auf so einem Weg kann niemand sein Tempo optimal ausspielen. Trotzdem gewinnen die beiden vor uns, die dieselbe Idee hatten, immer mehr Vorsprung, und das Polizeiauto rückt weiter auf.

Irgendetwas am Auto riecht mit einem Mal verbrannt. Ich bemühe mich, es zu ignorieren.

Der asphaltierte Weg endet und wir müssen uns mit einem Feldweg begnügen. Noch nie in meinem Leben bin ich so durchgerüttelt worden.

»Woran erkennt man denn die Grenze?«, frage ich Jule verzweifelt. Wir bewegen uns hoffentlich in die richtige Richtung, aber wie weit es noch bis zur rettenden Grenze ist, ist nicht zu erkennen.

»Gar nicht.« Jule kneift angestrengt die Lippen aufeinander. Das Lenkrad unter Kontrolle zu halten, ist nahezu unmöglich, nicht nur wir werden hin- und hergeschleudert, das Auto droht jeden Moment aus der Bahn zu fliegen.

Und trotzdem rücken die Verfolger von Sekunde zu Sekunde näher.

Inzwischen steigt schwarzer Rauch aus unserer Motorhaube. Ich will es gar nicht genauer wissen. Oder der netten

Omi erklären, was wir mit ihrem Auto gemacht haben. Wenn wir überhaupt jemals die Möglichkeit bekommen, irgendjemandem irgendetwas zu erklären.

Durch den Rauch ist nicht zu sehen, wo Lukas und Anton sind. Ob sie es geschafft haben. Oder schon im Graben liegen.

Auch für Jule ist nicht mehr zu erkennen, wo die Fahrbahn verläuft. Mit einem plötzlichen Ruck bleibt der Wagen liegen, wir sind vom Weg abgekommen. Jule wirft mit Gewalt den Rückwärtsgang ein, aber das Auto bewegt sich keinen Millimeter.

»Ihr müsst rennen«, brüllt sie uns an. »Los, ihr seid doch schnell, es kann nicht mehr weit sein.«

»Und du?«, schreie ich hektisch zurück, während wir uns mühsam und viel zu langsam aus dem Auto befreien. Die lange Fahrt hat uns steif und unbeweglich werden lassen.

»An mir ist überhaupt niemand interessiert. Lauft schon los. Da lang.« Sie weist quer über ein Feld.

Sie hat recht – ohne den Rauch vor der Nase ist deutlich zu erkennen, wohin wir müssen. Die anderen haben nämlich die Grenze erreicht. Ihre Autos stehen am Straßenrand, neben ihnen ein weißes Auto mit blauen und orangen Streifen. Die niederländische Polizei. Ich kann Gestalten sehen, die hektisch auf- und abhüpfen, verzweifelt winken und brüllen.

Verstehen kann ich nichts.

Wir rennen los.

Ich bin ja eine gute Läuferin. Definitiv. Und ich brauche auch nicht lange, um die Bewegungslosigkeit der letzten Stunden abzuschütteln und meine gewohnte Geschwindigkeit aufzunehmen.

Aber es ist dennoch zu langsam. Denn die deutsche Polizei verfolgt uns weiterhin im Auto, auch wenn das für sie querfeldein bedeutet und sie kein Tempo aufnehmen können. Sie werden mich trotzdem einholen.

Adrian und Leo sind schneller als ich, aber sie sehen sich immer wieder nach mir um. Auf diese Art werden sie niemals rechtzeitig die Niederlande erreichen, denn unser Verfolger holt unerbittlich auf.

»Rennt jetzt endlich vor, ihr müsst über die Grenze«, brülle ich sie panisch an. Die beiden können es schaffen, wenn sie nicht dauernd wegen mir ihr Tempo drosseln.

Sie werfen sich einen Blick zu. Dann kommen sie zurück. Ohne auf meinen Protest zu achten, packen sie mich links und rechts unter den Armen und wir laufen zu dritt weiter.

Es ist der Irrsinn. Wir fliegen nahezu.

Meine Beine berühren kaum den Boden. So muss Adrian sich fühlen, wenn er im vollen Tempo läuft. Und schon wieder und trotz unserer echt prekären Situation schleicht sich dieser bewundernde und leicht dämliche Gesichtsausdruck in meine Miene.

kapitel 28

Ich liebe es zu laufen. Jedes Mal, wenn ich die Ziellinie erreiche, muss ich mich förmlich zwingen aufzuhören, egal, wie sehr ich am Ende meiner Kräfte bin. Nur beim Laufen spüre ich die Freiheit, nach der ich mich schon immer gesehnt habe.

Mit Max zu laufen, ist noch besser. Ihr Körper an meiner Seite, ihre Haare, die gegen mein Gesicht peitschen, ihr Geruch in der Nase. Das ist wahre Freiheit. Und genau dahin sind wir unterwegs. Denn ich werde mich nicht aufhalten lassen. Sie müssten mich schon totfahren oder erschießen, aber möglicherweise würde ich selbst dann noch weiterrennen.

Die Luft brennt in meiner Lunge, der Wind treibt mir Tränen in die Augen und die Polizeisirene kommt immer näher. Wir drehen uns trotzdem nicht mehr um.

Viel erkennen kann ich nicht. Nur, dass wir in die richtige Richtung unterwegs sind, denn die anderen werden mit jedem Schritt größer, klarer zu sehen und zu hören und gleichzeitig immer panischer. Was mir unmissverständlich demonstriert, wie nah unsere Verfolger sein müssen.

»Los, schneller, Adrian, Leo. Ihr schafft das!«

»Ihr müsst nur bis auf diesen Weg.«

Eine schnurgerade Straße verläuft quer zu uns und scheint, die Grenze zu markieren. Beziehungsweise schon auf niederländischem Gebiet zu sein. Leo gerät ins Stolpern und reißt Max fast aus meinem Arm. Nur mit letzter Kraft kann ich den beiden den nötigen Schwung geben, um zu verhindern, dass wir alle hinfallen.

Wir haben es beinahe geschafft, nur wenige Meter liegen vor uns. Und dann bleibe ich an einer Wurzel hängen und fliege förmlich durch die Luft. Ich schlage hart auf und der Aufprall treibt mir den restlichen Atem aus der Lunge. Erst als ich realisiere, dass der Schmerz in meinen Rippen so übel ist, weil ich auf Asphalt gelandet bin, kapiere ich es. Wir haben tatsächlich die Straße erreicht. Wir haben unser Ziel erreicht.

Laut schreiend werfen sich Tobias und Luke auf mich und nehmen mir noch die letzte Luft zum Atmen. Mir wird schwarz vor Augen.

Als ich wieder zu mir komme und mich mühsam aufsetze, bietet sich mir ein skurriles Bild. Auf dem Feld vor der Straße parkt das Polizeiauto, das uns verfolgt hat, mit ausgestelltem Motor. Die beiden Beamten stehen ebenfalls brav neben dem Weg und somit akkurat auf deutschem Hoheitsgebiet und plaudern mit ihren niederländischen Kollegen. Max und Leo sitzen ebenso wie ich auf dem Boden, verschwitzt, mit hochroten Köpfen und noch immer hektisch nach Atemluft ringend. Die anderen, die ununterbrochen auf unsere Schultern schlagen und laut Hurra schreien, helfen nicht wirklich dabei, zur Ruhe zu kommen.

Vorsichtig und mit nach wie vor wackeligen Beinen erhebe ich mich und sehe einmal in die Runde. Das sind also die Niederlande. Es sieht genauso aus wie auf der deutschen Seite.

»Du blutest«, sagt Max vorwurfsvoll. Als ob ich das mit Absicht machen würde. »Mal wieder.«

Ich sehe an meinen Beinen hinab. Der Sturz auf den Asphalt war ziemlich heftig. Die Sporthose ist zerfetzt und die Schienbeine vom Knie bis zum Knöchel aufgeschürft. Spüren kann ich es kaum, so vollgepumpt bin ich mit Adrenalin.

»Mag sein, aber ich blute auf niederländischen Boden«, grinse ich sie an. Dann gehe ich einen Schritt auf sie zu und küsse sie.

»Ihr hättet mich nicht mitschleifen dürfen«, schimpft sie zwischen zwei Küssen. »Das war viel zu gefährlich.«

»Ich wäre nie ohne dich gegangen«, murmle ich in ihr Haar und streiche dabei ihre Locken glatt.

»Das war aber dumm. Ich schwebe doch gar nicht so sehr in Gefahr. Mich will niemand behandeln.«

»Was glaubst du, was Richterin Martin mit dir macht, wenn sie dich nach all den Skandalen der letzten Tage in die Finger bekommt?«

Mit einer öffentlichen Demütigung wird es diesmal nicht getan sein. Max brummt zwar noch einmal protestierend, aber sie weiß haargenau, wie sehr ich recht habe.

Jemand schlägt mit voller Wucht auf meine Schulter und verfehlt nur knapp die Einstichwunde. Es ist Tobias, der mich mit einem benebelten und leicht ungläubigen Grinsen ansieht.

»Wir haben es geschafft. Ich kann es noch gar nicht glauben.« Laut stößt er die Luft aus. »Puh, ich meine, als wir die Straßensperre gesehen haben, da dachten wir alle, es ist aus.« Er saß bei Luke im Wagen. Luke, der uns immer wieder fast abgehängt hat, denn er hatte ein nagelneues Auto unterm Hintern. »Und spätestens als euer Fahrzeug brannte, sah ich uns erneut auf der Anklagebank sitzen.«

»Unser Auto hat nicht gebrannt«, wende ich ein.

»Und wie nennst du das?« Er deutet in die Richtung, aus der wir gekommen sind. Vom Wagen ist nichts zu sehen, er wird von einer riesigen, schwarzen Rauchwolke verdeckt. Sogar vereinzelte Flammen sind zu erkennen.

In diesem Moment tritt Jule aus dem Rauch und schlendert in aller Seelenruhe auf uns zu. Hände in den Hosentaschen und breit grinsend.

»Nichts mehr zu machen bei der Karre«, ruft sie uns fröhlich entgegen.

Instinktiv will Luke zu ihr eilen, wird aber von einem Handzeichen des deutschen Polizisten gestoppt.

»Bleib du mal lieber da drüben. Ihr alle. Wir haben zwar nur Haftbefehle gegen die Engländer, aber ich will nicht weiter darüber nachdenken müssen, wen wir sicherheitshalber auch noch einkassieren müssten. Das Mädchen da sehe ich besser gar nicht.«

Er blickt demonstrativ in die andere Richtung, bis Jule uns und damit niederländisches Staatsgebiet erreicht hat. Max pfeift leise, dann übersetzt sie uns die Aussage des Polizisten.

»Die haben sich tatsächlich nicht allzu enthusiastisch bemüht, euch einzuholen«, flüstert Tobias mir zu.

Nun kommen die beiden auf uns zu und nicken anerkennend.

»Wir haben gestern den Zehnkampf im Fernsehen gesehen. Das war beeindruckend, Junge.«

Ihre hochgereckten Daumen sind nicht falsch zu verstehen. Sie halten mir einen Stift und ein Blatt Papier entgegen.

»Was soll ich damit machen, Max? Soll ich ihnen einen Trainingsplan aufschreiben?« Ich habe keinen, außer jederzeit alles zu geben und immer weiterzumachen, auch wenn man fast kotzt.

Maxine kichert.

»Sie wollen ein Autogramm. Du bist jetzt berühmt.«

»Ein Autogramm?«

»Ja, du sollst deinen Namen auf den Zettel schreiben. Das ist so Sitte. Prominente Leute machen das.«

Ich schnaube nur. Prominente Leute. Ich. Das ist lächerlich.

Trotzdem unterschreibe ich. Man soll es sich ja nicht ohne Grund mit der Polizei verscherzen.

Die anderen Jungs müssen ebenfalls ran.

»Können wir ein Selfie mit euch machen?«, fragt einer und zückt sein Handy.

»Und wie willst du das unserem Vorgesetzten erklären?«
Sein Kollege schüttelt den Kopf. »Nee, das Autogramm
müssen wir ebenfalls wegpacken, bis sich die Wogen geglättet
haben. Mit den landesweit gesuchten Flüchtigen ein Meet-
and-Greet zu veranstalten, kommt eher nicht so gut.«

Der andere Deutsche zuckt mit den Schultern.

»Na ja, wir haben schon getan, was wir konnten. Die sind
halt verdammt schnell, die Zehnkämpfer, die holt man nicht
einfach so ein.« Er grinst seinen Kollegen an. »Wir fahren mal
zurück auf die Wache und machen Meldung. Schließlich können die Straßensperren jetzt aufgehoben werden. Alles Gute
für euch.«

Maxine übersetzt mit einem Lächeln.

Die beiden schlendern gemächlich zu ihrem Streifenwagen
und fahren langsam und vorsichtig über das Feld davon. Und
wir bleiben mit der niederländischen Polizei zurück, die uns
ebenfalls recht erfreut mustert.

Zwischen all die Euphorie, dem Auslieferungsabkommen
entkommen zu sein, mischt sich allmählich Sorge und Un-
sicherheit. Wir haben zwar das Primärziel erreicht, aber
keinen Plan, wie unser restliches Leben aussehen kann.

Sebastian äußert sich als Erster.

»Und wie geht es weiter? Wie sollen wir jemals in einem
Land klarkommen, leben und arbeiten, in dem wir noch nicht
einmal die Sprache sprechen.«

An Deutsch haben wir uns inzwischen gewöhnt, obwohl
wir nach wie vor nicht alles verstehen. Aber das, was die
niederländischen Polizisten von sich geben, ist eine ganz andere Hausnummer. Töne, die meine Kehle wahrscheinlich
niemals formen kann, nicht ohne bleibende Schäden davon
zu tragen.

»Ich weiß schon, wie wir hier Geld verdienen können.
Eher gesagt überall.« Leo beginnt haltlos zu lachen. »Wir
können strippen.«

Hallo!
Ich bin Leslie.

Diesmal habe ich nicht mit einem fiesen Cliffhanger geendet. Deshalb bin ich durchaus der Meinung, dass ihr bis zum Finale auch ohne ein erstes Kapitel ausharren könnt ...

Hier eine Übersicht über alle drei Bände:

virgo *Hearts*   978-3-7526-0462-7
virgo *Feelings*   978-3-7526-0621-8
virgo *Lovers*   978-3-7526-0629-4